司馬遼太郎の「日本人論」と現代の日本

二十一世紀の日本人にその声は届いているか

宇内 日呂志

目次

《まえがき》

これまで、多くの学者や批評家たちによって、日本人論が語られてきた。それらは、日本人の行動パターンや心理の特徴の分析に主眼を置いたものから、日本社会の統治体制の歴史や価値観などの伝統を考えようとするものまで、多種多様である。作家司馬遼太郎の日本人論は、後者に分類されることは明らかであるが、氏の日本人論の際立った特徴は、その動機の切実さと独特の表現方法にある。

司馬遼太郎は、日本人とは何か、日本社会とは何かを常に問い続けたが、その動機は、太平洋戦争の敗戦に対する失望であり、強い憤りであった。戦没者に加え民間人も含めて三百万人を超える日本人が犠牲となり、都市は執拗な空襲を受け、果ては広島、長崎への原爆投下で、国土は灰燼と化し、また、海外で支払ってきたそれまでの多くの犠牲や努力をも水泡に帰すことになった。なぜ、そのような戦争を始めてしまったのか、日本人はもっと賢明な民族ではなかったのか、その答えを見つけることに全ての精力を傾倒した。そして、彼は、そのことを通じて、日本人が今後歩むべき道筋を示そうとした。

また、多くの日本人論は、完結した出版物として提示されるため、読者は、それを読めば、論者の意図を理解することは比較的容易である。一方、司馬遼太郎は、その想いを、小説や、随筆、評論、対談、講演などの作家活動全般の中で表現した。そのため、日本人論として認識するためには、それらを丹念に精査し、紡ぎ合わせる努力も求められる。また、彼は、自らの思想を伝えるために巧みな表現方法を用いたが、二項対立という手法もその一つであった。「明治」という国家と昭和の「異胎」の時代を対比させ、また、リアリズム（合理主義）とイデオロギー（観念）という相克する概念で、歴史を裁断した。歴史小説に登場する秋山兄弟（「坂の上の雲」）、坂本龍馬（「竜馬がいく」）、大久保利通（「翔ぶが如く」）、大村益次郎（「花神」）、土方歳三（「燃えよ剣」）、河合継之助（「峠」）、高田屋嘉兵衛（「菜の花の沖」）などの主人公を、日本人の良き伝統を体現するすがすがしい人々として描いたことも、同じ手法によるものと考えてよい。そして、日本人の本質は、二者択一ではないにしても、二分法のどちらに属するのかという難題を突き付ける。

本書は、前半の第一部で、司馬遼太郎が、日本人や日本社会の歴史をどのように見たのかを、多くの知識人と行った対談集の中での発言を中心に、評論集やインタビューや講演なども引用しながら解説した。それは、上述の難題に対する答えを見つけ出す作業でもある。いくつかの論点を取り上げるとすれば、まず、第一の点は、日本社会の成り立ちを、千年に亘るリアリズムの精神の伝統として捉えようとしたことである。明治の近代化が速やかであったのは、日本が、西欧と同じ封建制社会を長く経験したためであり、同じアジアの中国や朝鮮が近代化に立ち遅れたのは、律令制社会を長く続けたためだと解釈する。それは、民主主義の成立に、一見、対極にあると考えられる封建主義が深く関わっているとする逆説に他ならない。封建主義が近代への適合性を持っていたとする仮説は、どのように説明できるのか。

もう一つの論点は、明治を引き継いだ昭和が過った道を歩むことになったのは、何故かという重い命題である。司馬遼太郎は、昭和は、明治の時代に横溢していたリアリズムが失われ、イデオロギーが跋扈することになったからと考えたが、そこから導かれる歴史の教訓を明らかにすることは、日本の未来にとって必要なことである。三つ目の論点は、日本人の価値観、道徳観に関するものである。リアリズムは進歩というダイナミクスに欠かせないが、それだけでは、社会の安定や求心力を維持することは難しい。日本人の規範意識や公共心と呼ばれる特徴はどのように育まれ、どのように日本の近代化に貢献したのであろうか。第一部では、そうした論点の内、第一と第二を「日本という国のかたち（第1章）」で、第三を「日本人と公共心（第2章）」で明らかにしようと試みた。

司馬遼太郎は、一九八七年に、小学六年生の国語の教科書用に、「二十一世紀に生きる君たちへ」（世界文化社　二〇〇一）という随筆を書き下ろした。二十一世紀に日本を待ち受けている困難は、二十世紀とは同じではなく、環境の破壊や人類社会の混乱の可能性も高まる。「支え合う仕組み」としての社会は、自分の身の回りの地域や地方、国に止まらず、世界という社会も対象となる。それに立ち向かうためには、「自分にきびしく、相手にはやさしい」自己を確立しなければならない。それは、本能ではないので、「訓練」をして身につけねばならない。歴史には、手本となるような素晴らしい日本人が登場する。「訓練」をすることで、そのような「たのもしい君たち」になっていけると語りかけた。司馬は、この九年後の一九九六年に、七十三歳でこの世を去ったが、同書は、日本人が、来るべき二十一世紀に世界の中で然るべき役割を果たして欲しいという日本人への遺言でもあった。本書の後半の第二部では、そうした、司馬の日本人論に込められた日本人へのメッセージが、現代の我々に届いているのかを考察した。日本人は、島国根性を脱して世界の組合員として然るべき振る舞いが出来るようになったのか、イデオロギーを適切にマネージ出来るようになったのか、歴史認識問題を乗り越えて相手国との相互理解を進めることが出来ているのか、そうした点について、現状を分析した。それは、日本人の今日の課題を明らかにするとともに、司馬の日本人論での指摘が、時代の進展や変化に際してもなお揺るぎないものかどうかを検証する作業でもある。

なお、司馬の歴史小説の一愛読者であり、長年、企業で技術畑を歩んできた筆者が、このような、いささか分不相応なテーマに取り組もうとした理由について、付け加えておきたい。

筆者の伯父は、平成八年に八十歳で亡くなったが、その後、伯父が秘かに遺した手記「ニューギニア戦体験記」が、家族によって見つけられた。太平洋戦争の一環として戦われたニューギニアの戦場の極限の状況が記されており、当時、筆者もそれを読んで衝撃を受けたが、会社での多忙な毎日に追われていたため、そのままになっていた。伯父の手記を辿ることで戦争の意味を考えるという、かねてからの宿題に手をつけることになったのは、四十余年の会社生活を卒業して二年後の二〇一五年の春であった。

伯父は、昭和十八年正月、朝鮮京城の第二十師団の一兵士として出陣し、パラオ島で熱地訓練を受けた後、六月にニューギニア中部のハンサへ上陸する。以降、第十八軍の指揮下、東西八百キロメートルの間を転戦し、三千メートルを超える山脈の稜線縦走や大湿地帯の渡河を含めて、行軍の累積距離は、千五百キロメートルにのぼった。その間、兵士たちは、マラリアやデング熱に冒され、飢えと病気で次々と亡くなって行く。転落や溺死など事故での死亡を含めた死者数は、戦闘によるそれをはるかに上回った。そして、ほぼ二年後の昭和二十年八月、アレキサンダー山系の山南地区で、敗戦を迎える。玉砕命令が出ていたので、終戦が数日遅れていれば、全員が壊滅していたことになる。東部ニューギニアで戦った第十八軍総数十六万人のうち、無事に祖国に帰還できたのは、わずか一万人に過ぎなかった。伯父は、発熱で部隊の移動に追従できなくなり、ある部落で現地人たちによる手厚い看護に助けられて健康を回復し、数か月の後に原隊に復帰するという奇跡にも恵まれて、数少ない帰還兵の一人となることができた。

伯父は、この手記の中で、軍隊の非情さとともに、自分たちが「勝負にならない戦争」に駆り出されていることを不条理と感じつつも、自分自身は、「のたれ死にしても投降しようと思ったことがなかった」とも回想している。司馬は、太平洋戦争を指揮した大本営を厳しく批判したが、一方で、そうした戦争を支えたのは、現場の下士官の賢さであり、兵の順良さであったと評した。ニューギニアの戦いも、まさに、負けるべくして負けた戦いであった。しかし、兵士たちは、懸命に祖国のために戦い、多くの屍を異国の地に晒した。そうすることで、作戦の不備や失敗を補ったといえよう。（その概要は、別添として本書に収録したので参照いただきたい。）本書が、そうした日本のために殉じていった多くの人々の魂を鎮める一助になれば幸いである。

なお、本書で引用した多くの方々の敬称は略させていただいた。ご容赦をお願いしたい。

第一部　日本とは、日本人とは

〈第一部序章〉

司馬遼太郎は、太平洋戦争のさなかの昭和十八年に学徒動員により召集され、翌年、満州の戦車学校で指揮官教育を受けた後、最後は、本土決戦のために栃木県佐野市に移り、そこで陸軍少尉として敗戦の日を迎えた。二十二歳であった。NHKの「日本人は何をめざしてきたのか　知の巨人　第四回「二十二歳の自分への手紙」～司馬遼太郎～」（二〇一四年七月再放送）では、当時を回想して、次のように語っている。

「自分にとっては敗戦というのは何ていいますかショックでした。なんとくだらない戦争をする。そしてくだらないことをする国に生まれたんだろう。一体こういうばかなことをやる国というのは何だろう。そういうことが日本とは何か、日本人とは何だというこことの最初の疑問になったわけであります。」（ETV8「雑談『昭和』への道」昭和六十一（一九八六）年）

そして、その疑問を解くことが、彼の著作活動の原点となった。

「どうして日本人はこんなにばかになったんだろう、というのが二十二歳の時の感想でした。昔は違ったろう、そこから私の小説が始まるんですが、昔は違ったろうというようなことを思うんですが、知識がないもんですから、昔は違ったにちがいない、そうでないと日本はここまで生き延びてこれなかったのだから、昭和になって悪くなったにちがいないと思ったんですが、昔のことはよく分らなかった三十五、六歳の頃から、その時二十二歳でしたが、少しずつ文献、資料その他を読み始めまして、私はもう本当に、二十二歳の自分へ書いている手紙でした、私の作品というのは。「竜馬がいく」もそうでしたし、「坂の上の雲」もそうでした。その後もそうでした。日本人とははなんぞやということが

テーマでした。」（平成三年十一月文化功労賞受賞記者会見）

司馬は、敗戦後、新聞記者を務めながら、この命題に取り組み、一九五〇年代の後半からは、本格的に、歴史小説の執筆を開始する。その後、数々の小説を上梓したが、時代は、「国盗り物語」などの戦国時代、「竜馬が行く」などの幕末、「坂の上の雲」などの明治が中心で、そこに登場する、すがすがしい日本人を描くことで、それらの時代の意味を問おうとした。しかし、昭和という時代は、司馬にとって、最後まで書くことが出来なかった。小説を通じて、昭和の歴史を語ることはなかった。一時期、ノモンハンを書こうとしたものの、断念し、八〇年代には、小説の執筆を終える。一方、こうした小説の執筆と並行して、歴史そのものへの論評や多くの知識人、文化人との対談などの評論活動は、六〇年代後半以降、積極的に進められた。それらは、小説家に求められる手法や作法の固縛にとらわれることもなかったからなのか、昭和の時代を含めて、司馬の率直な歴史観を垣間見ることができる。その後、司馬は、一九八六年から「文藝春秋」の巻頭随筆として書き始めた「この国のかたち」（連載は亡くなる直前までの十年に及ぶ）や、「「明治」という国家」などの歴史評論を活動の中心においた。六〇年代後半から七〇年代、八〇年代前半の論評の延長線上に、さらに、多くの文献や史料の裏付けを得て、歴史観の体系化、理論化を進めたといえる。

第一部では、こうした、司馬遼太郎が探し求めた「日本とは何か、日本人とは何か」に対する答えを、一連の歴史評論活動における、発言や文章を拾い上げて、紡ぎ出そうと試みた。前半の「第1章日本という国のかたち」では、統治のシステムの変遷という切り口で日本社会の成り立ちを振り返る。日本の近代化の成功を、アジアや欧米との対比の中で捉え、それを可能にした様々な要因として、日本人の民族性などについても考える。昭和の一時期も、そうした大きな歴史の流れの中で理解することが可能となる。後半の「第2章　日本人と公共心」では、日本人の価値観、道徳観、倫理観が、歴史的にどのように育まれ、受け継がれてきたのかを分析する。とりわけ、個人よりも「公」を、あるいは、個人のためにも「公」を大事にする精神は、日本人にとってのよき伝統であり、貴重な遺産であり、今日のグローバル化した国際社会においても、普遍的な価値を持ち得るものである。

第1章　日本という国のかたち

日本人とリアリズム

〈**坂東武士登場で日本史が誕生**〉

小説家の半藤一利は、文藝春秋の編集長の時代に、司馬遼太郎と作家永井路子との対談で司会を務めたことがあったが、その対談で「鎌倉以前は日本じゃない」という司馬の意見を聞いて驚いたことを今でも鮮明に覚えているそうだ。その永井路子との対談（「文藝春秋」一九七九年一月号）は、「鎌倉武士と一所懸命」をテーマにして行われたが（「司馬遼太郎対話選集一　この国のはじまりについて」文藝春秋　二〇〇六）、その発言は、次のようなものであった。

「鎌倉の人の土地に対する一所懸命の姿勢がなかったら、日本人というのは成立してませんよ。ともかく庶民が土地の所有権を公家国家に対して政治的に主張しぬいたというのは、中国にも朝鮮にもありませんね。つまり、あのまま公家政治が続いていたら、われわれは十九世紀に入って植民地になっていたかもしれない。…」

「こうして見てくると、鎌倉前と後では日本人が、どうもぜんぜん違うみたいな気がしますね。…少なくともぼくは日本人の成立は鎌倉からだと思うね。われわれが自己認識できる日本人は、鎌倉以降ですね。（備中や奥州の農民が登場するのは頼朝挙兵前後からで、それ以前がよくわからないが）このあたりから、こういう感情とモラルを持っていたのかということになる。」

確かに、半藤一利の感想は、我々、学校で日本史を学んできた多くの日本人にとっての驚きである。奈良や平安の時代から鎌倉の時代への変化は、武士の登場というエポックメイキングなものではあったが、そこから日本の歴史が始まるということは、容易には、実感できない。

司馬遼太郎は、後に、評論集である「この国のかたち」で、これを次のように説明した。

「〝武士〟という通称でよばれる多くの自作農は〝家の子〟とよばれる小農民を従えて大きく結集し、律令制という古代的な正統性をたてとする京都の公家・社寺勢力と対抗し〝田を作る者がその土地を所有する〟という権利をかちとった。日本史が、中国や朝鮮の歴史とまったく似ない歴史をたどりはじめるのは、鎌倉幕府という、素朴なリアリズムをよりどころにする〝百姓〟の政権が誕生してからである。私どもは、これを誇りにしたい。」（「この国のかたち　一　―朱子学の作用―」文藝春秋　一九九〇）

ここで、「素朴なリアリズム」という言葉が、その劇的な変化を象徴するキーワードとなるが、この司馬の説明を、彼自身の対談集の発言から具体的に見てみよう。

自作農が武士に変化していく経緯を、「フロンティアとしての東国」をテーマにした歴史学者林屋辰三郎との対談（「歴史の夜咄」小学館　一九八一）において、次のように語っている。

「平安時代というのは、…庶民は見えなくて、どうしていたんだろうと思うのです。（これは想像ですが、関東平野で農耕をしていた人々が、分裂や抗争を経て田地がふえていく。その間に次第に鉄器が安くなり、農業用土木の鋤や鍬が個人も使用できるようになる。）（律令時代は鉄の農具は貴重で豪族しかもてなかったが、平安中期以降になると個人も持てるようになる。）（そのために田畑に難しいところまで開拓していき、そこに一豪族が成立、戦いとなったら、五、六人の郎党もつれていける。平和時には十分なほどの小作を使っている。）そういうのが、平安時代後期あたりに関東で濃厚な変化が起こりはじめた姿だろうと思うのです。関東平野の村々に、何某というものができあがっていく。その何某は中央に対して、あるいは中央から来る国司に対していろいろ連絡しなければならないから、…源氏を自称する、…藤原氏と私称するという類ですね。…（むろん本当もいただろうが）、ともかくも平安末期の関東では源平藤橘だらけで、みな自称した。…（これは西日本とは異なっていて、非常にフレッシュな系譜感覚―中央への距離の誇示―ができてきて）そういうのが新興地主階級に群がって平安後期に出てきて、それが武士の勃興なんでしょうね。」（前掲「司馬遼太郎対話選集一　この国のはじまりについて」）

そして、自作農が武士に変化して行く歴史的な背景として、律令社会での奴隷的な扱いがあったとして、評論家山本七平との「リアリズムなき日本人」をテーマにした対談（一九七六年「文藝春秋」九月号）で、次のように解説する。

「（律令社会の公田制の）実情は、逃げ出さざるを得ないぐらいに苛酷なものだったようです。最初は国衙や郡衙が鍬を農民（実際は農奴）に貸す。それで耕させる。税金を取り立てる。（律令国家というのは、東北地方はまだ前時代の自由な気分が残っていたが、それを何べんも討伐して、弥生式農耕、律令的な土地制度に従わさせる）それはやっぱり農奴になることでしょうな。われわれは、本当の意味で当時自作農であったとしたら、そのころから自分というものは確立してるし、個というういうものは確立していると思うし、自作農が持つ一種の合理主義というものも、リアリズムっていう感覚も育ちうると思うんですね。ところが、口分田の農奴になってしまうと、税金を取っていく「お上」というものがあって、自分は一定の労働をしなきゃいけない。そういう性格がわれわれの社会の出発点としてまずできた。」（『司馬遼太郎対話選集五　日本文明のかたち　―日本人とリアリズム―』文藝春秋二〇〇六）

律令社会は、自作農のもつ個の確立とそこから生まれる合理主義、リアリズムの感覚を押し殺し、農奴として労働を義務付ける社会で、武士の登場は、そのパラダイムを覆し、その後の日本社会の仕組みを大きく変えるターニングポイントであったとの理解である。

「土地所有」に関しては、元駐日米大使Ｅ・Ｏ・ライシャワーと「頼朝　―土地所有権を保証するシンボル」をテーマにして行った対談（『日本人物史談話』週刊朝日　一九八〇年七～八月）では、

「…平安の末期ぐらいから武士が現れますね。それはアメリカの建国当時の農場主のようなものだったろう。ただ、アメリカとの違いは、土地所有についてのリアリズムがなくて、関東で耕しても、京都の公家さんが名目上の所有者であるということで、非常に安定しなかった。その農場主が武装して武士になった。いつまでも所有権が安定しないと、だんだん不安になってきて、やがて源頼朝という人を押し立てて、鎌倉幕府を作って、所有権が確立する。…当時、頼朝という存在は、坂東の農場主に土地所有権を保証するシンボルでした。」（前掲『司馬遼太郎対話選集一　この国のはじまりについて』）と述べ、自作農が個として自立するためには、土地所有を保証するための政治システムが不可欠

であったとしている。

また、この土地所有権については、その相続などで骨肉が争う場面も出てくるが、慣習や裁量で曖昧な判断に従うのではなく、あくまでも合理的で、納得できる判決がなされるべきとする法治主義としてのリアリズムが育っていく契機になったとして、先の永井路子との対談で、次のように語っている。

「(開墾時代の初期には祖父さんが開墾したことは明確であったが、嫁取り、婿取りがややこしくなると不明瞭になる）だから坂東武者の訴訟は、土地問題ばかりですね。…（叔父甥の喧嘩で）叔父さんといえども、非法なことをしたら斬る。…そういうことが、だんだんリアリズムを作り上げていくわけで、公家体制が持っている宙に浮いたような、まったくリアリズムのない社会から坂東を見ましたら、徹底したリアリズムがあるわけでしょう。一尺の土地といえども、所有権のない土地はない。」

（前掲「司馬遼太郎対話選集一　この国のはじまりについて」）

このような、素朴なリアリズムをよりどころとする武士の登場、鎌倉幕府の誕生が、日本にとって、何故、「誇りにすべき」ことであったのか。近代になって列強からの侵略を受けることがなかったとの示唆はあるが、どういうことであったのか。それは、西欧と日本、アジアと日本の歴史の比較という文脈の中で、明らかにされる。

〈近代化を支えるリアリズム〉

司馬遼太郎は、鎌倉時代以降の室町時代から織田・秀吉の時代までは、ヨーロッパの近代に近い歩みを続け、むしろ、ヨーロッパ以上に世界を意識した精神が横溢していたとして、先の山本との対談（「リアリズムなき日本人」）において、次のように語っている。

「律令の土地公有制度というのは、公家や社寺がトクをする荘園制などムリがいっぱいありますから、はるかなのちに崩壊して鎌倉幕府という、土地私有権を認めよという政権ができるのは当たり前ですけどね。そのあと、わりあい自由なリアリズムが出てくるんです。鎌倉政権が出来て、江戸期が始まるまでの間は、日本史はヨーロッパよりヨーロッパ的かもしれません。織田信長の思想も、ヨーロッパよりもっと尖鋭なリアリズムを持ってるし、堺の商人たちも、やはり地球を意識した。室町時代から安土桃山時代にかけて、お茶を飲むにも地球を意識した美を考えるでしょう。茶室は、船とみたてられている。まわりは万里の潮です。お茶室でお茶を飲むというのも、交趾シナ香合をちょっと横に置いたり、中国の水墨画を掛けたりして、波の音を聞いてますよね。そういう世界性というのは普遍的なもので、普遍的なものに参加できるのは貨幣経済というリアリズム。これはもう明快なものがありますね。だから、鎌倉幕府の成立から、豊臣氏までは、何とかヨーロッパの近代とやや似たものに行ける可能性があったと思うんです。それ以降から人工的な江戸期がはじまって、徳川政権を守るためだけの階級社会がはじまる。明治のときに、鎌倉以来のながい封建制を壊すために、律令時代のムードを持ってきた。」（前掲「司馬遼太郎対話選集五　日本文明のかたち　―日本人とリアリズム―」）

　確かに、織田信長や豊臣秀吉は、世界的な視野を持っていたので、彼らの精神が次の時代に引き継がれていればヨーロッパの近代をより早く取り入れることができたかもしれないという想像は、興味深い。江戸時代は、鎖国によって、世界との交流を狭めてしまったために、西欧に後れを取ったことは事実だからだ。そのために、明治維新では、天皇をトップにおく中央集権の体制、擬似律令制をもちこまざるを得なかった。それが、明治や昭和の時代にどのような影響を与えることになったかは、後に論じることとしたい。

こうした、日本の中世におけるリアリズムの精神は、西欧の近代化をもたらした精神とどのような関係にあるのであろうか。社会学者で東京大学名誉教授の富永健一著の『近代化の理論―近代化における西洋と東洋』（講談社　一九九六）によれば、西洋の歴史は、古代（ローマ帝国という巨大な版図をもつ統一専制国家）から中世（権力分散的な小封建領主割拠、カトリック教会・ローマ教皇の一元的支配）、近代（小領邦が国民国家に統合）へと進展した。そして、近代社会は、①技術的・経済的領域における産業化、資本主義化、②政治的領域における近代的法、近代国民国家、民主主義、③社会的領域における機能集団（自然発生的なゲマインシャフトからゲゼルシャフトへ）、都市化、社会階層、④文化的領域における実証主義、合理主義という、各領域での伝統主義からの離脱、伝統的形態から近代的形態への移行の結果としてとらえることができる。一方、日本の歴史は、古代（律令制による高度な中央集権構造）、中世・近世（平安後期からの七百年間の封建制、江戸は、幕府が強い統制権力をもち、法定貨幣の発行権など近代的要素をあわせもっていたので近世と呼ぶ）を経て、近代に至る。中国の歴史は、中世封建制はなく、古代に成立した統一専制が秦漢帝国から清朝まで二千有余年構造変化が無かったとしたうえで、日本の封建制について、次のように述べている。

「西洋近代の起源が、封建制の制度的構造の中で準備されたことに注目したのは、マックス・ヴェーバーで、その理由は、封建制が権力と富に関して分散的な構造をもつという事実と、資本主義的市場経済がやはり権力と富に関して分散的な構造をもつという事実とのあいだに、整合的な関係があると考えられることによっています。」そして、

「近代に先行する時代として日本が西洋に似た封建制をもっていたという歴史的事実は、日本が非西洋諸国の中で最も早く近代資本主義を自分のものになし得たという歴史的事実を説明する上で、重要性をもつように思われます。」と、封建制を通じて近代資本主義を早期に確立した日本と封建制をもたなかった中国との違いについて言及している。

司馬遼太郎も、こうした日本の特異性を、一九六九年、小説家海音寺潮五郎と「日本人の意識の底」をテーマにして行った対談（「日本歴史を点検する」講談社　一九七〇）で、

「中国や朝鮮が近代化におくれたのは、中国風の中央集権制度をとっていたからだと思います。日本はヨーロッパとほぼ似た封建制度をとっていたために、よく充電された電池のように異質文明へ転換する力があった。」（「司馬遼太郎対話選集三　歴史を動かす力」文藝春秋　二〇〇六）と述べているが、これらは、先の司馬との対談におけるライシャワーの次の発言と同義であろう。

「日本史の一つの大きな本質的な秘密というのは、ヨーロッパと同じように日本が封建制を作り出すことができたという点だと思うんです。もちろん（発展の経緯、内容は異なるものの）、おそらく封建制度の一つの大きな特色は、分権的な、つまり中央集権的ではない統治の制度ということに帰結するだろうと思うんですね。

分権的な制度ということになりますと、統治者は…とにかく身近な土地の開発、発展ということに意を用いる。それでその地域の発展に興味を持つということになる。ところが、集権的な制度ですと、…税金をしぼり取ればそれでいいんだということで、その地域の発展ということについてはあまり興味を持たないと思うんですね。そういう点からいいますと、封建制度というのは、成長の要因をその中に内蔵している制度だというふうに、大雑把にいえると思うんです。

その点、中国というのは、外部からしょっちゅう攻略されたりしたものですから、とにかくあるものは全部持っていけばいいという中央政府ばかりが、次々に興ったり亡びたりして、結局は日本的な封建制、あるいは地方の発展というものはうまくいかなかった。」

そして、鎌倉幕府の誕生による土地所有制度が近代化に果たした役割についても、次のように語る。「封建制の下における土地所有というものは、これは地場経済、あるいは地場社会というものを健全に発展させていくための一つの大きな要素なんだと私は思うんです。…それが日本と他のアジアの国々とを分けたと考えておるんです。

そこで、頼朝というのは、…（混乱の中何かをつまみ出してきて一つの組織にして）鎌倉的支配制度を一世紀半にわたって続けた。その意味で日本史上、非常に大きな業績を上げた人ではないかと思っているのです。…「リアリズム」は…頼朝の場合にもやはり当てはまるのではないか。」（前掲「司馬遼太郎対話選集一　この国のはじまりについて　―日本人物史談―」）

司馬は、封建制に内在する個人の自立や合理的な判断基準である「法」を重視する価値観が、商品経済・資本主義経済の発展、すなわち、近代化を促進するうえで重要であったとし、一九九二年の作家堀田善衛と映画監督宮崎駿との対談において、次のように述べている。

「江戸時代はヨーロッパ以上に精密な封建制だったと思います。封建制の中で、人間が自発的に物事をやる能力が身につく。そのうえ江戸時代の封建制は、問屋制資本主義と重なってました。ビジネスということは、北前船の船頭にいたるまで身についていた。そして商業的信義、つまり商工業文化をうむわけです。職人文化でいうと、日本人の考え方を製造業に向くようにもっていった。

…（韓国の民家の柱はみんな曲がっているのをみた時に）江戸の指物師は、どうしてあんなに真っ直ぐの障子の桟を作ったんだろうと思いました。これは、無意味なほどのリーガリズム（法治主義）です。無意味なほどの。…韓国のほうが一種の自然の中に溶けているし、すばらしいともいえます。…（しかし）近代国家はやはり障子の桟を幾何学的に整えたほうが、興しやすいだろうなと思いました。」（堀田善衛、司馬遼太郎、宮崎駿「時代の風音　─日本人のありよう─」朝日新聞出版　一九九七）

そして、そうした封建制の中で育まれてきた精神は、西欧における近代化に通ずるものであった。司馬は、「この国のかたち　三　─大坂─」（文藝春秋　一九九二）や「この国のかたち　一　─日本の近代─」の中で、十八世紀の大坂には、モノを観念でみずにモノとしてみる商品経済の思想が行き渡っていたとし、質と量でモノを見、学問や思想までをそのように見なおすところから、世界史上の近代がはじまるとすれば、日本の近代の萌芽がこの時代にあったとする。そして、ヨーロッパの近代精神を体現する思想家や文化人として、「宗教的権威の否定」では、富永仲基を、「科学的合理主義と人格の自律性」では、山片蟠桃と三浦梅園を、さらに、「人間主義」では、井原西鶴をあげる。

因みに、先の富永健一の「近代化の理論」では、西欧における近代化の内生的動因として、資本主義の精神、民主主義の精神、合理主義の精神、科学的精神という四つの精神要素をあげているが、伝統主義の否定という意味での合理主義の精神（伝統の束縛を非合理なものととらえ、それからの解放を促す精神）や、社会の進歩を促す科学的精神（仏のコントは、神学や形而上学を否定し、科学的な方法論を重視する実証主義を唱え、英のロックやヒュームは経験科学（経験主義）を主張した）などが、しいていえば、司馬のいう近代精神に符合するものであろう。そして、そうした近代精神は、江戸時代の中ごろには、ひとびとが自覚することなく、まさに「近代という潮が腰まできていた」が、そのみなもとをたどれば、日本の封建制への移行を促した坂東武士のリアリズムに行きつく。それが、長い、封建制の時代の中で定着、発展したとすれば、司馬が、鎌倉期を日本の歴史の起源とするのも、あながち、オーバーな比喩とは言えないのである。

〈リアリズムに対する「イデオロギー」〉

それでは、こうした日本人の合理主義、リアリズムの対極にある伝統的な知識の体系、価値観とはどのようなものであったのだろうか。司馬は、「この国のかたち　三　―脱亜論―」で、明治中期における中国や朝鮮に対する福沢諭吉の論評を紹介している。韓・清の政府はいたずらに老大を気取り（外見の虚飾のみを事として）、それをもって礼教であるとしてきたきらいがないではなく、また、真理原則（国際的な公的基準）について「知見」がなく、世界に通用する普遍的物差しをもとうとしていない、儒教という古い文明が、もはや国際的な尺度であることを失って、「古風の専制」と化している。

儒教の価値観にしばられた中国・朝鮮は、それを脱することなくして、帝国主義列強によって分割されるのは間違いないと痛烈に批判した。そして、この儒教の文明は、朱子学として、とりわけ、朝鮮や日本の歴史に大きな影響を与えることになった。

司馬遼太郎は、同じ、ライシャワーとの対談（「円仁　─知識欲旺盛な日本人の原型─」）において、日本と朝鮮との歴史の違いを儒教思想の差に求めて、次のように語っている。

「ところで、その後の朝鮮半島の歴史で一つの特徴は、李朝が商業を禁止したことだと思うんです。(十四世紀に王朝を開き五百年続いた）政権ですが、貨幣経済をおさえつづけてきた。あれだけの文明国、文化の進んだ国が、わざと不完全になった。…そのとき（悪しき日韓併合や日本の朝鮮侵略）まで貨幣経済は少額のものしかなく、流通経済がないにひとしかった。これは、朝鮮人の政治、社会意識や文化を非常に特殊なものにすることになったろうと思うんです。と同時に、物の認識がイデオロギッシュになったといいますか、これは悪口じゃないんですが、朝鮮人は観念が先行する。現実の評価よりも、あるいは現実に諸価値があるというよりも、むしろ正義のほうが先行する。自恃の中の正義感のほうが先に噴き出してしまうところがあります。…ちょうど李朝が貨幣経済をなくしたころに、日本は室町以降の貨幣経済が非常に盛んになった。日本と朝鮮の分かれ目がそこにあると思うんです。」（前掲「司馬遼太郎対話選集一　この国のはじまりについて　─日本人物史談─」）

ここでの、貨幣経済への移行を抑制し、現実よりも正義の観念が優先する価値観もたらした儒学思想とはどのようなものであったか。儒教は、孔子を始祖とする道徳・教理の思想であり、漢の時代（紀元前一三六年）に、国教として定められ、司馬によれば、それは、「華（文明）であるにはどうすればいいかという」文明主義の思想であったが、宋の時代（九六九～一二七九）に至って、宋学という新しい儒学（朱子学が代表で道教ともよばれる）が登場する。当時は、周辺の異民族国家群の膨張によって国境を脅かされる危機状況が常にあり、宋学はそうした時代背景のもとで生まれたため、次のような性格をもつものであった。

「(宋学は、) 理非を越えた宗教的な性格がつよく、いわば大義名分教というべきもので、また、王統が正統か非正統かをやかましく言い、さらには異民族をのろった。漢民族は本来、経験的で実際的な民族なのである。しかし、宋学はおよそ中国的ではないといいたくなるほどに理屈において苛烈であった。

…宋学は、危機環境のなかでおこった。このため過度に尊王を説き、大義名分論という色めがねで歴史を観、また異民族（夷）を攘うという情熱に高い価値を置いた。要するに学問というより、正義体系（イデオロギー）であった。」（「この国のかたち　三　―宋学―」）

そして、この「普遍性をもたない」形而上学としての宋学は、その後、清の時代までの中国における中心的な思想でありつづけ、日本も含めて、周辺の諸国にも大きな影響を与えた。とりわけ、李氏朝鮮の場合、商業を禁止するという本家中国以上の徹底ぶりをみせたのは、朱子学を正義体系として受け入れたからで、先の司馬の発言に呼応するかたちで、ライシャワーは、次のように解説する。

「(円仁の時代の新羅は中国の貨幣経済の一翼も担い、日本人に対しても親しい感情を持っていたが、その後、中国も同様であるが、それが失われていった。)…(司馬さんのご指摘の通り) 朝鮮半島というのは、中国と比べても、特に貿易とか経済という面において非常に遅れてしまった。日本と比べたらもう雲泥の差で、後れをとってしまった。それは、…朝鮮半島が儒教の影響を濃密に受けて、イデオロギーとしての儒教を受け入れたというところに、理由があっただろうと思います。（儒教というのは、反商業主義で、経済との関わりを拒否する姿勢が強い）特に李朝の朝鮮というのは、どうも藍より出でて藍より青し（筆者注：弟子が師匠の学識や技量を超えるの意味―出藍の誉れともいう）、とでも申しますか、本場の中国以上に儒教化していった。特に清朝による明の征服の時代におきましては、朝鮮半島の人のほうが、むしろ明朝の理想でもある儒教というものに忠節を誓ったという点があったと思います。…ですから私は、やっぱりイデオロギーというのは恐ろしいなあと思うわけで、どうもイデオロギーというのは、リアリズムと相対するというようなことがあるんじゃないかと思います。要するに朝鮮半島の悲劇というのは、あまりにも儒教に忠実であった、中国以上にそうであったということだというふうに思います。」（前掲「司馬遼太郎対話選集一　この国のはじまりについて　―日本人物史談―」）

　司馬も、先ほどの堀田、宮崎との対談（前掲「時代の風音」）では、十六世紀李朝の李退渓という学者が中国に学ぶことなく朱子学を集大成し、その教えは日本にも伝わったが、結局は、「空理空論」で極端な「自己賛美主義（中華思想）」であったため、李朝の五百年間は、その弊害を受けた。「停頓こそ正義」で、日本の奈良朝を懸命に二十世紀までつづけてきたような印象だと語るのは、ライシャワーと同じ見方である。

朱子学は、朝鮮だけではなく、日本社会の命運を握ることになるが、司馬の前掲「この国のかたち一　―朱子学の作用―」によれば、これは、十三世紀ごろに、宋学関係の書物によって日本に入ってきて、当時の読書界に大きな衝撃をあたえた。それまでの日本には、攘夷や大義という観念はなかったからである。そして、後醍醐天皇（一二八八～一三三九）とその側近たちは、そのイデオロギーのとりこになり、中国皇帝のようなつもりになって、武家と対立し、南北朝の大乱を起こすにいたる。

その後、その思想が、日本社会に浸透するには時間を要し、朱子学が官学として認められたのは江戸時代になってからであった。朱子学を官学化した李氏朝鮮では、朱子学を唯一の価値体系としたため、末期には、官僚が神学論争に終始し、亡国につながるような凄惨な政治事態を引き起こしたが、日本では、江戸中期以降は、荻生徂徠のように人文科学に近い立場で朱子学の空論を批判する儒学者たちも現れ、必ずしも朱子学一色ではなくなった。朱子学のイデオロギーを忠実に引き継いだのは、水戸藩で、二百数十年続いた日本史編纂の事業は、「義理名分をあきらかにし、忠臣叛臣の区別を正すという宋学価値観」に立脚したものであり、その思想は、幕末における尊王攘夷運動に大きな影響を与えることになった。

この思想の効用の側面は、前掲「この国のかたち　三　―宋学―」で述べているように、明治維新の成立にあたって、尊王攘夷という単純明快なスローガンで国論が統一し、そのことで欧米による植民地化を免れたことと、諸大名による革命勢力が、「朱子学的尊王という超越的価値」によって、将軍を否定することに倫理的な負い目をもたずにすんだことであった。しかし、この「宋学（水戸）イデオロギー」は、明治以降の歴史教育における皇国思想や後述する「統帥権」の思想の理論的な支柱になるなどのかたちで生き残り、日本を軍部の統制主義から太平洋戦争へと過った道に導くという役割を果たすことになる。

日本の封建制を支えるリアリズムの対極にある伝統的な価値観としての朱子学イデオロギーが、朝鮮や日本の歴史にどのような影響を与えてきたのかを見てきた。司馬は、このイデオロギーという言葉を、「この国のかたち　五　―宋学（一）―」の中で、「唯一絶対の一個の観念がするどい切っさきをなし、剣のように体系化された思想のありかた」であり、「これをもって、地上の諸存在を善か悪かに峻別し、検断する」ものであると定義した。また、前掲「この国のかたち　一　―朱子学の作用―」では、江戸後期の儒者太田錦城が宋学において長じているとする義理とは、「〝正義〟を一点設けて、それを論理づけ、ひとびとに実行を強いる体系―もっと粗々に言いきれば、イデオロギー―というべきである。」と述べている。社会科学の用語として使われる「イデオロギー」は、「政治や社会のあるべき姿についての理念の体系」であり、本来は、中立的なものではあるが、宋学（朱子学）のそれは、司馬によれば、観念的で、ひとびとをしばる旧態的な価値観の体系である。そして、それは、朱子学にとどまらず、戦前・戦後の左翼・右翼思想などの空論も対象となる。

そうした認識は、口述をもとにした「この国のかたち　四　―日本人の二十世紀―」（文藝春秋　一九九四）の次の発言によく表れている。

「左翼思想とは、いわば擬似的普遍性をもった信仰であって、国家や民族を超えてこの擬似的普遍性に奉仕せよということでしょう。日本の左翼はその成立の瞬間から日本史をとらえる点でリアリズムを失っていた。そうすると、左翼の反作用として出てきた右翼も同時にリアリズムを失っています。二十世紀のソ連崩壊までの間、我々を非常に惑わしたのはこの左右のイデオロギーでした。…ロシア革命から七十年を経て、ようやく左右の空さわぎからの夢が醒めたようです。…昭和初年の左翼のことを〝水戸学派（朱子学）的〟という人がありますが、朱子学もイデオロギーで、戦前の日本史教科書もまた、濃厚に朱子学的でした。昭和初年の右翼思想も、当然ながら、朱子学そのものです。日本にあっては左右同根と言いたくなる印象があります。

…（左翼は、大名や都市労働者も帝政ロシアの地主や産業革命以降のプロレタリアートとして見るが、）こうしたフィルターでしか日本史を見ないがために、ありのままの日本史は存在し得なかったのです。」

そして、「この国のかたち　三　―平城京―」では、社会主義のような統制主義（マルクスの社会主義、ナチによる国家社会主義、戦前の日本軍部による統制主義など）は、ひとびとを説得したり、〝思想〟によっておどしつけるための空論や空さわぎの演説が必要となるが、律令制は、そうしたアジテーションが要らない沈黙の社会主義体制であった。当時は、多様性がなく、一望、農民や採集生活者だけであり、日本語も未成熟であったため、抽象的な―国家や社会についての―ことを論ずることはできなかったとしている。いずれのシステムも、リアリズムを許さない、上からの独裁的な体制ということでは共通しているのだ。

明治維新と近代化

前節「日本人とリアリズム」では、鎌倉武士の勃興により古代から中世への移行が始まるが、それは、貴族や官僚が全ての人々を支配する律令社会から、一人ひとりの個人が自立し、合理主義やリアリズムの感覚を持った自作農、すなわち、武士たちが統治する封建制社会への転換であったこと、封建制社会の成立は、近代化をいち早く成し遂げた西欧の歴史と相似性があり、一方で、古代を引きずった中国や朝鮮の歴史と一線を画すことになったこと、そして、その中国や朝鮮の統治を支えた精神は朱子学という観念を重視するイデオロギーで、やがてこのリアリズムとは相対するイデオロギーが江戸期から明治、そして昭和の敗戦まで引き継がれることを述べてきた。ここからは、明治維新と近代化がどのように進められたかについて、考えてみたい。

鎌倉幕府の成立から豊臣氏までは、比較的、合理的精神―リアリズム―が横溢していた時代で、ヨーロッパの近代とやや似たものに行ける可能性があった。ところが、江戸時代は社会の安定を優先するために、門閥や身分を重視する階級社会とし、また、世界との交流を意図的に制限した。この間、西欧は、産業化や資本主義化を通じて、技術力、軍事力を高め、十九世紀には、他の地域に対して植民地化をおし進めた。そうした帝国主義の波が、江戸の幕末期の日本にも押し寄せることになる。

「太古以来、日本は、孤島にとじこもり、一八六八年の明治維新まで、世界の諸文明と異なる独自の文明をもちつづけてきて、明治期、にわかに世界の仲間に入ったのです。五里霧中でした。まったく手さぐりで近代化を遂げたのです。」（「「明治」という国家　―「自由と憲法」をめぐる話―」日本放送出版協会　一九八九）と語る明治維新の幕開けである。

江戸幕藩体制から明治の国家体制への移行は、革命とよんでよいものであるが、それが、なぜ大規模な内戦や混乱を伴うことなく行われたのか、また、その後の明治新政府における国家改造が、なぜスピーディに行われたのか、それを解くカギは、アジアの他国とは異なる歴史を刻んできた日本社会、日本人に求めることができる。

〈革命としての明治維新がなぜ成立したのか〉

アメリカのペリーが日本との通商を求めて浦賀に来航したのは、明治維新による新政府樹立の十五年前の一八五三年であった。それに先立つ約十年前の一八四二年には、イギリスがアヘン戦争で清を破り、賠償金の支払い、香港の割譲、上海、広州などの開港を受け入れさせていたが、そのニュースは、時を経ずして日本にも伝わってきていた。アヘン戦争は、イギリスが清との貿易の不均衡を解消しようとして、植民地インドでつくらせたアヘンを密輸入させたことから起こったものであるが、帝国主義列強が圧倒的な技術格差、軍事力格差を背景に、アジアを植民地化しようとしていることは、日本にとっては対岸の火事ではなかった。

司馬遼太郎は、先の海音寺との対談で、明治維新の歴史的な意味合い（産業革命と危機意識）について語り合い、次のように述べる。（前掲「司馬遼太郎対話選集三　歴史を動かす力　―日本歴史を点検する―」）

「（日本は四海に囲まれ、中国、ロシア、アメリカという大国に挟まれて緊張感が強い。そうした）危機意識が悲愴感にまで高められて、そこからエネルギーが生まれてくる民族になってしまったんですね。だから明治維新ということは、やはり危機意識で纏まったわけですね。（将軍も自らその地位を棄てるという歴史的に珍しいことをやったが）徳川慶喜の偉さというよりも、それをやらざるを得ないところに日本人と明治維新の特異性がある。」とし、これに対して、海音寺も次のように答える。

「そうです、危機意識です。その危機意識を、最近の歴史学者は余り重要視しませんね。封建制度の矛盾とか、鎖国経済の行きづまりとか、百姓一揆とか、打ちこわしとか、そんなことばかり言い立てるんですが、それだけでは革命になりませんよ。もっと直接的な、強力な、物理的な力ですね。それがないと革命の火はつかんと思いますね。」

そして、司馬は、そうした危機意識が国民の大きなエネルギーになった理由として、江戸時代の教養主義をあげる。

「結局、江戸時代という非常な教養時代の産物ですね。まあ、細かくいえば、朱子学というたった一つの道理を、日本中が寄ってたかって習得しようとした。このため、幕末ほうぼうから京へ出て来る志士たちが、互いに初めて顔合わせして議論しても、表現法も同じだし、ちょっと話せば相手のいう意味がわかる。意思疎通が実に早かった。なににしても幕末の諸現象は、江戸時代という教養の時代を考えないわけにはいかないでしょう。」

そうした危機意識は、初めは、武士、大町人、庄屋階級などのインテリ階層の一部だけのものであったが、それが、全国の人々に伝わっていく。それには、尊王攘夷を大義名分とする朱子学が大きな役割を果たしたが、平田篤胤などの王政復古による国家改造論の国学などもそれを強化したとされる。

しかし、このような危機意識のみでは、江戸幕藩体制から明治の国家体制への移行という革命としての明治維新がおこるわけではない。徳川幕府は、ペリー来航の翌年に日米和親条約を締結し、長年の鎖国政策を廃止し、開国に舵を切る。その後、一八五八年に大老に就任した井伊直弼は、同年に日米修好通商条約に調印し、その他の列強とも同じ条約を結ぶ。これは、孝明天皇の勅許を得ずに行われたため、朝廷だけではなく、諸藩からも強い反発を受け、このため、井伊は、尊王攘夷を唱える水戸藩藩士など運動家を中心に弾圧を行い（安政の大獄）、その結果、一八六〇年、桜田門外の変で、水戸藩と薩摩藩の脱藩藩士により暗殺される。この間の経緯を、司馬遼太郎は、「武市半平太（映画「人斬り」で思うこと）（一九六九年八月　サンケイ新聞）」（「歴史の中の日本　―武市半平太―」中央公論社　一九七四）で、次のように解説する。まず、井伊のとった政策について、

「（桜田門外ノ変でたおれた井伊直弼は個人としては魅力ある古典的教養人であるが、近世日本が最初に経験した欧米列強との国際問題を処理するのに、じつに単純な方法をとった。日本史上最初に出現した「国民的世論」におそれをなし、日本国家の運命よりも徳川家一軒の運命を考え、徳川政治史上最大の権力をもって弾圧した。言論のカケラもみのがさなかった。それが、）安政ノ大獄である。（関係のあった）士庶の多くを死刑にし、公卿や大名はその実権の座から追放した。かれは開国条約には調印したが、その本質は開明主義者ではなく、逆に極端な保守主義者で、…さらには伝統的政体をまもることに狂気の情熱をもった。…」とする。これに対して、国民の世論はどうであったか。

「（桜田門外ノ変は、当時の圧倒的な支持気分を背景にしておこなわれたが、それだけに襲撃者たちに

は、のちの（土佐藩士の）武市半平太らが関係した暗殺集団の暗さがなく、）白昼堂々と井伊家の行列を襲撃して直弼を討った。かれらは自分たちの行動の背景には一般の圧倒的な同情があると信じていたために、その意識も行動も赤穂浪士に通ずるような華やかさをもっていた。」として、国民の大きな支持があり、水戸藩の勤皇の志士たちは、この事件で多くが死刑となり壊滅するが、全国の志士たちを勇気づける結果となる。つまり、その後の文久年間は幕府の威信が地におちたどん底の時期で、幕府の当事者も「言路洞開」（世論を政治に反映するの意味）という言葉をしきりにつかい、雄藩の大名や幕府の老中に一介の他藩士や浪人が面会して大声で意見をのべるということがしばしばおこなわれた。それが行き過ぎて、土佐の武市半平太ら勤皇浪士たちが逆にテロリズム（天誅さわぎなど）をやりだしたため、京都守護職の会津藩主松平容保は、テロは、テロを封じるためのテロによってしか終息しないということに気づき、文久三年（一八六三）春、その支配下に新撰組という官製のテロ集団を置くことになった。

安政の大獄で刑死した志士のなかに、長州藩の吉田松陰がいたが、かれも、その後の長州藩の革命的な行動に大きな影響を与えた。「吉田松陰（日本人のこころ、その代表的人物）（一九六八年八月　毎日新聞）」（「歴史の中の日本　―吉田松陰―」中央公論社　一九七四）では、「（明治維新の初動期ともいうべき安政年間のある時期までは、水戸、薩摩、越前、土佐と異なり、長州藩は動いていなかった。）…長州の暴走がはじまったのは、この（吉田）松陰が松下村塾を萩城外でひらいてからのことである。革命というものは薩摩の冷徹な戦略主義だけでできるものでなく土佐脱藩の士のようないわゆる草莽の力闘だけでできるものでもない。松陰死後のある時期から長州藩は、その穏和な性格を一変させ全藩ぐるみやぶれかぶれといってもいいような暴走をはじめ、その暴走によっておこる巨大な風圧がつぎつぎに物理的な衝撃を情勢にあたえ、さらに進行し、めまぐるしく、新段階をつくりつつ、ついには自爆寸前になって薩摩と土佐が事態収拾の手をのばし、いわゆる維新が成立した。この長州藩の日本史上の壮観ともいうべき暴走の点火者になったのが、吉田松陰である。」とし、また、志士たちの中には、藩士の身分をもたない伊藤博文が、木戸孝允らと同志的な結合で活動を進めたことを紹介している。

「(塾の門人は、ほとんどが下級藩士の子弟であり、藩士の列にはいっていない伊藤博文のような階層のものに対しても、塾の客分ともいうべき木戸孝允（桂小五郎）は伊藤に「桂小五郎付庸」という名目をあたえたが、「それは届け出の形式にすぎず、君も私も同志である以上同格だ」といったとされ、)こういう同志平等の気分というのは他藩にはまったくなかったものであり、長州でも松下村塾だけの独特な気分であった。松陰の影響といっていい。」

前段における長州の暴走とは、井伊の死後におこった、将軍家定の後継問題で敗れた一橋派大名（水戸藩、越前藩などに加え、薩摩、宇和島、土佐などの外様大名を含む）たちによる公武合体の動き（一八六二年、薩摩藩の島津久光が兵を率いて入京し、朝廷工作の結果、徳川慶喜を将軍後見職に、越前藩主の松平春嶽を政事総裁職に、会津藩主の松平容保を京都守護職にする改革案（文久の改革）を幕府に呑ませる）とは別の道を歩んだことを指している。長州藩は、長井雅楽の失脚後、尊王攘夷派が藩論を制するようになってからは、朝廷の三条実美らの一部の公卿を担ぎ、土佐藩の藩士とも連携して、京都での活動を激化させ、また、下関で外国商船を砲撃するなど過激な行動に出る。このため、会津藩と薩摩藩は、一八六三年、朝廷との密約の下、長州藩や一部公卿を京都から一掃する（八月十八日の政変）。翌年、長州藩は、罪の回復を嘆願するために挙兵するが、朝廷から退去を命じられたため、会津藩や薩摩藩らと戦い、最後は、敗退する（禁門の変）。その後、長州藩は、朝敵となり、藩論は、尊王攘夷の正義派から幕府に恭順の意を示す俗論派に戻ったが、一八六五年には、高杉晋作らによる正義派が再び実権を握る。こうした、長州の暴走が、江戸幕府の屋台骨をすり減らし、明治維新を実現させる起爆力になった。

長州藩の気質について、先の司馬との西郷と大久保をテーマにした対談（前掲「司馬遼太郎対話選集三　歴史を動かす力　―日本歴史を点検する―」）で、海音寺は、

「観念論といえば、維新時代では薩摩は非常に現実的な動きをしていますね。会津と結んだり、長州と組んだり、ちっとも筋が通っていない。ところが、長州は最も理論的で、純粋ですね。長井雅楽の開国主義を藩論として、朝幕の間に公武合体運動を始めて、なかなか評判もよく、威勢もよかったんだけど、島津久光が幕政改革による公武合体論をひっさげて中央に乗り出して来て評判がよくなると、長州の評判はガラリと落ちました。そこで、さっとそれを引っこめ、今までのことは長井の個人的運動で、藩の運動ではなかったことにして、長井には腹を切らせ、尊王攘夷論を藩論としますよ、すると、もう最後まで変わらず、ずうっと続けますね。最もラディカルな尊王攘夷論をね。純粋といえば純粋だが、どうも観念的に過ぎますね。…」と述べ、これに対して、司馬は、次のように応じる。

「長州的気質ですね。薩摩の現実主義政治というのは、イギリスの政治を見るように見事ですね。ど

ういうわけでそうなったんでしょうか。幕末の薩摩藩の政治というのは是々非々主義で、ともかく観念で動かなかった。例えば今日の情勢では自分とは立場を異にする会津と手を握ろうとする、その次にはもう会津を叩き潰して長州と手を握る、というところが、長州人にとっては奸悪そのものに見えたんでしょうね。」

勤皇の志士の件に戻ると、薩摩藩の西郷や大久保も、最後は、藩主を超越して、明治維新を成し遂げたが、最初は、危機意識をもった多くの下級藩士の一人であった。しかし、当時の薩摩藩には、上が下から優秀な人材をとり立てようとする藩風があったとして、先と同じ海音寺との対談（西郷と大久保）では、

「…西郷の場合は島津斉彬の方、つまり上から積極的に見出してもらったし、大久保一蔵つまり利通は島津久光にとり入って、下から売りこんでとり立ててもらった。事情はいずれであれ、下に埋もれている人材を探し出してはとり立ててゆく気運があったわけですね。平和な時代なら、成りあがり者に対して世間は決していい点をつけないのに、あの頃の薩摩藩は天下大難ということの緊張意識がそうさせるのか、氏素性などよりも英傑を非常に望んでいる。英傑を指揮者に戴いて、その言うことは聞こうというふうにやっている。」と述べている。

そして、かれらが、どのように政治的な才略を磨いていったかについては、「大久保利通（日本人のこころ、その代表的人物）（一九六八年十一月　毎日新聞）」（「歴史の中の日本　―大久保利通―」中央公論社　一九七四）で、次のように解説する。

「…大久保の思想の苗床はその家にあったらしい。（祖父、父が藩の改革運動で弾圧を受け、家は悲惨をきわめる。西郷家で昼めしを食べることも度々であった）かれらの関係はそのようなまじわりから成立したものである。…ふたりは、潜行的に改革運動をすすめていた。かれらは、偽装して「近思録」（朱子学の入門書）を読む読書グループをつくり、内実はたがいに連絡をとり情報を交換しあい、あることをつらぬこうとしていた。島津斉彬を藩主にするという運動である。

…その後、（安政の大獄による運動の頓挫、島津斉彬の急死、西郷の自殺未遂などがあったが）大久保はふしぎな若者で絶望しなかった。（それは、性格にもよるが、）政治というこの危険な運動がもたらす悲惨な境涯になれていたのであろう。（その後、運動は藩の保守勢力の跋扈でさんたんたるものになるが、）大久保はこの環境を通じて史上空前の陰謀家というべき才略を身につけた。革命はその未熟期にも熟成期にも、陰謀といえばこれほどの陰謀はないにちがいない。明治維新はそのぎりぎりの段階においては京都における宮廷工作の大陰謀にしぼられ、そのほとんど魔術的な工作を公卿の岩倉具視とともに担当した。その策謀力の鍛錬は藩内におけるこの時期にできあがったといっていい。」

ここでいう薩摩藩の動きは、現実的であり、政略的なものであったが、それは、「八月十八日の政変」で長州を追い落とした後の対応によく表れている。薩摩藩は、一橋慶喜が朝廷に条約の勅許を認めさせるなど、幕府中心の「公武合体」を実現しつつあるのをみると、有力大名による合議制を目指そうとする。一八六六年に、長州藩の復権のために薩長同盟の密約を行ったのは、長州藩を反幕府の側に引き寄せようとするものであった。この結果、長州征伐では、薩摩の後ろ盾を得るとともに、西洋兵学を駆使した長州軍に、幕府軍は敗北することとなった。

そして、一八六七年、家茂死去後に、第十五代将軍に就任した徳川慶喜は、同年、薩摩藩の斡旋により開かれた四候会議（島津久光・松平春嶽・伊達宗徳・山内容堂）において、四候の要求を受け入れず、幕府主導の統治を変えることはなかったため、薩摩藩の大久保らは、この年末、岩倉具視と工作して、長州藩らとの共同による討幕の密勅を下す。しかし、慶喜も、内戦を避けたいと考える山内容堂の建白を受け入れ、同じ時に、大政奉還を朝廷に申し出る。このため、武力討伐は中止されたが、慶喜は、将軍職も辞職したものの、この時点では、幕府が大政奉還後も新体制に関わることを想定していたとされる。

しかし、直後の慶応三年十二月（一八六八年一月）に、幕府を廃止し、総裁・議定・参与の三職をおくとした王政復古の大号令が発せられる。これは、薩摩と岩倉らが、薩摩・土佐・安芸・尾張・越前の五藩の軍事力を背景としておこした政変（クーデター）であったが、土佐、尾張、越前の各藩は、徳川家が、諸侯の列に加わることを前提として考えていた。このため、その後は、慶喜と朝廷側の綱引きが続いたが、結局、一月後に、薩摩軍と幕府軍との間で、鳥羽・伏見の戦いが始まる。薩摩軍は、錦の御旗をかかげたため、幕府軍は朝敵となり、二日後に、敗走する。

その後は、慶喜は、江戸城の無血開城を含めて、敗戦処理を勝海舟に任せるが、それに不満をもつ一部の幕臣たちと、薩摩藩と長州藩を中核とする新政府軍の戦いが続き、鳥羽・伏見の戦いから始まった戊辰戦争は、一年半の後、明治二年（一八六九）の箱館戦争で終結する。

大政奉還から王政復古の大号令、鳥羽・伏見の戦い、江戸城無血開城に至るほぼ半年の期間は、徳川幕府からすれば、当然視していた新政府への参画の期待が、最終的に裏切られることになる過程であり、一方で、薩長からすれば、陰謀を駆使しつつ辛うじて権力奪取を勝ち取った過程であった。しかし、それは、双方の意図がどうであれ、明治維新という日本の近代化を速やかに軌道に乗せるためには不可欠なものであったといえるであろう。司馬は、「競争の原理の作動（一九七一年十月「太陽」）」（「歴史の中の日本　―競争の原理の作動―」中央公論社　一九七四）のなかで、明治維新を、文化革命と政治革命としてとらえ、政治革命には、旧政権ではなく新しい勢力が必要であったと考える。

「…アジア的規模でいえば、産業革命によって技術国家となった欧米諸国が、その世界史的潮流に乗ってアジアを領土的にあるいは商業的に侵略した。日本はその潮流をみて一大衝撃をうけ、侵略されることを避けるためにはその世界史的潮流である産業革命に乗るしかないとみて、それに乗った。…が、乗るというこの国家的変身は、老朽政権ではアタマではわかっていてもからだがついてゆかず、勝海舟が骨身にしみて味わったように不可能であり、あたらしい勢力がとってかわる以外にない。…（その）意味では政治革命である。その新勢力が、たまたま（もしくは必然的に）西日本の雄藩である薩長であった。」とする。

〈革命を成功させた江戸期社会の多様性とは〉

司馬遼太郎が、徳川幕府に代わる新勢力としての薩長の役割が、「たまたま」もしくは「必然的」としたのは、深い意味がある。それは、三百年近くも続いた徳川幕府という安定政権にとって代わるだけの多様性が、江戸期の社会に内在していたからであり、革命としての明治維新が大規模な内戦や混乱を伴うことなく行われたのはなぜかの問いに対する答えでもあるからだ。

司馬は、「「明治」という国家　―江戸日本の無形遺産〝多様性〟―」の中で、江戸期には交代能力をもつ野党的な大名がいくつも存在しており、勝海舟の言葉によれば「幕府というのは、シツケ糸一本を抜くだけで解体するようにできていたのだ」とさえいえる多様性のある社会だったと述べている。司馬の徳川幕藩体制に対する解説は、次のとおりである。

幕藩体制とは、三百諸侯による大名同盟で、徳川将軍家は、直轄軍としての旗本八万騎を擁し、四百万石の天領（直轄領）をもつ、ずぬけて大きい大名ではあるが、その盟主であるとするのが実体に近い。諸侯には、戦国時代の頃から徳川家の家来であった譜代大名とそうではない外様大名があり、加賀前田（二百万石）、仙台伊達（五十九万五千石）、薩摩（七十七万石）、長州（三十六万九千石）、佐賀鍋島（三十五万七千石）、土佐山内（二十四万二千石）、熊本細川（五十四万石）、福岡黒田（五十二万石）などがその有力なものであった。譜代大名は、幕府の重職である老中（閣僚）、若年寄（閣僚補佐）になったりするので、石高は大きくないが、政権与党の一員と考えられる。一方、外様大名は、政府を批判したり、攻撃することはできなかったが、政府の役職につけないという意味では、野党であった。

そして、外様大名が明治維新に果たした役割についても、次のように解説する。

こうした外様大名のなかでも最も野党性が強かったのは、薩長の両藩であった。薩摩藩の島津家は、十二世紀にさかのぼりうる名家で、徳川家よりもはるかに筋のいい家であり、「雄藩」（英雄的な気概をもつ藩）であった。薩摩藩は、また、琉球を属邦化し、琉球経由の中国との密貿易を通じて利益をあげ、島津斉彬は、そうした財源をもとに、反射炉や洋式造船、機械制工業を他藩に先がけて実施した。西郷や大久保などの無名の人材を登用したことは先に述べたとおりである。

一方、長州藩は、関ヶ原の戦いにおいて豊臣家についたため、かつての毛利家の版図を三分の一に減ぜられ、多くの武士が農民の身分になった歴史的な背景もあり、士農工商をふくめて、長州藩は一つだという一藩平等意識が培われてきた。そして、財政をよくするために、瀬戸内海海岸の干拓による水田の拡大などを進め、表高三十六万九千石に対して、実収入は、百万石以上といわれるようになる。そして、「その収入をもって換金性の高い殖産事業をおこし、幕末ではほとんどあたかもヨーロッパの産業国家のような観を呈した。いまの山口県一つの収入で、洋式陸海軍をもち、さらに京都における革命工作のためにばく大な費用をつかい、つづいて戊辰戦争の戦費をまかない、それでもなお（戦争終了後に）八万両をもっていたという。この藩はその半分を新政府に献金している。」（前掲「歴史の中の日本　―競争の原理の作動―」）とまでになる。こうした長州藩の平等意識や高い財力が維新を成立させた原動力になったことは明らかである。

また、薩長以外にも、明治維新に貢献した代表的な藩として、土佐藩と佐賀藩をあげることができる。土佐藩は、長曾我部氏の時代に、四国を平定しようとして、自作農を武士とする「土佐の一領具足」（平時は田を耕し、戦時は具足をつけて出て行く）という国民皆兵を行うが、関ヶ原の戦いでとりつぶされた後は、よその山内家が支配することになる。このため、土佐の全て農民は、長曾我部氏の遺臣と思うようになり（意識の上での二枚構造）、それらのガス抜きのために、富裕なもの、山野を開拓したものを下級藩士としてとりたて、郷士とした。その数は数百人に及ぶが、胸中の「長曾我部意識」は強く、郷士・庄屋たちは同盟を結び、明治後に土佐が自由民権思想の一大飼育場になったのは、そうした歴史的背景があったからであり、また、坂本龍馬のように、志をもつ郷士たちは多くは脱藩し、幕末に勤皇派になったのも当然であった。かつて独裁的であった藩主山内容堂は、幕末になり、藩政指導の局面から身をひき、政治面は後藤象二郎に、また、藩の軍事面は板垣退助に委ね、鳥羽・伏見の戦いの後には、薩長の戦列に加わる。

また、佐賀藩は、倒幕に参加するのは、鳥羽・伏見の戦いが終わってからであったが、薩長が佐賀を誘った理由は、日本でただ一つ重工業をもつ藩だったからで、科学技術という点で、輝くような藩であった。藩主の鍋島閑叟は、幕府から長崎警備を委嘱されていたため、早くから藩を洋式化し、藩士たちに、物理や化学、機械学、造船、航海術を学ばせ、語学も、オランダ語、英語を習得させた。英国製軍艦を購入し、修理するためのドックももっていた。英国製のアームストロング砲をもち、ライフル銃で装備していた洋式軍隊は、戊辰戦争から新政府軍に参加し、薩長土肥の体制となった。維新後は、佐賀藩士大隈重信を初めとして、新政府に有能な人材を送りこむことになる。

こうした薩長を中心とした野党勢力の多様性が、幕府を倒し、新政府を樹立させる大きな力になったが、司馬は、徳川家の最後の将軍となった慶喜や幕臣であった勝海舟の存在を見すごしてはならないとする。

「明治維新の最大の功績者は、まず徳川将軍慶喜だったでしょう。…退くにあたって、勝海舟に全権をわたし、徳川家の葬式をさせました。となると、明治維新の最大の功績者は、徳川将慶喜と勝海舟だったことになります。この功績からみると、薩摩や長州は、単に力にすぎません。また、この瞬間の二人にくらべれば、西郷隆盛や木戸孝允は小さくみえますね。」（「「明治」という国家　─勝海舟とカッテンディーケー─」）とまでいう。

慶喜は、鳥羽・伏見の戦いまでは、徳川家の新政府への参画を想定していた。明治後に慶喜が、「長州藩は憎くない。なぜなら最初から倒幕を呼号して旗幟鮮明だった。それに対し、薩摩はぎりぎりまで幕府びいきのような顔をしていた。」（「「明治」という国家　─江戸日本の無形遺産〝多様性〟─」）、と語ったとされることからも、その無念さが伝わってくる。鳥羽・伏見の戦いで敗退したとはいえ、当時の徳川幕府の軍事力は、新政府のそれと比較して、とりわけ艦隊においては圧倒的な優位性があった。このため、実際に戦いを行えば勝てる可能性がなかったわけではなかったが、戦いには大義が必要であり、国内が内乱状態になることを危惧した慶喜は、江戸幕府の幕引きを、勝海舟に委ねる。

慶喜は、その後、明治の新政府に対して口をはさむことなく、趣味に没頭する余生をおくり、大正二年に七十七歳で死去するが、作家鳥居民著の「昭和二十年第一部＝四鈴木内閣の成立」（草思社　一九九〇）では、一橋家に仕官し、欧州を巡遊後、明治期以降に実業界の指導的役割を果たした渋沢栄一が、大正六年に自ら編纂した慶喜の伝記の序文を孫の敬三（後に大蔵大臣）に声をあげて読ませる場面が出てくる。

「…斯くして追々と歳月を経るに従って、政権返上の御決心が容易ならぬ事であったと思うと同時に、鳥羽・伏見の出兵は全く御本意ではなく、当時の幕臣の大勢に擁せられて、已むを得ざるに出た御挙動である事、（仮令幕府の力で薩長を圧迫し得るとしても、国家の実力を損すること莫大で、殊に外交の困難を極める中で皇国を顧みざる行動となる）と悟られた為である事、…愚と言われようが、怯と嘲けられようが、恭順謹慎を以って一貫するより外はない、薩長から無理と仕懸けた事ではあるが、天子を戴いて居る以上は、其無理を通させるのが臣子の分であると、(という事を自分が理解したのは)、実に明治二十年以降の事であった。…例えば先には怯懦の疑があったが、若しも彼の時に公が少勇に駆られ、卒然として干戈を執って起たれたならば、此日本は如何なる混乱に陥ったか、真に国家を思うの哀情があれば、黙止せられるより外になかったのである…」

敬三は、ここまで読んで、涙が止まらなくなる。鳥居民は、このエピソードを、敗色濃い太平洋戦争のさなか、誰が、慶喜の役割を果たすべきであったのか、すなわち、誰が、国家を大混乱から救うために大所高所の決断を下すべきであったのかを問いかけるために挿入した。

幕臣であった勝海舟の存在も大きかった。司馬は、前掲の「「明治」という国家　―勝海舟とカッテンディーケ―」のなかで、江戸の無血開城に果たした勝の役割を次にように高く評価する。

「勝が営んだ江戸幕府の葬式というものは、明快な主題がありました。むろん、かれは口外していませんが、〝国民の成立〟もしくは〝国民国家の樹立〟ということが、秘めたる主題もしくは正義だったでしょう。それが、革命側の西郷隆盛の心に響くことによって、…江戸の無血開城という日本史上もっとも格調の高い歴史が演じられたのでしょう。」

勝海舟は、幕臣とはいえ、きわめて身分の低い御家人の家に生まれたが、オランダ語を学んでいたため、幕府が一八五五年に長崎に設立した海軍伝習所に入る。そこで、オランダ海軍の技術教授カッテンディーケの指導をうけ、西欧の近代国家についても知るようになる。江戸期の封建制社会とは根本的に異なる国民国家の概念は、咸臨丸での渡米で、より確かなものになる。帰国後、老中から感想を聞かれて、勝は、「アメリカは日本とちがって、賢い人が上にいます」と身分制の社会を皮肉り、老中はみな苦い顔をしたとされる。こうした勝海舟について、司馬は、評論家江藤淳との対談（「織田信長、勝海舟、田中角栄」「現代」一九七二年十二月号）で、次のようにその人物像を表現する。

「（西郷がいつ日本を発見したのかはっきりしないが）、勝は、幕府要人でありながら、幕府否定から日本国家を発見している。それも咸臨丸で帰ってくるときに、もう発見してしまっている。アメリカを見て、ああ、国家とはこういうものかと思ったときに、それでパッと日本というのはおかしいなと考える。そして、日本というのはこうやっていけばいいんだとか、こうやっていけばゆきどころはこうなるだろうとか、歴史の見きわめもついてしまう。そこから大きな度胸が生まれるのでしょうね。こういうのは、ちょっと理屈で割り切る感じに堕しますが、悪人の道ですね。」（前掲「司馬遼太郎対話選集三　歴史を動かす力」）

咸臨丸で一緒に渡米した中に福沢諭吉がいたが、福沢が言論人だとすると、勝は、あくまでも悪人の道を歩く政治家であった。西郷との江戸城無血開城の談判が成功したのは、勝海舟が、「（幕末において、諸藩が諸藩の立場をとったなかで、）幕藩体制を超越した〝日本国〟という多分に架空性の高い一点を想定して、志士たちに刺激的な示唆をあたえつづけた唯一の人物」（「この国のかたち　二――カッテンディーケ――」文藝春秋　一九九〇）であったからに他ならない。

「明治維新」は、一般的には、江戸の幕藩体制が崩壊し、新政府が樹立され体制が確立するまでを指すが、革命という概念からみれば、幕末を含み、また、明治になって以降の時期も含まれる。その観点からは、明治四年七月の廃藩置県を革命の最終工程と見る考えも成り立つ。「「明治」という国家　―廃藩置県―」によれば、廃藩置県は、三百諸侯が、大名としての地位を失い、また、百九十万人に及ぶ士族の家族（全国人口を三千万人とすると、六・三％に相当）が失業することになる大改革であったが、明治新政府の財源を確保し、統一的な軍隊を組織するためには、不可欠で急務な事業であった。大久保利通や長州の木戸孝允は、この廃藩置県には賛成であったが、明治二年に薩摩藩に戻った西郷隆盛は、保守的な島津久光が実質的なオーナーとして実権を握っていることもあり、態度を明確にしていなかった。しかし、西郷は、明治四年の三月に、藩主忠義を擁した薩摩軍を新政府に献上するためこれを率いて上京し、七月には、廃藩置県の断行に合意する。王政復古につづく第二の革命であった。

西郷が、廃藩置県に最終的に賛成するに至った背景として、司馬は、「「明治」という国家　―青写真なしの新国家―」のなかで、和歌山藩（かつての紀州藩）の藩政改革の責任者である津田出（いづる）との会談（明治四年二月ごろ）を取り上げる。津田は、天才的な経綸家で、一八六六年、藩主茂承に「藩政改革論」という武士制度を廃止し、百姓を兵にするという改革案を提出した。津田は、維新後、その政策を進め、能力主義に基づく官僚制度改革、学校制度改革、軍事制度改革などを行い、明治二年には、二十歳の青年から選抜徴兵をし、給料を支給する徴兵制を布く。その後、近代的な軍隊ができあがると、各国の外交官たちも見学に訪れるようになり、まさに、明治政府を先取りした小さな明治政府が大田舎の和歌山にできたと脚光を浴びることになった。薩摩や長州からも見学者があった後、西郷は、東京で、わざわざ津田の屋敷をたずね、会談をする。

司馬は、西郷のことを、「巨大な無私をもち歩いていた人」、「(功業ではなく、大事をなすために、)〝大事〟をかついで、空というもので歩いている古今類をみない一大専門家」と評するが、そうした西郷が津田の話しを聞いて感動し、津田を首相にしようとまで申し出る。この津田との会談が、西郷をして、廃藩置県に合意せしめる大きな契機になったといってよい。司馬は、この逸話を、薩長という明治維新勢力は、革命政権についてなんのプランももっていなかった、青写真をもっていなかったことを言いたいために持ち出した。その事は正しいであろうが、徳川御三家の一つであった紀州藩が、明治新政府のモデルになるような改革を先んじて行っていたことの意味は小さくない。それは、まさに、これまで述べてきた江戸期の多様性を物語る格好の事例であるからだ。

なお、元駐タイ大使の岡崎久彦は、その著書「陸奥宗光とその時代」（ＰＨＰ研究所　一九九九）で、和歌山藩の改革には、元紀州藩藩士の陸奥宗光が新政府とのパイプ役として深く関わっており、そのため、陸奥は、早くから、伊藤博文とともに新政府に廃藩置県を献策していたが、受け入れられなかった事実を指摘している。津田は、西郷の言葉にも関わらず、結局は、政府の高官にとり立てられることはなく、今や歴史の中に埋没されてしまっているが、この兵制改革が、明治維新の流れに決定的といえるほどの影響を与えたとする。津田は、晩年、回りの人々に、「薩長の人たちは、天皇に仕えるために起ち、自分は、民生を安んじようとして起った。物の考え方が、もともとちがうのだ。」と語ったとされる。経世済民であれば、北条でも、徳川でもよかった、要は人民の幸福だとする自由闊達な史観が存在したという事実さえも、薩長藩閥政府による薩長史観とその後の皇国史観の中で埋没されてしまったと述べている。

〈明治の近代化がスピーディであったのはなぜか〉

革命としての明治維新が大規模な内戦や混乱を伴うことなく行われたのは、江戸期の人々が少なからず、欧米列強の帝国主義的進出を日本にとっての危機と認識できるだけの教養をもち、それが、徐々に大きな世論を形成したこと、そして、その危機意識を政治革命として結実させることができる薩長のような政治勢力の存在、すなわち、社会の多様性があったことを述べてきた。

しかし、革命が成功したからといって、それだけで、近代化が約束されたわけではない。鎖国により孤島にとじこもり、世界の諸文明とも距離をおいてきた日本が、なぜ、またたくまに近代化をとげることができたのか、その答えが求められる。

司馬遼太郎は、明治の近代化の基礎は、ほぼ、最初の十年という短期間でできあがったとする。

「明治初年から十年までのあいだのことを調べていますと、この十年で、その後の日本国家の基礎がほぼできあがったように思います。権力の中心機関である国家会計の整備、徴兵令による陸軍建設と、造船と教育を中心とした海軍の基礎がため、警察の整備といったものは、権力の自己強化として当然必要なことだったのですが、そのほか、早々に鉄道工事に着手し、明治五年には日本最初の鉄道が開通しましたし、明治四年には郵便制度がスタートしました。大学も開校し、港湾の近代化も、着実に出発しました。わずか十年で、よくやったと思います。」(「『明治』という国家　―サムライの終焉あるいは武士の反乱―」）

この要因は、これまで述べてきた、革命としての明治維新を成功に導いた江戸期社会の多様性とも密接に関連している。すなわち、薩摩、長州、佐賀、宇和島などの諸藩は、幕末の時代から、軍事、造船、機械工業など西洋の文明をとり入れ、いわばミニ近代国家を建設し始めていたわけで、そうした財産が、明治の近代化の基礎になったことは論を待たない。諸藩だけではなく、江戸幕府の果たした役割も大きい。日米和親条約締結後の長崎の海軍伝習所の設立もそうであり、また、小栗上野介がフランスからの借金でつくった横須賀ドッグとその付属設備は、その後、明治国家の海軍工廠になり、造船技術を生み出す唯一の母胎になった。小栗は、その施行監督を務めた栗本鋤雲に、次の言葉をかけたとされる。「あのドッグが出来上がった上は、たとえ幕府が亡んでも「土蔵付き売家」という名誉をのこすでしょう。」小栗が、「明治の父」であることが鮮やかに納得できるとしている。（「明治」という国家　―徳川国家からの遺産―」）

また、幕末期における、幕府および諸藩における人材の登用も大きい。危機意識による防禦反応ということもあろうが、身分の上下に関わらず、優秀な人材を育て、登用した。明治という中央集権の国家体制になって、それらの才能は、さらに開花する。

「（十年で近代化の基礎つくりあげた）が、それは、たとえば議会という民主的手続きによっておこなったのではなく官員が思いつき、少数の仲間できめて、どんどん実行したから早かったにすぎません、なにしろ、明治初期政府というのは、書生のあつまりでした。ついこのあいだまで攘夷で走り回っていた連中です。…そういう志士や書生たちでは、とても実務ができないものですから、薩長が上にたちつつ、旧幕府や各藩の優秀な人材をあつめました。権力は薩長の藩閥がにぎり、実務はかれらがやります。実務家というのはしごとをしたくてたまらないひとびとですから、着想しては藩閥人の許しをえてどんどん実行する。」（『「明治」という国家　―サムライの終焉あるいは武士の反乱―』）

廃藩置県に反対し、後に、西南戦争で政府に反旗を翻す不平士族たちからは、「有司専制」と罵られる体制であったが、「官員団による集団専制」であったからこそ、ものごとがスピーディに進んだとも言えよう。そうした官員たちの中に薩長土肥以外の陸奥宗光もいた。先の岡崎久彦の著書によれば、陸奥は、幕末に勝海舟や坂本龍馬の薫陶を受け、開化思想を信奉するようになるが、鳥羽・伏見の戦いの直後、官軍を追って大坂に赴き、英国公使パークスと面会し、今後の新政府の外交について話し合う。その結果を、京都の岩倉具視に意見書として提出し、これに全面的に賛同した岩倉は、五日後には、各国に対して王政復古と開国政策を明らかにする外交文書を通知する。これが、評価されて、翌日、陸奥は、外国事務局御用掛に任命される。伊藤博文らの薩長の錚々たるメンバーたちの一人となったが、歳は最も若く、二十五歳であった。彼は、旧幕府が米国に発注した甲鉄艦の引き取りにおいて、外交交渉並びに御用金の調達で剛腕ぶりを発揮し、その後、先述の通り、廃藩置県の献策を行ったり、大蔵省の地租改正事務局長として税制改革にも取り組んだ。陸奥宗光は、先にも述べた通り、その後、第二次伊藤内閣の外務大臣として、不平等条約を撤廃し、日清戦争においても、英国やロシアに対する外交的な手筈を整え、日本の軍事力の実力を見極めながら、戦いを勝利に導く。

前島密は、明治四年にイギリスから帰国後、駅逓頭として日本の近代郵便制度を確立するが、彼も、そうした官員たちの一員であった。彼は、一八三五年、越後の豪農上野家に生まれ、医学、蘭学、英語、砲術、機関学、航海術などを学び、幕臣前島家の家督を継いだ後、開成所の教授を経て、明治二年に新政府に出仕するが、幕末の革命には無縁な人であった。司馬遼太郎は、「この国のかたち　三―東京遷都―」の中で、その前島が、東京遷都を大久保利通に決断させた張本人であったとする逸話を紹介している。大久保利通は、当初、首都を大坂にすることを考えていたが、明治元年の三月、「江戸寒士　前島来輔」という署名で、大久保の宿所に投書した者があった。大きな構想力をもった意見で、精密な思考が明晰な文章で述べられており、大坂は非で、江戸こそしかるべきであるとするものであった。東京遷都の根拠としては、大坂は蝦夷地から遠すぎる、横須賀の艦船工場は海外からの大型艦船の修理ができる、大坂は、市中の道路がせまく、郊外の野がひろくない、その点、江戸は大帝都をつくる必適の地、宮城、官衙、学校などを新築する必要がないなどをあげ、その論理は理路整然としていたため、大久保は、この一書生の投書の論旨に服し、江戸をもって首都とするに決めた。この筆者が前島であったことを大久保が知るのは、明治九年のことであった。大久保が郵便制度を創設した前島を前に、当時を述懐し、あの投書の主は君と同じ姓だが誰だろうと言った時に、前島は初めて自分であったことを明かす。前島の経歴をみるとさもありなんと思われるが、当時の在野の識者には、グローバルな視野をもった飛び抜けた知識人がいたということであり、これも、江戸期社会の多様性であり、遺産といえるものであろう。

明治新政府は、人材の登用ということだけではなく、人材の育成、教育にも力を入れた。とりわけ、西欧文明を速やかに受容することが急務であり、政府は、外国人教師を高給で雇い入れるなど教育機関の充実をはかるとともに、優秀な人材を選抜し、国費で海外留学させた。その中心となった大学南校（現在の東京大学）は、江戸幕府の三つの教育機関である昌平黌（儒学）、開成所（洋学）、医学所（西洋医学）のうちの一つ、開成所の流れをくむもので、明治三年に洋学を教授するための教育機関として設置された。政府は、その年、各藩に対して、その石高に応じて、十五歳から二十歳までの人材を貢進することを命じ、各藩からは、学力品行ともに優秀な三百名を超える者が集まった。そして、所定の教育過程を修了した「貢進生」の中から、さらに成績優秀なものを海外留学生として欧米に派遣した。明治八年の第一回の留学生は、法学、理学、工学、諸芸学（土木）、鉱山学から十一名が選ばれた。法学では、後に日露戦争の講和条約で全権大使を務める小村寿太郎らが、理系では、後に帝国工科大（現東大工学部）学長となる古市公威らがいた。

司馬は、「この国のかたち　三　―文明の配電盤―」の中で、東京大学が、明治初年の日本という内燃機関に西欧文明を配電する配電盤の役割を果たしたとする。明治政府は、当初は、太政大臣クラスの高給を支払って、〝御雇外国人〟に電流の役目を担わせたが、財政負担が大きかったため、いずれ日本人と交代させることを考えていた。分野ごとに留学生が欧米に派遣され、明治十年代のおわりごろには〝新帰朝〟の日本人学者と入れかわる。土木工学の初代日本人教授であった古市公威もそうした一人であった。彼は、一八五四年に姫路藩江戸藩邸に生まれ、明治二年、開成所に入り、同八年、フランスに留学する。在仏中の夥しいノート類が今も東大に「古市文庫」として保存されているが、留学中のエピソードとして、下宿の女主人が、古市の驚嘆すべき勉強ぶりにあきれて、体をこわすと忠告すると、「私が一日休めば、日本は一日遅れるのです」と答えたという。五年後に帰国して以降は、内務省土木局に関係して現場設計に従事する一方、同十九年からは工学部教授を兼ね、後進を育成した。古市は、フランスで得た〝電流〟を学生たちにくばる、まさに配電盤であった。こうした東京大学は、明治三十年に京都帝国大学ができるまでは、日本における唯一の配電盤として、作動し、私立大学へもいわば漏電するように新文明をこぼした。京都、東北、九州と帝大ができる明治の末期には、受容よりも独創を重んじ、教授陣もそれに相応しい人物を配置したが、司馬は、「文明受容についての明治政府の計画は、大したものだったというほかない。」と感嘆する。

明治の初年に選ばれて大学で学び、その後、留学生として海外で新しい文明に触れた人々は、古市のように、日本の将来が自分の双肩にかかっているという悲壮なまでの使命感に駆られていたのであろう。こうした人材の輩出、登用がなければ、日本の速やかな近代化はありえなかったし、それは、江戸期社会の遺産の上に成り立ったといえるであろう。

明治の近代化がスピーディであったことの背景には、江戸期の多様性という財産があり、有司専制という仕組みが機能したということを述べてきたが、司馬遼太郎は、その仕組みを統率、管理した中心人物は、やはり、大久保利通であったとする。

「…かれ（大久保）は、才能、気力、器量、そして無私と奉公の精神において同時代の政治家からぬきんでていました。私は、こんにちにいたるまでの日本の制度の基礎は、明治元年から明治十年までにできあがったと思っていますが、それをつくった人間たちについて、それをただ一人の名で、代表せよといわれれば、大久保の名をあげます。沈着、剛毅、寡黙で一言のむだ口もたたかず、自己と国家を同一化し、四六時ちゅう国家建設のことを考え、他に雑念というものがありませんでした。…かれは事実上の宰相でした。それ以上でした。」（「「明治」という国家　―サムライの終焉あるいは武士の反乱―」）

不平士族たちの批判を浴びながら有司専制の体制を進めていくのは困難を極めたであろうが、彼は、維新政府という株式会社の筆頭株主であった薩摩の上に乗り、岩倉具視などとも連携し、天皇を前面に押し立てながら、治政を進めた。革命を成し遂げた西郷達は、実際には明確な青写真を持っていなかった。大久保利通がいなければ、革命後の「明治」という国家は、迷走していたかもしれない。大久保利通が果たした役割には、計り知れないものがある。

〈アジアの中で日本だけが維新に成功したのはなぜか〉

先に、「近代を支えるリアリズム」の中で、マックス・ヴェーバーが、封建制は権力と富に関して分散的な構造をもつがゆえに、同様の構造をもつ近代資本主義を準備したと指摘し、また、ライシャワーが、封建制は分権的で、中央集権的ではない統治の制度であったがゆえに、成長の要因を内蔵していたと主張したことを紹介した。そして、そうした封建制の中でこそ、人間が自発的に物事をやる能力が身につき、商工業文化をうみ、江戸期には、モノを観念でみずにモノとしてみる商品経済の思想が行き渡るようになった。明治維新と近代化の成功要因としてこれまで述べてきた江戸期の多様性というものも、このような分権的な封建制社会が生み出してきたリアリズムの精神、合理主義の精神によるところが大きい。

日本のような近代化がアジアでは起こらなかったことについては、これも、「リアリズムに対する「イデオロギー」」の中で、中国や朝鮮は、リアリズムに相対する朱子学という正義の体系（イデオロギー）が支配する社会で、そのことで、日本と比べても後れをとってしまったことを述べた。司馬は、そうしたイデオロギーが、日本に根付かなかった理由を、古来、競争の原理が、日本の下層ではつねに作動しつづけていたからであるとした。（前掲「歴史の中の日本　―競争の原理の作動―」）

司馬は、勝海舟が日本のような明治維新が朝鮮でも必ず起こると信じたが、最後は、それを見ずに死んでいったとして、その「競争の原理の作動」の中で、次のようなエピソードを紹介する。

「明治後の勝海舟というのは、維新政府成立の功ということについてつよい自負心があったらしく、政府の要人たちに対する一種特別の発言力をもっていた。かれは幕末以来、東亜連盟主義で、欧米のアジア侵略をふせぐには、中国、朝鮮、日本の三国が締盟しなければならないと説きつづけて生涯この説はかわらなかった。（明治政府は、政権成立後、朝鮮に修好をもとめる意思表示を何度もおこなったが、つど相手から罵倒され、追いかえされた。李氏朝鮮の言い分は侮日であり、その結果、征韓論を生むが。）勝は、そういう外政には反対であった。時間をゆっくりかけよ、という。…（朝鮮の中に新しい勢いが出てくるはずといいつづけて、一八九九年に死ぬが、晩年、「もうおこりそうなものだが」と不思議がった）勝海舟ほどの人でも、儒教的専制国家というものがいかなるものであるかということを知らなかったらしい。」

勝海舟が不思議がった、なぜ、海峡ひとつへだてた朝鮮で維新がおこらなかったのかの理由について、司馬は、鎌倉幕府という事実上の日本政府樹立以降、中国・朝鮮体制にやや似た京都の朝廷は、装飾的な政権になり下がったが、競争の原理が、日本の下層ではつねに作動しつづけて、中国・朝鮮式の専制を輸入しても、その原理を圧殺することはできなかったとして、次のように解説する。

「(村々の百姓たちは、島々の山田のように地理的に耕作しがたい土地までも開墾してわずかでも生産の収穫を得たが、) この競争の原理が武士を発生せしめ、(江戸体制時代にあっても)、開墾と干拓ばかりは諸藩が競争してそれをやった。(先に示した長州藩の事例の通り、) 要するに日本に競争の原理があったからであろう。」と述べている。

これに対して、アジアの国々は、専制体制が競争の原理を許すことはなく、それゆえに、農業の進歩や生産の拡大も、自ずと下からのボトムアップとしては起こり難かった。

「中国・朝鮮式の専制体制は、競争の原理を封殺するところにその権力の安定を求めた。…山を田畑にするというのは百年の単位のしごとで、大変な手間が要る。…中国や朝鮮では、そういうことまでして田畑をひろげようとする衝動が農民の側にない。ひろげればそれが公田になるだけなのである。(江戸期の農村はヨーロッパとの比較では貧しかったが、東アジア的なレベルでの比較では富裕であった。) 維新成立後、農業国家でしかなかったこの国が、わずかに生糸を外国に売る程度の収入で、すぐさま東京大学をつくり、同時に陸海軍をつくることができたのは、東アジアの他の国からみれば魔法のようにしかみえなかったにちがいない。雄藩の基盤になった西日本における農村の比較的な意味での富裕を見おとしているからであろう。(さらに中国・朝鮮式の体制にあっては、いかに腐敗して朽木同然となっても、内部勢力ではなく外国の侵略という外圧によってしか倒れることがない。）体制内における薩長的存在というものをみとめないために、他から倒されるほかない。」

として、勝海舟の期待が裏切られたのは、体制の内部に秘められた原理性がちがうことに気付かなかったからだとして、この随想を締め括っている。

司馬は、この「競争の原理の作動」という論評を一九七一年十月に寄稿した。この「競争の原理」という言葉は、後に、司馬が多用する「リアリズム」と相通ずるものであろう。司馬は、先にも述べた通り、一九七六年の「文藝春秋」九月号での評論家山本七平との対談「リアリズムなき日本人」で、この言葉を用いている。昭和の軍部がリアリズムよりもイデオロギーという精神性に依存して失敗したこと、鎌倉時代の自作農の土地私有というリアリズムの精神が西欧の近代合理主義につながるものであったという二つの文脈を中心に対談が行われた。そして、これも先に述べた通り、それは、一九七九年の「文藝春秋」一月号の小説家永井路子との対談「鎌倉武士と一所懸命」での、「鎌倉以前は日本じゃない」であるとの発言につながっていく。

立憲体制の確立と定着化

〈明治憲法はどのように成立したか〉

明治維新は、幕末から廃藩置県（明治四年）や西南戦争（明治十年）までとする考え方もあるが、近代国家の条件が立憲体制であるとすれば、日本人による憲法の制定（明治二十二年）が完了しなければ、維新が終わったとはいえない。明治の近代化の基礎がほぼ十年で築かれたとする背景の一つとして、有司専制体制による仕組みをあげてきたが、この体制は、有能ではあるが一部の政府の官員だけで物事を決めていくという意味では、全国の国民の意思を集約する民主主義とは相反するシステムであった。そうした中、明治七年に、板垣らは、民選議院の建白を行うが、明治政府の中心にいた大久保利通は、今は国づくりが最優先で、拙速な民権は害が多いとして、次のように反対であった。（海音寺との対談―西郷と大久保―）

「民権もわからんことはないが、しかし日本人にはまだ早い。まず制度を整え、教育をさかんにし、民度をレベルアップすることだ。レベルアップしてから民権に移るべきで、それまではいわば培養期である。培養期は有識者である官僚が国家権力をどんどん行使して国家そのものの祖型をつくりあげねばならん。だからそれまでは民権どころか、在野異論というものはいかん。そんなものには鉄槌をくだす。」（前掲「司馬遼太郎対話選集三　歴史を動かす力　―日本歴史を点検する―」）

しかし、大久保が明治十一年に暗殺された後、自由民権運動の高まりもあり、明治十四年には、参議の大隈重信が国会開設を天皇に奏議してからは、議会開設の前提となる憲法の制定の動きが加速することになる。大隈重信は、日本に新たに導入する憲法として、議会で選ばれた政党が政権を担うイギリス型の議員内閣制を、福沢諭吉らとともに主張した。一方、大久保の後を継いだ伊藤博文らは、皇帝と行政府の権限が強いドイツのプロイセン型の立憲君主制を主張し、明治十四年の政変で大隈重信が失脚後は、伊藤らのドイツ型を軸に検討が行われることになる。

その伊藤は、明治十五年、憲法調査のために渡欧し、最終的には、約一年半の調査に基づいてプロイセン型の明治憲法を制定するが、その間の経緯については、先の司馬の「「明治」という国家―「自由と憲法」をめぐる話―ネーションからステートへ―」に詳しい記載がある。明治憲法のモデルの候補としては、米国やフランスもあったが、共和制であることから除かれ、最終的には、立憲君主国としてのイギリスとドイツが対象となった。政府内の事前調査では、イギリス型は、主権在民の精神が明確で、大隈らがその採用を主張していたが、慣習法であり、歴史、伝統、文化の異なる日本には難しいという判断があった。このため、伊藤の渡欧の目的は、成文法で、新興国という共通性もあるプロイセン王国の主導するドイツ型が、日本にふさわしいかを実地に検討することにあった。伊藤は、最初、ドイツのベルリンで憲法学者のグナイストに会い、軍事や予算で国会に権限を与えるべきではない、国会は最初はちっぽけなものでよいとの助言をうける。あまりにも専制主義的な考え方に驚くが、その後、オーストリアでシュタイン博士から、多数派の政党の首領が首相となって政治をとりしきるイギリス型よりも、国会の衆議を重んじつつも、政府が独立で行為する権利があるドイツ型が日本の国情にふさわしいとの意見を聞き、ドイツ型を取りいれることを決断する。

このようにして、明治維新から約二十年後の明治二十二年（一八八九）に明治憲法が制定され、翌二十三年、国会が開設される。司馬によれば、それは、古代や中世にあった自然国家（ネーション）から、近代国家（ステイツ）への移行であった。ステイツとは、「法の下におかれる国家であり、国土の一木一草も法によらざるはなく、国王・大統領といえども法の下にある」もので、日本は、この明治憲法によって西欧近代国家の仲間入りを果たすことになる。（「この国のかたち　二　―無題―」）

司馬遼太郎は、第一回帝国議会から百年目にあたる一九九〇年に、憲法学者の樋口陽一との対談（「明治国家と平成の日本」（「月刊Asahi　一九九〇年三月号」）で、明治憲法の制定当時の状況について語り合う。明治憲法発布の時は、人民も新聞も大騒ぎで喜んだが、その実、中身については、新聞社でさえも中身を詮索する能力はなかった。しかし、新しく憲法をもつことが出来たということは、近代国家になったことの証しであり、その感激は大変なものであった。

「…でも、人民の熱気というのは、国民になれるということの喜びだったんだと思うんです。国民というのは、この場合には国家と同体だと思い込んでいる市民のことですね。今まで百姓・町人だったものが、あるいは庄屋、郷士、その他没落士族だったものが、等し並みに国民になれるという喜びですね。この初期の喜びというのは、後世の我々はきちんと感じてあげるべきでしょう。」（「司馬遼太郎対話選集四　近代化の相剋」文藝春秋　二〇〇六）

ここでの「国民になれる喜び」について、司馬の先の「「明治」という国家―「自由と憲法」をめぐる話―ネーションからステートへ―」によれば、明治七、八年からおこった自由民権運動は、「国会開設」とそれを保証する「憲法の制定」を運動目標としたが、それは、国民に政治参加の権利を与える国民創生運動でもあった。運動の指導者、土佐の板垣退助は、戊辰戦争に参加した時に、会津の百姓や町民が「侍のなさること」として無関係を装おったことに衝撃を受けたと後に回想しているが、明治以前には、国民は存在せず、また、藩国民さえ存在しなかった。しかし、明治維新が起こり、新政府ができた当時は、人民は、租税や徴兵の対象としての受け身の存在で、政府に対して不平やいきどおりをもっていた。その意味では、自由民権運動は、西洋かぶれの思想ではなく、国民になりたいという運動と解すべきだとしている。

そうした国民の気持ちを、伊藤たち明治政府は、冷静に先取りしていた。先の岡崎久彦の著書「陸奥宗光とその時代」によれば、当時の伊藤の憲法制定についての基本的な認識は、明治十三年に出した憲法制定の意見書の中の次の分析に見ることが出来るとしている。

「(大隈の英国風の責任内閣制を求める急進論には反対で、その理由の第一は、反政府運動の高潮の原因は旧士族の不満であり、一般国民はこれに追従している、第二は、自由民権運動は農民の意向を代弁しているものではないが、その主張は世界の大勢にそっているからで、従って、立憲体制に漸進することを詔勅を以て示すべきであるとし、）一つの県や、一つの国の状況を変えることはできても、世界の大勢というのはどうしようもない。百年前にフランス革命が起こってから、およそ、その影響を蒙らない国はなく、世界の大勢ができてしまった。国によっては旧い体制から新しい体制に移るに際して、混乱を来し、いまだにそれが続いている国もあれば、指導者が事態に先立って手を打ってむしろ国が安定している国もある。しかし、いずれにしても、専制をやめて、政治の権力を人民に分かつのはのがれられないところである。日本でも、政治論議が士族の間で蔓延して、防ぐべからざる勢になっている。中には、無責任な議論や、軽挙妄動をして人民を惑わすものもあるが、これは皆世界の動きによって醸し出されたものであり、雨が降って草が生えてきたようなものである。」と二度の訪欧を通じて世界情勢に対しても透徹した眼をもつ伊藤が、明治の国家づくりには、富国強兵や殖産興業だけではなく、立憲体制の確立が不可欠と判断していたことがよく分る。

〈立憲体制の定着化とその意義〉

こうして、明治二十三年、第一回の帝国議会が開催される。歴史学者で東京大学名誉教授の坂野潤治著の「日本近代史」（筑摩書房　二〇一二）によれば、選挙で主流となったのは、板垣退助らによる自由党で、三百議席中　百三十議席前後を確保した。この自由党は、政権参加を目指さないフランス型の「拒否権型議会主義」を主張していたが、イギリス型の議員内閣制で二大政党制を主張してきた大隈らの立憲改進党は、四十議席前後にとどまった。確かに、当時は、有権者は大地主（地租十五円以上の納入者）のみで、全国で約五十万人しかいなかったこともあったので、憲法がイギリス型かドイツ型かは国民の大多数にとって大きな関心事ではなかったのであろう。しかし、その後は、一九〇〇年に伊藤と憲政党による立憲政友会が政権を担い、一九一三年には桂と憲政本党による立憲同志会の設立で二大政党制が実現し、初めて男子普通選挙法が制定された一九二五年には、有権者の数は、千二百万人にまで増える。そうした中から、大正デモクラシーとよばれる平民宰相原敬内閣（一九一七）やロンドン軍縮を実現した浜口雄幸内閣（一九二九）が誕生することになる。

一方、初めての議会では、大きな混乱もあった。民党が過半数を占めたため、政府の予算案は議会の賛成を得られず、政府は議会解散でこれを乗り切ろうとしたが、最後は、自由党の一部の議員が賛成側に回って、予算案は可決する。いわゆる世にいう「土佐派の裏切り」である。樋口は、司馬との同じ対談の中で、そうした立憲体制の危機にあって、行く末を考える「緊張感をもった」識者の一人として伊藤博文の名まえをあげる。帝国憲法の設計者である伊藤は、民党に押されっぱなしになり議会を解散しようとする山県有朋内閣を、政府側が立憲政治の意味が分かっていないとしてそれを諌めたとされる。当時は、憲法発布直後に、黒田清隆首相が、政府は議会や政党の意向に拘束されず、超然として政策を実行すべしとする「超然主義」を唱え、政府側には、そうした考えが根強くあった。民主主義の否定ではないにしても、信頼感の問題があったのは事実であろう。しかし、伊藤は、先に述べた通り、より大所高所に立って、日本のあるべき政治を考えていた。強い信念があり、それは、その後、実現して行くことになった。

こうした議会の混乱が生じたのは、責任内閣制をとらない明治憲法にとって、予想できないことではなかった。前掲の「日本近代史」によれば、明治憲法では、第六十七条「政府の同意無しでは、議会による行政費の削減は行えない」により、議会は予算削減権は制約されているものの、第三十九条「総選挙で選ばれた衆議院と（旧大名、元勲、天下り官僚からなる）貴族院のいずれかが否決した法案は成立しない」によって、増税を前提にした政府の予算案に対して、議会は、それを拒否することができた。従って、民党が、政府の予算案にあくまでも反対することになれば、政府は議会を解散せざるを得ず、選挙になって再び民党が過半数をとれば、同じ結果となり混乱が終息しない可能性がある。「土佐派の裏切り」は、そのための政府と議会の妥協でもあった。

しかし、議会は、その後、第二議会においては、議会が予算案を否決し、衆議院が解散され、後に、民党が過半数維持し、三回目の予算案を審議する第四議会でも、同様に決裂する。こうした出口の無い両者の正面衝突を避けるため、自由党の星亨衆議院議長と政府の伊藤博文首相の双方が天皇へ上奏文を奉呈し、明治二十六年（一八九三）には、天皇から、「和協の詔勅」が下される。ここでは、①天皇が議会を政府と並ぶ「立憲の機関」として認め、②天皇の命で行政各般の整理（経費削減）は実行させると約束、③議会の軍拡費の削減要求については、宮廷費文官給料を十パーセント削減する、との内容で、ようやく運用上の着地点を見つけ出すことになった。

ここでの、伊藤首相らによる天皇への上奏は、第二次伊藤内閣（明治二十五年から二十九年）の時のもので、薩長藩閥の山県や松方内閣が、憲政を理解せず、議会と衝突を繰り返したことに鑑み、伊藤首相は、開明的な陸奥宗光外務大臣とともに、立憲政治を定着させようと議会とも協議、協調する努力を惜しまなかった。そして、憲法発布から十年目の明治三十一年には、初の政党内閣が誕生する。

岡崎久彦は、前掲「陸奥宗光とその時代」の中で、こうした憲法制定からその定着化までの伊藤たちの努力を、次のように高く評価する。

伊藤は、明治十五年から一年半に亘り、自ら欧州の地に赴き、諸制度を調査したうえで、明治十九年、二十年に憲法の起草に取り組み、明治天皇臨御の下に草案を逐条審議して、明治二十二年一月に最終案を確立した。この伊藤の四十二歳から四十九歳までの七年間は、伊藤が日本の議会制民主主義制度創設のためにすべての精力を注ぎこんだ時期だったといって過言ではない。しかも他人の書いたものを直すだけでなく、自ら憲法草案を書き下ろしている。ここにも伊藤の天才的な柔軟さと融通無碍さがあり、近代化への明治人の決意があったとする。

また、プロシア型の憲法を導入した選択については、かりに、英国型の責任内閣制をとっていれば、当時の薩長藩閥政府は、野党が勝ちそうになれば、憲法を停止して、絶対制に復帰したことは不可避であった。漸進主義的なプロシア型憲法を選んだことで、政権の急速な交代という不安感を与えずに憲政を発足させながら、大正デモクラシーの時代には実質的な責任内閣制となっている。日本がモデルとしたドイツ帝国、およびプロシア王国では、遂に終りまで民選議会の第一党が政権を担当するという現象がみられなかったのと比較すると、まさにこれが日本民族の知恵ではなかったかとしている。

同様に、ライシャワーも、先の司馬との対談（『日本人物史談—明治の群像—』）で、そうした伊藤たちの明治憲法の意義について、次のように述べている。

「(明治憲法はシュタインの案そのものではなく、) 私は、伊藤ないし彼の同僚は、かなりの程度まで柔軟性のある人だったと思うんです。(自由民権運動を押え込むよりも) 一般国民の意思を表明する余地を少し残しておいたほうがいいんだということを、おそらく考えていたんじゃないかと思うんですね。したがって、欽定憲法というのも、そういう意味からいうと、きわめてリベラルな憲法だったと思います。」

そして、それは、後の統帥権という統治システム上の問題を孕むものではあったが、日本の民主主義としては、幸せであったとして、

「ただ、（憲法制定がなかったら）議会が力を持つということもなかったし、その結果として大正デモクラシーが生まれるということもなかった。…ただ、私が伊藤について非常に感銘を受けますのは、ヨーロッパへ行って研究する。帰ってきてからたとえば内閣をつくる。あるいは新しい貴族制度をつくる。あるいは国会、県会、文官分限令ですか、新しい実験を次々にやって、その最後になって憲法を起草したというところですね。…そのあたりの手順を一つ一つ踏んでいったという賢明さは、私が最も深く感銘するところなんです。」と述べて、伊藤の政治家としての非凡さを高く評価する。（前掲「司馬遼太郎対話選集一　この国のはじまりについて　―日本人物史談―」）

こうした伊藤たちによる立憲体制の確立の努力は、民主主義の定着化という観点のみならず、明治の日本の悲願であった欧米諸国との不平等条約の解消のためにも不可欠であった。第二次伊藤内閣の陸奥宗光外務大臣は、明治二十七年（一八九四）に英国との間で、治外法権を撤廃し、また、関税自主権を回復する改正条約（日英通商航海条約）を締結し、翌年にかけてアメリカなどの欧米諸国とも同様な条約に調印する。この条約改正は、同年に始まった日清戦争を勝利に導く上で、大きな後押しとなり、その後の日英同盟（明治三十五年）の布石となる。岡崎久彦は、先の著書において、第一議会における「土佐派の裏切り」が、伊藤たち明治のリーダーの「議会制民主主義は白人の先進国にしかできないとの偏見を打ち破るためには、なんとしても、議会政治を成功させなければならない」との強い思いに基づくものであったとし、当時の土佐派の大江卓予算委員長の次の言葉を紹介している。

「（民党は一から十まで政府に反対で、是々非々の立場をとらなかったが、）自分は、予算そのものより、立憲政治の大局について考えていた。外国人の間では、日本では立憲政治は尚早である。東洋において立憲体制は成功しないとの議論も少なくなかった。自分はまず第一議会において、日本人にその能力があることを示すために、是々非々により議会と政府の間の妥協もはかろうとしたのである。…とくに私が陸海軍の予算は一銭も削減しなかった理由は、それから三年も経たずに日清戦争が起こりわが陸海軍がそのためにいかに働き得たかを見れば、説明の要もないと思う」（前掲「陸奥宗光とその時代」）

以上のように考えると、明治憲法の制定と議会の開設は、富国強兵や殖産興業とも密接に関連する明治の近代化になくてはならないものであった。それは、西南戦争で維新の動乱がようやく治まってから、わずか十年でなしとげられた。当初は、様々な政治的な問題にも直面したが、それらを着実に乗り越えながら、昭和の初年には、二大政党による議員内閣制に近い体制が実現した。国会開設後、わずか四十年という短期間で、立憲体制が機能するところまで来たということは、驚くべきことであった。憲政というものが、文明国における常識であり、普遍的なものであることを見通すとともに、それと、日本の古来の伝統である衆議を重んじる精神を調和させようとした先人たちの努力には敬意を表すべきであろう。

異胎の時代

明治の時代は、司馬遼太郎にとっては、「明治」という国家とも呼ぶべきもので、人類文明の一遺産として登録してもよいほどの、奇跡の時代であった。長らく孤島に閉じこもっていた日本が、にわかに世界の仲間入りをし、手探りながらも見事に近代化を成し遂げたからだ。しかし、この「明治」という国家は、その終わりの時期に、国家を崩壊に導く火種を宿す。司馬が「異胎」と呼ぶ時代が始まる。この異胎が、どのように育ち、日本を太平洋戦争に導いたのか、これからは、昭和の間違いの歴史的な意味について考える。

〈統帥権が日本を占領〉

司馬遼太郎は、昭和の時代になって軍部の独走を許すことになった背景として、「統帥権」の濫用という、立憲体制上の問題に注目した。それを、先の樋口陽一との対談の中で、次のように説明する。

「この（明治）憲法の基本は、…三権分立でした。立法、行政、司法というのはそれぞれ独立しておると。…ところが、大正の末年に海軍のだれかが法律学者から聞いたんでしょうか、別に統帥権というのがあるのではないかという考え方が出てくる。昭和に入って、満州事変（一九三一年）という地震があって、以降、地殻変動が起こるわけですけど、そのときに統帥権というものが、すでに三権の上に超越したものになって、三権をほとんど絞め殺してしまっていた。実際に法令化したのは、国家総動員法（一九三八年）です。…人民は総動員法のもとで、国民というよりも部品になる。軍が日本を支配、というよりも占領したような形ですね。」（前掲「司馬遼太郎対話選集四　近代化の相剋　―明治国家と平成の日本―」）

作家関川夏央の「司馬遼太郎の「かたち」　―「この国のかたち」の十年」（文藝春秋　二〇〇〇）によれば、司馬が、この「統帥権」という言葉を初めて原稿で使ったのは、一九八六年三月から始めた文藝春秋の巻頭随筆の連載の第三回目の「〝雑貨屋〟の帝国主義」からであった。「統帥権」の独立という超法規的な思想の始まりは、一九〇五年の日露戦争の勝利からで、最後には、「日本が陸軍の占領下にあった」というまでに至る。その末尾に、「一人のヒトラーも出ずに、大勢でこんな馬鹿な四十年を持った国があるだろうか」としるした司馬は、第四回目の「〝統帥権〟の無限性」の冒頭で、彼としてはめずらしく激語で、「―あんな時代は日本ではない。と、理不尽なことを、灰皿でも叩きつけるようにして叫びたい衝動が私にある。日本史のいかなる時代ともちがうのである。」と述べた。司馬は、文藝春秋から巻頭随筆の要請を受け、編集長に「書いておきたいこともあるしなあ」と語ったとされるが、これが、「まさに書きたかったこと」そのものであった。

先の樋口との対談は一九九〇年に行われたが、関川夏央によれば、司馬は、かねてより、「統帥権」について、憲法学者である樋口などから教えを乞い、研究をしていたとされる。「この国のかたち」で「統帥権」を執筆する準備は着々と進められていた。司馬の「統帥権」へのこだわりは大きく、第五回目の「正成と諭吉」、第六回目の「機密の中の〝国家〟」を含めて、四回分も、それについて書いた。そして、それから六年後の一九九二年にも、再び、四回分を書いた。

連載初期の第三回目と四回目で、司馬は、次のようなことを指摘した。

日露戦争の勝利からの四十年は、日本史において、遺伝学的な連続性を失うことで出現した「異胎の時代」で、明治憲法が不覚にも孕んでしまった「鬼胎」＝参謀本部が、調子狂いした日本人の熱気を盲動のエネルギーとして、日本という国家を崩壊に導いた。その熱気のもとになったものは、人絹や砂糖や雑貨の輸出というちゃちな帝国主義の幻想で、経済の専門家からすれば、朝鮮や満州を植民地化しても全くペイしないことは明らかであった。とりわけ、昭和のヒトケタから敗戦までの十数年は「非連続の時代」で、統帥権の番人たる参謀本部は、天皇が憲法上は国政や統帥の執行責任を持たないことから、その権能は無限となり、どういう〝愛国的な〟対外行動でもやれることになった。その無謀さは、

「たとえば、ちゃんとした統治能力をもった国なら、泥沼におちいった日中戦争の最中に、ソ連を相手にノモンハン事変をやるはずもないし、しかも、事変のわずか二年後に同じ〝元亀天正の装備〟（ノモンハン事変の連隊長であった元大佐が、ソ連の近代的な軍備と比較して形容した日本陸軍の旧態的な装備のこと）のままアメリカを相手に太平洋戦争をやるだろうか。信長ならやらないし、信長でなくても中小企業のオヤジさんでさえ、このような会社運営をやるはずもない。」（「この国のかたち　一——〝統帥権〟の無限性——」）ほどのものであった。

また、国民が統帥権を問題視しなかった背景に、朱子学の尊王攘夷思想の善玉の象徴として扱われた楠木正成（もちろん、悪役は足利尊氏）の影響があったこと、大正時代以降に広く認知され、公認性の高い解釈であった美濃部達吉の「天皇機関説」が、昭和十年に突如、内閣から攻撃を受けたこと

で、明治人が苦労してつくった近代国家が扼殺されたことなどに触れている。

そして、後半の第二回目の四回分（「この国のかたち　四　―統帥権（一）～（四）―」）では、第一回目の四回分も含めたかたちで、この統帥権の問題が、昭和になってなぜ顕在化したのか、その経緯などについて、詳しく解説している。統帥権は、もとをたどれば、明治十五年に公布された「軍人勅諭」に行きつく。これは、西南戦争（明治十年）での反乱軍が、政府の元の直属軍であったことや、乱後も近衛兵の反乱が起こったりしたことから、陸軍卿であった山県有朋が、統帥の意味を理解していない危険な軍隊をコントロールするために定めたものであった。外国人学者からは、憲法上の扱いがまぎらわしくなるとの反対意見もあったが、「朕は汝ら軍人の大元帥なるぞ」として統帥権の所在が天皇にあることを明確にし、また、軍隊が世論に惑わされ、政治に関わってはならないことを分らせる観点からは、大きな意味があった。実際、すくなくとも明治時代いっぱいは、それが問題となることはなかったからである。

統帥権には、「帷幄上奏」という特権が、参謀本部（陸軍）、軍令部（海軍）に与えられていて、それは、作戦上の秘密は、首相などを経ずに天皇に上奏できるというもので、妥当な権能であった。しかし、昭和になると、平時の軍備についても適用されるとの拡大解釈がなされるようになる。昭和五年（一九三〇）にロンドン海軍軍縮条約に調印した浜口首相を、野党であった政友会は、「統帥権干犯」として糾弾した。その後、昭和十年（一九三五）に憲法学者美濃部達吉の天皇機関説（「憲法をもつ法治国家は元首も法の下にある」との国際的にも常識的な学説）が議会で否定され、軍の解釈が正式に認知されることになる。その結果、軍がなにをやろうが、統帥権の発動であり、首相は、「後で知って驚くだけの滑稽な存在」になった。「統帥権干犯」問題は、法律学者の入れ知恵であったかもしれないが、議会が行ったことは、自らの基盤である三権分立の否定であり、以降、日本は、「統帥国家」という別の国家を胎内にもつことになる。「こんなばかな時代は、ながい日本史にはない」と司馬を嘆息させるゆえんである。

司馬が「この国のかたち」で「統帥権」という言葉を使ったのは、一九八六年の第三回目からであったが、この言葉は、既に、一九七〇年代の中ごろから、対談集の中に登場する。つまり、昭和の間違いのキーワードとしての「統帥権」は、司馬にとっては、そのころに形をなしていたものと考えられる。しかし、司馬は、それ以前からも、日本が軍部に占領されていたということを、自らの体験も踏まえて強く実感していた。一九七一年の評論家　鶴見俊輔との「日本人の狂と死」（「朝日ジャーナル」一九七一年一月）についての対談のなかで、次の発言がある。

「日本民族は参謀肩章をつってる軍部の人間に占領されていたわけですね。…集団狂気のなかからいえば、（米軍の本土上陸の場合に、これに立ち向かうために）高崎街道を北上してくる避難民はひき殺していけという結論が出るわけです。ぼくは猛烈に幻滅した。これはマルクス思想に対しても、カトリック思想に対しても、思想の悪魔性という点では同じです。」（「司馬遼太郎対話選集六　戦争と国土」文藝春秋　二〇〇六）と語る。

司馬は、敗戦の年、一九四五年に、戦車連隊の小隊長として、栃木県佐野市で本土決戦に備えていたが、当時のことを次のように回想している。

「あの当時、いざというとき、私どもが南下する道路の路幅は、二車線でしかなかった。その状況下では、東京方面から北関東へ避難すべく北へたどる国民やかれらの大八車で道という道がごったがえすにちがいない。かれらをひき殺さないかぎりどういう作戦行動もとれないのである。さらには、そうなる前に、軍人よりもさきに市民たちが敵の砲火のために死ぬはずだった。何のための軍人だろうと思った。」（「この国のかたち　一　―〝統帥権〟の無限性―」）

本土決戦は、日本がポツダム宣言を受諾することで回避されたが、それがなければ、司馬が危惧したことが現実になったかもしれない。軍が日本を占領しているとの表現は、日本国民がそれだけ異常な体制の中にいたことを示すものに他ならない。

そして、一九七四年の評論家山崎正和との対談で、「統帥権」という話題が登場する。

「（維新後十数年で大久保が暗殺されたことに関して）大久保が生きていたら、…精神のいじけた天皇制国家をつくるようなことはなかったと思います。大久保は物事については、つねに普遍性を考える傾向のあった人物でしたから、こんな特殊な国はつくらなかったと思いますよ。同じ、天皇という問題をとりあげても、統帥権による軍の独走ということは許さなかった、と思いますね。…統帥権の問題なんていうのは、それをつくった山県が生きているあいだは、山県自身が官僚の親玉だし、軍政、軍令の最高責任者でしたから統帥権はむしろいい意味で作動しえたわけですよ。ところが、彼が死ぬと、大正の末、いわゆる軍縮の時代に入ったときに、参謀本部や軍令部は、政治家たちが軍縮を口にするのは統帥権干犯と言い出すんですよ。つまり、山県はあとになると大変な問題になるものをつくっておきながら、それを自分の肉体でその穴ぼこを押さえつけていたんですな。当然自分の肉体が死んだら、その穴ぼこからヘンなものが生えてきて独立していくわけです。大久保が生きていたら山県のようなことはしなかったろうというのは、賛成ですね。」(「近代化の推進者　明治天皇」山崎正和(「対談　天皇日本史」一九七四年十一月　文藝春秋)(前掲「司馬遼太郎対話選集四　近代化の相剋」)

もう一つは、先の山本七平との対談(「リアリズムなき日本人」)で、

「結局、官僚制の欠陥だと思うんですよ。日露戦争までの政治家、高級軍人というのは、自分がこの国をつくったという責任感があって、ラジオ屋の親父と同じリアリズムをもっている。…愛国心ももっている。もうこれでゼニがしまいだと言いきることができる。昭和初年それを言いきった浜口雄幸首相や高橋是清蔵相、犬養毅首相などはみな右翼に殺された。そのあとは、統帥権の独走でした。」(前掲「司馬遼太郎対話選集五　日本文明のかたち　―日本人とリアリズム―」)

昭和の間違いの原因として、政治システム、立憲体制としての統帥権の問題があったことは論を待たないが、対談の中でも述べられているように、政治家や軍人のリーダーの資質や、官僚制の欠陥の問題も指摘されなければならない。

〈明治の政治家、軍人たちのリアリズム〉

次は、一九九〇年の、歴史学者　アルビン・D・クックスとの「ノモンハン、天皇、そして日本人」(「週刊朝日」一九九〇年一月)と題する対談での言葉である。

「十九世紀末までの日本陸軍は、立派に政治の従者でしたし、軍人それぞれが国家についてのすぐれ

たリアリズムを持っていました。それが、一九二六年ごろ（幣原協調外交の首相加藤高明が死去、翌年から軍拡自主路線の田中内閣へ）から一変する。陸軍は、だんだん政治よりも上に出て超法的な権力を握り、軍人たちがリアリズムよりもドグマとイリュージョンに支配されるようになった。日本陸軍は世界一強い。そして、国家を救うのは領土を広げることだ、ということです。」（前掲「司馬遼太郎対話選集六　戦争と国土」）

日清戦争や日露戦争は、帝国主義列強による不平等条約の解消やロシアの拡張主義に対する防衛の目的で戦われ、そこには、用意周到な分析、準備と的確な指揮・采配というリアリズムがあった。しかし、日露戦争は、なんとか勝ちを拾ったといえるほどの際どい戦いであったにも関らず、その後は、領土を広げることが、国家を救うというようなドグマとイルージョンを信じてしまうようになる。昭和の軍人が、政治よりも上に出て、我が物顔に振る舞うようになったのは、そうした過信の増大と共に、明治の時代の優れた指導者が消え去ってしまったからでもあった。以下は、そうした指導者の人物評である。

司馬遼太郎は、明治維新の中心人物であった大久保利通について、前掲「歴史の中の日本　―大久保利通―」において、明治維新後の新しい体制つくりに果たした役割を、次のように高く評価する。「大久保利通が演じた奇蹟は、破壊と建設というおよそちがった領域を、一人の人間でやりえたことであろう。…西郷隆盛は、その豊かすぎる正義感と、その人格力による大衆結集の力、そして破壊へのすぐれた戦略感覚という三つの点においてたしかに倒幕の最大の功労者（であったが、）倒幕期の西郷には、倒幕後の現実的なビジョンがなかった。が、大久保はちがっている。「変動期の政治というのはやりたりなくともいい。やりすぎることはすべてをうしなうことだ。」という意味のことをつねにいった。徹底した漸進主義者であった。…かれは明治十一年に暗殺されるまでのあいだ、明治の政治秩序の中心的な存在でありつづけたが、一個人が秩序にすわって、その秩序にこれほどの重量感と安定感をあたえた人間は、大久保をのぞいて日本歴史のなかに何人いるだろう。明治政権は、(その政治的、財政的な基盤はもろく、空中楼閣になりそうな政権であったが) この政権に、いかにももっともらしい実体感を世間に印象させつづけたのは、大久保一個の存在によるものといってもほめすぎではない。」

司馬の長編小説「翔ぶが如く」は、西郷隆盛と大久保利通を中心にして幕末から西南戦争までを描いた作品であるが、明治維新以降の大久保は、佐賀の乱の首謀者であった江藤新平を冷徹に処刑し、征韓論で決別した盟友の西郷を、叛乱士族の討伐を通じて死地に追いやることも辞さなかった、情け容赦のない人物、まさにマキャベリストとして描かれている。しかし、このような大久保の行動は、決して、単なる権力闘争から出たものではなかった。司馬は、作品の中で、大久保が、全権弁理大臣として、台湾問題を巡っての清国との交渉に臨み、五十日間に及ぶ折衝の結果、成功を収めたことを克明に叙述している。米仏の専門家を顧問につけ、相手の意図を読み抜き、英独仏の思惑も活用し、硬軟織り交ぜるという、外交家としての大久保の手腕は、際立ったものであるが、それは、外交のテクニックに留まるわけではない。大久保は、日本という国家を背負っていた。当時の日本は、大陸に関わるほどの力を持っていなかった。内治主義は、政治理念ではなく、彼我の実力を見極めたリアリズムの結果であった。小説の最終章は、大久保が、西南戦争の翌年、馬車で赤坂の御所に向かう途中の紀尾井坂で、石川県の士族たちによって、暗殺される事件の顛末が描かれる。刺客たちの決行を予告する通知に対しても、天の加護に任せるとして意に介さなかったとされる。司馬が、「翔ぶが如く」で描きたかった本当の主人公は、間違いなく、大久保利通であった。

司馬は、また、「この国のかたち　一　―明治の平等主義―」で、大久保が、儒教的な思弁性を好まなかったが、かといって欧州好きでもなく、文明開化を進めながらも軽佻なところがなかった、冷厳あるいは冷酷なほどに現実を見つづけた人物で、太政官なども多くが畏服しきっていた。長州の伊藤博文も、木戸よりも薩摩の大久保に身をよせたとする。また、下級藩士であった大久保が、旧藩主が健在な中で、かつての旧主である諸侯から統治権をとりあげ、一方において四民を平等にして「国民」というそれ以前の日本になかったもの（廃藩置県や徴兵制など）を創りだすという革命を、旧主筋を裏切ったという倫理上の呵責に苛まれつつも、天皇という「聖なる虚空」を利用してでも冷徹に断行した心情を慮っている。「明治期を、〝天皇制〟などという悪意がインプットされた術語で片づけてしまうと歴史がプラモデルになってしまうのではないか」というのは、歴史の現実を見つめる司馬の、大久保への最大の賛辞と解すべきであろう。

次に、伊藤博文は、若くして、明治十八年に、初代の内閣総理大臣に就任し、その後、合計して四度の首相を務め、明治憲法の制定や、日清戦争の断行・勝利に貢献し、元老となってからは、日露戦争や日韓併合などには、当初は反対したが、その後は、天皇や内閣をサポートした。司馬は、日本史において、不人気の系譜があって、家康や大久保がそれであり、伊藤はその大久保の直系であると評しているが、対談したライシャワーも、伊藤のことを、時世に身を寄せていく能力に優れ、たいへんなリアリストであった、憲法起草から後に政党の党首になるなど、政治歴四十年間で、きわめて柔軟性を示したことが興味深いと述べている。（前掲「司馬遼太郎対話選集一　この国のはじまりについて—日本人物史談　明治の群像—」）

司馬以外の伊藤博文に対する人物評を紹介しよう。まず第一は、先の岡崎久彦で、日清戦争とその後の日本の独立は、伊藤と陸奥宗光（当時の外務大臣）の外交無くして語れないとする。彼らは、明治初期の藩閥体制から立憲君主制に基づく議会制民主主義を導入するとともに、同時に、帝国主義列強から押し付けられた不平等条約の撤廃についての粘り強い外交交渉を成功させる。また、ロシアの南下に対する防波堤として期待する朝鮮が、中国清政府の干渉によって安定した政権維持が出来ないことに危機感を強くし、日清戦争の開戦を決断し、勝利した。当時の中国は軍事的にも大国であったが、ドイツと英国からシステム及び軍備を導入し陸海軍の強化を図った上で、相手に勝てるとの見通しを得たうえでの決断であった。そして、彼らの外交交渉について、

「一歩ふみはずせばどこまでも堕ちていくかわからない深淵が両側にのぞいている細い道を手さぐりしながらやっと渡り切ったようなものである。……日本の成功の裏には幸運もあり相手の失敗も数々あった。しかし、客観的に振り返ってみて、伊藤、陸奥の戦争指導にどこかでも隙があったとすれば、あれほどの成果は決して得られなかったであろう。」（前掲「陸奥宗光とその時代」）と語っている。

岡崎は、戦前の軍閥に比して、明治の傑出した人物があって、現在の我々があると主張するが、特に、自身が、戦後、外交の最前線で活躍した経験を踏まえて、伊藤、陸奥の判断の的確さ、迅速さそ

して言葉のリアリティを評価しているので、説得力がある。

第二は、日露戦争時の元老としての伊藤に対するものである。評論家前坂俊之によれば、伊藤は、当初はロシアと開戦には大反対であったが、日英同盟の締結や三国干渉（露、独、仏）の後に臥薪嘗胆で軍備の拡大を図ったたうえで開戦を決断した小村寿太郎（外務大臣）や桂太郎（首相）たちに、最終的には賛成した。そして、開戦を決める御前会議で、天皇に対して、「…このままロシアの外力の侵圧を許せば、わが国の存立も、また、重大なる危機に陥ります。いまや決断を下し給うべき時機なりと存じます。」と進言する。長い議論があり、最後は、しばらくの間、沈黙が続いた後に、伊藤が、「これから尻ばしょりで、ほっかぶりをし、握り飯をもって、数十年前の書生に返ったつもりで、ご奉公するつもりでございます。」とおどけたしぐさで言うと、天皇のほか、山県、桂、山本権兵衛、小村、児玉、大山巌など大笑いで場の雰囲気は一気になごんだ。天皇は、会議後、側近に対して、「不本意であるがやむをえない」とポツリともらしたとされる。（前坂俊之著「明治三十七年のインテリジェンス外交　―戦争をいかに終わらせるか―」祥伝社　二〇一〇）そこには、国難を前にして、政治家や軍人たちが、一体となって天皇を輔弼しようとする、昭和の統帥国家にはないリーダーたちの姿がある。

著者は、同書の中で、伊藤は、御前会議後に、腹心の金子堅太郎（前農務大臣）を呼び、金子とハーバード大学の同僚で親友の米国ルーズベルト大統領に、和平調停に乗り出すように説得せよと、米国への派遣を命ずる。金子は、当初、辞退するも、伊藤の熱意に動かされ、開戦後、二月もたたずに米国の地を踏む。翌年、日本海海戦に勝利し、米国の調停により、ポーツマス条約が結ばれるが、金子は、後に、回想として、開戦前の状態について、次のように語っている。

「あの連戦連勝を見た国民は、最初から勝つ、最初からこのとおりと思っておったでしょうが、それは大間違いで、政府当局者は、陸軍は四分六分、海軍は半分の軍艦を沈める、伊藤公は負ければ身を卒伍に落として兵隊と共に戦う、というのが当時の実情でした。」

日露戦争を実際に戦った軍人たちのリアリズムについては、司馬は、海軍参謀秋山真之が、ロシア艦隊を一艦残らず沈めるためには、ありきたりの洋学書ではなく、野島水軍の古い兵術書にその解答を求めたこと、旅順攻撃で、児玉源太郎が絶対移動不可能といわれた大砲を二〇三高地まで引きずって行って旅順を落としたのは、素人ではあったが、合理的な判断であったことなどの事例に加え、「この負けないという秋山好古の発想（騎兵長の秋山が、当時の陸軍にはなかった機関銃をいち早く装備したこと）の全ては合理主義に基づいていて、そこには太平洋戦争で蔓延した肉弾攻撃といった精神主義というのは微塵もありませんでした。戦争とは兵器と兵器の戦いであるという平凡な原則を、海軍も陸軍もみな知っていたわけです。」（「この国のかたち　四　―日本人の二十世紀―」）と解説する。

また、政治家も自分たちの弱さを自覚し、そうであるがゆえに、政治と軍が力をたずさえて、危機を乗り越えようとした。先に紹介した前坂俊之が描いた伊藤や政治家・軍人たちの姿は、司馬の言葉では、

「日露戦争を戦った陸海軍人は、明治人が持つ一種の合理主義と健全さと、日本風にアレンジされた

ピューリタニズムとを併せ持っていました。また、外交面でも同じことがいえます。二十世紀初期の日本の責任者たちは、自虐的なほど自己の弱さについては、計量しぬいています。弱さについての認識と計量が、よき―すくなくとも懸命な―外交を生むのかもしれません。

…政治家も軍人もたがいに手の内を見せ合っていたということが、昭和と違うところですね。昭和の軍部というのは、自分の弱みという弱味を、極大から極小まで軍機という秘密主義でつつんで、軍そのものと国家を神秘的な虚像にしていましたから。」（「この国のかたち　四　―日本人の二十世紀―」）と表現される。

そして、日本人は、「十九世紀後半に自家製で身につけたリアリズム」を、日露戦争を境にして失っていくことになるが、その分岐点は、大正時代のシベリア出兵（第一次世界大戦後の一九一八〜二二年）のころにあり、そこからファナスティックな昭和の時代に入っていく。次の言葉は、先の山本との対談（「リアリズムなき日本人」）の中でのものである。

「まあ、もの事を見る目というのは、リアリズムっていうものが必要ですね。…一つの運命対象というものを考える場合、それはどういう形をしているか、どういう動き方をするかということについては本来、非常におっかなびっくりにふれなければならない。対象に対する態度についてですけど。そういう慎重さを失うというのは、結局大正時代のシベリア出兵ごろからだと思うんですが。…そこからまた、昭和のファナティシズムがはじまるわけですね。」（前掲「司馬遼太郎対話選集五　日本文明のかたち　―日本人とリアリズム―」）

〈官僚化した軍人たち〉

このような昭和のファナティシズム（熱狂・狂信）の台頭は、国をリードする人材の世代交代が進んだことの結果でもあったが、そこには、人材を広く能力本位で育成、登用する官僚制が、功罪両面で大きな役割を果たした。こうした官僚制は、明治の時代に、薩長中心の藩閥政治での人材登用の偏りを防ぎ、有能な人材を幅広く確保することを目的に整備が進められ、この制度によって輩出された人材は、政府の官僚として、また、後に政治家として活躍するようになる。一方、軍も、陸軍士官学校や海軍兵学校を卒業した学力、体力に優れたエリートを登用し、彼らは、後に、陸軍、海軍を支える幹部になっていく。明治の政府や軍の指導者が、維新という困難な時代を切り開いた戦士ではあったが、藩閥以外の人々には登用や昇進の道に制約があったことに比べると、誰もが、能力主義で出世できる時代になったことはプラスであったことには違いない。しかし、組織としての新たな問題にも直面することとなった。つまり、自分たちの組織の存続が、真の国益や他の組織を含む全体の利益よりも優先されることになり、例えば、陸軍と海軍の競争・非協調・秘密主義（海軍が、ミッドウェー海戦の敗北の情報を陸軍に対して秘匿したことなどはその典型例）、派閥争い（陸軍の皇道派と統制派、海軍の艦隊派と条約派）、学校での成績がその後の登用や出世を決める成績至上主義（優秀者は参謀へ、兵站などへの配属は席次が落ちる）、結果に対する信賞必罰は甘く、庇い合いが許される、出世、昇進は国益よりも組織の利益が優先する、などの課題である。

司馬は、小説家大岡昇平との対談（「日本人と軍隊と天皇」（「潮」一九七二）では、その具体例と

して、

「日本の官僚機構（軍を含めて）が整然とするのは日露戦争が終わってからだろうと思うのですが、それが老化期に入って柔軟性を失ったときに戦争時代に入るのですね。（ノモンハンが始まる前からモスクワの駐在武官がソ連の脅威を警告するが）それをいいだすと、あいつは恐ソ病だというので、（レッテルを貼られて）出世コースからはずれてしまう。で、結局、黙ってしまうわけです。」（前掲「司馬遼太郎対話選集六　戦争と国土」）と述べている。

また、こうした、軍人、とりわけ、参謀などの高級軍人は、敵軍にも見透かされていた。先の山本との対談（「リアリズムなき日本人」）の中での言葉である。

「当時の高級軍人には本当の意味での愛国心はない。これはちょっとまずいんじゃないか、という冷静な人もいたはずですが、それを公式にいうと出世がとまる。うかうかすると、殺される。亡国へころがってゆくときは、仕方がないものですね。（当時連合軍の情報将校だった人の回顧で、英軍の参謀の連中は、日本軍の中で、一番頭の悪いのは参謀肩章吊ったやつで、決まったことをやってくるので、逆のことをやればよかった、彼らは自分の頭で考えないといっていた。日露戦争以降の陸大の教育を調べたら、型を覚えるだけのようで、その通りにやる）……

そんな愚劣な戦争をしているのに、何とか大崩壊を食い止めているのは下士官の賢さだ。現場で形をつけてる。それと兵の順良さである、というのが英軍司令部の評判だったらしい。」（前掲「司馬遼太郎対話選集五　日本文明のかたち　―日本人とリアリズム―」）

また、手厳しい批判が続く。山本との対談（「田中角栄と日本人」一九七七年「文藝春秋」一月号）

では、
「大阪の人間は、アメリカという国が強いんだから戦争しちゃダメだ、とすぐ考えるんです。ところが、弥生式時代以来の純農地帯から出てきて高等文官の試験を通った連中とか、陸大へ行った連中は、貨幣経済が作りあげた意識を持っていない。貨幣経済がなければ、合理主義もなんにも生まれないんですがね。…そこから出てきたやつが、天皇制のもとで、異常な愛国心だけで出世していこうという。暗記ものと天皇制と異常な愛国心で出世してきた連中だから、太平洋戦争なんかすぐはじめちゃいますよ。」（前掲「司馬遼太郎対話選集五　日本文明のかたち　―日本人とリアリズム―」）と、発言はさらにエスカレートする。

そして、こうした純粋培養の官僚たちが始めた太平洋戦争の指揮、采配には、何のリアリズムもなかった。鶴見との別の対談（「敗戦体験から遺すべきもの」「諸君」一九七九年七月号）では、次のように語っている。

「(幕末にあった英仏の脅威から逃れるための雄大な戦略論は、) 偶然にも、大東亜共栄圏なんです。南洋の島々に兵力を戦史上空前絶後に分散して、あとは何とかなるだろう。…といって東京の大本営で待っていた。それが、玄人とする人々がやった太平洋戦争の戦争設計のレジメです。戦争ができる国じゃないことがはっきりしているだけに、戦争設計そのものに何のリアリズムもない。」（前掲「司馬遼太郎対話選集六　戦争と国土」）

司馬は、官僚としての軍人たちに、舌鋒鋭く迫り、容赦がないが、公平を期すことも必要であろう。

まず、太平洋戦争の開戦の決断に関しては、日本の指導者たちも、好んで米国との戦いを選んだわけではない。その年、近衛文麿首相は、ルーズベルトとの日米首脳会談での戦争回避を模索したが、最終的に、米国はこれを拒否する。日本の政府や軍部としては、明治の時代より日本の兵隊の血と汗で掴んだ領土や利権を戦わずに譲渡するのは、国民が許さない、ルーズベルトから売られた喧嘩は、買わざるを得ないとの心境に至ったことは理解できないことはない。とはいえ、勝てる算段・見通しがあったわけではなく、資源の石油は東南アジアに依存せざるを得ず、軍事力・産業力にも圧倒的な差があることから、戦争が長期化すれば、勝機を得ることは困難で、初動での戦機を活用して、早期講和の可能性を探るとの甘い見通しを抱くしかなかった。

この太平洋戦争の開戦の決断は、一九四一年の何度かの御前会議の後、近衛秀麿の後任となる東条内閣が主催する十二月一日の会議で下されたが、半藤一利によれば、開戦に積極的であったのは、海軍の佐官クラスで構成される対米強硬派の第一委員会であった。当時の日本の海軍力（総トン数では対米比七割に相当する）であれば勝てる、二年後には五割に落ちるので、戦うのは今しかないと提言する。陸軍も、南方攻略後に大陸に戻って対ソ戦をやるには、冬を避けるために早いほうがよいと考えたからだとする。（坂本多加雄、半藤一利、秦郁彦、保阪正康「昭和史の論点」文藝春秋　二〇〇〇）そして、戦争を終結する条件の議論では、次の四つが上げられたとしている。①初期作戦の成功で長期的な自給の道が確保できた時、②蔣介石が屈服した時、③独ソ戦にドイツが勝利した時、④ドイツの英国上陸が成功し、英国が降伏した時　である。（半藤一利、中西輝政、福田和也、保阪正康、戸高一成、加藤陽子「あの戦争になぜ負けたのか」文藝春秋　二〇〇六）

これが事実であるとすれば、軍部、とりわけ左官クラスは、受け身というよりは、むしろ能動的に開戦のお膳立てをしたことになる。そして、始めた戦争をいつ止めるのかについても、極めて楽観的なシナリオしか描いていなかった。司馬が、リアリズムが無いと批判するのは、軍や政府の国際情勢についての無知も大きい。ドイツを頼みにしていたが、そのドイツは、日本が開戦を決めた時には、既に空爆による英国海峡横断作戦を断念していた。英国の開発した電波探知機「ラジオロケーター」や暗号解読技術が威力を発揮し、横断作戦が上手く行かなくなったからであった。そして、一九四一年六月には、ドイツは、ソ連に侵攻する。ヒトラーは、そうすることで、ソ連の脅威がなくなった日本が、アメリカにとっては大きな脅威となり、その結果、アメリカが英国を支援することができなくなると考えたからだ。（鳥居民著「昭和二十年第一部＝六首都防空戦と新兵器の開発」草思社　一九九六）当時の日本軍は、英国の最新鋭の軍事技術が、破竹の勢いのドイツの頭をおさえていたことを知らなかったし、また、その年の十二月、ソ連軍の反撃により、ドイツは、手痛い敗北を喫することは予測できなかった。

また、開戦後の戦争指揮はどうであったのだろうか。真珠湾攻撃は、米軍の準備不足の隙を衝き、初動で優位を得るためのものであったが、これは、幸いにも成功した。同時に行われた英国領マレー及びシンガポールへの侵攻作戦にも成功を収めたため、強気になった参謀本部は、南太平洋での戦いにおいても、豪州への進攻を視野に置くほどの連続攻勢主義をとるようになる。いわゆる、兵站線を考慮した「攻勢終末点」の兵理を無視した戦いに踏み込んでしまう。こうした日本軍の戦略の背景には、米軍の軍事力（兵力、艦船、航空機など）の増強の準備には一年半から二年程度を要するために、その間には主導権がとれるとの判断があった。確かに、米軍は、欧州戦線から兵力を移動し、軍備の生産態勢確立と生産が軌道に乗ったのは、一九四三年の後半になってからであったが、フィリピンを追われたマッカーサーは、望楼作戦という長期戦略のもと、豪州軍の支援を得つつ、南太平洋での日本の「連続攻勢」を許さなかった。日本軍は、ガダルカナルでの敗北以降、ソロモン海域からニューギニアへと撤退を余儀なくされ、島嶼戦への展開になす術がなかった。こうした連合軍の戦略は、日本軍の数倍の兵力の確保、航空機基地確保を優先し、地上の戦闘のみならず敵の海上での補給路を絶つことに特化した。このため情報収集（ATIS）、陸海軍の連携、豪州を補給拠点化、先端技術の投入（爆撃機の投入、レーダー、通信システム）など総合的なアプローチをとる。日本は、米国のもつ巨大な産業力や工業力に敗れたとされるが、そのことは間違い無いものの、戦略・戦術というソフトの面でも、後れをとっていたことは忘れてはならない。（田中宏巳著「マッカーサーと戦った日本軍―ニューギニア戦の記録」ゆまに書房　二〇〇九）司馬が、軍の幹部が、「後はどうにかなるだろうと、東京の大本営で待っていた」と言うのは、少なくとも、南太平洋の戦いにおいては、当を得ているのかもしれない。彼らは、サラリーマンのように朝出勤し、夜は、通常は早く帰宅していたとするのを聞いたことがあるが、米軍や連合軍は、責任者に対する信賞必罰も厳しく、昼夜を問わず、勝つために全力を投入していたからだ。

以上のように、太平洋戦争の開戦からその後の指揮・命令の判断は、参謀本部が中心となったが、それを担ったのは、中堅幕僚であった。先の「あの戦争になぜ負けたのか」では、特別な参謀教育を受けた一部のエリートたちは、軍の実質的な決定を行い、その上の将軍たちは、それをただ承認する存在であったとされる。そのことについて、司馬も、かりに、成績が優秀なだけの官僚が多かったとしても、その上にたつリーダーたちは、それを制御し、統括する責任・役割を果たすべきであったとする。

「軍隊には、戦術レベルを考える少佐クラスの上に、政略や戦略を考える「諸価値の総合者」としての将軍（General）があり、グローバルなものの見方や、経済や人々の気持ちなどを総合的に判断しなければならないが、日本には、階級として（の将軍、大将、中将など）はあったが、実際には（それに相応しい人は）いなかったのではないか。それに比べて、日露戦争までの政治家、高級軍人というのは、自分がこの国をつくったという責任感があって、日本の米櫃には、これだけしかコメがないことを、お金はこれだけしかないんだということを知っていて、割合、正直であった。」（ETV8「昭和への道」より（昭和六十一年放送））

日露戦争当時のリーダーたちは、満州を勢力下におき朝鮮への南下政策を公言するロシアとの戦いは避けられないと判断し、「地球を覆うほどの大国のロシアはとても勝てる相手ではない」が、ロシア陸軍が極東に集結するための時間を与えない、拮抗する海軍力で勝機を拾い有利な条件で講和に持ち込むことを基本戦略として開戦を決断する。もちろん、孤軍奮闘ではなく、日英同盟の締結、外債の引き受けなど英米の支援を得るために万全の手筈を整えるリアリズムがあった。また、開戦後の戦争指揮においても、先に述べた通り、軍人たちは、児玉源太郎であれ、秋山兄弟であれ、位階に関わらず、渾身で戦いに臨み、いかに勝つかというリアリズムの精神に溢れていた。しかし、第一次世界大戦後は、日清戦争や日露戦争のような短期的な戦いではなく、物質的にも精神的にも国家をあげての「総力戦」が必要となった。また、世界大恐慌を起点として、世界経済のブロック化が進み、持てる国と持たざる国の対立を促す国際環境の大きな変化に見舞われた。そうしたことを考えると、昭和と明治を単純に比較することはできないが、そうであればなおさら、明治の時代のリーダーたちと同様に、或いはそれ以上に、慎重で、思慮深くあるべきであった。日本という国が存続するために、政治、軍、経済、外交など日本人のあらゆる知恵を動員する「総力戦」こそが求められたが、実際に行われたことは、国民を武器として扱い、全ての国民の活動を統制下におくことであった。司馬が、国民は、部品となり、軍が日本を占領したと喩えたのは、組織優先の官僚主義に染まった軍人たちが、統帥権を濫用して、国民をその支配下においたからであった。官僚制は、先にも述べた通り、近代社会の組織の運営においては、多くの利点をもつが、それには、適切な外部のコントロールが不可欠である。現代では、政府の官僚たちは、議会によって、また、間接的には有権者によって牽制を受ける。一般の企業なども、官僚的な組織を統率する経営者は、最終的には、顧客や株主などの支配下にあるといってよい。誰からも縛りを受けない官僚制としての軍部が、一人暴走したとの指摘は、残念ながら認めざるを得ないのではないだろうか。

〈日露戦争の勝利が日本人を変える〉

日本は、明治三十八年（一九〇五）、日本海海戦でロシアバルティック艦隊を破り、日露戦争に勝利を収める。それは近代国家への道を歩み始めた日本にとって奇跡的な出来事であったが、それゆえに、日本を遅まきながら「帝国主義という重病患者」にさせる。勝利といっても、実情は、死傷者はロシアを上回り、損害も膨大で、アメリカの仲裁がなければ、戦争続行も難しい状況にあったが、これは、国民には知らされることはなかった。賠償金を放棄したポーツマス講和条約に反対する人々が、日比谷の焼き討ち事件を起こしたのは、こうした現実を知ることなく、政府の弱腰を批判したからに他ならない。

その結果として、司馬遼太郎は、

「政治家も高級軍人もマスコミも国民も、神話化された日露戦争の神話性を信じきっていたし、自国や国際環境についての現実認識をうしなっていた。日露戦争の勝利はある意味では日本人を子供に戻した。その勝利の勘定書きが太平洋戦争の大敗北としてまわってきたのは、歴史のもつきわめて単純な意味での因果律といっていい。」（「歴史の中の日本　―「坂の上の雲」を書き終えて（一九七二年八月　サンケイ新聞）―」中央公論社　一九七四）と語る。

この日露戦争の神話性は、司馬の言うとおり、その後、政治家や高級軍人も信じ切るようになったが、戦争を指揮した指導者たちは、先にも述べたように、実情をよく知悉していた。しかし、こうした事実は秘匿される一方で、日本軍将兵十万の犠牲を払ったこともあり、軍部は、満州のロシアが占領していた諸都市を清国に引き渡さず、「権力扶植」のために、次々と日本の軍政下においた。日露戦争で日本を支援した米英は、門戸開放と清国の主権回復の大義に反するものとして苦情を申し立てたため、元老の一人であった伊藤博文は、一九〇六年五月、「満州問題に関する協議会」を主催し、軍政廃止の実行を求めた。提案の趣旨は、ロシアとの再戦のリスク、清国からの怨恨、そして、とりわけ、米国の世論への懸念であり、軍部の強い反対はあったものの、最終的には、伊藤の提案は、全員一致で認められることとなった。外相の小村寿太郎は、これには賛成したが、前年に、米国の鉄道王ハリマンの満州鉄道の共同経営の提案を、伊藤ら元老や首相の桂の支持があったにもかかわらず、拒絶した。ハリマンは、戦時公債募集に奔走した高橋是清に対して、米国との共同経営をしなかったことを悔いる時が来るであろうと語ったとされる。（岡崎久彦著「小村寿太郎とその時代」ＰＨＰ研究所　一九九八）

その後、日本は、満州に対するロシアの権益の復権を防止することを大義名分として、ロシア、清国と条約を結ぶが、実態としては、日本が単独で、ロシアの権益を譲り受け、新たな利権者となることに他ならなかった。各国は、そうした日本の行動を、清国の主権（独立と領土保全）と列国の機会均等という二大原則に背くものとして、強く非難することになった。東京専門学校（現早稲田大学）を首席で卒業後に渡米し、後にイェール大学の教授に就任する朝河貫一（一八七三～一九四八）は、日露戦争開戦の年に、「日露衝突の諸問題」と、「日露戦争に至る諸事件」という英文の学術論文を発表し、日本が東アジアとの自由貿易を望んでいること、満州における二大原則を死守するためにロシアに戦いを挑んだことを米国の国民に訴えた。ニューヨークタイムズの社説などもそれを高く評価し、米国の識者に対して大きな影響を与えたとされる。（塩崎智著「日露戦争　もう一つの戦い―アメリカ世論を動かした五人の英語名人」祥伝社　二〇〇六）その朝河が、日露戦争後の一九〇九年、日本の満州における振る舞いにたまりかねて、日本人に向けた警鐘として、「日本の禍機」を著す。彼は、その中で（朝河貫一／由良君美著「日本の禍機」講談社　一九八七）、禍の生じる契機として、「日露戦争後の日本国民の多数の態度に危険分子があること」と「日本と米国との関係に危険の分子が少なくないこと」の二つをあげた。まず、日本人の意識の問題については、

「…（日本が、清国に深く関与するのは清国が自助能力が無いためであり、各国が日本を批判するのは、同列の意図があるとの主張がなされるかもしれないが）しかれども自国の内よりのみ自国を観るは易きことにあらず、ことに今日の日本のごとく国際間の地位激変したるものにとりては、これ全く為し得ざることとなるがごとし。けだし我はただ国際社会の一新参者に過ぎず、我の外には清国あり、東洋あり、欧米列国あり。これを顧慮せずしてひたすら自国の利を主張する時は、たとい一時我に利あるがごとく見ゆることありとも、かえってややもすれば東洋を傷つけ、日本の前途を害するの悔いなきを保し難し。」とし、

まさに今は、「すでに戦勝（日清、日露戦争を指す）によりて進歩の自由を得たり、この上は無理に急速に一時の利権を増進して国を危うくせんか、はた公平の競争によりて長久の進歩を得んか」という、「国運の分かれ目」にあると説く。そして、日本が中国で行っていることは、

「（日本は、地球人口三分の一を占めるアジアの開発を促し、世界の文明を増進すべきであるのに対して）表に公明を装いて実は「私曲」（よこしまで不正な態度）を行い、支那における列国民の暗に相嫉妬するをもって好機措くべからずとなし、その間にひそかに私利の地歩を作りて他日の禍乱を窺い、一旦支那に内乱外患の起こるに乗じ、まず走りてその領地を分割し、利権を横奪せんとするがごとき

…」であり、このため、

「…ただ我は我が経営の鉄道、鉱山、および港湾に対して一定の期間我が力を竭（つく）し、これを発達するにとどむべし。すべからく開港地以外の日本居留民を撤去すべし。…すべからく鉄道地帯の行政に全力を用いて、これに模範的善政を行い、…他日期満ちて鉄道を還付するに至りて、（全ての地帯や新市を）清国の主権の下に置くべし。」と提唱する。

しかし、これは、容易ではないため、国が、率先して当たるべきとして、

「…政府は退きて、必ずしも賢明ならざる俗論に導かれんよりも、むしろ進みて公正堅固の方針をとりて国民の嚮（むか）うところを示すべし。政府のみこれをなすことを得。政府の責極めて大なりというべし。」と桂内閣に期待を寄せる。

第二点の米国との関係については、日米の輿論が、お互いに相手を誤解することで、いずれ、刃を交えるリスクがあることを指摘する。米国の輿論は、満州問題での日本の私曲を疑い、また、日本人移民問題で日本黄禍論が台頭しつつあるが、一方、日本も、米国が、黄金主義で政治が腐敗し、かつての他国への不干渉主義を破りフィリピンやハワイを領して、東洋の利権を獲取しようとする動きがあること、こうしたことから民情が不統一で、日本のように愛国心で国民が一致することはないと、自国にとって都合のよい解釈をしている。朝河は、米国が、主権尊重と機会均等という二大原則の下で、東洋との交易を図ることが国益であり、そのために、海軍力を強化して「世界的強国」主義をとることを決意している、いずれ米国が世界上最も富強な国になることは間違いないと考えている。従って、日本は、中国の主権を擁護し、交易の機会均等の確保の主導者となり、米国と競争・協同するこ

とで、共に、東洋の進歩幸福を助成すべきである、それには米国も応えるであろうと説く。そして、最後に、次のように締めくくる。

「…以上の大事を決するの自由と責任とは彼にあらずして我にあるなり。静かに此決の分かるる所の広大無辺なるを想像すれば、これ恐らくは第二十世紀の最大問題なるべく、少なくとも日本国史上の最大事件なるもののごとし。ゆえに余はあえて今日を指して日本の最危機となさざるを得ざるなり。」

日本は、アジアや世界の進歩のため、日本の発展のために直ちに大陸政策を見直すべきこと、米国の産業力、軍事力の急速な増強を軽視すれば、日本は破滅の道を歩みかねないとの悲壮なまでの警告であった。日本の歴史は、その後、朝河が危惧した通りの道を辿ることになった。日本人として、彼のような冷静な知識人を持ったことは誇りとすべきことではあるが、当時の政府や軍の指導者、また、ジャーナリズムなども、この警鐘を真摯に受け止められなかったとすれば、極めて残念なことであった。朝河は、一九四八年に亡くなるまで、米国で研究生活を送ったが、太平洋戦争の開戦前に、ルーズベルト大統領から天皇陛下への親書の中に聖旨による開戦の阻止を反映させるべく尽力したり、敗戦後には、米国の関係者に対して、民主主義のためには天皇制の併存が不可欠との提言を行ったりした。最後まで、日本国籍を変えることなく、愛国者としての一生を全うしたとされる。（山内晴子「朝河貫一からのメッセージ〈上〉日本の精神的危機とアジア太平洋戦争」独立メディア塾　二〇一五年四月）

このように、政府の関係者（伊藤など元老や桂首相など）や在野の知識人の一部にも、世界の中の日本を客観的に見つめ、国際協調の道を歩むべしとの意見は存在したが、それ以上に、日露戦争の神話性は、益々膨らんでいく。先の鶴見との対談では、

「（日露戦争後は）すべての軍人が論功行賞の対象になってしまうものだから、結局は何の価値もない官修戦史ができあがってしまった。そこから日本のリアリズムがガタッと減ったということは、確かにありますね。」（前掲「司馬遼太郎対話選集六　戦争と国土　―敗戦体験から遺すべきもの―」）と述べ、

また、ジャーナリズムの責任も大きいとして、先の江藤淳との対談において、

「（日露戦争が、陸戦は、実際は勝ち負け無しであり、日本海海戦でしめくくっただけとして）これをなぜ当時明快にしなかったか。これはジャーナリズムの責任です。（論功行賞のためにうまくやったと書き換える）それが一つや二つではないから、全体としては完全なウソ戦史になってしまった。…（勝った国の陸軍は都合のよい戦史をつくる）これはもう、仕方がないのです。しかし、在野のマスコミが沈黙した。気づきもしなかった。…この戦争の実相はどういうものであったのか、二か年大連載をしてごらんなさい。そうしたらほんとうに日本は勝ったのかどうか、それがわかったはずです。その時から日本人は世界の潮流に乗れたはずです。…きっと太平洋戦争せずにすみましたよ。日露戦争のウソ戦史にあわせて陸軍がとなえた神秘主義を文部省が採用して、小学校にまで流して国民教育をした。それが太平洋戦争のもとになっているのですからね。その責任は大きい。ところがそれを、マスコミは一切突いていないし、問いてもいない。」（前掲「司馬遼太郎対話選集三　歴史を動かす力　―織田信長、勝海舟、田中角栄―」）と憤る。

ジャーナリズムを支える知識人の問題もある。真珠湾攻撃で太平洋戦争が始まった時には、多くの識者もそのことに酔いしれたとされるが、それは、官制の戦争史観もあるが、軍事をリアルに考えていなかったからで、軍部を暴走させた責任の一半を負うべきだと、司馬は次のように指摘する。

「(大正教養主義の代表的な存在であった和辻哲郎さんのような)昭和の知識人たちが太平洋戦争勃発のとき、雪崩をうって戦争を賛美することになったのは、思想の転換ということじゃなくて、教養の一課目であるはずの軍事知識に乏しかっただけのことでしょう。…リアリズムの希薄さです。戦後は、軍事に触れるだけでも具合が悪いという細菌恐怖症のような気分がずっとつづいてきます。現実をきちっと認識しない平和論は、かえっておそろしいですね。…ともかくも、明治・大正のインテリが軍事を別世界のことだと思い込んできたのが、昭和になって軍部の独走という非リアリズムを許したのだと思います。」(「この国のかたち　四　—日本人の二十世紀—」)

〈皇国教育と軍隊最強の幻想〉

こうして、日露戦争後に、軍人、官僚、政治家、知識人、そして国民を、「子供に戻して」しまったのは、戦争に勝利したということだけではなく、明治の初期から続けてきた皇国教育の結果でもあった。根拠なく、「軍隊最強の幻想」を日本人全体が共有し、国民信仰にてしまっていた。そのことを、司馬遼太郎は、先の鶴見との対談で、日露戦争以前からでも、日本の軍隊が最強であることは、小学校の教育で教えられており、軍人のトップ自身もそれを信じていた、海外の人たちからもそれは、異常に見られていたとして、次のように嘆息する。

「（ノモンハン事件での最高司令官であったある中将は、官僚で、軍人としては玄人ではなく、最後の局面で日本の兵隊は強いのでなんとかしてくれると祈ったとのエピソードを引用した後で）日本の兵隊が強いというのは、明治以来の小学校教育で教えられてきた思想ですね。…大久保利通の子の牧野伸顕の回顧談に、昭和の初年、牧野があるイギリスの女性評論家（日本にしばらく滞在していた）と横浜で会食していて、「津々浦々の小学校でそういう奇妙な教育が行われている。そういうなかから職業軍人が出てきて、もし政権をとれば必ず戦争を仕掛け、日本を亡ぼすでしょう」と忠告される。…（その）中将のつぶやきにはそういう背景がある。（自分の率いている兵士にはろくな装備しかさせずに、）日本は世界一強い軍隊だと職業軍人までが思い込まされている。弱いとか強いとかいうことより、この程度のことが国民信仰になってきたことに気だるいおどろきを感じてしまう。」（前掲「司馬遼太郎対話選集六　戦争と国土　─敗戦体験から遺すべきもの─」）

ただ、司馬によれば、「日本人の戦争観」をテーマにした日本文学研究家ドナルド・キーンとの対談（「日本人と日本文化」一九七二年五月　中央公論社）では、そうした皇国教育で教える内容も、明治の時代は、もう少し、おおらかであったが、日露戦争後から変質し、昭和の初めごろまでにそれが完成するとして、

「（日露戦争の時は捕虜の扱いなど国際的な慣例に従っていたが、太平洋戦争の時の教育は、戦車操典や砲兵操典などで、兵は兵器と運命をともにせよとなるとの紹介ののち）だいたい「日本精神」とかいって…（日本人もそう信じているものは）みんなどうやら昭和初年にでき上がったものですね。なんとなく「日本精神」についてものを書いたりしゃべったり、そして軍隊教育が社会に普及したりす

るのは、昭和初年ぐらいからです。大正時代はそういうことはないし、日露戦争当時はもう少し大らかだったと思います。」と語り、また、対談相手のキーンも、これに対して「…古い伝統を作るには、十年間くらいかかる。すべての人に、こういう伝統はヤマトの国が生まれてからの伝統だと教え込むには、十年くらいかかる。…逆にいえば、十年くらいかけると伝統を創りだすことができる、ということになるかもしれない。」（前掲「司馬遼太郎対話選集五　日本文明のかたち　—日本人と日本文化—」）と答えている。

先に、江戸の朱子学イデオロギーが、昭和まで色濃く生き残ったと記したが、統帥権の問題の陰には、楠木正成がいた。「この国のかたち　一　—正成と諭吉—」では、水戸学は、南朝の後醍醐天皇を正統とし、正成は善で、足利尊氏は悪とした。後醍醐天皇の寵臣であった公卿の坊門清忠が、聖運を頼みにして正成の提言した作戦を葬り去ったことで、正成は、尊氏との湊川の戦いで、一族郎党とともに討ち死にする。これによって、江戸期より、「太平記」では、正成に人気が集中し、それは、昭和まで引き継がれる。昭和の軍部が統帥権を持ち出し、国民もそれに異を唱えなかったのは、そうした背景もあったのではないか。

「昭和初期の軍部は、「帷幄上奏権」に固執した。その気分の底に、正成の策が、当時の輔弼者だった坊門清忠の一言ではねつけられたという情景が、共有の悲憤としてあったのではないか。戦後、朱子学的正閏イデオロギーの歴史は、消滅した。したがって、正成も去った。」（「この国のかたち　五　—宋学（四）—」）

教育で朱子学的なイデオロギーが浸透していくということは、先にも述べた通り、江戸時代の中頃から育ち始めた「近代精神」が見過ごされ、忘れ去られていくということでもあった。「宗教的権威の否定」であったり、「科学的合理主義と人格の自律性」であったり、「人間主義」であったりと、西欧の近代を生んだ精神は、幕末には「腰のあたりまで来ていた」が、明治になってからは、それが失われていく。司馬は、「この国のかたち　一　—日本の近代—」の中で、それを、次のように表現する。

「明治政権は「近代」を欧米から買った。つまり学問や技術のかたちで輸入した。このため、「近代」という語感には、多分に高貴薬のイメージがある。それらの近代が、たとえ少量でも日本に存在したということを、明治政権のひとびとは、知らなかったか、もしくは黙殺した。…

もし明治維新成立のとき、日本じたいの〝近代〟の要素（または風土）の上に欧米の近代を接木したとすれば、ずいぶんおもしろいことになったはずである。…明治国家のはての昭和の初期も、あれほど思想として痩せた社会にならなかったように思える。…

（「近代の超克」という論文集（河上徹太郎、小林秀雄、亀井勝一郎らが参加）が、戦時中（昭和十七年）に発行され、知識人に衝撃をあたえたが、）戦後、その一部を読み返して、愛をこめたおかしみを感じた。近代とはモノの質量を大衆レベルで比較する精神だが、そのことは、一行も出ていないのである。モノを比較してハダカの価値を見てしまう精神など、中世以前の精神からみれば、まことにザッカケナイものである。そういうがらのわるさがすこしも出ておらず、中世貴族の高雅ささえ感じられてしまう。

（近代とはヨーロッパ的な由来のものである、我々はヨーロッパ文明によって教育を受けたなどとの意見が述べられているが、）たとえば〝三八式歩兵銃を何十万挺ならべたって、世界を相手に戦争はできませんよ〟といったぐあいのガラのわるさでもってたれも近代を語っておらず、まことに痛ましいほどに品がよく、教養的なのである。…

明治国家が買いに買った〝近代〟がどういうものであったかが、昭和十七年の「近代の超克」が証明してくれるともいえる。」

明治が西欧の「近代」を買ったことは、必要で正しい判断であった。その本質を正しく理解していれば、明治以降に異胎の時代を迎えることもなかったかもしれない。

〈国際環境の変化と太平洋戦争への道〉

昭和がなぜ間違ったのかについて、考えてきた。明治の時代に、政府や軍の人材の育成確保という組織の近代化のために整備された官僚制は、やがて、組織の自己保身という原理が支配し、明治には健在であった「諸価値の総合者」としてリーダーたちも、組織原理の観点から排斥された。官僚制の頭を押さえるべき立憲体制＝三権分立を統帥権で取り払ってしまった結果、誰も、その暴走を止めることができなくなった。そうした軍部による全体主義的な支配を許す大きな要因として、日露戦争の勝利で生まれた日本人の慢心や馬鹿馬鹿しいほどの自国観があったことは間違いがないが、そのことも一因となったのであろうが、政府も軍も、世界の時代の変化、国際環境の変化に気づくのに遅れ、対応を見誤ったということの方が、より、本質的な問題であったのであろう。

このことについて、司馬遼太郎は、先の山本との対談（「リアリズムなき日本人」）で、次のように極めて示唆に富む発言を行っている。

「第一次世界大戦のあとで、日本をのぞく世界じゅうの軍艦も、陸軍用の車両も、オイルで動くようになりましたですね。そうしたら、日本は軍備から降りるべきでしょう。もう全部軍隊を解散して、別の方法で国の運用を考えていかなきゃならない時期になったわけです。それについての発言も、文章も何もない。そこからむこうは、もう基礎がないわけですね、陸海軍を保たせてゆく上での。だから、ここからむこうで開き直りやがったなという、神憑りというか、ファナティシズムとか、あるいは、たまたま西洋流のファシズムというものとかをどっと取り入れるっていうのは、…深層もしくは基礎のほうに、それがあったんじゃないでしょうか。」（前掲「司馬遼太郎対話選集五　日本文明のかたち　―日本人とリアリズム―」）

この発言は、先に述べた通り、第一次世界大戦後に、軍の中堅幕僚たちが「総力戦」を覚悟したことを指しているが、ここで指摘していることは、軍艦などの燃料が石炭から石油に代わったことに止まらない。動力システムも、蒸気機関から内燃機関への変化があり、産業の基盤もはるかに高度になる。戦争だけではなく、社会自体も大きな変革の波に洗われる時代の到来である。明治が、一昔前の近代西欧にキャッチアップできた時代だとすれば、その頃、欧米社会は、それよりも、一歩も二歩も前進していた。日露戦争の勝利を近代化のゴールと信じていた日本は、近代のパラダイムが大きく変化したことに気づかず、明治というパラダイムの延長戦でしかものごとを考えることが出来なかったと言っても過言ではない。朝河貫一は、米国の大学で研究生活を送る中で、そのような世界の目覚ましい変化の兆しを肌身で感じていた。日本は、立ち止まり、軍事よりも、産業の発展、交易の拡大による経済成長、国際協調を重視する方向に舵を切るべきであった。そして、そのためには、世界のことや日本のことをありのままに見るリアリズムが必要であったが、政府や軍の官僚も、政治家も、ジャーナリズムもその役割を果たせなかった。一身で日本を背負おうとする大久保利通や伊藤博文などのようなリーダーにも恵まれなかった。そして、そうこうしているうちに、米国の世界恐慌に端を発する国際関係の危機が訪れる。日本は、必然として、全体主義を選び、太平洋戦争の道を突き進んでいく。

日本は、日露戦争後に舵を切るべきであったが、それは、指導者にとって、現実的には困難な選択であった。そして、それは、時間が経てば経つほど、後戻りが許されなくなる。日露戦争以降の歴史が、どのようなものであったのか、大雑把に振り返ってみたい。

まず、大陸への関与については、韓国併合（一九一〇）、第一次世界大戦への参戦（一九一四）、対中国二十一カ条要求（一九一五）、シベリア出兵（一九一八～二二）と、朝河貫一の警告にも関わらず、その政策が見直されることはなかった。それぞれ、決定に当たっては議論があり、韓国併合も、伊藤博文らは反対したが、結局は、大陸派が内治派を押さえこんだ。一方で、原敬内閣によるワシントン海軍軍縮条約の締結（一九二一～二二）、浜口雄幸内閣によるロンドン海軍軍縮条約（一九三〇）と、政党内閣は、明確に、国際協調を外交の基本においた。しかし、そうした路線は、右翼によるテロの対象となり、原敬暗殺（一九二一）、浜口雄幸遭難（一九三〇）を招く。満州事変以降、一九三二年には、血盟団による井上準之助前蔵相や財界の団琢磨の暗殺に引き続き、首相の犬養毅も暗殺される五・一五事件が起こる。これらの暗殺事件の犯人は、無期や死刑の判決を受けるも、その後、全て恩赦などで釈放されている。五・一五事件に関わったとされる海軍の関係者は逮捕されることさえなかった。これらは、日露戦争後に国民の間に高まった皇国史観や軍国主義というイデオロギーを背景とした、政治的な意図をもつテロリズムと捉えてよいであろう。そして、その責任追及は手ぬるく、政府や軍は、黙認することで、それを利用したとも言える。この後、陸軍内部の派閥争いによる永田鉄山軍務局長刺殺事件（一九三五）が起こり、翌年の青年将校たちによるクーデター未遂事件につながる。この二・二六事件（一九三六）では、首相の岡田啓介以下が襲撃を受け、高橋是清や斎藤実ら政府要人が暗殺された。将校たちは、大半が死刑に処せられたが、以降、軍部の政治に対する発言権がいよいよ増すことになった。

司馬遼太郎が、大地震と呼んだ満州事変（一九三一）は、関東軍の板垣征四郎大佐や石原莞爾少佐などの軍参謀が独自に計画し、柳条湖での線路爆破を契機に満州全土を占領した事件であるが、この背景には、これまでにない国際環境を含む時代の大きな変化とそれに対する危機感があった。その一つは、一九二九年に米国発の世界大恐慌が起こり、それは、日本経済に深刻な影響を与えるとともに、世界経済のブロック化が進み、日露戦争後に日本が権益を得た満州の重要性が増していたことが上げられる。一方、中国は、辛亥革命（一九一二）により清王朝が倒れ、蒋介石による国民党政府は、新たに欧米の支援を得つつ、日本の満蒙支配に寄与していた北方軍閥の討伐を進めることで、日本の生命線としての満州を脅かす存在となりつつあった。

この満州事変は、その三年前の張作霖爆殺事件（一九二八）という地殻変動から始まった。関東軍は、満州の軍閥であった張作霖が日本から欧米寄りに転換したため、列車爆破事故という謀略により殺害する。これらは、政府や軍の中央の意向を無視した作戦であったので、天皇は、田中義一首相を叱責し、陸軍の責任を明らかにするように命じたが、結局、田中は、それができずに総辞職する。その三年の後、関東軍が起こした満州事変に対して、政府（若槻内閣）は、反対したものの、これを追認せざるを得なかった。田中の後任で国民の多数の支持を得た浜口雄幸首相は、国民党政府による中国の統一を容認し、経済交流を深めようとする考えをもっていたが、ロンドン海軍軍縮条約の締結を審議する議会において、初めて統帥権干犯問題が提起され、また、満州事変後に、日本経済が急回復したこともあり、世論は、軍を支持する側に回る。その意味で、満州事変は、軍部が政治を支配し、日本を占領する大きな節目となった。以降、翌年の満州国という傀儡国家の樹立、国際連盟によるリットン調査団報告を経て、一九三三年には、日本は、国際連盟を脱退する。メディアや国民は、これを熱烈に支持し、帰国した松岡洋右全権を歓呼で迎えたとされる。その後、盧溝橋事件を発端とする日中事変（一九三七）、ノモンハン事件（一九三九）、三国同盟（一九四〇）、南部仏印進駐（一九四一）と突き進む。三国同盟と南部仏印進駐は、日米の決裂を決定付ける政策判断であったが、中国権益を確保すべしとする軍部の決定を、日本政府としての決定にせざるを得なかった。そして、米国からハルノートを突きつけられた結果、一九四一年十二月、太平洋戦争へ突入する。

このように見てくると、原敬や浜口雄幸の時代までは、経済・財政政策の観点から国際協調をめざし、政治が辛うじて軍をグリップしていたが、満州事変以降は、軍部が実質的に政治の主導権を奪うことになった。国際環境の変化は、その大きな要因となったが、日露戦争以降の、領土の拡大が国益に叶うというドグマと、日本は強いというイルージョンを、軍も、政府も、また多くの国民も共有していたことが、それを後押しした。本来であれば、世界が変わった中で、日本がいかに存続していけるかを考えるべきで、その意味で、世界を冷静に見るリアリズムの精神を持つべきとする人々もあったが、そうした意見は、政策決定に反映されることは無かったし、また、現実的にも困難であったといえよう。例えば、太平洋戦争を回避する決断は、司馬も難しかったであろうと憶測する。なぜならば、米国が、開戦前月の二十六日に提示した「ハルノート」では、日本が、中国大陸でのいっさいの行動を否定し、大陸から兵を引くよう、要求していたからだ。もし、開戦せずに、それを受け入れることになれば、日本という国家はつぶれ、国民も国家そのものを信じなくなったであろう、軍の反乱がおこり、政府要人を殺し、結果として、対米戦争をやることになったであろうと推し量る。（「この国のかたち　四　―日本人の二十世紀―」）また、昭和天皇も、その独白録で、東条内閣の開戦の決定を裁可したことは、立憲君主として已むを得なかった、もし拒否すれば、国内は大内乱となり、果ては国が亡びることになったであろうとのお考えを述べられていた。（寺崎英成／マリコ・テラサキ・ミラー著「昭和天皇独白録」文藝春秋　一九九五）つまり、事実上の果たし状としての「ハルノート」を受諾する選択肢はなかったし、そうした意志決定は、おそらく、満州事変に遡る、多くの政治の決断の節目においても、同様であったと考えてよい。

なお、海軍の米内光政（一九四〇年に内閣総理大臣に就任するも三国同盟に反対していたため、陸軍の横やりで総辞職）や山本五十六連合艦隊司令長官は、米国の実力をつぶさに承知しており、同じ海軍の左官クラスとは異なり、対米戦争には反対であった。とりわけ、山本五十六は、真珠湾攻撃の出撃命令において、命令があれば、直ちに引き返すようにと指示をした。開戦の直前まで、天皇による中止の聖断に望みをかけていたとされる。（鳥居民著「山本五十六の乾坤一擲」文藝春秋　二〇一〇）そして、天皇が、軍部の意向に反して、ご聖断を下されたのは、三年八か月後の一九四五年八月十四日、終戦の日の前日の御前会議であった。同年六月の沖縄戦、八月の広島、長崎への原爆投下に続き、ソ連が対日参戦したことで、万事が休したが、軍は、それでも、国体護持が保証されていないとして、連合国のポツダム宣言の受諾に反対した。受諾を支持する鈴木貫太郎首相、東郷茂徳外相らと軍の間で、意見が分かれたが、昭和天皇は、天皇の大権により終戦を決断する。日本の統治の権限が、ようやく、軍から政治に戻った瞬間であった。

再び進歩の時代へ

〈ネイションからステイツへ〉

日露戦争以降に始まった「異胎の時代」あるいは「鬼胎の時代」は、昭和五、六年頃からは、「別国」、「非連続の時代」、「統帥機関によって扼殺された時代」と呼ばれるように、軍部が、立憲政治の枠組みを破壊し、統帥権によって国家を占領するまでに突き進む。それは、十数年間続いたが、太平洋戦争の敗戦によって終了する。戦後の日本は、司馬遼太郎にとって悪いものではなかった。先の鶴見との対談でも、

「(進駐軍による占領はゆるやかで) やがて憲法ができて本格的な戦後が始まった。わるいかんじでなく、自分の生きている間にこういう国ができるとは思わなかった。そういう感覚が、ずっと今日までつづいています。」(前掲「司馬遼太郎対話選集六　戦争と国土　―敗戦体験から遺すべきもの―」) と語っている。

そして、その印象は、戦後四十年以上が経過しても鮮明である。先の樋口陽一との対談の中でも、新憲法について、

「(戦前は、統帥権により軍部が日本を占領してしまったが) しかし、ここで面白いのは、一度も憲法が停止したことはないということです。…（そして敗戦により）新憲法ができました。占領軍が英語で書いたものを押しつけたとか、いろいろ悪口をいう人もいますが、…自分が生きているあいだにこ

んないい憲法をもつ国ができようとは思わなかった、と感じたりしました。今でもその気持ちは変わっていません。」（前掲「司馬遼太郎対話選集四　近代化の相剋　―明治国家と平成の日本―」）と述べている。

この司馬の言葉からは、新憲法によって新しい日本が始まった、時代が大きく変わったという感激が伝わってくる。日本の社会が、国家主義ではなく、個人の基本的人権が尊重される民主的な憲法をもつことができた喜びである。同時に、この言葉には、明治憲法と新憲法を新旧・善悪の二元論で見ることなく、旧憲法である明治憲法が、「異胎の時代」においても停止されることはなかった、「明治の遺産」は辛うじて引き継がれてきたとの思いも読み取れる。

司馬が明治憲法を評価したのは、天皇も法の下におかれるという、近代国家（ステイツ）にとっては当たり前のことを明確にしたことであった。伊藤たちの明治憲法に制定にあたっての努力を、「天皇が、平安朝以来、君臨すれども統治せずという伝統がつづいてきた」ことをふまえ、「明治憲法が、首相以下の各国務大臣がその分掌において輔弼の責任をもち、しかもそれが最終責任であって、天皇に責任はないとしたことは、日本における伝統をはじめて法の実質にしたものだったろう」と表現する。（「この国のかたち　一　―日本の君主―」）

そして、それは、司馬が、旧制中学時代の公民の授業で、強く自覚したことであった。その時の印象を、同じ樋口との対談で、次のように語っている。

「（一九三五年の天皇機関説事件で、国民がこの説を支持しなかった経緯を踏まえて）筋を通した人もいるにはいたのですが……。…

（旧制中学時代の公民の）先生は、「憲法によって定められた天皇の最初は明治天皇である」とおっしゃった。それ以前の天皇は歴史的な天皇だという。目が覚める思いがしました。憲法が上にあって天皇が下にあるということですね。…

それから三権分立の話をされて、統帥権というようなものについては一切触れられなかった。要するに日本はステイト（つくった国）だという話ばかり。」（前掲「司馬遼太郎対話選集四　近代化の相剋　―明治国家と平成の日本―」）

こうした考え方は、前掲「この国のかたち　二　―無題―」にもよく表れている。司馬は、明治憲法が上からの欽定憲法であり、また戦後憲法が敗戦によって得た憲法であるなどといういきさつ論は、憲法というものの重さを考える上で、さほどの意味をもたないとする。統帥国家によって占領される時代を迎えざるをえなかったのは、軍が悪いという以上に、国家も国民も、憲法を守る上で不熟であり、新聞・雑誌も同様であった。統帥権の擡頭のときに、憲法論議が言論界を沸かせた形跡もない。そして、戦後の一部の国民にある天皇の責任論についても、明治憲法が、「天皇の位置は空で、いっさいの責任がない」としていることをしっかり議論すべきだとしている。明治憲法が、統帥権のような脆弱な部分を内包した不完全なシステムであったとしても、天皇を輔弼する政府に責任があるという憲法の理念を理解し、尊重していれば、立憲政治は機能できたはずである。長らく続いてきた封建国家が、短期間で近代国家にとって不可欠な立憲体制を立ち上げ、四十年間かけて政党政治が機能するところまで持って来れたのは、日本人のリアリズムや近代合理主義の精神の成果であり、まさしく、「明治の遺産」というべきものである。そして、この伝統は、戦後の新憲法による自由主義的な民主主義体制が定着していくうえでも、大きな役割を果たしている。システムと同時に、それを運用する人々の心も大事なのである。

司馬は、このように、明治憲法を「明治の遺産」として評価しつつも、しかし、「異胎の時代」を招くことなく立憲政治を継続することは、実際には困難であったろうとも考える。人々は、教育などを通じて、江戸期以上に旧態的な価値観をもつようになっていたからだ。そうした思いは、次の樋口との対談の言葉にも表れている。

「…明治以降の、ステイトと呼ぶべき、法による国家ができたときにも、日本は（ナチュラル、ネイティヴと同じ語感の）ネイションを引きずっていたわけです。朱子学が、ネイションの内容になっている場合が多いんです。そういう気分をステイトをつくるときにスッキリさせなかった。私は朱子学の残影というものが、かえって明治以降強くなったと考えています。江戸時代は、（例えば南部藩の折衷派のように）多様性があった。にもかかわらず、明治政府は教育において朱子学一本でした。国家神道も本来の神道よりは朱子学的なものでした。そういうものがいっぱいあって、明治人は憲法を中心にして苦しみました。その苦しみが昭和になって、憲法国家としての瓦解につながった、という感じがします。」（前掲「司馬遼太郎対話選集四　近代化の相剋　―明治国家と平成の日本―」）

司馬は、明治憲法を制定する時に、ネイションの気分をすっきりさせるべきであったとするが、それは、イギリス型のようなステイトを明治の時代につくることができたことを意図するものではない。伊藤や陸奥などのように立憲体制を正しく理解した明治人は少なく、山県や藩閥政治を支配した軍人・

政治家たちの多くは、立憲政治を信用せず、彼らの精神はネイションそのものであった。従って、先に述べた通り、当初の明治憲法をイギリス型にしても、それはうまく機能しなかったであろうし、漸進主義のプロシア型立憲体制というものも、そうした人々との妥協の上に成り立っていた。ここでいうネイションの精神とは、個人よりも国家の価値観を優先し、そうした価値観を有する有能な人々による中央集権的な統治システムを良しとする考え方であり、それは、世界の文明に扉を閉ざしてきた日本が、いきなりその中に放りこまれ、帝国主義列強たちによる植民地化から免れるためには、ある時期、必要であり、また、合理的なことであった。そして、そこでは、天皇は、あくまでも、プロシアのようなカイゼル（皇帝）ではなく、有能な人々に行政を任せる存在であって、そのことは、明治の軍人や政治家も理解していた。日清戦争や日露戦争を戦うにあたっても、政治と軍部はよく協調し、その意味で、立憲体制は、十分に機能していた。

しかし、問題は、司馬の指摘するように、教育であった。明治の軍人や政治家たちは、政治において天皇が絶対的な権力者でないことを理解していたが、一方で、国民が、天皇を権威の象徴とみなし、天皇を頂点とする日本という国家に忠誠を誓うことは、統治を円滑に進めるために必要なことであった。また、武士の時代から徴兵制による国民皆兵の時代になり、江戸期において武士の子弟が各地の藩校で教えられていた倫理や道徳の規範などを、新しい教育体制の中でどのように織り込んでいくべきかも課題であった。明治の初期には、漢学よりも洋学を重視するなど、教育制度の改革も紆余曲折があったが、結局、明治二十三年に発布された「教育勅語」が、忠君愛国を理念とする朱子学のイデオロギーを色濃く反映したものになったことは、そうした二つの理由から、ある意味で必然であった。

因みに、「教育勅語」では、国民が守るべき徳目（道徳）が列挙され、父母への孝行や夫婦の調和などに加え、「一旦緩急アレハ義勇公ニ奉シ以テ天壌無窮ノ皇運ヲ扶翼スヘシ」として、国の危機においては、国と天皇を守るべきことを謳っている。

こうした教育勅語の忠君愛国の思想は、危機感の発露としての「強兵」を実現するために必要なことではあったが、しかし、日露戦争に勝利して後は、それは、慢心に変わり、昭和の初期には、日本が「万世一系」の「国体」であったからこそ優越的な歴史を刻んできたとする「皇国史観」の思想にエスカレートしていく。そして、そうした中、世界大恐慌で始まった国際的な経済危機、中国の独立に向けた運動の高まりなど、世界情勢の変化に誘発されて、関東軍は、一九三一年、軍事行動を起こし、翌年、「満州国」を建設する。以降、日本は、日中戦争から、国際連盟脱退、三国同盟と、太平洋戦争まで一本道を突き進むことになる。「軍人勅諭」が命じた軍人の政治への不関与を忘れ、戦時には妥当であった「帷幄上奏」という特権（統帥権）が平時にもまかり通る「異胎の時代」は、そうした外部の環境の変化が契機になったとはいえ、皇国主義、軍国主義のイデオロギーが、国民の中に幅広く浸透していたという背景も忘れてはならない。逆に言えば、国民を総動員する「総力戦」としての太平洋戦争が激烈なものになり、長期間に亘ったのは、それがあったからだともいえる。国民は、「総力戦」を必死に支えた。軍人・民間人を問わず、捕虜になることを恥として、多くの人々が、玉砕や自決の道を選び、或いは、補給を絶たれた後、投降せずに飢えや病気で命を落とした事例は枚挙にいとまがない。これらは、単に、軍における上からの強制だけでは説明することはできない。規範意識や公共心の強い日本人の国民性がもたらしたともいえる。指導者だけではなく、国民の気分もネイションそのものであったのだ。

〈総括と教訓〉

日本人は、太平洋戦争という無謀な戦争に踏み切り、敗戦で大きな代償を支払うことになった。なぜこのようなばかなことをしてしまったのか、昔はそうでなかったのではないか、という素朴な疑問から、司馬遼太郎の日本歴史の探索は始まった。その道筋と結果は、以下のようにまとめることができるであろう。

日本は、西欧の近代文明から隔絶した存在であったが、明治維新を経て、見事に近代国家の建設に成功した。その他のアジアの国々が、西欧列強による帝国主義的な侵略に晒され、近代化に大きな後れをとったことを考えると、我々日本人は、誇るべき歴史をもったということができる。とりわけ、アジアの大国である中国は、長い文明の歴史をもち、日本は、先進国である中国から、宗教・道徳・学問・芸術などの精神的な文化に加え、技術や社会制度など、多くの文化を学ぶ存在であった。その立場がなぜ逆転したのか、司馬は、それを解くカギを、坂東武士の登場に求めた。彼らの一所懸命という土地リアリズムの精神は、古代の律令社会を基礎付けていた土地制度や政治制度を空洞化させ、鎌倉幕府という武家政権を誕生させた。これにより、政治の実権は、朝廷から武士側に移行する。江戸時代を含めて七百年続く、中世という封建制社会の始まりである。この封建制社会は、九世紀から十五世紀の西欧のそれと多くの共通点をもっていた。西欧の中世は、西ローマ帝国の崩壊（五世紀）から始まるとされるが、九世紀ごろからは異民族の侵入に対する自衛の必要性から、国王、諸侯、家臣（騎士）が、封土・保護と軍役・奉仕の関係で結び付く封建制を布く。この体制は、近世（十六〜十八世紀）において、諸侯などの貴族階級の力が衰え、国家間の争いも増える中で、中央集権的な絶対王政を迎えることで消滅するが、その絶対王政も、その後、急速に力をつけた市民階層による市民革命によって倒され、近代国家が成立していく。

マックス・ヴェーバーは、権力と富に関して分散的なシステムである封建制が、同様に、分散的な構造をもつ資本主義的市場経済に親和的な関係にあることから、西洋近代の起源が、封建制の制度的構造の中で準備されたことに注目した。また、オランダ、イギリス、アメリカなどプロテスタンティズムという勤勉の精神や合理主義の精神が強かった国々において、近代資本主義がより発展したことから、そうした精神が資本主義に適合性をもっていることについても指摘した。ライシャワーも、封建制は分権的で、中央集権的ではない統治の制度であったがゆえに、成長の要因を内蔵していると見なした。そうした理屈からいえば、日本が、江戸期の鎖国によって立ち遅れた近代化への歩みを、瞬く間に取り戻せることができた理由を、七百年にわたって西欧に似た封建制を発達させてきたこと、また、その間、人々のあいだに、勤勉と自律、リアリズムという精神を熟成させてきたことに求めることは、合理的であり、また説得力をもつ。

一方、アジアの中国や朝鮮では、日本の中世・近世に当たる時期において、封建社会は実現することなく、日本の古代に相当する律令社会が長く続いていた。それは、リアリズムとは対極にある、儒教というイデオロギーや観念が優先する中央集権的な社会であり、一部の人を除いて、個人の競争原理や向上心は鼓舞されることはなく、従って、社会に活力や多様性が生まれる余地も少なかった。近代になって、当時の統治権力は帝国主義列強に屈したが、国内にそれに代わる権力が無い以上、それは、国全体が屈することを意味した。江戸期の幕末に、西欧の近代文明から隔絶した存在であったアジアの国々の中で、日本が、唯一、明治維新という革命を成功させることができたのは、多様性に富んだ社会であって、徳川幕府から明治政府への政権移行に大きな混乱がなかったからで、中国や朝鮮は、そのような近代を準備する社会制度を持ち得なかった。日本とのアジアの国々の運命を分けた原因の解釈として、このことも容易に理解することができる。

明治国家という遺産を受け継いだ日本は、その後、昭和の時代に入って、太平洋戦争という大失敗を犯してしまう。司馬にとって、明治は、「「明治」という国家」と呼ぶほどの素晴らしい時代で、リアリズムの精神が溢れ、驚くほどのスピードで近代化を成し遂げた。それは、世界の人類文明史上においても奇跡的なことであった。一方、昭和は、これとは、正反対に、日本人全体が、ドグマとイルージョンに支配され、遂には、国家の崩壊の危機に瀕する事態を招くことになった。司馬は、「いまの日本国は、「明治」という国家の系譜上の末裔に属するかもしれないが、あるいは、そうでもなく、「明治」という国家は人類の一遺産であるかのように思う、明治国家は日本人の私物ではないと考えるほうが、私の気分をくっきりさせる」と述べるほど、明治を讃えた（「「明治」という国家　―モンゴロイド家の人々など―」）。しかし、それは、昭和という時代やそこを生きた人々を見かぎることを意味しない。なぜならば、「明治」から「昭和」へと至る歴史的な背景を冷静に見透しているからだ。

司馬遼太郎によれば、「明治」と「昭和」の対比は、次のように説明することが出来るであろう。日本を統治するリーダーは、明治では、「武士（の末裔）」であったが、昭和では、「官僚」に取って代わる。前者は、幕末から明治へという時代の中で淘汰された人々であり、後者は、高等教育や組織の中でスクリーニングされた人々である。そして、それは、「政治主導或いは政・軍協調」から「軍主導（統帥権）」への変化を生む。国民の意識は、列強に対する「危機感」から列強の一員になったとの「慢心」に変じ、教育もそれを助長した。明治の教育は、江戸期の名残としてリアリズムやモラルのための教育という側面を残していたが、その後は、イデオロギーのための教育（皇国主義教育）の傾向が強くなる。このような日本社会の変化に対して、世界も大きく変わっていた。日露戦争の勝利は、ようやく、先を行く帝国主義列強の仲間入りを果たした象徴的な出来事ではあったが、それは、現実的には、欧米諸国の最後尾に追いついたということに過ぎなかった。その時点で、世界は、既に、新しい産業やエネルギーの革命も含めて、日本を引き離し始めていたからだ。本来であれば、「明治国家」に代わる、第二の維新国家の建設に、全ての政治制度を棚卸した上で、取り組むべきであった。ネイション（自然国家）の気分を清算し、新しい進歩の道を模索すべきであったが、日本社会の構造的な変化が、それを許すことは無かったし、そのためのエネルギーも足りなかった。司馬遼太郎の悩みも、已むを得なかったという諦観の想いと、同時に、もっとやれたのではないかという叱咤の想いが交錯するところにあったのであろう。

太平洋戦争が終わって七十年余、現代の日本は、個人の基本的人権と主権在民が保障される、正真正銘のステイツ（近代国家）となった。戦後、アジア、アフリカ、南米など、デモクラシーの定着に苦心を重ねる国々がある一方、日本は、世界の先進国の中でも、デモクラシーの理念を体現し、安定した社会を作り上げている数少ない国の一つとなった。その成功要因を、戦後の七十年余の歴史だけで説明することは不可能である。それは、千年に近い歴史の所産であり、とりわけ、近現代史において、ネイションからステイツへの移行に力を尽くした先人たちのお陰である。日本は、先にも述べた通り、明治の時代に発足させた立憲体制を、様々な努力を重ねつつ、昭和の時代にまで引き継いできた。つまり、帝国議会開設（一八九〇）以降、十年も経たずに、政党内閣（第一次隈板内閣）が発足し、その後、普通選挙法の制定（一九二五）、政友会と立憲民政党による二大政党による政党政治を実現させ、それは、犬養内閣が倒れる一九三二年まで継続した。四十年という短期間のうちに、実質的な責任内閣制を実現したのは、欧州でも実例がなく、驚異的なことであった。統治システムとしての立憲体制は、太平洋戦争を始める十年近く前まで機能していたことを、日本人は忘れてはならない。

それでも、軍が政治の主導権を握り、立憲体制を崩壊させた期間が戦時中を含めて十数年続いた事実は消すことは出来ない。太平洋戦争での三百万人を超える日本国民の尊い犠牲は、近代化の勘定書きとしても、あまりにも高い代償であった。現代に生きる我々は、平和と安全、豊かさを所与のものとして考えがちであるが、戦没者たちが、どのような思いで、国に殉じて行ったのかに想いを馳せ、その遺志を正しく引き継いで行かなければならない。平和は、戦争を考えなければ守れるのではなく、守るための努力が必要なのである。

こうした戦没者の中に、敗戦の間際、特攻に頼るしかないところまで追いつめられ、日本の未来へ希望を託すことで絶望感を払拭しようとした青年将校たちもいた。

小説家吉田満の小説「鎮魂戦艦大和」（講談社　一九七四）によれば、江田島の士官学校出身の弱冠二十一歳の臼淵大尉は、昭和二十年四月、特攻の使命を帯び、燃料片道の沖縄突入作戦に向かう大和の艦内で、自分の死、日本の敗北が持つ意味、その普遍的な意義を納得したいとする学徒出陣の予備士官たちに対して、次のように語りかけた。

「進歩のない者は決して勝たない。負けて目覚めることが最上の道だ。日本は進歩といふことを軽んじ過ぎた。私的な潔癖や徳義にこだはって、真の進歩を忘れてゐた。敗れて目覚める。それ以外にどうして日本が救われるか。今目覚めずしていつ救はれるか。俺たちはその先導になるのだ。日本の新生にさきがけて散る、まさに本望ぢやないか」

前夜、兵学校出身者たちと鉄拳と乱闘にまで及んだ予備士官たちは、この臼淵大尉の言葉で、出動以来の死生論議の混迷を断ち切った。

臼淵大尉に「進歩を軽んじる」と言わせた日本とは、「十年一日の標的訓練、電探射撃を反復実施するだけで何らの前進がなく、（それをレーダーやロケット弾などの日米の技術力の差として認識せずに、）射撃能力の低下、訓練の不足によると結論つける」砲術学校の戦訓であり、海軍当局であった。まさに、司馬のいうドグマとイルージョンに支配された軍部であったろう。そして、著者は、「進歩」の意味は、射撃技術の進歩にとどまらず、人間が人間らしく生きる社会の指標、英知の象徴ではないかとする。それは、本来の日本人がもっていたリアリズムであり、合理主義の精神と言い換えてもよいであろう。

臼淵大尉の言葉には、親交のあった著者による解釈が含まれているとする見方もあるようだが、進歩の精神に目覚めることなしに、日本の新生はあり得ないとする主張が、学徒出陣の士官候補生や高等教育を受けた青年将校たちに、説得性をもって受け入れられたことは想像に難くない。著者の含意が、無謀な戦争の破局までの道を邁進した日本の歩みに批判の目を向け、一方で、戦後の日本人の多くが、こうした若者たちの思いに自覚的であるかどうかを問いかけることにあるとすれば、そのどちらにも共感すべきところが多い。

太平洋戦争を分岐点としたこの一世紀半の日本の歴史の前後を、新旧の憲法の見かけ上の差に求めたり、平和主義と軍国主義という対比で断じたりすることは、歴史のステレオタイプな解釈であり、そこから、真の教訓を汲みとることはできない。明治期、にわかに世界の仲間に入り、五里霧中のなか、手さぐりで近代化を模索し、一時期の寄り道はあったが、一世紀余りで、名実ともに世界から認められる先進国になったことを、我々日本人は誇りにすべきであろう。そして、同時に、間違ったイデオロギーが支配する社会は、内外の夥しい犠牲者や、他国による占領統治という大きな代償を支払わなければならない結末を迎えざるを得ないということも身をもって知ることができた。世界の進歩に耳目を閉ざし、ものごとをリアリズムで考えようとしない態度が、そうしたイデオロギーの温床になることを、我々は、歴史の記憶として、永遠にとどめなければならないのだ。それこそが、司馬遼太郎が日本人に問いかけたかったことに違いない。

第2章　日本人と公共心

司馬遼太郎は、「二十一世紀に生きる君たちへ」の中で、「私は、歴史小説を書いてきた。もともと歴史が好きなのである。両親を愛するようにして、歴史を愛している。」とし、歴史とは、「かって存在した何億という人生がそこにつめこまれている世界」で、歴史のなかには、「この世では求めがたいほどにすばらしい人たちがいて、私の日常を、はげましたり、なぐさめたりしてくれている」、従って、「私は少なくとも二千年以上の時間の中を、生きているようなもの」で、「この楽しさは、おすそ分けしてあげたいほどである」と君たちへ語りかけた。

この言葉には、司馬の日本の歴史の探索の末に辿り着いた思いが集約されているのではないだろうか。人は、皆、歴史を背負ってこの世に生を受けている。我々は、そこから多くのことを学ばなければならないが、その歴史が、日々の生活において、鼓舞し、勇気づける良き伝統に満ちあふれているとすれば、幸せなことである。歴史に登場する素晴らしい人たちの存在は、伝統形成の条件ではあるが、それだけでは十分ではなく、それらの人々が体現した価値観やモラルを社会全体が支持し、共有することで良き伝統になる。司馬は、そうした観点から、日本の歴史が、誇りとし、引き継いでいくに値する良き伝統をもっているということを伝えたかったに違いない。

それでは、そうした良き伝統とは何か。封建制を支えるリアリズムの精神は、社会の進歩や変革を促すダイナミクスとして必要なものであるが、同時に、社会を健全に維持し、発展させるためには、成熟したモラルというものが共有されなければならない。司馬は、それを、数々の論評や対談を通じて、論じた。名誉や信を重んじる倫理観、勤勉性や向学心を多とする道徳観、秩序感覚や平等の意識、私的なものより「公」や集団を重視する道徳観・倫理観などがそれである。大きく括るとすれば、「公共心」とよんでもいいかもしれない。それらは、具体的にどのようなものであるのか、どのように生まれてきたのか、日本の歴史にどのような影響を与えてきたのか、世界の国々と比較して差異があるのかないのか、とりわけ、同じように封建社会を経験した西洋と日本を分けるものはなになのか、それは、現代の世界が抱える問題の解決に貢献できる余地があるものなのだろうか。それを明らかにするのが本章のテーマである。

「名こそ惜しけれ」という倫理観

司馬遼太郎は、「二十一世紀に生きる君たちへ」の中で、「鎌倉時代の武士たちは、「たのもしさ」ということを、大切にしてきた」が、「人間は、いつの時代でもたのもしい人格をもたねばならない」、「男女とも、たのもしくない人格に魅力を感じない」からであるとして、「自分には厳しく、あいてにはやさしく、」という訓練を行い、自己を確立してほしいと激励する。

〈鎌倉時代の武士たちのたのもしさ〉

たのもしい人格のモデルとして、鎌倉時代の武士が登場するが、それはどのようなたのもしさなのであろうか。司馬は、先に述べた通り、鎌倉武士の土地に対する一所懸命の姿勢、つまり、素朴なリアリズムの精神がなかったら、鎌倉幕府という〝百姓〟の政権が誕生することもなく、日本が中国や朝鮮と異なる歴史を歩むこともなかったとした。それは、自作農としての武士の勃興が、日本の封建体制をもたらし、その後の中世、近世につづく長い時代の端緒となったという、歴史的な意義に着目した視点であった。一方、鎌倉武士たちのものの考え方は、それまでの日本社会にあったものとは異なる土着のもので、それが、徐々に関東から全国に広まっていき、後には、日本人の倫理観にも大きな影響を与えることになった。「名こそ惜しけれ」という潔さがそれである。

「かれらは、京の公家・社寺とはちがい、土着の倫理をもっていた。「名こそ惜しけれ」はずかしいことをするな、という坂東武者の精神は、その後の日本の非貴族階級につよい影響をあたえ、いまも一部のすがすがしい日本人の中で生きている。」（「この国のかたち　一　―朱子学の作用―」）

司馬は、先の林屋辰三郎との「フロンティアとしての東国」をテーマとした対談（前掲「司馬遼太郎対話選集一　この国のはじまりについて」）の中で、鎌倉武士たちの倫理観や美意識について、次のように解説する。

「やがて武装していくわけなんですが、その武装の勇ましさ、戦士ぶりの勇ましさ、個人の名誉のためには、たとえ討たれようとも敵に向かっていくというような倫理ができあがるのは、平安後期から鎌倉にかけての関東ですね。もし日本史にこの時代の関東とその精神の部分がなければ、精神史としてきわめて寂しいものになりますね。

…当時、西日本の非常に人口の多い社会では、善悪定かでない状態で暮らしていました。そのなかにあって関東の登場というのは、何にもまして倫理的華やぎであったろうと思います。善と悪が明快に出てくる。「名こそ惜しけれ」で勇ましく討ち死にする。この倫理性が西日本を圧倒するのは、頼朝の勃興期前後からですね。…（そして、武士という言葉は誤解されるが、たんに農場主であり、名主であって、）日本人らしいモラルができあがるのは、そのへんからです。けっして瀬戸内海沿岸や関西でできあがったものじゃない。それがいま日本人の一つモラルになっている。…それを生んだのはまぎれもなく坂東平野ですね。」

東国で発祥した鎌倉武士たちの倫理観が、日本全国に拡がり、日本人のモラルになっていったとする。

そして、自分が開いた土地は自分のものであるというリアリズムの確立は、自己主張する個人の登場をもたらした。

「…（平安時代は庶民のレベルでは個人のにおいがしなかったが）それが鎌倉期に入りますと、「おれはこういう緋縅（ひおどし）の鎧でいくんだ」とか「おれはこういう萌葱縅（もえぎおどし）だ」という選択と自己主張が現れる。ここには、いま先頭を駆けているのはおれだ、あるいは何某だという明快な個人がある。平安期の暗闇から、個人が光を浴びて踊り出てきた感じが、鎌倉幕府の成立ということですね。だから坂東平野が日本歴史に果たした役割は、リアリズムと「名こそ惜しけれ」だと思います。」

これに対して、林屋も次のように応ずる。

「日本の軍紀物の山場は合戦の描写ですが、あの美しい鎧があるからこそ、軍紀絵巻が成り立つということでしょうね。…そこにはいま司馬さんのおっしゃった個人がある。鎧一つ一つのデザインが、みな違うんですよ。そして、ちゃんと旗印を持っていくわけでしょう。個人を中心とした一つの家というものがここにはある。」

司馬にとっては、武士の登場は、数の子に喩えられる民衆が、一個ずつ弾けて、鎧・兜を着けて、坂東平野を駆けめぐり始めたようなものであった。

「（中世は庶民を均質な数の子みたいにしてしまっている社会で）その数の子が一個ずつ鎧を着て飛び出していくのが、鎌倉、坂東ですね。…（その鎧は京都で誂えるのだろうがそれだけでは追いつかない、しかもあの美は京都の都大路を歩いている美ではなく）あれは坂東平野を駆けている美です。だから坂東平野で育ったと考えてもいいんじゃないでしょうか。」

この司馬と林屋の対談は、一九八一年に行われたが、後に、司馬は、「この国のかたち　三　―鎌倉―」の中で、鎌倉武士の「名こそ惜しけれ」という倫理観について、次のように詳しく論評した。
「（鎌倉時代の）約百五十年間、鎌倉から非常命令が発せられるや、山野に住む武士たちが鎌倉をめざして駆けた。理非も得失も念頭にないもののように、かれらはためらいもなく馳せ参じた。かれらは潔さを愛し、そのことにおのれの一身を賭けた。つねに名を汚すまいとし、〝名こそ惜しけれ〟ということばをもって倫理的気分の基本においた。」

これは「いざ鎌倉」とよばれ、謡曲「鉢木」としてもよく知られている。零落の身の鎌倉の武士が、大雪の夜、旅僧に身をやつした北条時頼を泊め、秘蔵の鉢の木を焚いてもてなす。のち鎌倉に帰った時頼は，幕府の危急の際にははせ参じるという言葉をためすため、諸国の軍勢を集めるが、その武士がそのとおりにはせ参じたので、旧領の回復と鉢の木にちなむ三領地を与えた。というストーリーで、「すずやかな倫理的感情をおこさせる」ものである。

そして、これは、鎌倉から、全国に広がる。
「累代、鎌倉幕府がつづくうちに、坂東の有力な御家人の多くが、中国や九州に所領をもらって西へうつった。そのことによって、坂東武士の慣習や気風、あるいはことばが全国化したといっていい。」

ここでいう中国は、長州藩であり、九州は、薩摩藩であった。とりわけ、薩摩島津家は、
「意識して家士を教育し、鎌倉風に仕立てた。たとえば、島津の家中にあっては捕吏は無用といわれ

た。罪をえた者が、捕吏がむかうより早く、縄目の恥を避けて自刃した、というのである。」

　こうした倫理意識は、鎌倉幕府が倒される時の、武士たちの凄惨な自己犠牲に顕著であった。

「北条執権家は、一三三三年、高時の時代でほろび、鎌倉幕府は幕を閉じた。…最後の執権である高時が虚けであることは、世に知らぬ者はなかったが、…麾下はかれを捨てず、鎌倉幕府を守るために侵入軍に対し、全滅するまで戦った。さらには高時の側近はかれとともにこぞって自刃した。（その数は、数百人をこえるとされる）また、鎌倉幕府の六波羅探題であった仲時は、京都で侵入軍と戦い、その後、鎌倉をめざして脱出するが、近江の番場にきたところで、四方敵を知り、一向堂という後生を願うお堂の前で、四百三十二人という人数が仲時とともにいっせいに腹を切った。」

　また、鎌倉武士の美意識についても、「この国のかたち　三　―甲冑（上）―」で、次のように解説する。

　発生当時の武士は、自ら開拓した田園の所有権は不安定であったため、合法化のためにそれをすべて中央の貴族や社寺に捧げなければならなかった。いつ貴族の気まぐれからとりあげられぬともかぎらないあやういものであったため、たえず〝私権〟を主張する必要があった。私的なもの（領地と名誉）を守る存在であった武士たちの〝私〟への感情がいかに切実であったかは、一所に命を懸ける（一所懸命）という言葉が今でも日本語のなかに生き残っていることでよく分る。こういう事情が、甲冑にじかに反映している。

「平安時代の兜や鎧は、それまで（公地公民時代）のものとはまったく形態・色彩を異にし、かつ個々にも異をきそうようになった。単なる防禦用の目的を越えて華麗であったのは、懸命な〝私〟の表現だったからである。かれらは戦場でいちいち名乗りをあげるようになったのだが、それは自分は他とちがうということの叫びであった。なにがちがうかといえば潔さがちがっていた。所領への私的執着という泥くさいものを、潔さという気体のような倫理に転換させた。日本的倫理のふしぎさといっていい。

さらにその潔さを、甲冑の華やぎという造形的表現にも転換しているのである。執着をおさえこんでの名誉希求（潔さ）が、さらに変化して、甲冑でもっておのれの優美さを表現しようとしたのである。猛くはあるがこれほどにわしは美しいぞ、ということの自己表現であった。潔さの究極の表現が、戦場での死だった。華麗な甲冑は、自分の死を飾るものでもあった。」

つまり、「かれらは、美をもって脅し、しかも一所をかけての〝私〟を主張したのである。」

こうした鎌倉武士の倫理観のもととなった一所懸命の姿勢について、永井路子は、司馬との対談（「鎌倉武士と一所懸命」）の中で、次のように説明する。（前掲「司馬遼太郎対話選集一　この国のはじまりについて」）

「…一所懸命というのは面白い言葉ですよね。いま、わたしたちが言うのと違って、実感がこもってますよね。一つ一つ土地を開拓していく。初めは空気の如くどこにでもあった土地が、だんだんおれのだ、おれのだと取りあいになって戦いが起きる。強い者が勝ちますわね。そうすると弱い者を家来にする。こんど別の強いのと戦うときには、家来になった者を連れて行って、一緒に戦う。そして勝てば、直ちにご褒美をやるんです。これが関東武士の一つの新しいやり方だと思うんです。この時にお前はよくやった、それじゃここの五分の一をお前にやる。まさに一所に命をかけて取るわけですからね。そうするとその人は、耕地面積がふえてそれだけ収入がふえる。こんどまた一所懸命やろうということになる。手柄をたてたらすぐご褒美もらえる。これが非常にはっきりしている。これは新しい関東のルールだと思うんです。働いたら働いただけもらおうという気持ち、これはまったくいまの時代にも通じる感情ではないでしょうか。」

「(司馬の鎌倉の一所懸命の姿勢がなければ日本人は成立していないとの主張に対して）よくも悪くも、日本人の精神に大きな影響を与えてますね。御恩と奉公という言葉がいまだに生きてる感じがある。…御恩がなくても奉公を専一にすべきだという形の武士道が出てくるのは、徳川になってからです。(手柄をたてても分けてやる余分の土地がなくなり、）それ以来、恩賞なんか考えずに奉公するのが武士道だとすり替えられてしまいますが、鎌倉の武士の論理はというのは絶対そうじゃない。」

「(平安期の公家社会でも褒美を与えることがあったが、空手形で終わらせることもあった）ところが、関東ではそれはダメなんです。(そんなことをしていたら旦那はケチだからダメで向こうについたり、寝首をかかれる恐れがある）だからここは賞罰をはっきりしてすぐに褒美をやる。負けることは、(何もかも全てがなくなる）ということを徹底しておかないと、最後まで戦いませんわね。そういうあたりに、土地に密着した東国武者の生き方、生活信条というものがじわじわ出来てきたのではないか、と思います。」

永井路子は、鎌倉武士の一所懸命の姿勢が、その後の日本人の精神に、御恩と奉公という観念で引き継がれてきたことは事実であるが、それは、よく言われる江戸時代の武士道とは異なり、働いたら働いただけもらえるという、現代の日本人にも通じる合理主義、リアリズムの精神としてとらえるべきだと指摘する。

〈「名こそ惜しけれ」と日本人の倫理観〉

さて、司馬遼太郎が指摘する、このような鎌倉武士の「名こそ惜しけれ」の倫理観が、その後の日本人のものの考え方やモラルにどのような影響を与えることになったのか。

先の司馬との対談で、林屋は、こうした鎌倉時代の個性が、次の室町時代の文化における個性の開花につながったとする。

「そういう武の世界の個人とか個性とかいうものが、ずっと表面化してくる。その次の時代に南北朝という時代があって、その時期に、今度は文の世界で個人が出てくるのが書院ですね。自分の個人の書斎を持つようになる。…そうすると、これは一方は戦場を馳駆している中だし、一方は家の中での学問にも出てきて、両方の世界ともに、個というものに対する自覚が表面化してくる。」（前掲「司馬遼太郎対話選集一　この国のはじまりについて」）

また、司馬は、一九八八年に、歴史学者網野善彦と対談し、室町時代以降も、鎌倉武士の「名こそ惜しけれ」が倫理の代用になったと主張する。（「多様な中世像・日本像」中央公論　一九八八年四月号）（前掲「司馬遼太郎対話選集一　この国のはじまりについて」）

「…（室町には書物としての儒教はあったが、社会習慣としての儒教はなく、日本古来のお行儀作法だけで社会の秩序を安定させていた、つまり、）倫理的には儒教が基本となるよりも、関東武士が起こした「名こそ惜しけれ」という凛々しさというものが何か倫理の代用みたいなものになっていて、社会を壊すことなく続いていたんじゃないでしょうか。…（北条仲時らが、一緒に切腹し、「名こそ惜しけれ」で、うろたえた真似はしなかったのは）西洋のような倫理ではありませんが、その倫理がある。…そういうことがずっと社会を壊さずに保ったんじゃないでしょうか。」

一方、網野は、日本の歴史を考えるうえで、律令国家ができたことが日本の歴史を規定したという面を重視する考え方と、むしろそれを壊したほうに積極的な意味を見出す考え方という二つの見方があり、また、日本人の倫理観や宗教観も、一面的ではなく多様に捉えるべきとする考え方を披露する。

これに対して、司馬は、次の通り、自論を展開する。

「私はどちらかというと、関東で勃興してくる土地リアリズムの政権—鎌倉幕府が律令体制を壊して日本を大きく推進させて、日本らしい日本をつくったというほうなんです。

…室町がわれわれの生活文化と美意識の先祖だとすると、鎌倉幕府がわれわれの倫理観とか、われわれがもつリアリズムの先祖だと思っているわけなんです。…関東ならずとも（伊予と土佐の境の高地にある檮原のように）そういう現象はあります。」

確かに、網野の指摘するように、歴史を多面的に見ることは必要であろう。例えば、歴史的には、秀吉の太閤検地まで班田収受の律令制は細々ではあれ、続いたとする見方もあり、また、江戸期の二七〇年の後には、天皇を頂点にいただく律令体制まがいの社会に立ち戻ったとする考え方もできなくはない。しかし、分権的な統治の制度としての封建制が、鎌倉幕府の誕生から始まったことは事実であり、そうした中央集権的ではない封建制社会のもつ多様性や人々のリアリズムの精神、倫理観などが、明治以降の近代化を促したとする考え方も、十分納得できるものである。

武士の役割は、鎌倉時代から、室町、戦国時代を経て、江戸時代に至る中で、変遷し、その武士の精神やスタイルも、大きく変化、変質した。たとえば、戦国時代になると、知行制の組織になり、武士は私権を主張する必要がなくなった。武士の本質として残ったのは、名誉と美意識だった。そして、さらに江戸期に入ると、戦争自体が現実とは縁遠いものとなり、武士の思想は、より観念的なものに変化する。つまり、「江戸期に入って、お家大事の世になる。武士は大勢への順応者にかわり、保身の徒になった。同時に、武士の思想にはじめて国家を公とする観念が育った時代でもあった。」（「この国のかたち　三　―甲冑（下）―」）

しかし、名誉を重んじる日本人の気質は、戦国時代のとりわけ九州には強く残っていて、外国人からは、驚きをもって見られていた。十六世紀にキリスト教の布教のために来日したスペインのザヴィエルは、バスク人という少数民族の出身であったからか、自分が見た日本人に、「傲慢なほどの誇り高さや、貧乏を恥としない精神、そしてときに死を怖れない気質」を感じ、次のような書簡を残している。

「…この国の人びとは今までに発見された国民のなかで最高であり、日本人より優れている人びとは、異教徒のあいだでは見つけられないでしょう。彼らは親しみやすく、一般に善良で、悪意がありません。驚くほど名誉心の強い人びとで、他の何ものよりも名誉を重んじます。大部分の人びとは貧しいのですが、武士も、そうでない人びとも、貧しいことを不名誉とは思っていません。（河野氏訳）」

ザヴィエルが見た日本人は、さらに、盗みを憎み、社交性があり、また、「大部分の人は読み書きができ」、また、「知識欲はきわめて旺盛」だったという。

「これらの〝美質〟は、当時、戦国という人心のたぎり立った時代だったことと無関係ではない。戦国期は、日本的な意味で個人ができあがった時代であり、個人個人が自分の生死をきめ、自分の宗教観を、自分の手でもとめざるをえなかった時代であった。」（「この国のかたち　二　—ザヴィエル城の息子—」）

さて、江戸時代における、武士の思想と、一般の庶民の倫理観について、司馬遼太郎は、儒教が果たした役割をめぐって、ドナルド・キーンと論争を展開する。（前掲「司馬遼太郎対話選集五　日本文明のかたち　—日本人と日本文化—」）

討論は、二回にわたって行われるが、最初の「日本人と儒教」、「恥の文化」でのやりとりは次の通りである。

司馬「…世界のたいていの民族は、回教なら回教、キリスト教ならキリスト教、儒教なら儒教、あるいはその他のものでもよいのですが、つまり絶対原理のようなもので、飼いならされていくことによってしか、社会はできないのだという知恵をもっていたような感じがするのです。…そういうぐあいにして国家とか社会とかいうものができ、人々の幸福が来るんだというようにしてみんなが過ごしてきたのに、日本人だけどうもそうじゃないような気がする。律令体制だって、国家秩序みたいなものの形だけの輸入で、内容は輸入していない。（日本は天皇が血縁結婚するが、中国では血縁どころか同姓はめとらずというわけなので、）それだけでも儒教というものはほんとうに入ってきたのかどうか、私は疑問なのです。徳川時代はわりあい勉強した時代です。けれども、それは勉強であって、お葬式の出し方までそれによったか。よりませんでしたね。」

キーン「…私は、徳川時代には案外ひろまったし、現在でも相当根強いものだったと思います。つまり、日本に道徳があるとすれば、それは仏教的な道徳じゃない。明らかに儒教的な道徳でしょう。…（日本が他の先進国に比べて犯罪率が伸びない理由があるとすれば、）それは儒教の影響じゃないかとぼくは思うのですが、どうでしょうか。」

司馬「…（儒教の）仁義礼智信というものを覚えたところで、モラルができ上がるわけではなくて、…お箸の使い方とか、お辞儀の仕方とかを背後でささえる思想、そういう日常的な秩序が儒教であって…。中国人の場合は、ほとんど読み書きのできない人でも、…儒教的で、…信というものをひじょうに尊びますね。裏切らないです。…（信は礼というものよりあとになって出てきたらしく、政府は頼りにならず、）頼むのは同胞だとか親類だとか、あるいは同郷の人だとか友人だとか横の関係である。それは、信のモラルだけがつないでいくものであるということが絶体絶命の必要として存在している、そこまでいって儒教だと思うんですよ。（室町時代の礼儀作法は儒教原理とは関係ないし、江戸時代は頼山陽のような儒者であっても、人々とのつきあい方なども儒教の影響は受けていない）」

「そのくせ、秩序がうまくいっているのはなぜかというと、「恥ずかしいことをするな」ということがある。…カッコいいということは鎌倉の武士からすでにあった。…その美意識みたいなものだけで社会がずっと保っていた国というのは、日本だけしかないんじゃないか。…犯罪が少ないというのは、犯罪はカッコ悪いからです。」

キーン「(日本の場合、犯罪者がつかまった時に謝罪するのは、神に対してではなく、世間に対する罪悪感からで、)その世間の哲学はどういう哲学科かというと、儒教でしょう。…日本人は、歌舞伎や近松の人形浄瑠璃を見て、なんとなく自分の思想として吸収したのではないでしょうか。」

「義理人情ということばがありますが、…言ってみれば儒学的なことばでしょう。そして近松の芝居を見た人たちは、なんとなくそういう倫理的な思想を自分のものとして信じたんじゃないかとぼくは思います。」

第二回目の対話「再び日本の儒教について」では、ようやく着地点を見つけることになる。

キーン「私はたしかに文学を通じて徳川時代の文化を見ていますけれども、やっぱり近松の戯曲などを読みますと、考え方はだいたいにおいて儒教的だと思います。ただ、あるところまでのことです。…(「寿の門松」の主人公のように)その点を越えたら、もう何も道徳観がない。狂うわけです。…(決定的な最後になるまでの)ふだんの生活のほうは、儒教的だったと思います。」

「(江戸期の人々は、中国風の孝行の観念には反撥を感じていたが、)しかし一方だいたいにおいて、儒教的な生活をうまい生活ぶりだと日本人は思ったのではないですか。とくに徳川幕府が人々にそういう生活をするように勧めて、家族のなかで父を尊敬し、さらには主人、大名をうやまい、そのミラミッドのいちばん上に立っているのが将軍だったのですね。…孝行といっても、(ヨーロッパに比較すると中国とはだいたい似ているが、) むしろ同じ日本でも、室町時代の道徳観と比べると、江戸時代はまったく違っていたと思います。…親にたいして無礼どころか、しまいには殺したり…。」

司馬「鎌倉時代にはもっとひどくて、あの同族相食む姿は京都の公家からみれば野蛮人の感じです。…京都の公家だけは早くからキーンさんの意味での儒教化が進んでいたから、わりあい親孝行です。」

司馬が、中国人の思想や倫理観の根拠となった儒教は、日本人にはそれほどに影響を与えてはいないというのは、その通りであろうが、一方、江戸時代においては、官学であった朱子学が、「忠孝」の価値観を幅広く捉え、それが、武士以外の庶民にも拡がったというキーンの指摘も妥当なことといえよう。

鎌倉武士の倫理観は、その後の時代の変化に晒され、また、中国の儒教の影響なども受けて、変容を遂げてはきたが、何をもってすがすがしいと感じるのか、潔いとみなせるのか、そうした価値観の一部になってきたことは間違いない。そして、司馬は、中でも、日本人の信用、信頼を重視する倫理観の形成に与えた影響を重視する。

「かれらの鎌倉ぶりの心は、信でもって支えられていた。信というのは、のち室町や江戸の世で商業が栄えると、商人の倫理になった。カネを借りれば必ず返すという倫理である。それと同様、鎌倉の世の信は、北条執権家から恩をうけると、死をもって返すというものであった。さらには、返す場合、ためらいをみせないことが潔いとされた。坂東武者が日本人の形成にはたした役割は大きい。」(「この

国のかたち　三　―鎌倉―」）

そして、それは、後述する、日本人の奉公や公共心とも密接なつながりがある。

日本人の勤勉性と向学心

江戸時代、日本人の識字率は世界でもトップレベルで、また、読書人口も多かった。それは、武士階級や豪商、豪農にとどまらず、一般の庶民でも、子供に教育の機会を与え、勉強をさせたからである。勤勉であること、向学心をもつことを美徳とする意識は、既に、中世の時代から始まっていたが、江戸期の中期に商品経済が発達する中で、勢いを増し、教育システムも拡充が図られた。そして、識字率の高さは、書物や書籍というマスメディアを通じて、知識や思想、文化などの情報の速やかな共有を可能とした。それは、社会にとって有益な情報は、秘匿されるべきではなく公開されるべきとの価値観を広めることにもつながる。それらは、明治維新という革命とその後の近代化を推し進める上での大きな原動力となった。

司馬遼太郎は、一九九一年、日本史学者　朝尾直弘と「近世人にとっての「奉公」」をテーマにして対談を行う（「司馬遼太郎　歴史歓談」二〇〇〇年十一月　中央公論新社）（前掲「司馬遼太郎対話選集三　歴史を動かす力」）。江戸時代の人の生き方が今につながっているものの中に、教育があるが、朝尾は、教育を重視する風土が、すでに、中世の地方の村にもあり、それが、江戸期の寺子屋の全国的な普及にもつながったとする。

「江戸社会の価値観は一元的ではなかったですね。（十五世紀の越前の海村での坊主の例を引用し、）

村の中で「鉢開き」（乞食）する権利を与え、そのかわり村の子供を教育してもらうわけです。ですから、田を作って暮らす人間、商売で暮らす人間のほかに、「鉢開き」といったような自分の技能で暮らす人間について一つの価値を認めるというか、村としての位置付けをしてやっている非常に早い例ですね。こういう例は、江戸時代の、寺子屋をつくり、寺子屋の師匠を雇い、村として寺子屋を営んでいくことにつながってきます。さらに明治になると、（京都の小学校の例のように）地域で小学校をつくり維持していくところにも、一貫しているように思います。」

そして、司馬も、それが、江戸の日本人の識字率の高さや、明治の教育制度がうまく行く背景となったとする。

「江戸末期の識字率の高さは、そういうところに由来していますね。また、どうして文字を習うかといえば、字を知らなければ家の外に出て奉公し、商家の手代・番頭になれず、船頭になれなかったからです。ソロバンと文字を学ぶだけではなくて、心学といった一種の処世哲学も学んで一人前になるというシステムが江戸時代にできているから、明治の小学校は楽々と開校できて生徒も十分に教育を受けられたといえる。親が強制されずに子供を小学校に入れたというのも、江戸時代のおかげですね。」

このような教育システムの充実は、とりわけ江戸時代の中期ごろから顕著となるが、その経緯について、司馬は、一九八九年から翌年にかけて行われたキーンとの対談（「世界のなかの日本　十六世紀まで遡って見る」）で、次のように解説する。（「世界のなかの日本」九二年四月　中央公論社）（前掲「司馬遼太郎対話選集五　日本文明のかたち」）

「…働け、あるいは勉強せよ、そうすれば何とかなるという考えは、江戸の中ごろぐらいからもうできていました。（中村敬宇が幕末に幕府の命をうけてイギリスに留学し、幕府瓦解後に一冊の本をもって帰国するが、）それが、サミュエル・スマイルズの「自助論」だった。中村は、（幕臣たちにそれを読ませ、自立して何とか食べていけるようにしたいと願って、船中で翻訳し、帰国後、）沼津で「西国立志編」として出版します。明治時代の最後までのベストセラーになります。（福沢諭吉の「西洋事情」とともに）

…一方で、江戸時代に二宮尊徳とか石田梅岩の心学とかがあり、（中国では小人は君子になれないが、日本ではどうも働けば君子になれるらしいということがあり、）それがちょうど、イギリスでは普通の常識になっていたプロテスタントの勤勉の精神とか、自立の精神というものとピタッと合ったんでしょうか。」

つまり、江戸時代の心学などの普及によって、庶民の間にも、自立や勤勉性を美徳とする土壌が出来上がっていたとの指摘である。これに対して、キーンも、司馬の意見に同意し、アジアの中での日本の特殊性を強調する。

「そうです。（伊豆の中村の石碑には、）「天は自ら助くる者を助く」と書いてあります。…ベンジャミン・フランクリンの言葉でした。…江戸中期からそういう考え方があって、西鶴の町人物を読むと、町人が朝早く起きて一所懸命働いて、時間を全然むだにしない、…勤勉な人は最後は大変裕福な生活ができて恵まれるとか、そうしたベンジャミン・フランクリン的な考え方もいっしょになったでしょう。…（もし、西鶴や石田梅岩のような背景がなければ、明治になってから、）日本人はそう簡単に西洋的な考え方を受容できなかったでしょう。…中国人にとっては、もっと難しかったはずです。つまり、町人道とかそういうようなものは、日本にはあっても中国にはなかったと思います。」

また、蘭学の影響も指摘する。

「日本人は十八世紀つまり徳川中期から、役立つもの、国の用になるものとかを、非常に重大視するようになりました。それは絶対にいいという意味ではなくて…国のためになるようなものなら、やったほうがいいと蘭学者などは考えていました。それも、石田梅岩などと関係があるような気がします。」

司馬も、蘭学が、社会を良くするための情報の公開の重要性を知らしめる大きな契機になったとする。

「これは社会の役に立つ、だから広めなければいけないという考え方は、江戸時代のたいていの人がもっていました。オランダ学が少し許されてくると、そういう心というか、働きが、強くなっていきます。だから、蘭学者はヨーロッパ風になって、新しい病気の治療法がオランダの本に書いてあると、自分一個の利益を考えずに、それについての知識を自分のお金で出版して多数の人々に知らせる。漢方医は、(華岡青洲でも、)一子相伝というか、秘密主義で、…それがオランダ学が伝わると、コレラならコレラの治療法をすぐに広く人々に伝えるようになる。どちらが、日本人のほんとうの心だったのかわかりません。…(役に立つことはいいことだという時代があって、)オランダ学が開かれると、そちらの系統の心がいっせいに広がったんだろうと思います。…もともと開きたいと思っていたから開いたのかもわかりませんが…。」

そして、日本文学、日本文化史に造詣の深いキーンは、日本人の江戸期における識字率の高さの理由が、このような情報の公益性の認識に対する変化と同時に、マスコミュニケーションを可能とする印刷技術によってもたらされたとして、次のように説明する。

「現在でも芸術の世界には、（狂言などのように）一子相伝が残っています。…そういう秘事口伝的な教え方は、日本には昔からありました。しかし、蘭学者たちは、はじめてヨーロッパの百科事典を見て非常に驚きました。つまりあらゆることが書いてありましたから。日本の先生であれば、秘密を少しずつ売って金をもうけていました。…（一方、江戸初期の林羅山や松永貞徳などの学者は、一般の聴衆に講演しましたが、それは、かれらの先生からは個人的に教えた知識を一般の人に伝えるのは悪いと非難を受ける。）しかし、そのときから知識をいろいろな人に伝えるということは、相当重要なことになりました。もう一つは、日本人は印刷の技術をすくなくとも奈良朝時代からもっていて、時々お経などを印刷していました。しかし、文学（古事記、日本書紀、古今集、源氏物語など）を印刷することは（近世まで）まったくなかった。しかし、いったん印刷機を使って本をたくさん刷ると、一般の人も読むことができるようになりました。…教育のために非常によかったばかりでなく、社会がそれだけ変わることになりました。…たぶん、近世の日本では、ヨーロッパのどの国よりも本を読む人が多かったと思います。ヨーロッパの場合、二十六文字しかないのに、教育はそれほど進んでいなかった。おそらく日本の読書人口は、世界で一番多かったと思います。」

出版物というマスメディアの発達が、教育のシステムの充実や人々の向学心を高める効果をもたらし、それが、社会を変革していく原動力となったと、キーンは分析する。

これに対し、司馬も、当時の人々にとっては、本を読んだり、学んだりすることは、教養や娯楽という観点だけではなく、実利的な意味があったとする。

「…（中国や朝鮮のような）科挙の制度があると、特別な秀才がそこに参加するだけで、そうでないかぎりはもう本を読まないような気分になるかと思いますが、日本の場合はその制度がなくて、西鶴の時代ですと番頭さんになれない。帳面をつけられませんし、勘定ができません。船乗りになっても、船頭さんにはなれない。それで字を習う。決して中国のように高度な聖賢の書を読むためでなくて、…字を習う、本を読む、という現実的なことがあったと思います。…（大坂の田舎の大百姓の傍系の子であった与謝）蕪村の俳句や文章を読んでいますと、少しペダンティックなまでに中国の本をよく読んでいます。あのくらいの階層の人から蕪村が出てくるというのは、ふつう、中国や朝鮮ではなかったでしょう。」

そして、庶民が字を読めるということは、ロシアなど、外国人からみれば、驚くべきことだったが、それは、必要に迫られたからだと解説する。

「（伝兵衛という大坂の谷町の質屋の若旦那が漂流してロシアで日本語学校の先生となったが、）…ロシアでは彼を知識人だと思ったようですが、…普通はそんな人（一般の庶民）が文字をもつことはありませんが、日本の江戸時代の場合は、むしろそんな人だからもっていた。おそらく江戸時代で一番、識字率が高かったのは大坂だと思います。なぜかといえば、商人の町で、千石船が出て行く町ですから、船乗りになる人も多かった。だから、読み書き・そろばんの塾がたくさんあり、寺子屋の数が多くて、寺子屋ごとに教科書が違っていますでしょう。大坂は出版の町でもありましたから、出版される往来物という教科書が一万種類あったというのをどこかで読んだことがありますが、それは大坂の文化が高かったからでなくて、必要だったからだと思います。」

また、司馬は、そうした江戸時代の学問や教育を尊ぶ風土は、中央より地方において盛んで、それは、現代でいう地方創生、すなわち、地方の産業振興の目的もあったとする。それは、キーンとの先の対談での次の発言であった。

「(津和野の郷土館では、オランダ語以外の英語、仏語、独語、ロシア語の本や、ラテン語で書かれたドイツの大学の博士号の免状などがあり、国際的な味があるとのキーンの指摘の後、)あれは、私は、江戸の中期くらいからだんだんそういう傾向になったと思うんですけれども、三百近く藩がありまして、五万石程度の小さな藩というのは、産業を興すにも興せないないし、資力もないし、なんとなく疎外されているような感じだったのですが、それが、江戸の中期ごろから、学問という方向を見出し、藩ぐるみで一生懸命にやりはじめた。大藩よりもむしろ五万石程度の規模の藩のほうがずいぶん学問熱心ですね。たとえば(伊予の宇和島、日向の飫肥、中国の岩国、津和野、越前大野、福知山など)…そんなところにみんな行って勉強したようです。…そんなぐあいで、むしろ江戸時代は地方に学問があって、もちろん中央にも文化はありますけれども、学問のほうはむしろ地方が主になっていた感じがありますね。そして蘭学は江戸よりもむしろ大坂のほうが盛んだったようです。」(前掲「司馬遼太郎対話選集五　日本文明のかたち　—日本人と日本文化—」)

教育システムも、武士や町人向けの高等なレベルまで含めて、バラエティがあったようだ。(「この

国のかたち　五　―不定形の江戸学問―」）
「（幕府は朱子学を正学としたが、科挙の制を用いず、習俗の儒教化まではしなかった。）また、江戸前期までは強制をしなかった。識字率が高かったため、「論語」などを読む層が庶民にまでおよんだ。…一方、学校としては、大坂の懐徳堂がさかんだった。当時、学校としては諸藩に藩校があり、初等教育には無数の私塾があった。懐徳堂はこれらと異なり、大坂の町人たちが醵金し、幕府の官許をえて、江戸中期の一七二四年に興されたものである。百四十六年つづいた。受講者の席は、自由だった。武士・町人の身分差を斟酌しなかった点、身分好きの儒礼には反するが、ここでは聖教のもとではみな平等であるという理がとられた。当初は、通俗道徳の講和の場だった。風変りなことに、別室があって、算術の書や医学書、和書、蘭書がおかれていて、総合大学のにおいがあった。…（懐徳堂の学派は不定形であったが、のちに）学問的方法が近代そのものといわれる富永仲基や山片蟠桃がうまれたことを思うと、日本儒学の不定形な歴史をむしろ大いなるものといわざるをえない。」

先に、キーンのマスコミュニケーションについての発言を紹介したが、司馬も、幕末、坂本龍馬は、出版物が、世論形成のためのマスメディアとして重要であることを認識していたようだとする。次は、一九七八年、中央公論の四月号での、「坂本龍馬の魅力」をテーマにした、近代日本比較文化史家　芳賀徹との対談での発言である。（「司馬遼太郎　歴史歓談」二〇〇〇年十一月　中央公論新社）（前掲「司馬遼太郎対話選集三　歴史を動かす力」）
「（龍馬は若いころはあまり本を読まなかったが、）そのくせに海援隊の営業項目の中に出版業が入っていて、それはもうけるつもりではなく、世論を変えるためなんでしょう。当時の日本社会は、わりあい本を刊行していましたね。…日本の本の出し方は同時代の中国と違っていて、中国ですと古典をせっせと出していたわけですけども、日本の場合は、新しいことを聞いたといえばすぐ書いて出版するでしょう。」

　これに対して、芳賀徹も、アヘン戦争当時の状況を解説する。武士だけではなく、多くの江戸期の人々の情報願望が、現代に比べても小さくなかったことが推察される。日本人のメディア好きは、江戸時代から始まったと言えるのかもしれない。

「そうですね。たとえばアヘン戦争関係の本は大変な量でしょう。どんどん情報を入れてはどこかの藩でまとめて本にして日本じゅうに広める。幕府は幕府でやるし、狭い国の中ですから一遍に情報がワーッと広まって、水準が上がるわけですね。そうやって密度が高くなっていけば、たとえば吉田松陰があちらこちらと歩くと必ずどこかで新情報が手に入るし、松陰はまた敏感だから、それを拾い上げて自分の見識にするわけでしょう。」

日本人の平等意識

明治憲法が発布された時に、多くの人々は、等しく国民になれることに喜び、興奮したが、その熱狂は、幕末の危機意識から始まり、明治維新という無血革命を経て、立憲国家の創設に至った三十余年の歴史を見ることなしに理解することはできないであろう。江戸幕藩体制は、三百近い藩の連合国家であり、人々は藩主を国主としてみなしていたし、また、武士を頂点とする厳格な身分制、階級制に縛られていた。地域と身分を越えた日本の国民としての一体感が、なぜ、短期間で醸成されることになったのか、幕末のペリー来航という外圧が直接的な契機ではあったが、日本の社会に長らく根付いてきた、天皇観や秩序意識、平等意識が果たした役割についても注視する必要がある。

〈天皇制と日本人の秩序意識〉

司馬遼太郎は、先の海音寺との対談で、天皇制について、次のように語り合う。（前掲「司馬遼太郎対話選集三　歴史を動かす力　―日本歴史を点検する―」）

司馬「…天皇とはなにか。遠い神話的な制服王朝の時代は伝説と憶測の世界で、これは無視していい。それ以降、天皇の神聖は、日本的シャーマニズムに支えられたもので、天皇がかみである、ということによります。少なくとも神とのあいだの交渉者です。…天皇の日常は、今でもそうですが、いかなる神主より神主で、神に仕える祭事がじつに多く、どんな神主より忙しいですね。…ともかく日本史では、上代の単純な社会の頃は別として、それ以降世が複雑になるにつれて天皇は政治にタッチしておりませんね。これが日本的な、そうあるべき自然の姿だったと思います。」

海音寺「天皇家が政治の中心として実際に政治をなすったのは、天智天皇から平安朝の仁明・文徳天皇ぐらいまでですね。大化の改新前は日本は統一国家ではなく、各地の氏族国家の集合体みたいなもので、ヤマト国家はその覇者であるにすぎないのですし、清和天皇あたりからあとは政治上の君主というより、宗教上の儀礼ばかりなさる、いわば大神主で、政治は姻戚関係の藤原氏―摂関家がやり、頼朝以降は武家がやっていたのですからね。」

司馬「浮世の実権者としての「皇帝」であろうとした後醍醐天皇などがいますが、つまり後醍醐天皇は宋学に影響されて政治の独裁者としての皇帝になろうとした。しかし、そういう天皇が出てくると、日本ではかならず乱が起こっている。日本的自然の姿でないからでしょう。そこで明治以降の天皇制は、結局、土俗的な天皇神聖観というものの上にプロシア風の皇帝をのっけたもので、きわめて非日本的な、人工的なものです。そうすると日本の天皇さんが皇帝だったのは明治以降八十年間に過ぎないわけで、ながい日本史から見れば一瞬の間です。」

海音寺「…天皇制は明治時代には政府はほかに見当がつかなかったんでしょう。…（アメリカやフランスなどの共和政体は論外で、天皇政治に行かざるをえなくなり、憲法も皇帝の権力の強いプロシアにならうことになる。）以降は、学者という学者が、…この観念をかためることに専心になった。…それを八十年続けて来てるんですから、いまや牢固として、日本人の観念の中にかたまっているわけですよ。」

司馬「明治初年の庶民は、天皇さんというのはお伊勢さんというのとよく似た語感で、それが政治権力の正面にすわられるということが、なんともわからなかった。政府としても、この存在の権力的えらさというものの説明がしにくくて、結局は前時代の将軍の権威と置き換えた。将軍と同じで、しかもそれより神聖であるという宣伝をした。」

海音寺「明治初年に明治天皇が南は鹿児島から北は北海道まで巡行されていますね。あれは民衆に知らせるためですね。こういう方がいらして、これが日本の中心でわれわれを治めて下さるんだということを知らせるためなんですね。民衆の心理にある天皇は、…神さまだから見ちゃいかん、見ると目がつぶれると思っていたんですね。」

海音寺「…もっとも政体などというものは、それこそ道具で、これが一番上等で、これならば未来永劫に役立つ上等品というのはないですよ。…すべて相対的なものです。…律令制度時代、摂関時代、武家時代とかわって来たのは、その選択だろうと思います。だから、明治時代には天皇中心のものが一番よかったと、ぼくは思うんですよ。…」

司馬「…日本史における日本人の潜在秩序というものはどういうものかというと、これもまた「明治前天皇制秩序」というものにぶちあたる。これをちゃんとみなければ、戦国時代のことも判りにくい。一種の地下秩序としての天皇制。例えば津軽のはしから種子島に至るまで、津々浦々にいる無数の土豪劣紳どもはみな、なんとかの守とか、介とか、大夫とか、そんな私称の官名を称しているんです。それに、自分の家系は平氏であるとか、源氏とか、藤原氏、橘氏などと名乗っている。（系図はほとんどがつくられたもので）とにかく自分という土豪は、日本の潜在秩序の中心である天皇家にいかに近いかということのみ気にしている。そうしないと自分がいかに成りあがっても、日本人仲間のなかでの位置がきまらない感じで、えらく不安なんですね。そういういわば社会の地上のことでなく地下の意識が、のちに現れる信長の統一事業を可能にさせてゆくのですね。…（足利将軍による天下統一が間に合わなくなって、信長は公卿になるが）結局、天皇さんで行こうということになったんですが、あれが信長の天才性ですね。…（当初全国統一のために担ぎ上げた足利義昭がやがて反信長工作をしたため、信長も義昭を諦めるが、）将軍を棄てると、かわりが要る。そこで、御所の塀一重のなかに住んでおられる潜在秩序の中心者を発見した。（信長は最初は藤原氏を称していて、のちに平氏に改称して天子をかつぎ、公卿になって天下に発令するとうまく行ったが）その上、天皇は神だから、義昭のように政治に関心を示さない。じつに都合がよかった。」

要約すると、歴史的には、天皇は上代以降は、政治へ直接的に関わることはなく、明治以降の八十年間は将軍に代わる皇帝という存在となるが、長い日本史の中では特殊で、一時的なものであった。そして、武家社会を通じて、天皇は常に潜在秩序の中心者であったが、とりわけ、戦国時代においては、全国の統一・統治に重要な役割を果たした。

また、司馬は、同様に、評論家の山崎正和と、明治の天皇制を生んだ江戸時代の歴史的な背景について対談している。（前掲「司馬遼太郎対話選集四　近代化の相剋―近代化の推進者　明治天皇―」）

山崎「明治天皇は、この人がいなかったら日本の近代化はなかった、と考えてもいい方で、同時に歴代天皇の中でももっともヨーロッパや中国の皇帝に近い人だとされていますね。つまり政治家としての面のつよい方だった。ところが江戸時代の天皇は自ら精神的権威に満足して政治の表面には出てこないことになっていた。そうするとどの辺から天皇家の周辺には政治家の自覚が出てきたんでしょう。」

司馬「さあむずかしいな。明治天皇には、いわれているほどに個人としての裁決権があったでしょうか。…（政治上の最終責任は太政大臣で、その上に明治天皇が君臨している）…（気質や人格の政治への反映は、あったでしょうが）明治の先帝である孝明天皇にははっきりとこれがありましたね。…ペリー来航に際してはヒステリー気味に攘夷の態度を示す。…（絵師が描いたペリーは牛のような顔をしており）神道を中心とした清浄な日本が穢されるとあっては皇祖皇霊に対して顔が立たない、というわけで、ヒステリー状態になったんでしょうか。」

山崎「そういう非常に痩せた神道イズムに天皇家が追い込まれていったのは、いつからでしょう。室町時代には、…天皇家が衰微していたとはいえ、…文化人の公家も側近にいたし、豊かな文化的伝統に支えられていたような気がするんです。江戸時代に入ってからも後水尾天皇のころは、…もうちょっとふくよかな文化が宮中にあったように思う。」

司馬「そうですね。後水尾天皇が幕府と衝突したあと、幕府が改めてつくり上げた御所の雰囲気がちょっと変わったような気もしますね。…（天皇の教養が痩せたのは当然で）生の人間に接しない人間が、教養がふくよかになるはずがない。たとえば孝明天皇が日常接していたのは女官たちだけで、公家にはほとんど公的な場以外では接触がなかったようですね。」

山崎「…（江戸時代の初期から天皇の教養が痩せはじめたこと）と天皇の政治への指向が目覚めて

くるのと、無関係ではないような気がするんです。…（江戸中期の宝暦・天明期に宝暦事件─竹内式部という学者が桃園天皇に接近して国学と武道を教えたので、幕府に弾圧された事件─が起こるが）あれがもし室町時代であれば、狂歌やら浮世絵やら時代の文化がたっぷり朝廷に流れこんで、あんなイデオロギー的な教育のはいりこむ余地はなかったという気がする。…あの事件を見ていますと、…まわりにいた公家には政治的関心の強いのがままいて、これが歴史を攪乱しているような気もしますね。…そしてこの天皇家がはっきりと政治的機能を見せるようになるのは、…孝明天皇のときで、結局ペリー来航を頂点とする外圧がきっかけということになります。…もしこのとき、幕府が外交のことについて朝廷に伺いを立てることをしなかったら、（孝明天皇の攘夷ヒステリーの発言も、急速な改革派の結集も）なかったんじゃないかと私はおもうのですが、どうでしょう。なぜ、幕府は勝手に、攘夷にしろ、開国にしろ推し進めることをしなかったのか。」

司馬「そこがむずかしいところですね。…結局、…宝暦以降、尊王思想が普遍的に拡がったことは、大きな要素でしょうね。平田国学は庄屋階級・町人階級、水戸学は武家階級に浸透して、これらが戦後でいえば「デモクラシー」といったような意味での流行度の高い思想になっていきましたからね。そうすると日本の本当の持ち主は京都にいる人だ、といったことが幕末以前からもう常識になりつつある。その中では…やはり潜在的な主権者と思想的にはされている天皇に相談しておきたい、…という気持ちになってしまうんですね。…要するに日本人の心は求心的に京都に向かっていた。徳川幕府も源氏である以上は天皇とおれとは無縁のものであって、おれこそが日本国王であるなんて言えないわけですね。京都が日本の持ち主らしいということは日本人は何となくみんな知っていたんじゃないかと思いますね。」

二人によれば、江戸時代は、戦国時代とは違って、全国の統一・統治のための天皇の権威は必要ではなくなり、天皇の教養（文化的な影響力）も相対的に低下する。一方で、江戸の中期あたりからは、国学や水戸学などによって、尊王思想が、徐々に、拡がっていき、それは、天皇を取り巻く公家たちの一部にも波及していく。幕末のペリー来航以降は、天皇自身も政治意識に目覚めるということがあり、幕府としても、天皇を無視して危機を打開することは難しいと考える。日本の本当の持ち主（主権者）は京都にいる天皇であるということを、多くの人々が感じているからであった。

徳川幕府が官学として採用した朱子学は、武士を頂点とする身分制秩序を正当化するものであったが、その思想は、水戸学や国学などの尊王論を喚起することになり、欧米列強の開国要求という危機に直面する中、倒幕の道を切り開くという皮肉な結果をもたらした。しかし、司馬が、「二重構造」（天皇は権威で、権力はその補佐者（関白など）がこれをにぎる）と呼んだ奈良・平安朝の統治システムは、武家社会が始まってからも、天皇と将軍の関係として引き継がれてきた。つまり、「権力は権威によって承認される」ものであり、「秩序意識の中心には天皇がいる」という価値観を、多くの日本人、とりわけ武家階級や知識層の人々は共有してきた。その結果、困った時の神頼みならぬ天皇頼みが、幕末にも起こったと考える方が判りやすいであろう。

鎌倉幕府の登場によって武家社会が始まったが、それは、天皇の否定でもなく、いわんや天皇の打倒という革命でもなかった。「この国のかたち　六　―源と平の成立と影響―」（文藝春秋　一九九六）

によれば、坂東武士たちが自ら開拓した土地は、公家や社寺の所有にし、自分はその管理者という立場に甘んじなければならなかった。また、その立場は、公家たちの気まぐれによって、停止される不安定さを伴っていた。このため、地方の武士たちは京にのぼって有力な公家に奉公して、その機嫌をとり、そのほうびとして兵衛（ひょうえ）という下級の官職をいただく。それでも不安だったので、武士たちの所領安堵のための口利き人が必要となり、源頼朝の先祖たちはその役割を果たし、諸国の武士たちから「頼うだる人」としていわば主君同然の尊敬を受けた。

「結局、十万を越えたであろう〝公家の末裔〟が、兵衛佐（ひょうえのすけ）というひくい位階（律令制の兵衛府の次官）をもつ頼朝を擁し、武家政権をつくり、ほとんどが偽作された源平藤橘の家系を大切にしつつ、世々をへて明治維新にいたる。このことから、平安期に日本人が、この国がほぼ統一体である感覚をもっていたこと、鎌倉幕府が王朝を討滅しなかったこと、また栄誉的存在としての公家が、明治までのあらゆる政治的変動の中で生きのびえたことなども理解されうる。

こういう歴史的な成分は、とても原理などという高度な言葉をつかえないほどつまらないものである。しかしそういうものも見なければ、一国の歴史というものはわかりにくい。」

中国や朝鮮では、皇帝や王朝が変われば、権力とともに権威も変わる。日本では、権力が変わっても、千年以上の長きにわたり、権威は変わらなかった。天皇という権威を常に頼らざるを得なかった日本人の意識を理解することなしに、日本の歴史を理解することもできないのだ。

〈日本人の平等意識〉

江戸末期に、天皇が潜在秩序の中心者であるという認識が広がる中で、天皇の下では、人々は、すべて平等であるという、土佐の天保庄屋同盟のような意識が、日本人の一般的なものの考え方になり、それが、日本社会の求心力としてよい方向に働いた。司馬は、同じ山崎との対談で、次のように解説する。

「…ところで日本に、階級社会が明治大正の末期まであったようにいわれますが、実際どの程度階級といったものがあったのか、本当の貴族というものが日本にあったのか、私はこれを信じません。日本は対流のいい国なんです。そしてその理由は、日本史の中の天皇を考えることで少し分かる面があるんじゃないでしょうか。たとえば、天保庄屋同盟というものが土佐にあったんです。庄屋が集まって密議しまして、藩の役人に百姓の中まで踏み込ませないようにするために、お互いでつくったいわば誓約書ですね。その第一条に、土地の上は山内家のものであるが、土地の下は天皇家のものであるということをいっている。…そのときにはもう天皇という思想は庄屋階級まで及んでおりますからね。これは日本的な条件下での平等思想の現れとみていいのではないですか。殿様の山内家が何だ、たかが掛川からきた余所者じゃないか、土佐はおれらのものだ、というわけですが、ヨーロッパ思想ではないから「おれらのもの」という言葉にならんわけですよ。そこで、当時の土佐の先進的な庄屋たちがギリギリに考えたのは、天皇というものを一つ置いたら殿様だって自分たちだって同じだ、ということなんですね。この思想は日本人一般の思想で、これが混乱してきた日本の近代化の過程で、何とか悪い方向に社会を進ませなかった力になったんじゃないかと思いますね。

明治になってからは、帝国大学を出れば貧民の子でも出世できる道が開かれていた。陸軍士官学校に入れば大将にだってなれる社会でしたね。これは世界でもめずらしい平等主義というべきで、日露戦争のときバルチック艦隊の水兵たちが日本の士官はかならずしも貴族でないことを聞かされて、それは嘘だ、平民が士官になれるはずがない、と訝ったというんです。近代化の過程における天皇の役割について、この天皇意識という虚を設定して平等意識を成立させたという幕末の気分を考えないと、ちょっと明治がわからないし、社会が進化したあとで、つまり国民における住民性が拡大されるようになったいまのようないい時代になってから、過去をふり返るとき、つい見誤りやすい点だと思いますね。」（前掲「司馬遼太郎対話選集四　近代化の相剋―近代化の推進者　明治天皇―」）

司馬は、また、先の海音寺との対談においても、この平等意識、一君万民思想が、明治維新という変革の大きなエネルギーになったと語る。

「…天皇のことは、幕末の志士に魅力のあった考え方というのは、一君万民思想でございますね。…彼ら（百姓か侍か判らないような郷士たち）を抑圧している階級社会を打ち破るには、天皇をかつぐしかないわけです。天皇のもとでは、将軍・大名といえども民の一人ですから、平等という論理がみごとに出来あがる。…きわめて他の国の歴史における皇帝・王家と違うところです。一君万民思想というのは、幕末にあって非常に強いエネルギーをもって来ておりますですね。」（前掲「司馬遼太郎対話選集三　歴史を動かす力　―日本歴史を点検する―」）

幕末のある時期、公武合体構想のように、朝廷を頂点にして徳川を含む各藩による合議体制とする考え方もあった。仮にそうなったとすれば、版籍奉還や廃藩置県などの諸改革は、できなかったか、できても遅れることになったかもしれない。明治維新が、潜在秩序の中心としての天皇の再評価ということにとどまらず、身分制社会、階級社会の秩序の変革まで踏み込めたのは、こうした一君万民という平等思想が幅広く共有されていたからに他ならない。そして、それは、江戸時代の人々の倫理観の根底にあった忠義の概念とも矛盾するものではなかった。

「一君万民という平等思想は、幕末、この藩（土佐藩）だけでなく多くのひとびとに共有された。江戸体制の基本思想は、忠ということである。（革命化した藩士たちにとって、倒幕や廃藩は藩主への不忠になるが）これらの矛盾を一挙に解決できる思想が、一君万民思想であった。当時の英国公使パークスが、（廃藩置県では大変な流血になると）予想したが、結果は容易だった。その秘密は、一君万民思想にあった。」（「この国のかたち　四　―統帥権（三）―」）

そして、明治という新しい時代になって、世界でもまれな平等主義が実現するが、それは、身分制社会であった江戸時代が、必ずしも絶対的階級制ではなく、学問、剣術、医術など、能力があれば百姓の階級からでも士分階級に移ることが可能な「窓は割合ひろくあけてあって、風が通っている」社会であったからでもあった。

そうした江戸時代の緩やかな身分制社会について、司馬とライシャワーは、先の対談（「円仁―知識欲旺盛な日本人の原型」、「頼朝―土地所有権を保証するシンボル」）の中で、次のように語り合う。（前掲「司馬遼太郎対話選集一　この国のはじまりについて　―日本人物史談―」）

ライシャワー「…われわれ、外から日本史を勉強している者は、…封建時代には身分差というものが厳重に保たれていたということを勉強するわけですね。（そうして日本にやってくると）…（日本人は）士農工商いずれに属していたかなんてことは、だれもいわない。これはわれわれ外国人にとっては驚きの種なんでしてね。いかに、日本というものは、短い時間の間に急速にそういうものを削ぎ落としていったか。」

司馬「（祖父は農民で大阪に移って町人になったが、劣等感を持ったことはなさそうですから）江戸時代の身分制度というのは、はたして本当にヨーロッパのように厳重なものだったんだろうかと思うようになりました。（関ヶ原で負けた側は百姓、医者、科学、剣術使いになったり、士分への登用もあった）それに、江戸中期以降は、経済的には町人のほうが裕福だったわけですから、士というものは、その面ではマイナスを持ってたわけですね。」

ライシャワー「（私の妻の片方は松方という貧乏士族、他方は裕福な農民だった）したがって江戸時代の身分上の区分けというのは、かなり曖昧な面があったように思うんです。ただ、開国当時に日本にやってきたヨーロッパ人は、（当時の日本人の強い身分意識、階級意識に）たいへんびっくりしている。…その後百数十年たった今日、ヨーロッパではいまだに強い身分差、階級差というものが残っている。ところが日本では、九十何パーセントの人が、自分は中産階級だと思っている。」

司馬「（武士は源平藤橘を称するが）つまり、どこの馬の骨だかわからない。そういう認識が、何となく日本人全体に江戸時代すでにあったと思うんです。ですから、非常に強い身分制は育ちにくかったのかなあ。もう一つは、大名も含めて、武士というのは（商品経済の発達により）貧乏だったということですね。…江戸時代の武士は、（貧乏ではあったが）たいへん形而上的なものにあこがれる身分の人たちであった。町人、百姓は、武士を非常に尊敬していた。心ならずも頭を下げてるんじゃなくて、この人たちは抽象的なものに対して殉ずる気持のある人たちだというので、尊敬していた感じですね。だけど実際は貧乏だ。そうすると、貧乏というのは価値があると思うのかな。これは日本人の特徴ですね。」

ライシャワー「どうも封建時代を通じて、日本の士分の人々というのは、気分においては士というものから非常に離れがたかった、といえると思います。半分農民であったといってもいい。…武士と農民の間の線というのは、それほど截然とは引かれていなかったのではないかという気がいたしますね。」

因みに、江戸時代の身分制度については、我々の昔の教科書では、士農工商の順位があったと教えられたが、最近の解釈によれば、人びとは職業により、武士と町人、百姓に区別され、武士は社会を支配する身分で、町人には職人や商人、百姓には農業や漁業、林業にたずさわる人びとが含まれる。それぞれ住む場所も定められていたが、身分は完全に固定されていたわけではなく、受け入れてくれる人がいれば、他の身分に移ることも可能であった。幕末期においては、総人口およそ三千二百万のうち、百姓が約八十五％、武士が約七％。町人が約五％であったとされる。（「ＮＨＫ　ｆｏｒ　ｓｃｈｏｏｌ」）

こうした封建制は世襲制を基本としているため、十八世紀初頭に朝鮮通信使として来日した申維翰は、見聞記「海游録」の中で、身分に関わらず優秀であれば科挙の試験に合格して出世ができる朝鮮と比較すると、日本は閉鎖的な社会であると蔑んだ。しかし、司馬は、江戸期の社会は、たとえ百姓の出であっても、幕府であると諸藩であるとを問わず、相当な身分に登用されるという特例つきの封建制であり、そのように登用された人々は全国的にみれば、朝鮮の科挙試験合格者よりも多かったかもしれない。また、何よりも、日本が圧倒的な商品経済（貨幣経済）が進展し、合理主義と個の自由の萌芽があった。そして、李氏朝鮮が高度の漢学の知識と詩文をつくる能力をもった官僚とそれを目指す人々以外は文字を用いる必要はほとんどなかった社会であったのに比べて、高度の学識をもつ人はまれであるにしても、読み書きする人口は、中国や朝鮮に比して圧倒的に多かった。武士階級は平均して中学校程度の教養をもち、都市における識字率は、おそらく、七、八十％はあったとし、中維翰は、そうした日本社会を見るべきであったと指摘する。（「「明治」という国家　―ブロードウェーの行進―」）

つまり、江戸期の身分制社会は、対流性があるとともに、個の自由も一定の範囲で認められていた、また、何よりも、武士は特権階級ではあったが、必ずしも裕福ではなく、一方で、いつでも必要とあらば死ぬ、公に奉ずるという倫理観を世襲してきた人々であることから、町人や百姓から尊敬されていた。武士人口の多さは、精神面でもいい影響をもたらした。

「武士という形而上的な価値意識をもつ階層が、実利意識のつよい農民層や商工人の層に対し、いい按配の影響を与えたのである。その点、武士に接する機会が無いか、まれだった天領では、百姓文化というものは、格調のある精神性の要素がすくなかった。」（「この国のかたち　二　―天領と藩領―」）

そうしたことを考えると、身分制社会といえども、差別をされている、搾取をされているという不平等意識は、あったにせよ、一辺倒ではなく、むしろ、社会の秩序を重視する倫理観が求心力として作用する社会であったということもできよう。ライシャワーが、身分制度が、明治になって瞬く間になくなったと不思議がった理由も、そこに見出すことができるのではないか。

なお、江戸期の農民は、収穫の半分を年貢として納める五公五民など、総じて高い税を課せられていた。これについて、司馬は、前掲「この国のかたち　二　—カッテンディーケ—」の中で、次のように述べている。

「江戸封建制のもとで、農民はつらかった。が、一面、かれらは、近代の〝国民〟にくらべてのんきな面もなくはなかったかもしれない。年貢をおさめ—それが大変だったが—ときに公が命ずる労役さえすれば、あとはすべて私的な存在だったのである。公教育をうけねばならぬ強制もなく、国民国家につきものの徴兵もなかった。

幕末にきた一オランダ人（カッテンディーケ）がかれら（百姓や町人）をみて、

『むしろ世界の何れの国のものよりも大きな個人的自由を享有している（註・これは農をふくめる）。そうして彼等（註・とくに職人や商人）の権利は驚くばかり尊重せられていると思う。』

これはべつにほめすぎではない。（町人は様々なかたちで保護されていたが）ただ農民に対する重税にだけは、カッテンディーケもくびをひねっている。

『日本の農民のごとく勤勉で節倹な百姓が、しかも豊穣な恵まれた国土で働きながら、なぜ貧乏しているのか、（重税以外に）その理由が発見できないであろう。』」

農民が重税を課せられていたのは事実であり、それは、戦国時代で戦闘員であった人々を平時において養うために必要なことであった。

「…戦国時代の戦闘員がそのまま平和な社会で、国家公務員（直参）や地方公務員（藩士）になったんです。行政にそんな人数は要らないのです。…（その他の公務員は）生涯無役で先祖からひきついだ家禄で食べていました。…いわば幕藩体制そのものが、しごとをする組織というよりも、「養人組織」でした。

…そうしたサムライたちの多くが読書階級をなし、また武士的節度を重んずるという規律を保ち、いわば江戸期日本の精神文化をささえたともいえます。農民にとって大変高くついた制度でした。しかし、日本史ぜんたいという場所からみれば、帳尻は合っていたでしょう。」（「「明治」という国家　―サムライの終焉あるいは武士の反乱―」）

戦争が絶えない戦国時代は、農民などの庶民が大きな被害を蒙る。江戸時代は、百姓一揆のような窮乏や不満に対する農民の抗議運動がないわけではなかったが、自分たちが徴兵されたり、耕作の被害を受けたりするような、大きな戦乱は無かった。その意味では、農民にとってプラスの側面もあった。また、日本史全体の帳尻ということであれば、それは、ライシャワーの次の発言（「日本人物史談―家康―日本人の秩序感覚と地方自治を築く」）に言い尽くされているであろう。

「現代の日本というのは、どう考えたって、徳川時代の日本の延長線上にあるというふうに思いますのでね。今日の日本人はすべからく、いかに家康に多くを負っているかを認めるべきだと思うんです。さもないと、近代の日本ないしは現代の日本というのは、説明がつかないんじゃないだろうか、と。

しかも二百数十年の長きにわたって、ほとんど絶対といってもいいような平和が保てたわけです。その平和のおかげで、経済的なレベル、あるいは経済福祉のレベルというものは際立って向上したわけです。しかも一般的な教育の普及には、めざましいものがあった。また、日本人というものは一つなんだという、日本人のアイデンティティの拡大、あるいは定着というものも、これまためざましいものがあったと思うんです。つまり民族としての単一性というか、アイデンティティを、日本人が感じることができるようになった。

アジアの他の国においては、日本で見られたような、民族としての単位性、単一性、アイデンティティというようなものを身につけることはできなかったし、ヨーロッパだって、…かなり手間ひまかかっているわけですね。…(徳川期の遺産)として非常に重要なものは、以下の二つだろうと私は思っています。一つは、(島原の乱以降の幕末までの二百年間、平和が保たれたことが)日本人にある種の秩序感覚というべきものを与えたのではないかと思うんです。…(これが明治維新以降の非常に急激な変化があったにもかかわらず)巨大な変革を、秩序正しくのりきっていくことを可能にした。…いま一つは、…(いろいろな階層、身分あるいは藩組織の各段階で)相当程度自治が行われた。…(この二つがあったために)今日の日本の民主主義が可能になったんだとすら思っているわけなんです。明治維新のあと、…日本の民主主義というものが、他に例を見ないようなスピードで浸透していった。同時に、これは日本社会の安定をもたらした。」(前掲「司馬遼太郎対話選集一　この国のはじまりについて　―日本人物史談―」)

日本人と「公」の意識

　鎌倉武士の潔さや名誉を重んじる倫理観は、恩義と奉公というギブアンドテイクの意識の中から芽生えたが、江戸の侍社会では、儒教の影響も受け、観念としての忠義を重視し、私利よりも公に奉じることを美しいと考える新しい倫理観を生む。それが、役人＝侍の基本的な精神となり、明治維新にも引き継がれる。一方、江戸時代は、各身分階層において、自治組織が設けられ、官に対して民がもの申すという、現代でいえば、直接民主主義的な地方行政が行われていた。武士道的な滅私奉公とは異なる「公」の意識も育っていた。そして、そうした文脈とは別に、「天」や「公」を尊いと考える意識の根底には、神道的な美意識も関連している。

〈侍社会という文明〉

　司馬遼太郎は、一九七二年、歴史家萩原延壽と、「日本人よ〝侍〟に還れ」と題して対談する。（「歴史を考える　司馬遼太郎対談集」七三年十月　文藝春秋）（前掲「司馬遼太郎対話選集四　近代化の相克」）江戸時代の侍社会には、人間の行動を美しくさせる基準、原理があり、侍たちは、躾けという一貫した教養を身につけていた。それは、幕末から明治にかけて日本を訪れた西洋人にとっては、キリスト教的な原理ではないが、彼らを驚かせるほどの原理であり、江戸文明とも呼ぶべきものであった。二人は、そうした文明が、明治以降の近代化を経て、現在に至る過程で、失われつつあることを憂い、郷愁の念を抱くが、侍社会という文明がどのようなものかについて、次のように対談する。

司馬「…ラフカディオ・ハーンは、それを見て（松江の橋の欄干に備えられた箱に町人が賽銭を入れて昇ってくる太陽を拝むのを見て）感心してすごい昂奮をするわけです。この賽銭は太陽にさしあげる。そのあとその金を誰がもってゆくのか、松江のひとびとは考えない。これは、一つの原理だとハーンは思ったわけです。…（それは、一種の醇風美俗といったもので、原理的なものといえるかどうかは別にして）すくなくともラフカディオ・ハーンには、滅びざるもの、永遠のものと思えたにちがいないんです。ところが東京に行くと事情が変わる。東京大学で教えている先生や学生、彼らは日本の中の分国、分国という躾けの社会から脱却して東京という所へきた連中でしょう。つまり躾けの世界というのがすでに「田舎」というものになっていて、東京へ出てきたときに捨てるべきものと考えて、げんに捨て去った書生たちです。先生たちにしても、…躾けの社会にいたときは柄がよかったんでしょうが、東京に出てきて元の木阿弥に戻った感じで、非常に柄がわるい。」

萩原「…小泉八雲はそういう日本人の特質を早く見抜いてがっかりしたのでしょうが、相対的にいえば、侍社会の躾けの遺産が明治時代にはまだかなり残っていて、司馬さんの「坂の上の雲」にも、それがでてくるわけですね。…明治維新を境にして日本の近代化を推進し、そのなかで立派な働きをした人たちのモラルなり倫理なりは、実は前代の遺産だったことが多いんですね。…そして、日本で原理と呼ばれ得るもの、あるいは、それに近いものを作り出したほとんど唯一の機会は、やはり侍社会だったんじゃないでしょうか。」

司馬「侍でしょうね。ハイカラにいえば、江戸文明かもしれません。」

萩原「サトウ（アーネスト・サトウ　幕末から明治十六年まで滞在、後に駐日イギリス公司）たちが幕末期につきあった侍には、そういう原理があったんじゃないでしょうか。松江藩における躾けといってもいい。ここでは原理というのを、宗教と必ずしも結びつけないで使っているわけですから、生活を律する、当世はやりの言葉でいえば、原点といってもいい。原点が内部にある。生活を律するものが自分の中にあるということですね。それを見ているのは神様か、お天道様か、…いずれにしても誰かが自分を見ていてくれる、これを裏返していうと、…誰も見ていてくれなくとも、するべきことはする、そういう感情が侍、あるいは侍の理想像としてはあったのではないでしょうか。」

司馬「たしかに、人間の行動を美しくさせる基準、原理が侍社会にはありました。横浜開港となって、関東の在所のエネルギーのあるあぶれ者があつまってきて相場が立つようになった。大金を持ってないような連中でも、小金で張るんですな。横浜のぬかるみ道にしゃがみこんでいるそういう町人を見た西洋人は、…自分が知っている侍は、この連中とは人種が違うんじゃないかと（柄が悪くて、卑屈で、猫背で、表情も品がない）つまり、江戸文明をより薄くしか持っていない。…（それを）どっかで読んだことがありまして、非常に面白かった。それから、これは吉田健一さんがお書きになっていらしたものを受け売りするわけですけれど、江戸時代にこそ文明があって、その後には文明はない。まったく、その通りだと私も思います。」

萩原「同感ですね。…江戸時代は階級社会だったわけで、…生活の全体を自然にしかもくまなく包んでいる躾けのようなものが、四民平等になったために、失われていった面がある。…躾けというのは、立居振舞だけではなく、本の読みかたから始まって、人間のつきあいかたに至るまでの一貫した教養のことでしょう。そういうものが、たしかに侍には身についていましたね。」
司馬「濃厚にありましたね。たとえば、小さな躾けでいえば、侍は雨が降っても走らない。そして道の真んなかを歩く。…曲がり角など、直角に曲がるそうですな。…ぼくらはちょっとでも早道しようと、角のほうをさっと曲がりますけれど、侍はそれをしない。つまり、侍には、どうやればシビライズドされた人間ができるか、つまらないことまできちんとした取り決めがあったわけですね。それらが集積して、普遍化していくと、文明の姿となる。」
萩原「しかも徳川時代では、それが侍の社会だけにとどまらないで、下のほうへ広がっていくわけですね。…何といっても三百年も続いたんですから。」
司馬「だからそういう文明は、富商、庄屋階級にまで十分に行き渡っています。二百六十年の濃度はわりあい濃いですね。」

この後、二人は、明治の時代において、失われていく文明に対してアンビバレントな思いを抱いた思想家　福沢諭吉について、論じ合う。福沢は、幕末、咸臨丸で渡米するが、欧米を勃興せしめた根源的なものは何かということを問い続け、それは、自由と権利であると理解する。しかし、このような「独立の精神」は、ヨーロッパでいうノブレス・オブリージュのように、自分たちは特権階級であり、それに見合った特別の義務があるのだという武士の気風に頼らざるを得ず、封建社会を否定することとは、矛盾する。明治の早い時期に脱稿しつつも、誤解を恐れて、晩年にしか出版できなかった「丁丑（ていちゅう）公論」や「瘠我慢の説」は、そうした悩みを表したものであった。司馬は、そうした福沢について、次のように述べている。

「…福沢は「封建制度は親の敵でござる」といっていたけれど、封建制度の根底をなしていた原理は、封建制度とさほど関係のない一個の文明というべきもので、福沢はそれに反発と同時に尊敬心を抱いていた。だから封建時代が終わったあと、新原理を作らなくてはならないと考えた。しかし結局、刀折れ矢尽きてしまったといえるかも知れません。」

司馬は、侍社会を支える原理は一個の文明であり、その観点からは、西南戦争で反政府の立場に立った西郷を擁護し、勝や榎本などの旧幕臣を痩せ我慢が足らないとして批判する福沢に対して、一定の同情を示しつつも、同意はしているわけではない。司馬の別の著書、「「明治」という国家」では、命をはった実務家としての勝海舟や、僚友の西郷を敵に回しながらも、私心なく国家建設のことを考え貫いた大久保利通をより高く評価している。但し、西郷を評価する福沢の真意は、制度としての士族保存ではなく、前時代の美質をひきつげ、過去のよかったものを継承しなければ社会や人心のシンができあがらないということをいいたかったのであろうと推察している。そして、対談の中で萩原と共感した司馬の思いは、次の言葉に言い表されている。

「…（西南戦争で）薩摩を中心とする日本最強の士族たちが死ぬことによって、十二世紀以来、七百年のサムライというものは滅んだのです。滅んだあとで、内村鑑三や新渡戸稲造が書物のなかで再現しますが、それはもはや書斎の〝武士〟だったのではないでしょうか。さらには、（政府は教育を通じて武士的なものを回復しようとしたが）それらは、内村や新渡戸の武士道ではなく、ひどく痩せて硬直化した、きわめて人工的な武士道でした。西南戦争を調べてゆくと、じつに感じのいい、もぎたての果物のように新鮮な人間たちに、たくさん出くわします。いずれも、いまはあまり見あたらない日本人たちです。かれらこそ、江戸時代がのこした最大の遺産だったのです。そして、その精神の名残が、「明治」という国家をささえたのです。」

版籍奉還や廃藩置県とその後の西南戦争によって、武士は、名実ともに滅ぶが、長い江戸時代を通じて、侍たちのモラルや倫理観は、武士だけではなく、百姓や町人の知識層から始まり、庶民にも浸透した。そうした文明の名残は、明治の近代化を支えたが、同時に、それは、現代の日本人の心の奥底にも引き継がれているのではないか。文明はなくなったが、「人間の行動は美しくならねばならない」という原理は、いまだに、多くの人々にとって、自他を律する際の基準であることに間違いはない。

〈役人道というモラル〉

徳川の遺産としての侍社会の精神の名残は、明治になって、とりわけ、役人の精神において顕著であった。官吏というものは、中国のようなアジアの律令社会では、公よりも一族の繁栄に重きをおく。従って、汚職も正当化される。

「…かつての中国的なアジアを成立させている原理は、いうまでもなく儒教でした。儒教はファミリーの秩序をもって最高の価値にします。…そこから一人官吏（科挙の試験とおった）が出れば、その人たちの縁族の面倒をみんな見なければならない。…汚職というのは、これは約束されたものです。それをしない官吏というものは、たいていはうまくいかずに没落している。それは、非難を受けるからでしょう。」（『この国のかたち　六　─役人道について─』）

日本と中国などアジアの国との違いは、合理主義や個人の自立の精神を基盤とする封建制社会と、皇帝による中央集権的な統治社会の差によるものである。司馬は、『この国のかたち　四　─士─』において、江戸期の百数十万の士のほとんどが、清朝や李朝の士大夫のように巧みな詩文を作る能力はもっていなかったが、論語の泰伯篇にあるような士の気分を持つべく教育されており、そうした公共の精神の持ち主の数は、同時代の中国・朝鮮と比較しても、異常なほど多かったのではないか。そして、かれらの多数を占める下級武士の平均的な経済生活は、中以上の農民や商人よりも貧しかったが、農民や商人が形而下的に生きていたのに対し、「自分たち（武士たち）は公のために、あるいは形而上的な価値のために生死すべきものだとおもっていた。むろん、くだらない者もいたが、百数十万という大きな人口のうち、たとえ数パーセントでも論語の泰伯篇にあるような気分をもっていれば、十分に社会の重心になりえた。」と述べている。

江戸期の武士の人口は、日本全体の七％程度であったが、都市部、とりわけ、江戸の場合は、武士の割合が多く、その文化が町人たちに与える影響も大きかった。

「江戸の最盛期では、百万の市民のなかで五十万が武士であったといわれている。そのころ大坂では、六、七十万の人口のなかで武士といえば諸藩の特産の商いをする蔵役人をのぞけば、東西両町奉行所の与力同心がざっと二百人程度の数であった。江戸は二人に一人が二本差しである。自然、武士のもっている儒教的節度やきびしい身分意識が、モロに町人たちの血肉のなかにはいってしまった。江戸時代の大坂商人が「デッチは江戸者にかぎる」と高言していたのは、江戸っ子のもつ封建的事大主義や自分の分際をまもる節度が、最下級の雇人にはうってつけだと思っていたからであろう。幕吏が二百人しかいなかった大坂ではまるで封建時代がなかったといっていい。」(「大阪バカ　一九六〇年一月サンケイ新聞」)(「歴史の中の日本」中央公論社　一九七四)

江戸期の武士たちは、世襲制の公務員であったが、必要な仕事に対して人数が多すぎることもあり、すべての武士が責任のある役職につけるわけではなかった。その意味では、武士たちにとって、学問、教育は、重要なものであった。司馬は、「この国のかたち　六　―役人道について―」の中で、吉田松陰が叔父の玉木文之進から受けた中等教育について取り上げている。それは、ハエが顔にとまったので頬っぺたを掻いたことで死ぬほど殴られるようなファナティックなもので、玉木によれば、聖賢の書を読むのは官吏になるためで、その精神の仕度をしているのに、痒いから掻くという私的行為を許せば、そういう〝私〟が心の中に拡がって、郡吏になったときに何をするか分らないということであった。つまり、教育とは、公人であるべく仕立てていくことであり、これは明治の役人にも引き継がれていくとする。

「ですから役人道は、江戸期にはもう確立していました。明治政府は、その役人道を相続した形です。明治の資本主義というのは、江戸期のそういうモラルを相続したおかげでできあがったといえます。明治政権は、釜石に製鉄所を作るとか、あるいは九州に製鉄所を作るとかいうことをし、そのため大きな金を寝かしましたが、それを管理する役人たちに、一人としてそれを食った者がいなかったことが、明治日本という国家・社会をアジアの一角で展開できたほとんど唯一の基礎的要件だったといえます。」

司馬は、同じことを、「この国のかたち　二　―汚職―」で、詳しく述べている。政治家や官吏がそれを食ったりすれば近代産業は起こらなかったし、また、入学や資格試験の合否にカネが動くとなれば、国民は自己が属する社会に対する敬意を失わせる。よき国家はそのような億兆の敬意の上に成り立っており、汚職が悪だというのは、国民の士気（道徳的緊張）を失わせるものだからだとする。なお、司馬は、明治の初期にあった稀な汚職の例として、長州出身の時の大蔵大輔、井上馨による尾去沢鉱山の採掘利権の私有化事件、同じく長州の陸軍中将山形有朋が関わったとされる陸軍省と御用商人の癒着による横領事件をあげるが、これらも明治十年の西南戦争以降は、この乱の衝撃が官員たちを粛然とさせたらしく、明治が終わるまで、ほとんど汚職事件というものはなかった。

このような役人道というモラルの確立は、江戸時代の土木工事（公共事業）の例に見ることができる。司馬は、同じ、「この国のかたち　六　―役人道について―」の中で、薩摩藩による宝暦の木曽川の治水工事の事例を取り上げる。江戸時代の土木工事は、江戸幕府が、各藩にただでやらせており、木曽川の工事は、予算二十万両に対して、結果として四十万両になったため、総奉行以下五十一人の藩士が工事が終わって現場で切腹して死ぬ。これが、江戸期の役人道であり、土木工事であった。

また、一方で、江戸期の前半の河内の大和川の治水工事のように、家産を傾けてでも完成させるような篤農家もいた。それは、汚職の逆で、それをやった庄屋階級の一、二は、口碑として称えられるだけで、別にそれが産をなしたわけではない。江戸時代の大土木事業、公営土木事業というのは、そういうことばかりだった。

城の工事も、一種の公共的な工事であった。江戸時代を通じて城は何代も持ち主が変わるが、そのため、城地は天下のものという思想ができる。人々の心の中に、公共のもの天下のものと私的なものの明確な線引きがなされていたということである。大政奉還した徳川慶喜は、明治になって、「いっさいの什器、宝物、兵器を置いたまま風呂敷包み一つで自分の実家へ帰って行く。そのあと天皇が入る。徳川家の財産を相続したという考えは、みなもちません。要するに百姓を搾った金で出来上がったわけだから、江戸城もそうやって交替した。」

先に、庄屋階級が、治水工事を通じて公に貢献した事例をあげたが、幕藩体制での名主（庄屋）は、ふしぎな存在だった。「この国のかたち　二　―一風景―」によれば、名主は、士農工商でいえば、農なのだが、苗字帯刀を許され、屋敷や服装などそのような容儀からみれば、りっぱな上級武士であった。身分は藩の徒士よりも下なのであったが、富力は、藩士階級一般より上で、藩から委託された村民の統制と保護を主な仕事とした。わずかながら、手当も出たが、多分に名誉職だった。前島密は郵便制度を明治維新後わずか四年で創設したが、それは、全国の村々の名主のしかるべき者に特定郵便局をやらせたことによる。かれらは新政府からそれにふさわしい礼遇をうけたとして、犠牲を覚悟して参加したが、名主というのは、江戸期でもっとも公共精神のつよかった層なのである。

〈公共心と自治〉

公を重視する価値観は、武士階級のモラルの影響だけではない。藩や町人、百姓の各階層の中で自治が進んでいたことも大きかった。司馬は、そうした自治の原型を、中世の「惣」に求めた。「この国のかたち　一　―若衆と械闘―」で、それを次のように説明する。

「このように、若衆という武力もふくめた集落の結束体のことを、日本の中世では、「惣」とよんだ。惣は神聖でしかも濃厚に自治的だった。オトナたちが惣の政治を寄合によってきめ、若者連（若衆宿）は軍事をうけもった。戦国初頭の兵農一致の状態は、惣の若衆が腹巻で身をかため、太刀や長柄をもっていた光景を思いうかべねばわかりにくい。この惣こそ日本人の「公」（共同体）の原形といってよく、いまなお意識の底に沈んでいる。」

そして、この「惣」は、戦国時代になって、領国化が進む中で、変容していく。

「北条早雲は伊豆一国を支配し、これを〝領国化〟した。まことに独創的であった。それまでの室町の守護・地頭が、行政なしの徴税のみの存在だったのに対し、領民の面倒のいっさいをみるという支配の仕方だった。そのかわり惣の自治をおさえ、惣の若衆を領国の戦力（侍・足軽）として吸いあげ、これを山野に駆って早雲は関八州を支配した。ここに、伊豆人にとって北条氏とその領国が、公になった。惣の者にとって公が拡大されたのである。この北条氏を、他の戦国大名がまねたところから戦国が展開する。」

この領国に広がった惣の意識は、戦国時代の終焉を迎えることで、昔の村に戻り、明治になってからは、今度は、全国にまで広がることになった。

「近世というのは、豊臣秀吉が全国の惣から武器をとりあげて（刀狩り）兵農分離をさせたところから出発する。近世では惣は単なる郷村になったが、若衆宿の古俗は遺った。江戸期、大名支配下でも、領内の郷村の若衆にとっては、かれらを―祭礼やケンカごとに―酔わせるほど強烈だった公とは、おのれたちの〝惣〟のことだった。明治の近代国家は、これらを単なる市町村にし、若衆宿は単に卑陋なもの、あるいは田舎じみたものと思わせるようにした。このとき、公は国家レベルまでひろがったといっていい。」

このように、日本人の公的意識の芽生えは、地域や地方から始まり、それが、おのずと全国的な空間に広まっていく歴史をもつ。これに対して、中国は、漢以来、儒教漬けで、儒教は地域を公とせず、血族を神聖化してきた。ファミリー同士の紛争である「械闘」になればどれほどの生命財産を犠牲にしようとも止めないという、家族主義、宗族主義があるだけで、国家を公とする近代国家は興らないと、孫文を嘆息させるほどのものであった。そして、次の通り、結論づける。

「ともかくも日本は、…近代国家を、アジアの他の国より早い時期につくることができた。日本人はいつも大小の公を背負って緊張している。それに対し、中国人は孫文が不安がったようにつねにリラックスしている。この両国のたたずまいこそアジアの大きな景観ではあるまいか。」

現代の中国人はリラックスしているのかどうか分からないが、「日本人はいつも大小の公を背負って緊張している」というのは、現代においても当を得た表現なのかもしれない。

庶民の自治がどのようなものであったのか、法政大学教授田中優子の東京財団週末学校での講演「江戸時代の官と民」（二〇〇九年五月二十二日）によれば、町の実質的な行政にあたったのは、武士階級に属さない町役人で、「町年寄」（現在の知事のような役割で三家が世襲）、「町名主」（家主に助言、指令を与える、江戸総数で二百五十から二百八十人）、「家主」（五人一組で月行事を交代、幕末期の江戸総数は約二万人）の三役で構成されていた。ちなみに農村においては村方三役（「名主（庄屋・肝煎）」

「年寄」「百姓代」）がその役割を担い、双方とも町人と奉行、農民と代官の間に立ち意思疎通を図っていた。奉行や与力などの官職は人数が限られており、官による決め事や御触れは、町人・農民が納得しないと実質的に機能しないのが通常であったため、こうした自治組織は、「官」にとっても有用な存在であった。そして、役人たちは、別に収入がありながら、名誉職として公職に就くケースも多く、田中によれば、人々は、役職者が〝職業としての「官」〟ではないことから、「官と民」という区別は非常に曖昧になり、「公と私」という思考様式を持つようになったとする。

また、元内閣府事務次官の松元崇の「歴史に学ぶ「日本リバイバル」」（ダイアモンド・オンライン）の第九回「奉行所の役人はわずか百六十六名　超先進的だった江戸の自治事情（上）」によれば、江戸という町の行政は、奉行一人、与力二十五人、同心百四十人の計百六十六名という少人数で行われていたが、それは、住民生活において生じる様々な問題は、基本的に地域の寄り合いで話し合われ、処理されており、そこで処理できない、ごく少数の案件だけが「お上」のお世話になっていたからであった。町役人の中で、庶民に最も近い家主たちは、五人一組で、戸籍の管理、婚姻、養子、遺言、相続廃嫡の立ち会い、幼年者の後見、火消し人足の世話、夜廻、町内の道造りなど、地域のことを全て決めると同時に、「町入用」という今日で言えば地方税の収納の連帯責任を負っていた。農村で食いつめてきた移住者たちの多い、江戸の地借人や店借人（たながりにん）たちは、町入用という税金も納めなければ、寄り合いにも参加せず、地域のことは家主におまかせであったが、かれらも、店五人組といったものを設けて、それなりの自治を行ってはいた。

一方、当時の日本人の大半を占める農村においては、地主だけでなく小作人も、村入用、すなわち、現代の地方税を負担し、寄り合いにも参加して、地域のことの相談に与かっていた。村で毎年必要になる費用は、村役人が立て替えて支出し、年末になると、割り付けが行われたが、惣（村民全員が参加する自治組織のこと）の百姓みんなが納得の上で実施された。そして、内容に不審な点があれば、村人なら誰でも代官所などに訴え出ることができることになっていた。つまり、当時の村民税（村入用）は、このような透明な手続きで、毎年毎年、課税が行われており、自分たちの税金を自分たちで決めていた江戸時代の村の仕組みは、近代的な議会制民主主義の原理と同じものだった。納税者集会だったと言えば、わかりやすいかもしれないと述べている。

松元崇のいう通り、住民自治が納税集会であったとすれば、より、本来的なボトムアップ型の民主主義の実践がなされていたわけで、それは、明治におけるネイションからステイツへの移行のための基盤となったことは間違いないであろう。ステイツにおける民主主義は、国民が代議員を通じて国政や地方行政に参加できることを保証するものであったが、同時に、住民自治が、国政の下部組織としての地方自治体の行政にとって代わることで、直接民主主義的な気分は希薄になった。それは、現代においても、同じで、少なくとも都市においては、たかだか自治会などいくつかの小規模で緩やかなコミュニティがあるだけで、かつての江戸時代のような住民自治の機能は、地方行政、すなわち「官」の仕事になった。「官」は、憲法に基づき基本的人権である生存権をはじめとして、あらゆる社会福祉の権利を保障する義務があるが、財政を含めて万能ではない。にもかかわらず、住民は、全てを「官」に依存しようとする。「公」の意識は、昔に比べて、逆に後退したといえるのかもしれない。田中優子は、江戸時代の住民自治は、官と民の新しいあり方のモデルになりうるのではないかと指摘しているが、確かに、「新しい公共」やローカルガバナンス（自治型社会）の実践という観点では、江戸時代に多くの教訓を見出すことも可能であろう。

いずれにしても、律令社会や中央集権社会においては、「官と民」という区分しかなく、自治もなく、従って「公」も存在しない。江戸封建社会は、幕府という中央組織が、藩、町人、百姓と、それぞれを自治組織を通じて分権、統治する体制であったため、「官と民」だけの社会にくらべて、より自由や活力があり、人々が秩序意識をもつことで、社会も安定した。庶民にとっての「公」は、必ずしも、侍社会の忠義の倫理観だけではなく、個人の自立とリアリズムという合理主義精神の延長にあるともいえるのではないか。

〈**奉公について**〉

江戸時代には、公に奉じるということが、武士だけではなく、一般の庶民にも価値観の基準となっていた。そのことについての司馬と朝尾直弘の対談の内容は、次の通りである。（前掲「司馬遼太郎対話選集三　歴史を動かす力　―近世人にとっての「奉公」―」）

朝尾「「奉公」といいますが、…本来なら、奉公人というのは、武士のことだったんです。…商家の番頭・丁稚にいたるまで奉公人ですし、豪農の家に雇われるような人々も奉公人。いたるところに「公」があります。」

司馬「（高砂を出た若者が大阪の升屋という大きな商家で主家を守り、主人の子を一人前に仕立て上げ、五十八歳にもらった褒美が「升屋」の称号を許すこと、主家と親類付き合いができること、「山片」という苗字が許されることだったことを紹介し）大商人で、大金融家で、大きな算用能力をもち、「夢の代」を書く大学者でもあった山縣蟠桃のことです。…（「番頭」をもじって名乗った）この人に、いかにも「奉公」という言葉が表現されています。」

朝尾「私も、そう思います。「奉公」には、私利を追求するのではなくて、公的なものに自分は奉仕するんだという考えがずっとある。武士の場合も同じで、「主君」という個人に対するものから、藩領域という公のもの、あるいは領民の福祉をちゃんと考えるとか、そういう奉公のほうへ進んでいます。全体として、江戸時代の人々には、「奉公」というものが価値観の基準にあったのではないでしょうか。」

司馬「もともと「恐れ入る」という精神がある日本社会ですから、江戸時代には何に対して恐れ入るのかといったら、「公儀」を恐れる。「公儀」とは、これは将軍様でも大名の「公儀」でもなくて……。」

朝尾「なにかお天道様みたいなものともつながっているようですね。「恐れ入る」とか「分を知る」とか、そういう考え方が全部からまって「奉公」という言葉の中に潜んでいるように思います。」

司馬「その（江戸時代後期にロシアに拉致されその後尊敬を受けつつ帰国した北前船の高田屋）嘉兵衛が、「天」というものが大事だ、何事も「天」だ、と…（ロシア人に対しても）言っている。ですから、嘉兵衛をはじめとして、江戸時代の人々は、恐れるものをもっていたんですね。」

こうした「奉公」という価値観は、儒教でいう忠義だけはなく、日本人が昔から歴史の中で自然と身につけてきたものであったのだろう。日本には、キリスト教やイスラム教のような一神教としての宗教が根付くことはなかった。司馬は、先の海音寺との対談の中で、日本人の意識の底、日本的美意識について、次のように述べている。

「(幕末の志士の死生観には宗教が介在せず、また、死ぬときは簡単に死ぬ。あの世で生まれ変わるからではなく、自己否定をいさぎよくやる。それは日本人の原型的なものであろうとの話ののち) だから神道という言葉も出来ていない頃から、日本人固有の宗教、というより、多分に美意識のような、それは、宗教に代わるべきもの、そういうものがあるんですね。物忌みをする、穢れをおそれる、清浄を好む、宗教というより、怖れを伴った美意識という方により近いものはあった。しかしそれは、思想というほどの容器に盛りあげたものではない。いわば、容器そのもののような思想、日本的シャーマニズム (筆者注　神や霊魂と直接に接触・交流し、託宣、予言、病気治しなどを行う宗教的職能者であるシャーマンを中心とした信仰) があって、これは、今でも日本人の意識の底の重要な部分を占めていますが、思想ではない。なぜなら、物忌み、穢れぎらいの上に仏教も十分のっかりましたし、儒教も盛りあげられた。」(前掲「司馬遼太郎対話選集三　歴史を動かす力　―日本歴史を点検する―」)

つまり、「天」や「公」は、神道的な美意識と関連しているのではないかということである。

そして、思想や一神教が日本社会に馴染むことがなかった理由について、山本七平との対談 (「日本人に聖人や天才はいらない」一九七七年「文藝春秋」一月号) で、次のように解説する。

「(われわれ稲作農民は朝日が出る前に田んぼに出て、一日耕して家に帰る社会であるが、人類の他の社会は、お前こうしなきゃいけないとか、そうしたことを猛烈に教えてくれなきゃ人間になれない社会が多い）要するに、思想というものはそこからはじまったわけでしょうね。思想は絶対的な価値というものを体系化するわけですからね。もっとかみ砕いていえば、人間を飼いならしするシステムなんでしょう。もうちょっといいかえると…（人間は飼い馴らされてはじめて社会を構成する人間足りうる）そういう知恵を持った民族が、それをつくり上げたわけですね。ところが、ぼくらは盆地に住んでいて、しかもお粥腹で二千年ほどやってきましたから猛獣になるほどのエネルギーはいらない。その上、飼い馴らされなくても、たいして悪事はできない。だから、飼い馴らしのシステムが入ったことがない。」（前掲「司馬遼太郎対話選集五　日本文明のかたち　―日本人とリアリズム―」）

そのため、キーンによれば、日本人は、三つの宗教が信じられる不思議な民族ということになる。司馬との対談で、次のように発言する。（前掲「司馬遼太郎対話選集五　日本文明のかたち　―日本人と日本文化―」）

「…日本人が長い歴史のなかでいちばん巧妙にしたことは、外国文化のなかからもっともふさわしいものを選択することだった。たとえば徳川時代の日本人の生活からいうと、生まれたときに、生まれたことをまず神道の神々に告げ、そして結婚式も神道ですが、ふだんの生活は儒教で、死ぬときは仏教的な法事がおこなわれた。しかも三つの宗教は、…まったく原理的に違うものでしょう。…（神道は現世がいいとろで死後は黄泉という穢らしいところへ行く、仏教では現世が娑婆で死んでから清い浄土に行く、儒教はこの世以外に世の中はないと三つとも矛盾している）日本人はその三つの宗教を同時に信じられるので、たいしたものだと思います。」

これに対して、司馬は、日本人の精神の根底に神道があるとする。

郵 便 は が き

恐縮ですが切手を貼ってお出しください

4 6 6 - 0 8 4 8

名古屋市昭和区長戸町4-40

ブイツーソリューション

ご愛読者カード係行

書名			
お買上書店名	都道府県	市区郡	書店
ふりがな お名前		大正 昭和 平成　年生　歳	
ふりがな ご住所	(〒　-　)		性別 男・女
お電話番号		ご職業	
メールアドレス	@		

お求めいただいたきっかけ
1. 書店店頭で見て　2. 小社の目録を見て　3. 人にすすめられて
4. 新聞広告、雑誌記事、書評をみて（新聞、雑誌名　）

ご購読新聞（　）新聞	ご購読雑誌（　）

ブイツーソリューションの本をお買い求めいただき誠にありがとうございます。
この愛読者カードは今後の本づくりの参考にさせていただきます。

ご意見、ご感想をお聞かせください。
①内容について

②カバー、タイトルについて

③その他（本のサイズや値段など）

今後どのような本が読みたいかお聞かせください。

最近読んでおもしろかった本と、その理由をお聞かせください。

ご協力ありがとうございました。

「私の結論から言いますと、日本人というのはやっぱり神道ですね。…ひじょうに古い形の神道…というものが、いまだにわれわれのなかにあるのじゃないか。…要するにお座敷ならお座敷を清らかにしておくというだけです。べつに教義もなければ何もない。…私がお皿という比喩で言いたかったのもこのことなのですが、一つの神道的な空間というものが日本人にあって、その上に仏教がやってきたり、儒教がやってきたりするけれども、神道的な空間だけは揺るがないという感じじゃないでしょうか。」

「公」の意識を世界へ

司馬遼太郎が考える日本人の良き伝統について取り上げてきた。全体を次のようにまとめることができよう。

一所懸命という土地リアリズムの精神をもった坂東武士たちの鎌倉幕府の誕生により、それまでの律令社会から封建制社会への移行が始まり、それは、その後、室町時代、戦国時代、江戸時代と、政権の体制は変わったものの、明治の近代を迎えるまで七百年にわたって継続する。リアリズムや合理主義の精神は、それ自体では、過度な競争、不信、差別など、社会を健全に発展させる上でマイナスの要素も内包しているが、適切な倫理観と道徳心を併せ持つことで、それを緩和し、進歩と調和を両立させることができる。また、江戸期のように、統治システムが長期間にわたって安定的であることで、秩序や公共心を重んじる精神が育っていく。

坂東武士の「名こそ惜しけれ」という、潔さや名誉を重んじる倫理観、美意識は、リアリズムと個の主張から生まれたが、それは、その後の江戸時代の武士道にも引き継がれ、また、信というカネを借りれば必ず返すという商人の倫理や恩義と奉公の道徳観を生み、貨幣経済、資本主義経済の発展を促した。自立した個人の意識は、武士階級にとどまらず、多くの人々に、勤勉性や向学心が自らの生活を豊かにするという価値観を広め、その結果、高い識字率を通じて、近代と同様な文書、書物によるマスコミュニケーションが生まれ、情報や学識の迅速な共有を可能にした。封建制社会になっても、律令社会と同様に、「ときの権力は天皇という権威によって承認される」というスタイルは変わることはなく、それは、権力者の上に天皇がいることで社会が治まるという「秩序意識」、「秩序感覚」を、権力者と被支配層の双方に、繰り返し確認させることになった。そして、江戸の身分制社会は三百年近くも続いたが、そうした意識は、人々の一君万民の平等思想の受容を容易にし、驚くほどの早さで、明治という国民国家を誕生させることに貢献した。

一方、武士にとっての中世の名誉や恩義と奉公の倫理観は、近世の江戸期になり、多分に儒教の影響も受けて、直接的な恩義がなくても忠義を尽くす、公のために、あるいは形而上的な価値のために生死すべきものだとする精神に変容していく。侍たちは、人間の行動を美しくさせる規範に基づいた躾けを通して、「自律心」を含む一貫した教養を身につける。こうした侍社会の文明は、「天」や「公」を尊いと考える神道的な美意識ともあいまって、武士以外の階層にも浸透し、価値観の基準として、私利を追求するのではなくて、公的なものに自分は奉仕するんだという「奉公」の概念が多くの庶民の中にも定着していく。とりわけ、官吏は幼い頃から公に奉ずるべく厳しい教育を受け、「役人道」を叩き込まれる。明治維新において、殖産興業政策として多額の公金が投入されたが、役人がこれを私服化することはほとんどなく、明治の速やかな近代化を可能にした。また、町人や百姓は、いずれかの自治組織に所属し、官による民の一方的な支配ではなく、自分たちの意見を反映しうるローカルガバナンスが実践され、その中で、「公」というものも自ずと意識されていくことになった。こうした「公」の精神は、平等意識とも相まって、維新後二十年余という短期間で立憲体制を確立させる大きな原動力となった。そして、この「公」の精神は、一時期、太平洋戦争で、全体主義的な統治を扶ける役割を果たしたが、戦後は、日本の速やかな復興と目覚ましい発展を促した。

このような日本人の良き伝統を、世界史的、あるいは地政学的な観点から見ると、どのようになるのであろうか。それらは、島国という特殊な環境の中で育まれたので、外にある世界に対する見方が観念的になったり、世界も「公」であるという意識が希薄であったことは論をまたないが、一方で、合意形成や社会の調和を優先するという精神は、現代の世界が抱える多くの矛盾の解決に貢献しうる可能性がある。

〈**島国日本の特殊性**〉

評論家の会田雄次は、その著書「日本人の意識構造」（講談社　一九七二）で、日本人の愛国心に関連して、世界における日本の特殊性について、次のように述べている。

「自然国境と、人工的な政治国境と、文化・言語・民族、それらが完全に一致して、一国を形作ってきたという歴史は、世界中で日本だけがもつ特色である。それは国家の理想的なわくぐみなのだが、…（他国はこのために努力し、苦闘してきたが）日本は、（古代であれ、近世であれ）他国と争うこともなく、大した努力もなしにこの見事な国家を成り立たせることができたのだ。明治の近代国家も、…（ヨーロッパの）悪戦苦闘とは比較にはならず、やすやすと成立したといえる。いわばわたしたちの国家は、他国が目的としているものを、はじめから所与としてもっているということになる。」

確かに、世界を見渡せば、自然国境と政治的に引かれた国境線は必ずしも一致せず、それは、歴史的に戦争や紛争の結果として、幾たびも、引き直されてきた。ベルギーやカナダなど、異なる言語・

民族によって作られた国々も、枚挙にいとまない。日本国家が、世界の中でも特殊で奇跡的な存在であることを認めざるをえないとすれば、会田の「やすやすと成立」という言葉も、理解できないことはない。彼は、むしろ、この言葉を、日本人が国家あっての存在ということを忘れてしまったり、国家を否定することが知識人の特権のように考えたり、それにもまして重要なのは国家をまったくの自然存在のように思いこんでしまうことに対して、警鐘を鳴らすための文脈として用いている。つまり、一九七〇年代以降の競争的な国際関係において、日本人は、世界の中の国家としての権利と義務を遂行する覚悟をもたなければ、国家として存続していくことも困難であるとの危機感をこめた指摘であった。その後の日本は、会田が危惧した状態に陥ることは免れたかもしれないが、現在の日本人の意識の中に、日本という国家の成り立ちの特異性が十分自覚されているかどうかは懸念もある。ナショナリズムの暴走は、他国に対する理解の不足にも起因するとすれば、それを避けるためには、自国の特殊性を認識していることが大前提であるからだ。

一方、ライシャワーも、先の司馬遼太郎との対談（「円仁―知識欲旺盛な日本人の原型―」）の中で、日本の歴史は、大陸的な歴史ではなく、島国の歴史であったとする。

「…私は、…中国および朝鮮半島を片方に置きますと、その別の極に日本はあるんじゃないかと思うんです。…（中国や朝鮮半島の歴史は）やはり大陸的な歴史ということができるんじゃないかと思うんですね。外部からの侵略、劫掠が絶えずありますし、とにかく秋霜烈日をきわめる殺戮が行われるということだと思うんです。中世の日本なんか見てみますと、かなり殺し合いもありましたけれども、所詮は同じ日本人だということで、（殿上人でない）地下人は生き延びる、殺されないですむという面が非常に多かったんじゃないか。日本の歴史もあえて類型化するならば、島国の歴史であるということがいえると思いますね、それだけに記録も残りやすい。大陸的な歴史の場合には、皆殺し、草の根を分けてもということで、記録まで一緒に失われてしまうということがあっただろうと思うんです。」

（前掲「司馬遼太郎対話選集一　この国のはじまりについて」）

大陸的というのは、アジアにだけに限らない。ライシャワーは、その著書「ザ・ジャパニーズ―日本人」（文藝春秋　一九七九）で、七世紀間にわたる日本の封建制社会の中で育まれた、武士気質やその価値観である強い忠誠心や義務感、自己鍛錬や自制心が、現代日本人のパーソナリティの原形をなしているとし、それは、日本が、島国の歴史をたどったためで、そうした価値観が温存、継承され、高度で均質的な国家を作ってきたと分析する。それは、西洋にも東洋にも完全には属さない特異な社会で、例えば、西欧のようなキリスト教社会は、平等で独立した個人からなる社会で、普遍的な組織原理・倫理観を重視する。一方、日本では、集団間ないしは集団内部の関係の価値を優先させる「相対主義」の傾向が強く、集団への順応と、他者の容認とをもって、個我の主張に優先させてきた。その結果、コンセンサスを重視する独特の文化を生んだが、反面、所属集団として最も重視すべき「われら日本人」にとって、「外国人」は、「ウチ」ではなく「ソト」であり、他者であるとの意識を生む。人種意識も根強いとし、次のように忠告する。

「多くの他国民に映る日本の姿は、他者がつくり出した世界秩序に黙々と参加するだけで、軍事力を回避するという形で消極的な貢献こそはたしているものの、これという積極的な貢献はしていない、といったところであろう。それどころか、経済成長率の高さに、秘密主義的な外見と、他者への無感覚が加わり、世界秩序や世界貿易を破壊に導く可能性こそあれ、世界を遅滞なく動かしていく上に貢献できる存在とは、みられていない。…大きな潜在能力をもつ日本であるだけに、これら（世界貿易や国際緊張など）の問題解決への寄与を、最大限にするべく努力せねばならない。…日本人自体が他国民に対し、同胞としての意識をつよめ、…人類の仲間に加わる心構えをもっとはっきりさせる必要がある。世界と自分とを一体視し、その一員であるという自覚を深めていかねばならない。」

ライシャワーが指摘するように、日本人が考える「公」には、日本という島国を越えた世界という「公」の意識は希薄であった。また、人々が均質的で、多分にアイデンティティを感じている日本社会は、内向きの求心力が大きくはたらく社会で、昭和の「異胎の時代」のように、国民全体が間違った方向にアクセルをふかそうとしている時には、ブレーキが効かない社会であるともいえる。日本人を高く評価する司馬であるが、先の鶴見との対談での次の苦言は、これを裏付ける。

「…ぼくは、日本人のもっている民族的な先天性格というようなものにどうしても気を取られる。これまでの歴史で見るかぎり、どうも日本人はテンション民族であって、その部分を引き出すアジテーターが出てくると、現実から平気で遊離しちゃう。大遊離したのは太平洋戦争です。…こんなばかばかしいことをやった国は世界中にないんで、そういうコップのなかで旋回している（思想や狂気が）…旋回しているることだけで外界と接触しなくなる。…（そうした行動をやる）その民族に属していることが不意にいやになってしまう。」（前掲「司馬遼太郎対話選集六　戦争と国土　―日本人の狂と死―」）

そして、そのような日本人の民族性は、戦後の外交世論にも引き継がれる。先の江藤淳との対談での発言である。

「…日本の在野世論というのは、いつも外征問題ですね。…自分本来の主張というのが、外征問題が出てくるとどっかへいってしまう。…ルソーの思想を日本の現実の中でつきつめてみるとか、幸徳秋水なら幸徳秋水の亜流のような連中がたくさん出てきて一つの勢力を形成するとか、そういうことがなくて、外向きのものにひっかかって流れてしまうのです。…（明治の尊王攘夷から征韓論、日露開戦か非戦かなど）戦争をやるかやらないかで国論が沸いて、こんどは講和の条件をめぐって割れて―。…これでは日本人というのは、ものごとの基本を深刻に考えないようにできていて、常に外の問題で足元をさらわれつつ回転していっている―　こう見られても、仕方ないように思いますね。…このパターンは、戦後も同じですね。全面講和かサンフランシスコ条約か。」（前掲「司馬遼太郎対話選集三　歴史を動かす力　―織田信長、勝海舟、田中角栄―」）

先の会田雄次の日本人への警鐘は、国家の成り立ちを学ぶことなく、また、世界の中での日本というものを正しく認識することを怠れば、やがて、戦前とは別の意味での惨禍を招きかねないということであり、それは、司馬遼太郎が危惧する点でもあった。日本は、戦後に目覚ましい復興を遂げたが、これからも国家の存続を考えるのであれば、「公」の意識を、世界に広げて行くことが不可欠である。

〈世界への貢献〉

Ｅ・Ｏ・ライシャワーは、前掲「ザ・ジャパニーズ―日本人」の中で、いくつかの問題領域における日本の未来を予測している。そのうちの一つが、国際間協力であり、日本が、政治・経済・文化すべての面で欧米的なものをたくみに取り入れて活力に富んだ社会をつくりあげてきたことで、非欧米の諸民族に勇気と刺激を与えることが可能であると同時に、先進工業国に対しても、工業化された都市文明や大衆民主主義のかかえる諸問題について、独自のユニークな態度や手法で貢献することもありえるであろうとしている。そして、次のような提言で締めくくる。

「日本人はまた、全人類の存立のためには不可欠な、全地球次元の感覚をつくり上げていく作業の先頭に立つようになるかもしれない。たしかに私は、本書で日本の伝統的な孤立と、相も変らぬ違和感に焦点をあててきたし、一部の他国民にくらべれば、最終目標から隔たっているように見えるのも事実である。だが、一世紀半前の出発点を思いおこすなら、日本人の進歩の方がより大きかった、ともいえそうである。…それは長く、きびしい道のりであった。直面する問題が何であるかをさだかに見据えさえすれば、後発の彼ら日本人の方がさいしょにゴールインすることも、決してありえぬ話ではない。

…（日本はアメリカを中心とした諸国との間に、文化と人種の差を埋め、平等の原則のもとに広範で密接な協力関係を構築することに成功してきたが、それは、完璧でもなく、十全でもないが）やがて全世界の人々を包みこまずにはおかない関係の先鞭をつけるものであることも事実である。

…（二十一世紀が「日本の世紀」になるどうかは分からないが、指導的な諸国の一角を占めることや、もっとも先導的なリーダーとしての地歩を占めることもありえなくはない。むろんそれは）二十一世紀の全人類が直面するであろう諸問題への、解決策を見つけ出すという作業においてである。」

ライシャワーの、今後の世界の諸問題の解決にとって貢献しうるかもしれないとする、「日本独自のユニークな態度や手法」は、まさに、司馬が指摘してきた日本人の良き伝統の中から導きだされるものと考えてよい。例えば、日本人は、個人よりも集団を重視し、協調性、物わかりのよさ、他者への思いやりを美徳とする。集団でなんらかの決定を行う場合には、コンセンサスが目標となる。言論を戦わしたり、多数決で決めるといった公然たる対決を避けることは、日本人の発見であった。これは、日本が高度に均質な国であることにもよるが、みんなで協力して集団生活を営んでいくうえにきわめて有効な知恵を生みだしてきたことには、なんら疑問の余地がないと、ライシャワーは、同じ著書の中で述べている。

確かに、西欧のようなキリスト教社会では、平等で独立した個人は、民族の出自も多様で、異なる宗教・宗派、文化をもっており、また、同じ民族・宗教であっても価値観も様々である。まさに、日本にくらべると不均一な社会なので、意志決定を行う場合は、自分たちの主張の正当性を明らかにし、最後は、数的優位な決定に従うことが公平なルールと受け止められている。日本の場合、集団を重視するということは、必ずしも、個人の権利や自由が軽視されるということではなく、集団に対決を持ち込まないという知恵であり、それは、司馬が指摘するように、思想や宗教の教義などのような絶対的な原理をもつことがなく、容器そのもののような思想、神道的な空間により高い価値をおいてきた日本人社会の歴史を反映しているといえよう。つまり、個人の主張は、思想や原理のような形而上的なものであれ、生活に直結する形而下的なものであれ、人、様々である。そうした多様な意見を集約して、何らかの意志決定を行う場合、意見が拮抗する場合は当然のことながら、多数者が一方の意見を支持する場合でも、慎重な手続きを踏む。しばしば、少数者の面子をたてるために、少数者の主張に配慮して、一部、妥協を認めたり、主張への理解を示したりする。そのことで、むしろ、決定したことが、最終的には、スムーズに実行に移されるということを、皆が理解しているからだ。しかし、一方で、コンセンサスを重視し過ぎると、緊急性があるが意見の伯仲するテーマについて、タイムリーな決定ができないということも起こり得る。こうした日本の慣習は、その意味での欠点も有するが、意志決定を必要とする集団が、国政であれ、地方行政であれ、また、公的、私的な集団であれ、民意を集約する手続きにおいて、普遍的に価値があると考えるべきであろう。つまり、人々が私的な利害の立場から、あるいは、自らが理想とする信念を守る立場から、個人の意見を貫き通そうとして譲らない場合、かりに、多数決という正しいプロセスで決定が行われたとしても、それは、人々の心に亀裂を残しかねないし、社会や集団の一体感を弱めることにつながる可能性もある。多数決でしか物事が決められない社会や集団は、次善ではあっても、決して望ましい社会や集団とはいえないのかもしれない。結局は、「私」をこえる「公」の意識を社会や集団がどう共有できるかが大事なことで、民主主義をうまく機能させるための重要な条件といっていいであろう。

ライシャワーの予想や提言は、今から四十年近く前になされたものである。日本人がもつ、とりわけ西欧の人々と異なる意識や行動の特徴についての分析は、当時としては、当を得たものであっても、今ではそうでないものも含まれるが、概ね的確であった。中でも、二十一世紀の日本の国際間協力についてのありかたの予測は、リップサービスの面があったとしても、驚くほど現在の日本を見通したものであった。それは、一つには、日本のその後の外交的また国際協調的な努力が、ライシャワーが望ましいとした方向に沿ったものであったからだ。我々日本人は、明治の時代に、西欧文明を急ごしらえで取り入れたが、敗戦後は、復興への努力と同時に、七十年余を経過する中で、基本的人権や男女平等、障害者や児童に対する権利保護の思想など欧米のすぐれた価値観を理解し、また、世界が多様で、様々な問題を抱えていることを学んできた。そうした中で、集団重視主義も、「出る杭は打たれる」式の個性の抑制や、善悪の判断を集団の価値観やその慣習に依存するといった悪しき側面は、完全に払拭されたとはいえないが、一昔前に比べると改善したように見える。決して、日本人社会が世界の模範になると高言できるわけでもないが、戦後、戦争の放棄を宣言し、それを忠実に履行してきたこと、かねてより、犯罪は少ないし、個人が銃で武装しなくてもよい、人々が信頼、調和を重視する社会をつくり上げてきたことからすると、少なくとも、世界の問題解決に対して、これからも積極的に発言していく資格は十分あるのであろう。

今一つは、ライシャワーは、日本が貢献できるであろう世界の変化を予測したが、それは、予想よりも急速であったことだ。人類が悲惨な経験をした世界大戦から、未だ一世紀も経っていないが、交通・通信などの技術的な進歩も相まって、経済・産業の国境を越えた活動が増え、急速にグローバル化が進みつつある。冷戦後の世界は、新たな覇権主義や地域紛争、テロなど平和に対する挑戦があり、また、世界の最貧層は減少しつつあるが、新たな格差も拡大し、環境問題なども深刻である。世界の各国にとっては、自国利益の追求は譲れないが、一方で、国際的な協調・連携無しに自らの存続、発展がありえないことも自覚している。そうしたバランスが、今後、どのように推移していくのか、予断を許さないが、グローバル化した世界においては、多様性を認めつつも、世界という最大の集団が、援け合い、安定して発展していけるための新しい理念が求められることも事実である。そうした、世界という「公」を重視する価値観を、多くの国々で広く共有できるようにするために、日本が果たすべき役割は小さくない。

司馬遼太郎は、先の朝尾直弘との会談で、日本も、内発的な思想を興して、地球の文明を補っていくべきだと発言している。日本の伝統を知らしめることが、世界への貢献につながる。
「…こんなに大きな経済力をもって金だけは出していますが、世界の組合員に日本はなっていませんね。これから世界の組合員となって、日本の内発的な思想を興して、地球の文明を補わなくてはいけませんが、そのときには日本とはこうなんだということで、日本史を説明しなければいけなくなってきます。それには、日本の近世について説明することが一番だと思いますよ。」（前掲「司馬遼太郎対話選集三　歴史を動かす力　―近世人にとっての「奉公」―」）

この発言の数年前に書かれた「二十一世紀に生きる君たちへ」の中で、司馬は、「自然物としての人間は、決して孤立して生きられるようにはつくられていない。このため、助け合う、ということが、人間にとって、大きな道徳になっている。」として、国家や世界という社会の中の自分を認識し、大きな道徳として、お互いに助け合っていってほしいと述べている。このために、相手の立場にたって、感じる気持ちを身につけ、そうした「感情が、自己の中でしっかり根づいていけば、他民族へのいたわりという気持ちもわき出てくる」。そうすることで、「二十一世紀は人類が仲良しで暮らせる時代」

になるだろうと語りかけている。

我々は、日本人にとっての良き伝統である「公」を大事にする価値観が、世界の平和や世界の問題解決に貢献しうること、そして、それが回りまわって日本人の安寧になって戻ってくることに気付くべきであろう。

第二部　現代の日本と日本人

〈第二部序章〉

第一部では、司馬遼太郎の日本人論を、日本社会の成り立ちと、日本人の価値観、道徳観、倫理観の由来の二つの側面から紹介してきた。それは、日本社会や日本人が良き伝統を持ったことで、我々を勇気づける一方、太平洋戦争での敗戦に至る異胎の時代を繰り返さないための厳しいメッセージを込めていた。そして、司馬は、そのことを踏まえて、戦後の日本の世相についても、厳しい目を投げかけてきた。発想が常に内向きであったり、観念的であったりといった、日本人にとっては、耳の痛い点を忌憚なく指摘した。それらを今日の日本人は、どのように克服したのであろうか、あるいは、課題として抱えたままなのか。「二十一世紀に生きる君たちへ」で、自分の人生の持ち時間が少なく、二十一世紀という「未来」の町角に立つことはできないと語った司馬は、自らのメッセージが現在の日本人にどのように伝わったかを見届けたいと感じていたはずである。この第二部では、戦後七十年余、日本は、世界の組合員として然るべき振る舞いが出来るようになったのか、イデオロギーの対立を乗り越えるために民主制やマスメディアはその役割を正しく果たしているのか、韓国や中国との相互理解を進めるために必要なことは何か、といった司馬が指摘したいくつかのポイントを取り上げ、分析し、考えてみる。

数ある日本人論のいくつかは、一時期脚光を浴びたとしても、時代が進むことで、その妥当性や根拠が失われ、古典に残れない運命を歩む。この第二部は、現代の日本人の課題を明らかにすると同時に、日本人が良き伝統を持ったとする司馬の日本人論のコアの部分が当を得たものであったかを検証する作業でもある。

第1章　世界の組合員として

第一部の「第2章　日本人と公共心」の最終節「「公」の意識を世界へ」で述べた通り、日本人の良き伝統である「公」の意識は、地球の文明を補うほどの力を持っているはずなのに、司馬遼太郎にとっては、当時の日本人は、戦後四十年以上経っても、世界のことに無関心であったり、世界の一員としての自覚がなかったりで、それは、日本社会として、太平洋戦争に突き進んで行った過去の歴史の反省が不十分であるように映った。それは、先と同じ一九九〇年の樋口陽一との対談での次の発言にも表れている。

「やっぱり昭和三十年（一九五五年）前後ぐらいから、急速に村落政治になりましたね。稲作というのが、非常に稀有な農業社会をつくったのは、対外問題とか、対内問題で一番重要な問題、あるいはプリンシプルを述べなくても、稲は生長するからなんでしょう。…（牧畜民が気候条件などの情報から一村こぞって移動する例をあげるとともに、現代の我々がパンやうどんでも食べていけるようになったにもかかわらず、村落政治を国会の中で展開しているとして）そんなことでは、この時代には追いつかないということはわかっていて、なお、村落政治の名人が、つねに中枢にいる。いわゆる「実力者」。…日本の政治の内部がちゃんと世界のルールで動かないで、国際化もへったくれもないもんです。」そして、

「(日本は、世界で起こる様々な問題に対して傍観者でいたり、経済優先であったりして不信を買っているとして）とにかく日本は世界の町年寄―江戸、大坂の町人には選挙権と被選挙権がありました―の立場からずっと外れてきました。だから、例えば戦前だと、すぐ、国際連盟を脱退しちゃう。太平洋戦争に負けた後も占領日本の気持ちでやってきました。世界の一員じゃないという意識でした。こんなに巨大になっても、まだあります。日本人は謙虚に自分自身を考えるべきです。」（前掲「司馬遼太郎対話選集四　近代化の相剋　―明治国家と平成の日本―」）

司馬遼太郎が批判した当時の日本社会は、戦後から半世紀近くを経て、高度経済成長により、GDPは、米国を除く他国を圧倒的に引き放し、世界第二位まで登りつめているにも関わらず、政治は、いわゆる五五年体制で、内向きの対応に終始している。経済も、バブル経済に酔いしれて、それは、その後、崩壊して、バブルであったことを思い知らされることになるが、その当時は、世界とどう支え合っていくのかの意識が希薄である点では、気分は戦前と同じであると警鐘を鳴らしている。

それでは、その後日本は、どのような道を歩むことになったのであろうか。

一九九〇年代は戦後七十年の大きな転換期

二〇一五年は、戦後七十年の年であった。戦後七十年と一口でいっても、明治維新を起点とすると、大正の時代を経て、太平洋戦争前夜の昭和十年代までの長い時間に相当する。この中で、司馬遼太郎が自ら立ち会い、思いをこめて発言していた日本の戦後社会は、一九九〇年代の初頭までの大よそ五十年である。それは、国民が主権者である新しい政治経済体制の下で力強い復興を成し遂げ、世界の経済大国にまで登りつめたという肯定的な評価に値する戦後であったが、同時に、行き過ぎた経済至上主義が土地バブルに象徴されるように日本人をおかしくし、政治も日本人も自国中心主義は戦前から変わっていないと嘆息せざるを得ない戦後でもあった。しかし、一九九〇年代初頭は、「昭和の時代」が終わり、「平成の時代」が動き出す時期（一九八九年）と重なってはいたが、今から振り返ると、日本社会に、それ以前と比べても大きな変化をもたらすことになる新しい時代の始まりだったように思える。

一九九〇年代の初め、バブル経済が弾け、「失われた二十年」と呼ばれる経済低迷の時代が始まったが、これは、人口減少と少子高齢化という国内事情に加え、経済のグローバル化が進むことなどの影響によるところが大きかった。そして、ＩＴ革命と呼ばれる情報通信技術の急速な進歩は、ひと、もの、かねの大量移動を伴うグローバリゼーションを加速させた。また、それと同時に、冷戦構造の崩壊は、地域における民族、宗教、貧困などの対立による紛争の増加をもたらし、世界にとっても、そうした紛争の解決と平和の維持という新たな問題に直面せざるをえなくなった。司馬遼太郎は、日本が自国中心主義を脱却し、世界の一員として、世界という「大きな社会」の構成員、組合員として、然るべき行動をとるべきだと主張していたが、一九九〇年代以降の日本は、こうした世界の変化にも向き合わざるを得ない立場に立たされることになった。国家の存立、安定、繁栄は、世界の各国との間で「支え合う」関係を築くこと無しには実現できない、助け合う、支え合うことが道徳であるとする司馬遼太郎の命題は、新しい時代における日本社会に課せられた大きな課題となった。

経済における世界との支え合い

〈失われた二十年の原因〉

バブル経済は、一九八〇年代後半に始まり、一九九〇年代初頭に、株価や土地などの資産価格の急落下で崩壊するが、その後、経済成長率は、一九八〇年代の五〜六％に戻ることはなく、平均で一％以下の低水準が長期に続くことになった。当初は、バブルの調整に伴うバランスシート不況の要因もあったが、その後も景気の低迷が続いたことについては、専門家の間でも様々な議論があるようだ。そうした数ある要因の中でも、日本の輸出構造の変化は、重要なものと考えてよいであろう。安い労働力による完成品の大量輸出ということが経済成長のエンジンであり、日本の強みであったが、円の実力が高まることで、労働コストが割高となり、競争力を失うことにつながっていく。そうした変化は、為替相場のトレンドを見れば明らかで、一ドル三六〇円の対米ドル為替レートは、一九七三年の変動相場制への移行に伴い大きく下落する。それでも、一九八〇年代の前半では一ドル二〇〇円を大きく超えていたが、一九九〇年代には、一〇〇円を前後するまでに円高となり、これが長期に継続することになった。このため、日本の輸出産業は、「大量生産型製品は新興国を中心とした需要地に直接供給する「地産地消」型に、高付加価値製品分野やそれを下支えする部素材は国内拠点で生産し国内外の需要地に供給する」（経産省二〇一五年版ものづくり白書）というモデルへの変換を余儀なくさせられる。これは、国内の産業の空洞化を推し進めることになり、その結果、製造業からサービス産業への雇用のシフトが起こり、また、自由な働き方を志向する人々の存在と人件費を抑制したい事業経営者の思惑により、非正規社員の増加が顕著となる。また、円高と中国などの新興国の発展もあって、資材、食料・衣料品、サービスなどの輸入品の価格が下落し、これが、労働者の名目並びに実質の賃金の長期の低落傾向と併せ、物価が継続的に低下するデフレーションの要因の一部となっているとされている。

一方、「失われた二十年」は、こうした経済のグローバル化だけではなく、人口減少問題や少子高齢化という国内事情とも関連している。この間、一九九四年には六十五歳の高齢者の割合が十四％を超える高齢社会に突入し、二〇一三年には、高齢化率は二十五％を超えた。一方、一人の女性が一生の間に産むと推計される合計特殊出生率は、一九八九年には一・五七に低下し、人口維持の限界である「人口置換水準（二・〇七）」を大きく下回る一・〇代の前半で低迷している。こうした少子高齢化は、生産年齢人口の減少とともに、現役世代の社会保障の負担を増加させる。このため、一九九〇年代初頭から増加を始めた財政赤字は、バブルの調整後も増加し続け、現在では、その大半を社会保障費が占めるようになった。累積赤字は、既に千兆円を超え、消費税アップを行えば消費が落ち込む、また、将来的にも人口減少によって消費が上向くことはないとすれば、内外の企業が、国内で新しい投資を行うことに慎重にならざるを得ない。こうしたことも、景気の浮揚が出来ない要因と考えられている。

〈経済外交のこれまでの取り組み〉

二〇一二年十二月に発足した安倍政権は、金融政策、財政政策、経済成長戦略を、経済再生のための「三本の矢」と位置付け、日本経済がより成長するためには、とりわけ、経済外交の積極的な推進が不可欠とした。平成二十七年版外交青書は、日本外交の七十年の歩みと今後の戦略的な展開についての内閣の基本スタンスを示したものだが、これまでの経済における世界との支え合いにどう取り組んできたかについては、次のように述べている。

「戦後の日本は、常に国際社会と共に歩み他国と共に栄えることを重視し、国際協調の中で国家の再建を果たした。米国との間では、日米安保体制を中核とする日米同盟を構築し、それを通じてアジア太平洋地域の平和と安定に寄与してきた。また、自らが国際社会に積極的に貢献していくために、国際連合に加盟した。そして、国連の理念を擁護し、世界の様々な課題に積極的に取り組んできた。加えて、国際通貨基金（ＩＭＦ）や関税及び貿易に関する一般協定（ＧＡＴＴ）の下での国際経済・金融秩序の構築に貢献しながら、自ら経済成長し、世界に新たな製品やサービスを提供してきた。」と総括した上で、

「日本は、国連や自由貿易体制といった国際社会の枠組みからの恩恵を自ら享受するだけではなく、この枠組みを更に強化するため尽力してきた。そして、日本も国際社会の責任ある一員として、アジアと世界の平和と繁栄に貢献するという姿勢をこれまで一貫して維持してきている。」とし、具体的な軌跡として、

「日本が経済成長する過程で、ＧＡＴＴや世界貿易機関（ＷＴＯ）に象徴される自由貿易体制から受けた恩恵は、極めて大きかった。日本は、自由貿易交渉に積極的に参加し、多角的な差別のない自由貿易体制の実現に貢献した。自由主義経済が安定した経済成長を実現し、世界に繁栄をもたらす経済

体制の基礎となるために、主要国首脳会議（G７／G８）、経済協力開発機構（OECD）、世界銀行（WB）、IMFといった国際機関や枠組みが果たしてきた役割は大きい。日本は、これら国際経済の土台となる秩序づくりに参画し、体制を支え、推進してきた。」と述べている。

また、日本の経済発展が、世界の繁栄に貢献してきた事例として、

「日本は、民主主義を確固としたものとし、灰燼の中からの復興と高度経済成長によってアジアにおいていち早く「豊かさ」を体現した国家として、また、環境・社会問題を克服して安全・安心に暮らせる社会システムを作り上げた国として、多くのアジア諸国に国づくりのモデルを提供した。日本からの投資や技術移転は、アジアと世界の人々の生活水準向上や安全・安心な社会の形成の一助となった。日本のアジアの発展に対する貢献は、アジア諸国から高く評価されており、日本は、世界に良い影響を与えている国として高く評価されている。」とし、

「(一九五四年に始まった政府開発援助（ODA）は、アジア諸国の経済発展に不可欠なインフラの整備や教育の充実に向けられ、被援助国のオーナーシップを重視し、対話・協働を通じて人材育成や制度整備に貢献してきたとし、そのODAに加えて)、日本の民間企業が東南アジアを始めとする諸国に行ってきた投資の相乗効果により、日本企業の地球規模でのサプライチェーン／バリューチェーンの構築とアジア諸国の経済成長の歯車がかみ合う好循環が生まれた。こうして、日本は、モノ、技術や資本だけでなく、安全・安心で豊かな社会を地域に広げてきた。」と述べている。

前述の通り、日本の輸出の構造変化に伴い、企業の海外進出が進み、製造業のうちでも大企業は半数を超え、中小企業も大企業を上回るスピードで増加している。そして、その目的も、大企業の場合

は、「地産地消」で現地での市場を獲得する割合が多く、相手国の雇用の確保や経済の発展が企業の発展にもつながるため、相互のＷＩＮ－ＷＩＮの関係の構築のインセンティブが高くなる傾向がある。企業は、経済のみならず、日本の文化の浸透も含めた役割を果たしているといえよう。これは、「外交青書」の中でも、「ＡＳＥＡＮ諸国における対日世論調査では、アジアの発展に対する日本の積極的役割を九十二％が評価し、日本の国際貢献の特に経済的側面への高い評価と期待が示された。英国ＢＢＣは毎年「各国が世界に与える影響」に関する国際世論調査を実施しており、日本は調査結果の中で、例年世界に肯定的な影響を与えている国の上位に位置している。」としており、また、アジア太平洋地域の十一カ国での日本の好感度調査（米調査機関ピュー・リサーチ・センター平成二十七年九月二日）でも、日本が七十一％＊でトップであったことが報道されているが、これらを裏付けるものである。（＊この数字は、中国、韓国の人々の日本への好感度が異常に低いことを考慮すると、それ以外の国々の人々の日本人や日本企業への信頼が、非常に高いことを示している。）

〈今後の経済外交戦略〉

「外交青書」では、日本経済の再生に資する経済外交の強化策の総論として、「力強い日本を取り戻し、日本経済を再生させる、そのために日本にとって有利な国際経済環境を創出していく。サミット、Ｇ２０やＡＰＥＣといった様々な国際フォーラムにおいて、新しい国際経済秩序づくりに積極的に取り組むとともに、こうした議論を日本の経済成長や発展につなげ、日本経済の再生を実現していく。」として、具体的には、

「開放的でルールに基づいた国際経済システムの拡大が、世界経済の発展と日本の経済的繁栄にとって極めて重要である。日本は、成長戦略の柱の１つとして、高いレベルの経済連携協定（ＥＰＡ）の推進に取り組んできた。…今後は、二国間の交渉のみならず、ＴＰＰ協定を始めとする各種経済連携協定の交渉にも同時並行的に取り組んでいる。日本は、…地域経済統合の推進のための議論に積極的に参画していく。」としている。

実際、経済連携協定（ＥＰＡ）は、貿易の自由化に加え、投資、人の移動、知的財産の保護や競争政策におけるルール作り、様々な分野での協力の要素等を含む、幅広い経済関係の強化を目的とする協定であるが、二〇〇四年のマレーシア以来、二〇一五年までに十五の国・地域との協定が発効済・署名済である。現在交渉中のＥＰＡ相手国との協定が発効することになれば、それらの国との貿易額が全体に占める割合は、二十二・三％から八十四・六％に拡大するとされる。（外務省「我が国の経済連携協定（ＥＰＡ）の取組」二〇一五年五月）

また、安倍政権が成長戦略の要として強力に推進してきた環太平洋パートナーシップ（ＴＰＰ）協定の交渉は、二〇一五年十月に大筋合意に至った。これについて、十月五日の日本経済新聞は、「ＴＰＰが発効すれば世界の国内総生産（ＧＤＰ）の四割近くを占める巨大な自由貿易圏が誕生する。域内人口は世界の一割の八億人。国際通貨基金（ＩＭＦ）の見通しによると、二〇二〇年には域内のＧＤＰは一四年比二十四％拡大し、人口も五％増える。これに対して日本の同期間のＧＤＰは七％増、人口は二％減となる見通し。少子高齢化や人口減が重荷となる日本経済にとって、ＴＰＰは伸びしろの大きなアジアの成長を取り込む好機と期待されている。」と報じている。

ＴＰＰは、例外品目がなく百％自由化を実現する質の高いＦＴＡ（自由貿易協定）であり、国内の農林水産業界の懸念や不安への配慮を行いつつ、米などの一部重要品目を除いて妥結した。協定によってダメージを受ける生産者への支援は不可欠ではあるが、日本経済の構造的な苦境を乗り越えるためには、海外との交易、世界との支え合いを拡大することで活路を見出して行かざるを得ないであろう。

世界平和への貢献

〈冷戦構造の崩壊と世界の不安定化〉

第二次世界大戦以降、米ソ二大国を軸として東西を二分した陣営の対立は、一九九〇年十月のドイツ統一（ベルリンの壁の崩壊）、一九九一年末のソ連の解体で終結するが、それは、民族・部族、宗教、宗派などそれまで隠れていた矛盾が表面に出てくるかたちで、世界の各地で、地域における新たな紛争を呼び起こした。多民族国家ユーゴスラビアがソ連崩壊後に分離独立の激しい戦闘を繰り広げた「旧ユーゴスラビア紛争」（一九九一～九五）、ロシアからの独立を目指そうとしたチェチェン共和国とロシアとの「チェチェン紛争」（一九九四、一九九九）などは、その例である。一方、冷戦とは、直接に関連はしないものの、独裁政権の打倒で始まり現在も継続している「ソマリア内戦」（一九九一以降）やアフリカ中央部で民族間、部族間の対立から起こった「ルワンダ紛争」（一九九〇～九四）と、それが引き金となり戦争とその後の内戦につながった「コンゴ紛争」（一九九六～二〇〇三）が発生する。また、二〇〇二年には、東ティモールがインドネシアから独立を果たすが、その後も、治安の回復に国連などの支援を要する期間が長く続いた。アフガニスタンでは、ソ連崩壊後も紛争が継続し、一九九六年には、イスラム主義のタリバーンが政権を握るが、同国に拠点を移したアルカイーダが二〇〇一年に米国同時多発テロ事件を起こす。直後に、米国は自衛権の発動としてタリバーン政権を攻撃し、倒すが、その後も、タリバーンによる武装攻撃により、治安の不安定が続いている。二〇〇三年には、イラクのサダムフセイン政府が、大量破壊兵器の所持をめぐって、米英による攻撃を受けて崩壊する。二〇一一年には、シリアで、アサド政権に対する反政府勢力との間で内戦が始まり、これに、イラクで反政府活動を行ってきた「イスラム国」と称するＩＳＩＬ（スンニ派）が加わり、シリアとイラクで勢力を拡大する。米国は二〇一一年に駐留軍を撤退させるも、二〇一五年には、空爆で、イラク政府を支援せざるを得ないことになる。そして、二〇一五年十一月には、パリ同時多発テロ事件が起こる。

こうした地域紛争について、平成二十五年度の防衛白書では、「近年、世界各地で発生している地域紛争の性格は必ずしも一様ではなく、民族、宗教、領土、資源などのさまざまな問題に起因し、それぞれの地域において重層的に絡み合っているものもあり、その態様も、武力紛争から軍事的対峙の継続までさまざまである。…また、紛争にともない発生した人権侵害、難民、飢餓、貧困、テロなどが国際問題化する場合なども見られる。」としている。シリアでは国民の半数以上の千百六十万人が難民となり、二〇一五年の秋以降、ヨーロッパ諸国への流入が国際問題化しているが、こうした地域紛争で生まれた難民は、一九四八年以降続いているイスラエル・パレスチナ紛争や、二〇一〇年代に起こったミャンマー、南スーダン、中央アフリカ共和国の紛争なども含めて、第二次大戦後の総数として四千万人にのぼるとされる。（THE WALL STREET JOURNAL.　危機からの逃亡　第二次大戦以降の難民の歴史　二〇一五年九月二十八日）

また、平成二十七年度の防衛白書は、「…また、内戦や地域紛争を受けて発生・拡大した国家統治の空白地域が、テロ組織の活動の温床となる例も多く見られるほか、テロ組織の中には国境や地域を越えて活動するものもあり、引き続き国際社会にとって差し迫った安全保障上の課題となっている。さらに、統治能力のぜい弱な国家の存在は、感染症の爆発的な流行・拡散などのリスクへの対処を難しくしている。」と述べている。戦後の国際社会には、かつて植民地であったアフリカ、アジアの国々が、新興国として登場するが、それらは、かつての宗主国が、民族や宗教に関わらず、政治的に引いた国境線で生まれたものも少なくない。統治能力のぜい弱性は、こうした矛盾、統治経験・能力の問題にも起因しているといえる。

〈日本の国際貢献〉

司馬遼太郎は、日本が世界の組合員として然るべき役割を果たしていない理由として、政治が内向きであると指摘したが、与党自由民主党と野党日本社会党によるいわゆる議会政治の五十五年体制は、一九九三年の細川政権の登場により幕を閉じることになる。これは、政治と金の問題が、直接的な引き金となったが、冷戦の終結による共産主義国家ソ連の崩壊やバブルの終焉に伴う日本社会の方向感の喪失も遠因になっていたのであろう。その後は、小選挙区制が導入され、数年前には民主党による政権交代も行われた。国会議員も村落政治の延長ではやっていけない世の中になった。政治家の世代交代もあるが、政治の結果が、国民による民意と同時に海外からの様々な目にも晒されるようになったこと、そして、何よりも、日本の経済がグローバルな枠組みの中で大きな存在を占めるようになり、そうした世界の運営ということにおいても、責任ある役割が期待されるようになったからである。そうした経緯について、二〇一五年の八月十四日の安倍総理の戦後七十年談話の基調をなす「二十一世紀構想有識者懇談会」の報告書では、安全保障分野における日本の歩みとして、「第二次大戦後、日本は、日米安全保障条約が可能にした軽武装、平和路線の道を一貫して歩み、経済発展に邁進してきた。日本は、過重な防衛費を負担することなく安全保障を確保し、経済復興に専念するために、日米安保条約の締結と米軍の駐留継続を選択した。日本が安全保障面において国際秩序の安定に貢献しようとする意識は低く、米国の保護の下、経済発展を遂げるという姿が戦後数十年続いた。」と述べ、戦後日本の平和主義、経済発展、国際貢献への評価として、「敗戦の焦土から立ち上がる間、日本は、暫時、自らの復興に専念していた。しかし、一九八〇年代に入ると、大平正芳首相の環太平洋連帯構想や中曽根首相の「西側の一員」発言が示すように、日本は、国際秩序の構築と維持に貢献する、責任ある大国になろうとする意思と覚悟を示しはじめる。この日本の歩みは、日本国民の対外意識の成熟と歩みを同じくしている。…日本は、徐々に、戦後国際秩序の単なる受益者から、秩序維持のコストを分担する責任ある国になってきている。」とし、具体的には、「日本の国際貢献は、政府開発援助から始まり、自由貿易の促進、地域統合の促進、最後に安全保障面での貢献へと進んでいった。二〇〇〇年代に入った日本は、安全保障面でも積極的平和主義に転じ、国連平和維持活動（ＰＫＯ）への参加や周辺事態への関与を通じ、国際社会への貢献を着実に高めようとしている。」と述べている。

こうした日本の国際貢献は、平成二十七年版外交青書においても、「冷戦時代の紛争は、多くの場合、イデオロギーに基づく東西両陣営の対立を反映したもので、代理戦争の性格を強く帯びたが、冷戦終結後はこうした構図が後退し、民族や宗教間での紛争が世界各地で増加した。こうした紛争の平和的・外交的解決において日本外交が果たし得る役割は増大しており、事実、日本も新たな国際環境の中で、自らの外交的役割を拡大させてきた。」とし、カンボジアの内戦の終結と選挙による民主的な政府の樹立に向けた外交努力、一九九二年の「国際連合平和維持活動などに対する協力に関する法律（ＰＫＯ法）」に基づくカンボジア、モザンビークやゴラン高原、東ティモールなどにおける平和の定着への協力、独立間もない南スーダンに対する自衛隊からの派遣部隊によるインフラ整備など、平和・安定と自立に向けた貢献をあげている。また、二〇〇九年の「海賊行為の処罰及び海賊行為への対処に関する法律（海賊対処法）」に基づいて、ソマリア沖・アデン湾での船舶の護衛などに係る国際協力の一翼を担っているとしている。

〈積極的平和主義の立場からの貢献〉

同じ外交青書では、「今世紀に入り、国際社会におけるパワーバランスが大きく変化すると同時に、グローバル化と技術革新が急速な進展を見せている。これを背景として、大量破壊兵器や弾道ミサイル、国際テロ組織、サイバー攻撃といった脅威が高まり、リスクが多様化している。国家、国民の安全に対する脅威が多様化する時代には、どの国も一国のみでは、平和と安全も、繁栄した未来も築くことはできない。」として、「積極的平和主義」の立場から、米国やその他の関係国ともより緊密に連携し、国際社会の平和と安定及び繁栄の確保にこれまで以上に積極的に貢献していくとの決意を新たにしている。

また、「「冷戦後」の国際秩序は、ウクライナ問題及び「イラクとレバントのイスラム国（ＩＳＩＬ）」によって大きな挑戦を受けた。…地政学的な利害や伝統的な国家間関係上の利益に基づく動きは依然として強固であり、また、権威主義的体制の復活の動きも見られる。」とし、名指しは避けているものの、ロシアのクリミヤ侵攻や中国の南シナ海の岩礁埋立てによる領土・領海の拡大を念頭に、国家間のパワーバランスの変化は、既存の国境の否定や海洋秩序を乱そうとする動きにつながっていると警鐘を鳴らしている。そして、冷戦終結によって強まった国際社会における米国の影響力には相対的な変化が見られるものの、総合的な国力では、その主導的な地位を占めており、日米同盟を日本外交の基軸としてあらゆる分野で強化していくとしている。

国際社会におけるパワーバランスの変化や米国の影響力の相対的な変化は、日本を取り巻く安全保障環境を厳しくしていることは確かで、二〇一五年九月に成立した平和安全保障法制は、切れ目のない安全保障法制という観点と同時に日米同盟を確かなものにするための意図が含まれていることは疑いがない。

基本的人権という価値観の世界との共有

戦後の日本国憲法は、人間が、人間らしく生活するために、生まれながらにして持っている「基本的人権」を侵してはならない権利として保障することを明記した。この「基本的人権」のうち、社会権は、自由権や参政権などとともにその重要な柱を構成しているが、中でも、憲法二十五条で「すべての国民は健康で文化的な最低限度の生活を営む権利を有する」と規定された「生存権」は、生活保護やその他の社会福祉の施策など、戦後の社会保障制度を確立していく上での基本理念となった。

戦後七十年余、日本は世界の中でも最も進んだ福祉国家の国々の一つとなったが、ここに至るまでには、欧米の人権の価値観が世界の規準として広く受け入れられ、その考え方を日本としても取り入れていくプロセスがあった。例えば、児童の受動的な権利だけではなく能動的な権利も重視すべきとする「児童の権利に関する条約」は、一九八九年に国連で採択され、日本は一九九四年にこれを批准したが、こうした理念は、その後の児童福祉法の改正にもその趣旨が反映されていくこととなる。また、欧米の障害者などの脱施設化を志向する「ノーマライゼーション」の思想は、保護者の不在やその他の理由で養護が必要な児童を入所させる児童養護施設の制度において、集団での施設養護から、養育里親の制度化や少人数でのファミリーホームの創設を促進するなど児童福祉行政にも影響を与えることになった。

また、国連は、一九八一年を「国際障害者年」と定め、その後を「国連・障害者の十年」として、障害者の完全参加と平等を実現するための具体策の提示を行ったが、日本では、その終了後の一九九三年に、「障害者基本法」を制定する。そこでは、障害者として、身体障害及び知的障害に加え、精神障害も対象として明確化するとともに、行政の数値目標を含む障害者基本計画を義務づけた。その後、国連では、二〇〇六年に「障害者の権利に関する条約」が採択され、二〇〇八年に発効するが、日本も、条約の批准に必要な法制整備として、二〇一一年、共生社会の実現、社会包摂の理念を明記し、発達障害を含めた幅広い障害者を対象とする「障害者基本法」の改正を行い、二〇一三年の介護や訓練など自立支援の給付と地域の生活支援事業を規定した「障害者総合支援法」の改正・施行、二〇一三年の障害者への差別的取扱いの禁止と行政への社会的障壁の除去のための合理的配慮を義務づけた「障害者差別解消法」の制定などが行われ、二〇一三年に、この条約を批准する。

障害を抱えた人々の数は、少なくはないが、全体から見れば少数者である。従って、医療、年金の皆保険制度は早期に確立し、高齢化社会に向けた介護保険制度なども前広に整備されてきた一方で、障害者などの少数弱者への支援が遅れ気味になってきたことは事実である。上述のような、制度の整備が漸く実現したのは、当事者やその家族の団体としての障害者運動の努力とともに、行政が、欧米の人権についての価値観や理念を国際社会で共有することを重視した結果に他ならない。

しかし、法的な整備がなされることと、障害者に対する偏見が解消されることは別問題である。そうした差別や偏見の意識の根底にあるものは、障害は治癒されるべきで、健常な状態を実現出来なければ不利であり、気の毒であるとの観念である。国連の専門機関であるＷＨＯ（世界保健機関）も、かつては、そうした考えを基にしていたが、二〇〇一年に新しく定められた国際生活機能分類ＩＣＦ

(International Classification of Functioning, Disability and Health) では、生活の健康状態を構成する要素として、「心身機能・身体構造」、「活動」、「参加」という三つの次元を定義し、これに影響を与える要素として、「環境因子」と「個人因子」を定義し、障害者に対する支援や問題解決は、両方の因子に働きかけることで実現されるとしている。この概念の画期的なところは、旧分類（ＩＣＩＤＨ）が、「機能障害、能力障害、社会的不利」という障害の三つのレベルを定め、機能障害が能力障害をつくり、能力障害が社会的不利をつくるとして、社会的な不利の解決には機能障害の解決が不可欠との思想に立ったものであったのに対し、機能障害の回復は、必ずしも、能力障害や社会的不利の解決の前提条件にはならないとしたところにある。つまり、仮に半身不随の様な重篤な障害を負っている人でも、回りの支援と本人のエンパワーメントによって、自立した生活や社会への参画が出来るという考え方を取っている。これは、人がこの世に生を享けた以上は、人間らしく生きる権利があり、それを社会が支援していくべきとする人権の思想を体現するものであり、日本の「障害者基本法」のみならず、社会保障制度の基本理念となっている。

日本社会は、歴史的にも、個人よりも集団を優先し、自助自立を美徳とする価値観が重視されてきた。この価値観は、社会の活力の源泉となってきたというプラスの側面もあるが、同時に、個人や弱者がないがしろにされ、また、差別や偏見を助長する負の側面も持っていた。それは、戦前の軍国主義、皇国思想全盛の時代に顕著であったが、現在でも、それが無くなったわけではない。我々は、自分や家族、親族などが、病気や事故などで障害者になることもありえるし、また、自助の努力があっても社会的な弱者に転がり落ちることはありうる。だからこそ、司馬遼太郎が言うように、相手の立場を理解して、お互いに援け合うことが必要なのだ。支え合わない社会は、成熟した社会といえず、また持続可能性が保障されることもない。人々が、個人と集団の関係、すなわち、自助と共助・公助の理念を正しく認識することが、我々にとっての望ましい社会を実現するために不可欠である。人権の理念を欧米から導入した日本が、そうした新しい価値観を幅広く共有し、今後も、障害者や社会的弱者の支援制度の運用の成功事例を積み重ねることができれば、国際貢献の一環として、その成果を世界に還元することも可能になるであろう。

一九九〇年代以降の、日本の世界との関わりを、経済、外交、価値観の共有という観点から述べてきた。昭和が終わり、平成が始まった時期は、同時に、日本の政治、経済、文化という社会を成り立たせている構造も、戦後の半世紀を経て、大きく変化した時期でもあった。また、世界も米ソによる冷戦構造が崩壊し、それは秩序と新しい混乱の双方をもたらし、新たな国際関係が始まった。日本と世界におけるそのようなパラダイムシフトは、日本が、世界の一員として、世界とどう付き合っていくべきかを考えさせるに十分な契機となった。以降、司馬遼太郎が、世界の問題の傍観者で自分の経済のことしか考えなかったと批判した日本は、世界の組合員として、新たなルール作りも含めて、様々な世界への貢献の努力を積み重ねてきた。その意味では、日本人は、ようやく戦前の反動としての精神の荒廃、或いは空白の長い時代から脱却し、司馬が論じた日本人の良き伝統を体現しつつあると言ってもいいかもしれない。

しかし、ひと、もの、かねのグローバル化が進む中で、とりわけ、先進国においては、若者の失業や経済格差の拡大、それらの一因をなす難民・移民問題などにより、孤立主義的な道を歩もうとする兆候があり、二〇一六年に起こった、英国のＥＵ離脱（ブレグジット）や、米国大統領選挙におけるトランプ候補の当選などもそれらを示す象徴的な出来事であった。また、米国の相対的なプレゼンスの低下にも連動するかたちで、中国やロシアは、対外拡張的な政策を進めようとしている。これまでのような、協調的な国際関係が、今後も続くのか、その保証はなく、不透明さを増している状況にある。まさに、日本のあり方の真価が問われる時代に入っている。日本が存続して行くためには、安定した国際関係の維持が不可欠で、日本人全体が、今こそ、それを自覚する必要があろう。

Ｅ・Ｏ・ライシャワーは、前掲「ザ・ジャパニーズ―日本人」で、二十一世紀の全人類は、多くの困難に直面するであろうが、日本人は、全人類の存立のためには不可欠な、全地球次元の感覚をつくり上げていく作業の先頭に立つかもしれないと予言した。そのような困難が、まさに、現実のものになりつつあるといえるのかも知れない。日本人にとっての「公」の意識は、「助け合う、ということが、人間にとって、大きな道徳である」との価値観に支えられたものである。振り返れば、日本の「失われた二十年」は、バブルの清算の後は、そのような支え合いによって、十分とは言えないにしても、格差の拡大をできるだけ抑えるようにマネージしてきた結果と見なせないわけではない。財政の巨大赤字の累積や経済成長の低迷という負の遺産を生んだにしても、社会の安定や求心力の維持につながったことも事実だ。問題解決の努力は引き続き求められるし、こうしたやり方が、容易に世界に通用するわけではないが、日本が、世界の組合員としてリーダーシップを発揮し、「ジャパンモデル」を人類社会で共有する方向に拡げていくことは不可能なことではない。そして、それは、日本の平和、安全、安定にとってもプラスに働くことになるだろう。

第2章　イデオロギーと民主制

リアリズムとイデオロギーの相克

司馬遼太郎の、日本人や日本の歴史を語る上での重要なキーワードの一つが、「リアリズム」である。例えば、「鎌倉幕府は、素朴なリアリズムをよりどころにする〝百姓〟の政権の誕生であった」と語る場合の「リアリズム」とは、自由な自作農（律令制が浸透する前時代の東北地方に残っていた）が持っていたであろう、一種の合理主義の感覚を指している。つまり、律令社会においては、農奴は、一律に口分田を与えられ労働を義務化されるのに対して、非律令的な社会では、自作農は誰にも支配されない自由を持ち、努力すれば豊かになれるという人間本来がもっている向上心も受け入れられていたはずである。人間の自由を統制する社会は、リアルな社会ではないという文脈としても捉えることができる。一方、「明治の日本陸軍は、軍人それぞれが国家についてのすぐれたリアリズムを持っていました」とか、「昭和の軍人は、もの事を見る場合の慎重な態度であるリアリズムを失い、ドグマとイリュージョンに支配されるようになった」というように語られる「リアリズム」とは、我々にとっては、より分かりやすい概念で、「現実を最重視する態度。理想を追うことなく、現実の事態に即して事を処理しようとする立場。現実主義。」（「デジタル大辞泉」）であり、それは、物事を科学的に見る、客観的に見る、固定観念に囚われない態度、立場と言い換えてもよい。そして、そうした態度、立場には、自我が確立されている必要があり、それは、近代を成立させた精神、すなわち、競争原理を通じての進歩や変革のダイナミズムを内在する合理主義の精神を生む。司馬にとって、このリアリズムの精神は、日本人が長い歴史の中で培ってきたもので、現在の日本を日本たらしめているが、それが、昭和の一時期に失われたのは、イデオロギーという精神の虜になったからであったと考える。

司馬は、この「イデオロギー」という言葉も、リアリズムの対極にあるものとして多用した。この言葉も、色々な使われ方がされるが、それは、「社会集団や社会的立場（国家・階級・党派・性別など）において思想・行動や生活の仕方を根底的に制約している観念・信条の体系。歴史的・社会的立場を反映した思想・意識の体系」を意味する。階級社会におけるイデオロギーを分析することによって概念規定された語として、マルクス主義思想とともに日本に導入されたため、「特定の政治的立場に基づく考え」をさすが、そのため、俗に「空理空論」という意味で揶揄的に用いられることもあるとされる。（「三省堂辞書サイト」）

司馬は、本来は中立的であるこの言葉を、「空理空論」という意味で用いることが多かった。中国の儒教は、宋学に至って、観念的で、人々をしばる旧態的な価値観の体系（正義体系）となり、李氏朝鮮は五百年にわたってそれを後生大事にした。中国や朝鮮は、そうしたイデオロギーが支配する社会となり、日本と比べても後れをとってしまう。日本にも、それは、江戸期に朱子学として普及するが、水戸学などを経て、明治以降の歴史教育に受け継がれ、軍国主義、皇国主義を生む。「統帥権」の理論的な支柱となることで、立憲体制からの逸脱を許し、ついには太平洋戦争への突入を不可避とする。

司馬にとっては、戦前の左翼思想も、擬似的普遍性をもった信仰であって、国家や民族を超えてこれに奉仕することを求める。リアリズムを失っているという意味で、右翼思想も同じで、マルクスの社会主義、ナチによる国家社会主義、戦前の日本の軍国主義は、全て、そうしたイデオロギーに支えられた統制主義であった。

日本人は、リアリズムという良き伝統を持ちながら、同時に、イデオロギーに感化されやすい民族性を持っている。司馬は、それを、「歴史を動かすもの（一九七〇年一月　毎日新聞）」（「歴史の中の日本　─歴史を動かすもの─」中央公論社　一九七四）の中で、次のように分析する。

「（国家が国民の寿命を停止させるという神以上の権能をもつには、）それを正当化するために強烈なイデオロギーが必要であった。…イデオロギーというものは宗教と同様それ自体が虚構であることを思わねばならない。虚構はその虚構に人が酩酊するときしか実在しない。（それは、たとえれば）水ではなく酒であり、それに酩酊できる体質の者以外には本来マボロシのものなのである。（私は単に当時の国家というイデオロギーに酩酊できなかっただけであり、酒がのめないたちであったにすぎず、）しかしそれでも社会的動物である私は社会的慣習のなかで、戦場さえ与えられれば十分奮戦し、かっこよく戦士することができたであろう。…この種の人間が、私だけでなくむしろ人間のなかでももっとも多い部類に属する。」

そして、戦後における、全共闘運動華やかなりし時の、学生運動を批判して、イデオロギーを信奉する人々は、自らを孤高と信じ、それ以外の人々を恫喝する。権力という架空の概念を打倒すべきものとする酩酊体質は、ジャーナリズムも巻き込み、戦前とは違った方向ではあるが、人々を混乱に陥れようとしているように映る。

「さらにいえばイデオロギーをひとたび飲めば大酔を発し、大酩酊できる体質の人のほうが人間のなかで希少である。(これらの人々は新興宗教や学生運動の例にみるとおり、一割の壁を越えることはないが、それゆえに、酩酊体質はつねに孤高であり、悲壮であり、栄光をもちうる)さらにその稀少性において、非酩酊体質者をつねに恫喝すらでき、大いに恫喝するのである。…」

「…とにかく、有史以来、日本人がやっと自由になり、しかも、…はじめて食える社会をもった。この食えて自由であるという事実を直視しなければならない。この事実に虚構のフィルターをかぶせることだけはやめてもらわねばならない。活動家の学生諸氏は権力ということばをつかいたがるが、…この国に「権力」らしい権力が存在すると考えることじたい、幻想である。政治はせいぜい調整的機能を果たしているにすぎず、…いずれにしてもひどい目にあうのは、普通のひと―非酩酊体質者である。」

しかし、結局は、こうした酩酊者よりも良識的な人々のリアリズムが、多数をとっていくであろうことに、期待をおく。

「(戦後二十数年の日本社会はイデオロギーが支配権を失った時代であったが、ただしここに、変な酩酊者によってゆるぎそうな危険な季節にそろそろきているが、)タダの人間としては、(そういう国が二度とやって来ないよう)空念仏でもとなえているしか仕方がないようであり、そうでもないようである。歴史はときに酩酊者に勝利を得さしめるが、ながい目でみれば歴史はこの空念仏者群の強靭さの前に屈しつづけてきたようである。歴史を動かし社会に黙々と衣食を供給してきたのはこの層であるとむしろ自信をもって思ってやりたいが、どういうものであろう。」

司馬は、この全共闘運動に、その十年前の日米安全保障条約の改定に反対して展開された六十年安保闘争や、古くは、日露戦争後の講和条約に反対して一般大衆が起こした日比谷公園焼き討ち騒動を重ね合わせていたのであろう。そして、昭和の軍部やそれを支える一部の酩酊者が、多くの日本国民を、真珠湾攻撃の勝利に拍手喝さいを送るほどの酩酊者にしてしまったことにも思いを馳せていたに違いない。全共闘運動は、その後、浅間山荘事件を契機に急速に終息し、また、一九九〇年代初頭には、冷戦が終焉し、それまでもてはやされていた共産主義、社会主義のイデオロギーも、輝きを失っていく。さすがに、現代の日本においては、政治体制というイデオロギーが、政治の大きな争点になることはないが、観念・信条（イデオロギー）をめぐって国論を二分するかのように見えるテーマは、今も存在する。日本の安全保障にかかわる問題、将来のエネルギー政策などは、その代表例であろう。

イデオロギーをめぐる論争は、往々にして、観念・信条を重視する立場と現実を重視する立場との争いの形をとる。前者は、本来あるべき観念・信条から、現実はこうあらねばならないとし、そのことによってかりに現実が一時的に混乱し、リスクを負うことになるとしても、長い目でみれば、人々にとって望ましいと考える立場である。一方、後者は、逆に、現実の分析・評価に基づいて、広く受け入れられている観念・信条を尊重しつつも、人々にとって望ましい現実を約束するために、必要な見直しや是正を図るという立場である。前者は演繹的、後者は帰納的な思考のアプローチとよべるかもしれない。つまり、理想と現実をめぐる戦いであるが、それは、予測する未来が「現実」になってしか決着がつかない。従って、戦いは、観念・信条の正当性、普遍性と、到来する未来の予測シナリオの妥当性、信ぴょう性に焦点が当てられなければならない。「現実」の分析・評価が、専門的な知識・情報を必要とし、また、身近な視点よりもグローバルな視点が重視される場合には、人々が将来のリスクを実感することは難しくなり、その結果、議論は、分かりやすい観念・信条に偏ったものになりがちとなる。

安全保障政策、エネルギー政策というテーマは、どちらも、日本の行く末を大きく左右するテーマであるが、軍国主義というイデオロギーが国際協調主義というリアリズムを圧倒し、人々の生活の豊かさ、安全、安定をもたらすことに失敗した歴史を振り返ると、そこから学ぶべき教訓は少なくない。

安全保障問題を巡る対立構造

〈平和安全法制〉

政府が、日本と国際社会の平和・安全のための切れ目のない体制の整備を図ることを目的として提出した「平和安全法制」は、難産の末、二〇一五年九月に成立した。法案は、日本の防衛とは直接的に関わらないが国際社会が共同して対処する場合の協力支援活動を定めた「国際平和支援法」の新設や、国連のＰＫＯ活動を国連以外の国際機関の要請があった場合にも拡げ、また、住民保護などのために限定的な武器の使用を認める改正などが含まれているが、最も大きな焦点となった改正案は、「存立危機事態」においては、集団的自衛権による武力行使を認めようとするものであった。政府与党の法案提出に当たっての現状認識は、第一には、南シナ海問題（人工島建設による領海拡大）や東シナ海問題（尖閣領海侵犯、ガス田開発）など中国の覇権的な動きや北朝鮮の核・ミサイル開発の加速という、日本の安全保障にとっての差し迫った脅威が存在していること、第二には、日米安全保障条約は、米国の相対的な地位の低下や孤立主義に陥るリスクもあり、将来にわたって盤石なものではない、同盟関係の強化への配慮が必要ということが重要なポイントであった。このため、歴代政府が、憲法九条の関係から、「保有しているが、行使できない」としていた集団的自衛権を限定的に認め、切れ目のない有効な防衛策を講じることで、抑止力の向上を図ろうとしたのが、「平和安全法制」であった。

これに対して、野党側は、一部の野党を除いて、これを戦争法案として反対した。かつて政権を担当した民主党は、党内には、集団的自衛権を容認する意見もあり、社民党や共産党とは同じ立場ではないが、与党が圧倒的な議員数をもつこともあったのであろうが、他の野党と足並みを揃えた。野党が政府を追及した主要な論点の一つは、憲法九条に違反しているということであった。これに対して、政府は、過去の最高裁の砂川判決の事例にもある通り、国の存立を全うするために自衛のための措置はとりうる、自衛のための限定的な集団的自衛権の行使までが違憲とはならないとの趣旨で反論したが、憲法学者の多くが、国会などで違憲との意見を披露したこともあり、世論にも大きな影響を与えた。また、もう一つの論点は、「存立危機事態」とは、日本と密接な関係にある他国が武力攻撃され、日本の存立が脅かされる明白な危険がある事態とされるが、具体的にどのような事態までが想定されるかについて明らかでなく、歯止めがないということであった。これについても、政府は、法案上、武力行使は、他の手段がない、必要最小限度の実力行使という条件が同時に満足され、国会での承認が前提であることが明記されており、無制限な集団的自衛権の行使はありえないと答えたが、抑止力確保の観点から具体的な事例の明示を避けたこともあり、野党は、この法案を、自衛隊が戦闘に駆り出される、戦争をやりやすくする、徴兵制の復活につながるものとして批判した。こうした中、シールズなどの学生や市民団体が連日、国会前で反対デモを行い、それは、頻繁にマスメディアで取り上げられた。そして、今回の法改正が、法律のテクニカルな問題からも、多岐にわたるものであったため、政府答弁の矛盾が指摘されることも多く、審議時間が不十分で、もう少し時間をかけるべきとの野党の主張も、国民の支持を得、政府の強引さを印象づけた。その結果、法案成立後の世論調査では、法案への反対が、新聞社によっても異なるが、五十から六十％と、賛成の三十から四十％を大きく上回り、また、内閣支持率も下落した。反対の世論の中には、安保法制が必要ではあるが、拙速であったと考える意見も多かったが、実際の審議期間は、衆参で百日を超え、過去の重要法案と比較しても遜色はなかった。野党の国会戦術がある程度奏功したのは、日本の置かれた安全保障環境という現実の議論を避け、憲法遵守、戦争反対という観念・信条を前面に打ち出したからであろう。

〈六十年安保との違い〉

この「平和安全法制」は、翌二〇一六年の三月に施行されたが、その時の世論調査では、賛成が反対を上回った新聞社も多く、反対が多い新聞社も、賛成との差は大きく縮小する結果となった。安全保障の環境が劇的に変化したわけではないので、変化の理由は推測になるが、決まったことはジタバタしても無駄であるという気持ちと同時に、冷静に現実を見ようとする眼が戻ったことも一因であろう。過去に、安全保障問題で政府が大きな決断を行い、その結果、反対の世論を巻き起こすことになった事例としては、一九六〇年の日米安全保障条約の改定があげられる。今回の論争と当時で、どのような共通点あるいは相違点があるのであろうか。

一九五五年に保守合同を実現した自由民主党で、五七年に首相に就任した岸信介は、一九五一年のサンフランシスコ講和条約とともに調印された日米安保条約が、米軍が日本への防衛義務を負わない片務条約であり、また、基地の変更や使用に関しても日本の了解を必要としないという、一方的なものであったため、米国に日本の防衛を義務づけ、軍事行動に関する事前協議制度を設けるなどの改定交渉を行い、一九六〇年一月に調印し、五月に国会で可決する。しかし、これが、自民党による強行裁決であったため、反対運動に火をつける結果となった。「NHKスペシャル　戦後70年　ニッポンの肖像　―政治の模索―「第1回」保守・二大潮流の系譜（二〇一五年七月）」では、総評事務局長岩井章の「強行裁決が民主主義の危機を国民に訴える絶好機となった。」や、後の社会党衆議院議員で当時安保条約改定阻止国民会議の事務局次長の伊藤茂の「運動が、労働組合を中心とした縦型の動員から、全く国民的な横の社会構造に変わってくる。」との発言を紹介している。この日を契機に、国会を取り巻くデモの規模は一気に拡大し、反対運動は全国各地に広がり、一週間後に参加者は五十四万人に膨れ上がったとされる。番組に出演した、評論家の田原総一郎も、「僕はデモに参加して「安保反対、岸は辞めろ」と言いながら、吉田安保と岸安保の違いなんか読んだこともないし知らなかった。僕だけじゃない。ほとんどの人間が知らなかった。安保改定は、戦争法案でアメリカの戦争に日本が巻き込まれると思っていたので反対した」と述べるほどであった。

評論家の江川紹子は、そのブログ（「事件ウオッチ」第三十三回　二〇一五年七月）で、六十年安保と今回の平和安全法制で世論の反応がどうであったかを比較している。六十年当時は、条約改定の前後で、必ずしも反対派が多かったわけではなかったが、今回は、採決の前後においても、反対派が多数を占めており、それが、当時との大きな違いであると指摘している。そこで引用された六十年安保当時の世論調査の結果は、たしかに興味深い。それによると、国会の強行採決の前の世論調査（毎日、朝日）では、分からないとする意見が三分の一前後を占めるが、条約改定に賛成する人々の割合は、反対を上回っていた。しかし、採決後の朝日による調査では、「岸内閣への支持は十七%、不支持は四十八%。退陣したほうがよいと考える人は五十八%に上った。不支持の理由としては、「世論を聞かず独裁的だ」が一番多かった。」としている。そして、条約発効後に岸が退陣し、池田内閣が発足した時の世論調査では、条約改定を是認するが五十％近くを占め、反対の二十％余を大きく上回ったとする。

このように見てくると、六十年安保では、政府に反対する側の「観念・信条」は、憲法九条の理念としての戦争の放棄にあることはいうまでもないが、運動に参加した人々が、必ずしもすべて、政党や労組などが主張する日米安保そのものへの反対、中立こそが日本の安全と平和を約束するというイデオロギーに与したわけではなかった。むしろ、ていねいな議会運営のあり方、国民の意識を尊重する民主主義のあり方であり、それを無視する政府は、戦前のように国民を戦場に駆り立てかねないという懸念・危機感があった。岸退陣後に、条約改定を認める国民の意見が反対を大きく上回ったことは、日米同盟という選択が、望ましい「現実」として受け入れられたことを意味している。

この六十年安保闘争で、反対派を勇気づけた知識人の一人に、丸山真男（当時、東京大学教授）がいた。「ＮＨＫ　日本人は何をめざしてきたのか「知の巨人たち」第三回　民主主義を求めて～政治学者　丸山眞男～　二〇一四年七月」では、このことを次のように伝えている。戦後、「超国家主義の論理と心理」で戦前を無責任の体系と分析し、進歩的知識人として論壇界をリードした丸山真男は、この六十年安保の国会での強行採決を見て、議会制民主主義に危機感を持ち、国民に対して、直接、訴える行動を起こす。能動的な人民による民主主義を再構築しなければならないとする氏の呼びかけは、人々に大きな影響を与え、一般の主婦や学生を含む幅広い市民層が運動に参加する契機となった。しかし、その後、言論界では、評論家の吉本隆明は、「丸山氏は、私的利害を優先する民衆を政治無関心派とみなしているが、実はまったく逆で、これが戦後「民主」の基底をなしている」と批判した。丸山真男は、その三十年後の一九九〇年代に、「(当時は、)これからは本当の近代が始まるというある意味での楽観があった。高度成長期の日本の資本主義というのは見通せなかった。」と語ったとしている。

丸山真男が、六十年安保をそのように振り返ったのは、氏が、民主主義の原則重視にとどまらず、日米安保条約が平和憲法の理念に反するとの政治的な立場を明確にしていたからに他ならない。これに先立つ一九五〇年、丸山真男は、サンフランシスコ講和条約に際して、その他の知識人と共同で、「平和問題談話会」を組織し、全面講和の実現を要望する声明を発表した。その「観念・信条」は、政府の主張する西側諸国だけとの単独講和ではなく、ソ連などの社会主義国を含めた全面講和が望ましく、軍事的・経済的にもアメリカから独立し、非武装を維持し、中立の国家を目指すというものであった。一方、吉田内閣が重視した「現実」は、米ソの冷戦構造下にあって、実質的に米国の占領下にある日本の独立をソ連が認めることはなく、全面講和論をとる限りは、日本がいつまでも独立できないということであった。吉田内閣が受け入れ、その後、岸内閣によって補強された日米同盟が、日本の発展に寄与したことはまぎれもない事実であるが、それは、あくまでも結果である。ソ連が崩壊することで冷戦が終わることは、当時は、誰も予想できず、西側陣営の米国にしても、一九六〇年代は、ガガーリンによる世界初めての有人宇宙飛行(一九六一)やキューバ危機(一九六二)など、ソ連の躍進を印象付ける時代であり、ベトナム戦争への本格介入(一九六五)も余儀なくされる。ドミノ理論により、アジアの国々が次々に共産主義化することを恐れたからだ。ソ連が、統制社会で、産業や経済の発展がプロパガンダとして演出されたものであったことは、後になって分かったことだが、当時の日本の進歩的と言われた知識人の多くが、それを信じたことはやむをえないことであった。司馬遼太郎によれば、戦前の日本では、多くのインテリ層が社会主義に理想を見出し、シンパシーを感じたとされるが、戦後においても、その伝統は受け継がれていたということであろう。

このように、六十年安保を契機に、日本国民は、米国との同盟を選択し、同時に、憲法九条の原則を死守することで、ベトナム戦争やイラク戦争など日本の防衛以外の戦争で、米国に対する集団的自衛権を行使する義務を免れた。同時に、世界に対して、平和国家としてのプレゼンスを示して来られたことも事実である。こうした歴史の経緯を考えると、今回の「平和安全法制」問題で、憲法の議論が中心になったことは、理解できることであった。つまり、反対側の「観念・信条」には、先に憲法違反という大義があり、次に審議不十分という議会運営のあり方があった。六十年安保とは、逆のパターンであった。

また、国民の世論が、法案の可決の半年後の施行時においても、未だに反対の意見が根強くあったことも、相違点としてあげられるであろう。しかし、政府の主張した「現実」としての中国などのリスクは無視できないことも事実であり、安倍内閣の支持率は下がったものの、辞任に追い込まれるような事態にならなかったのは、それを裏付けているように思われる。

六十年安保と今回の「平和安全法制」問題で共通する点があるとすれば、政府が、憲法改正に対するハードルの高さを認識したことといえるのではないだろうか。先の六十年安保についてのＮＨＫの番組で、評論家の田原総一郎は、岸首相の意図は、日米安保条約を片務的なものから対等なものに改定することで、国民にサービスし、その後に、自主憲法を定めることにあったが、それが、全く裏目に出た。その結果、憲法改正は、以降、政治の俎上に上がることはなくなったと解説した。番組では、岸信介は、ハト派の吉田茂との対比で、憲法改正に執念を燃やしたタカ派的な政治家として描かれていたが、歴史的にみれば、いずれ、誰かがやらなければならなかった条約改正という困難な事業を成し遂げた政治家として評価されなければならないのであろう。日本の政治におけるコンセンサス重視の原則という教訓は、その後の政治にも引き継がれ、今回の安倍政権も、支持率の低下を覚悟しつつ法改正を実現させた。最後は多数決もやむを得ないが、六十年安保のような強引な政権運営とまでの批判は受けないであろうとの判断のもと、野党側にも一定程度、面子を立てさせることを厭わなかったともいえる。現実に、その後、安倍政権の支持率は回復した。しかし、今回の論争では、六十年安保の時と同様に、憲法改正がさらに遠のいたとも言われる。二〇一六年七月の参院選では、維新の会などを含めた改憲の勢力が躍進し、衆参で三分の二を占める安倍政権であるが、国民の半数が反対すれば実現しない。憲法改正、とりわけ、憲法九条の改正には、日本人は強いアレルギーがあり、政府は、これを改めて確認したのではないだろうか。

エネルギー問題を巡る対立構造

安全保障政策にとっての「現実」は、他国の状況（政治・経済・文化・国民性などを含む）を直視し、軍事の発動が必要な事態にどのように備えるかを考えることで見えてくるものである。人々が、そうした、専門的な知識・情報に基づいて分析・評価すべき「現実」よりも、自分たちの「観念・信条」に重点を置いて判断しがちになることは致し方のないことでもある。同様なことが、エネルギー政策についても当てはまる。

〈**福島原発事故とエネルギー政策の見直し**〉

日本のエネルギー政策の混迷は、二〇一一年三月の東日本大震災で起こった福島原発の事故から始まったことはいうまでもない。それまで、日本の電力の三割近くを供給してきた原発が全て止まったことで、化石燃料の大量輸入を必要とする火力発電に依存せざるをえず、それまで国際社会に対して約束してきた温室効果ガスの排出量の目標を守ることができなくなった。様々な課題のある新しい再生エネルギーの導入を急がされることになったからだ。福島原発の事故は、いわゆるシビアアクシデントと呼ばれる炉心溶融と放射能の大量放出を伴う事故がしかも複数のユニットで起こったということで、世界でも前代未聞の出来事で極めて衝撃的なものであったが、しかし、事故はそれで終わりではなかった。その後、数か月を要して原子炉を安定状態にした後も、長期にわたり、汚染水の処理、除染や汚染土の処分など事故の終息のための作業が今も続けられている。多くの地元の人々に長期間の避難生活を強いる結果をもたらし、風評被害も消えていない。そうした中で、国民の間に、原子力発電への不安や不信が高まり、脱原発が、大きな世論となったことは、ある意味、当然のことであった。日本は、節電の努力と再生エネルギーの開発を進めることで、原子力への依存は止めるべきで、また、やっていけるとする「観念・信条」が一定の説得力をもち、政治家の中にも、与野党を超えて、それを支持する人々が増えていった。一方、「現実」は、それほど単純ではなく、技術開発の実現の見通し、経済の成長や国民負担の軽減などを、専門的な知識・情報を踏まえて、総合的に判断をしなければならない。「COP二十一」に向けて、日本政府が策定したエネルギーの見通しは、そうした「観念・信条」と「現実」を調和させる苦心のシナリオであった。

二〇一五年十一月末からパリで開催された「COP二十一」(温室効果ガス排出削減に関わる気候変動枠組条約締約国による第二十一回目の国際会議)では、約二週間に亘る討議の末、二〇二〇年以降の温暖化対策の国際枠組み「パリ協定」を正式に採択した。気候変動に関する政府間パネルIPCCの予測によれば、今世紀末の世界の温度上昇は、二度から四度前後とされるため、温室効果ガスの削減目標や気候変動への対処方策が急務とされていたこともあり、大会初日には、世界から百五十カ国の首脳が集まり、日本の安倍首相も、本会議に出席し、開発途上国に対する経済的、技術的支援により国際社会へ貢献する考えを表明した。日本は、福島原発事故以降、温暖化ガスの排出量の削減を二〇二〇年までに九〇年比二十五%とする国際公約を果たせずにいたが、この会議で、二〇三〇年までに二〇一三年比で二十六％削減するとの新しい目標を提示できたことは、先進国としての日本が、地球環境問題に対して引き続き、国際的な役割を担っていくとする世界へのメッセージとなった。

この目標値は、平成二十六年四月に政府が閣議決定した「エネルギー基本計画」を受けて、経済産業省が取りまとめた「長期エネルギー需給見通し」（平成二十七年七月）に基づいて算定されている。この中では、総エネルギーを、二〇一三年度実績の三百六十一百万ｋｌから、省エネルギーによって、二〇三〇年には、三百二十六百万ｋｌ程度に抑えることにしている。これは、毎年一・七％の経済成長を想定した総エネルギーに対して、約十三％の省エネルギーを行うことで達成できる目標となっている。そして、総エネルギー需要の二十五％（二〇一三年度）を占める電力は、二〇三〇年度では、徹底した省エネルギー（節電）により、微増にとどめ、その構成は、火力発電（石油、石炭、ＬＮＧ）を五十六％、原子力を二十二～二十％、再生エネルギーを二十二～二十四％としている。震災前には六十三％を占めていた火力発電は石油を大幅に削減し、再生エネルギーは、その削減分と原子力の削減分を充てることで、十一％からほぼ倍増する計画となっている。また、原子力は、再生エネルギーの拡大や石炭火力の効率向上によって、震災前の構成比約二十七％からは二割程度縮減させる。

これらは、エネルギー基本計画で示された政策の基本的な方向性を踏まえて、安全性の向上（Safety）、安定供給（Energy Security 調達リスクの低減、自給率確保）、経済効率性（Economic Efficiency 産業競争力の視点を含む）、環境適合（Environment 国際貢献を含む）に関する政策目標（３Ｅ＋Ｓ）を、同時に達成すべきものとして策定された。しかし、政府自身、対策や技術等裏付けとなる施策の積み上げに基づいた実行可能なものであることが求められるとしながらも、実行可能性には課題も多く、今後、前提条件の変化に応じて、見直しが必要になると思われる。問題となった、原子力と再生エネルギーについての算定根拠と課題を見ていきたい。

原子力発電は、エネルギー基本計画では、「燃料投入量に対するエネルギー出力が圧倒的に大きく、数年にわたって国内保有燃料だけで生産が維持できる低炭素の準国産エネルギー源として、優れた安定　供給性と効率性を有しており、運転コストが低廉で変動も少なく、運転時には温室効果ガスの排出もないことから、安全性の確保を大前提に、エネルギー需給構造の安定性に寄与する重要なベースロード電源」であると位置付け、安全性を大前提にして、再稼働を進めるが、原発依存度については、可能な限り低減させることが政策の基本的な方向性としている。こうしたことから、今回の原子力の比率の算定は、自然条件によらず安定的な運用が可能なベースロード電源としての地熱・水力・バイオマスを拡大し、また、石炭火力の高効率化を行うことで、原子力への依存を低減させたものとなっている。しかし、二〇三〇年に原子力に求められる発電電力量は、震災前に比べて、八割の水準に低下しているが、これは、もしかりに、四十年運転制限制を導入し、新設・増設を認めないということであれば成り立たない。その場合、原子力発電の設備容量は、二〇三〇年には半分以下に、二〇四〇年には二割程度に低下すると試算されているからだ。原子力の目標が達成できなければ、火力発電や再生エネルギーへの依存を高める必要があるが、温室効果ガスの排出の国際公約を守り、国民の電力料金の負担を増やさないという目標も達成できない。

一方、再生エネルギーは、エネルギー基本計画では、「現時点では安定供給面、コスト面で様々な課題が存在するが、温室効果ガスを排出せず、国内で生産できることから、エネルギー安全保障にも寄与できる有望かつ多様で、重要な低炭素の国産エネルギー源」と位置付け、導入を最大限加速していきながら、系統強化、規制の合理化、低コスト化等の研究開発などを着実に進めていくことが政策の基本的な方向性としている。その上で、今回は、ＦＩＴ（固定価格買取制度）を含む電力の総コストを増加させないことを条件に、各電源の特徴や制約などを勘案して内訳を算定している。構成比は、太陽光（七・〇％）、風力（一・七％）、地熱（一・〇～一・一％）、水力（八・八～九・二％）、バイオマス（三・七～四・六％）となっている。太陽光と風力はいわゆる自然変動電源で、太陽光は、導入が比較的容易であるが、発電コストが高く、出力不安定性などの安定供給上の問題があること、風力は、経済性は太陽光ほどではないものの、立地に際しては地元との調整、景観や環境破壊など環境アセスメントなどが必要であり、新たな送電線の設置や、地方のように小規模な電力網では発電が刻々変化することに対する周波数変動の調整などの課題がある。これに対して、地熱・水力・バイオマスは、自然変動に左右されないベースロード電源であるが、地熱や水力は、燃料費が不要なものの、風力と同様に立地のための各種規制・制約への対応が必要なこと、バイオマスは、木質バイオマスなど地域活性化にも資するエネルギー源の側面があるものの、燃料の安定供給などの課題も多い。今回の見通しは、そうした、個別の特性を考慮した上で策定されているが、二〇一三年前発電量との比較では、水力が一～二割の増加であるのに対して、地熱、バイオマスが約二倍に、風力と太陽光は、各四倍、三倍に増加させる計画となっている。

　再生エネルギーの活用は、基本的には、発電した電力を、国が定める価格で一定期間、電気事業者に買い取りを義務づける固定価格買取制度に基づいて行われることになっている。再生エネルギーの利用を促進するために、買い取りに要する費用は電気料金に上乗せされ、国民がこれを負担するので、FIT（feed-in tariff）と呼ばれる。この制度は、福島原発事故後の二〇一二年から導入されたが、既に、ドイツで、二〇〇〇年から始められていたやり方を参考にしたものである。ドイツは、この制度によって、発電にしめる再生エネルギーの割合が、全体の三分の一までに増加したものの、電気料金の高騰、送電線の整備の遅れ、天候による余剰電力の課題などがあり、二〇一七年度からは、原則としてこの制度を廃止するとされる（NHKニュース　二〇一六年六月九日）。このような再生エネルギーの課題に加え、ドイツのエネルギー政策の持続可能性に疑問を抱かせる指摘が、数々の専門家によってなされているが、それらは、①再生エネルギーはFITによって全量買取が保証されているので技術開発を促進させなかった、②自然変動電源には、発電の変動を調整するために火力発電という「シワ取り」が必要になるので、自然変動電源が増えれば火力発電の稼働率が下がり、トータルでの経済性が低下する、③ドイツは、電力の多くをベースロード電源としての石炭火力に依存していて、EUの中では最大の温暖化ガス排出国であり、現在稼働中の原発が二〇二二年に全て停止すれば、再生エネルギーがこれを代替できなければさらに温暖化ガスの排出が増加する、などである。

今回の日本のエネルギー見通しにおける再生エネルギーの目標値は、ドイツで実現されているほど高くはないにしても、ドイツが直面している課題は日本にもあてはまるため、容易に達成可能な水準とも言い切れない。人類社会にとっては、化石燃料資源が有限であり、とりわけ、石油やガスのような扱いやすい資源がより早い時期に枯渇することを考えると、再生エネルギーの活用促進とそのための技術開発に取り組むべきことは、論を待たない。しかし、そのためには、発電設備そのもののコストダウンや自然変動電源に対する合理的な蓄電システムの実現という高いハードルを乗り越えなければならない。そうした「現実」を無視して、「観念・信条」だけで、エネルギー政策を進めていくことはできない。石炭火力や原子力のようなベースロード電源を適切に活用していくことも必要なことである。

〈文明とエネルギー〉

司馬遼太郎は、第一部・第１章の中の（異胎の時代）でも引用した通り、第一次世界大戦後、軍艦や陸軍用の車両が石油で動くことになっているのに、政府や軍部が、そうしたエネルギーというものの「現実」を直視せず、「総力戦」というファナティシズムの道を突き進まざるを得なかったと指摘した。日本でエネルギーの主役が石炭から石油へ移ったのは、中東やアフリカでの油田開発が進んだ戦後のことであったが、欧米では、石油の採掘とその活用は十九世紀末から始まっていた。石油の燃焼によって発生するエネルギーを直接動力に転換する内燃機関の発達により、米国では一九二〇年代、欧州では一九三〇年代には、自動車の大量生産が可能なモータリゼーションの時代に入っていた。日本も、太平洋戦争の前には、戦艦の燃料を石炭から石油に切り替え、また、石油を燃料とする内燃機関を有する爆撃機や戦車の導入を進めたが、欧米からは、大きな後れをとっていた。司馬の指摘したことは、日本は、人力や輓馬（ばんば）のような畜力を重視した軍事力から、高性能な機械力を駆使した軍事力へのパラダイムシフトに対応できないままに、無謀な戦争を始めてしまったということであった。実際、大砲の移送は輓馬が中心で、ニューギニアのような島嶼部では、大砲を分解して、兵士が運んだ。島嶼戦での要となる飛行場の建設も、日本軍は人力に対して、連合軍はブルドーザーという機械力を駆使して短期間で完成させてしまう。トラックがあっても運転できる兵士は少なかった。海軍は、陸軍のような人力頼みではやれないため、燃料としての石油は不可欠ではあったが、石油というエネルギーを最大限に活用する技術力は十分ではなかった。内燃機関は、海外の見よう見まねではあったが、自力での開発に成功し、零戦の戦闘機としての能力も、一時は、世界的には群を抜いた。しかし、機体の防護力、格闘能力、航行距離など戦闘機や爆撃機のエンジンの能力向上のニーズに対して、米国は、速やかな技術開発によってこれに対応したが、日本は出来なかった。自動車を大量生産できる米国の工業力は、量だけではなく、質の面、すなわち、工作技術、合金素材や部品の品質で、一朝一夕には追い付けないほどの大きなアドバンテージをもっていたからだ。

石油という新しいエネルギーが、軍事だけではなく、社会の産業構造の抜本的な変革をもたらすとすれば、活用の技術を高めるだけではなく、資源としての石油の調達、安定的な確保についても、戦略的に取り組む必要があったはずだ。日本は、石油の調達を米国からの輸入に頼っていたため、その米国を相手に戦争するのは無謀なことであったが、太平洋戦争に突入してからは、やむなく南方（ボルネオ、ジャワ、スマトラ）での油田開発に活路を見出さざるを得なくなった。しかし、戦争の前半は、それができたものの、後期には、米軍の圧倒的な海軍力が制空権、制海権を支配し、海上輸送路を断たれる中で、石油の海外からの調達ができなくなる。このため、苦肉の策として、ドイツからの技術支援も受けつつ、国内での自前の生産を試みようとする。石炭から人工的に石油を作る人造石油の開発がそれであるが、その方式としては、石炭に水素を添加し石油に変える「水素添加法」や、石炭をガス化し一酸化炭素と水素から合成石油をつくる「フィッシャー法」などがあった。「水素添加法」の場合は、二十メートルにも及ぶ高圧反応筒を多数製造する必要があり、ドイツが保有しているような大型鍛造プレスが不足していたこと、また、「フィッシャー法」は、石炭の組成に応じた合成石油の製造のドイツのノウハウが入手できなかったことなどの技術的な問題から、開発は最終的に失敗する。もともと、人造石油を造るためには、生産された石油のエネルギーと同等かそれ以上のエネルギーの投入が必要となるので、工業技術としては、持続可能なものではなかった。そして、最後は、民間人を総動員して、松の根を乾溜してつくる松根油の製造に望みをかけたが、航空ガソリンの原料としての量的、質的な要求に応えることは出来ず、これも挫折する。輸入、国内生産のいずれの道も閉ざされた日本は、最後は、実質的な戦争継続が不可能な状態に至る。（前掲鳥居民著「昭和二十年第一部＝六首都防空戦と新兵器の開発」）

明治の日本は、富国強兵政策をひたすら推進することで、第一次産業革命（エネルギーとしては石炭が中心）での欧米との技術格差を縮めようと努力した。日清・日露の戦争での勝利がその到達点だとすると、それでも、三十から四十年の期間を要したことになる。一方、欧米では、その後、時をおかず、石炭から石油への第二次産業革命が急速に進んだ。本来であれば、明治の時代と同じように、格差を埋めるための産業政策とそのための時間が必要であったが、実際に日本がやっていたことは、国家予算の大半を使って、巨大戦艦のようなある意味で時代遅れとなっていた軍備の拡大であり、その方針を変えることは容易ではなかった。戦前の政府や軍部の中には、新しいエネルギーとそれを活用する新しい技術によって、社会が大きな変化に遭遇しているという「現実」の認識（リアリズム）をもつ人々が少なからずいたではあろうが、軍事力、それも精神力や人力で全てを解決するという「観念・信条」（イデオロギー）の大きな流れを堰き止めることは出来なかった。こうした戦前の失敗から汲むべき教訓は、第一は、エネルギーは社会活動の根幹を支える重要な基盤であり、科学的、専門的な視点で現実を見ること、理想を掲げたとしても、解決策は地に足をつけたものでなければならないということ、第二は、国は、技術開発の方向性を示すとしても、自由市場における民間の自主性、自発性を尊重するべきということであろう。

現代は、第四次産業革命の時代と呼ばれる。ＩｏＴ（実社会のあらゆる事業・情報が、データ化・ネットワークを通じて自由にやりとり可能に）、ビッグデータ（集まった大量のデータを分析し、新たな価値を生む形で利用可能に）、人工知能（ＡＩ）（機械が自ら学習し、人間を超える高度な判断が可能に）などによって、産業構造や就業構造が劇的に変わる可能性が指摘されている。第三次産業革命（ＩＴやコンピュータの技術革新）やこの第四次産業革命は、いずれもエレクトロニクスの革命的な進歩によってもたされたものであることが特徴である。一方、今まで述べてきた通り、第一次産業革命（十八世紀）と第二次産業革命（十九世紀）は、石炭（第一次）、石油、電気（第二次）というエネルギー・資源の発見・活用による革命であり、産業革命の以前は、燃料としての薪炭、動力としての水車、風車などの自然エネルギー（今でいう再生エネルギー）が主体であったので、化石燃料への大きな変革であった。その後のエネルギーの開発としては、二十世紀に原子力発電が実用化されたものの、全体のエネルギー供給を担う主役ではなく、発電設備の脇役という位置付けである。近年、米国で開発が進んだシェールガスは、地層内に分散して閉じ込められた石油やガスを、新しい技術の開発で採掘するものであるが、新しい資源ではない。また、太陽光発電の技術も進歩したが、通常のベースロード電源で供給ができない宇宙、離島、山間部を初め、分散電源としてメリットが生かせる発電源を中心に活用されている。技術進歩の側面としては、新たな資源の発掘ということではなく、広い意味でのエレクトロニクス分野の技術革新を取り入れた新技術といえよう。つまり、二世紀半にわたる産業革命、産業化の歴史のなかで、エネルギー・資源の革新は、最初の一世紀から一世紀半で終わり、その後は、めぼしい技術のブレークスルーは起こっていない。これから、そうした新しい技術の発見や、新規の開発がないとは断定できないが、何とかなるとの思い込みや予断を持つことも許されないといえる。

民主制は万全か　イデオロギーの対立を克服できるか

安全保障やエネルギーという国論が二分されるような政治的なテーマについて、「観念・信条」と「現実」、イデオロギーとリアリズムの対立構造がどのようなものかについて述べてきた。いずれのテーマも、「観念・信条」が人々を揺り動かすほどの強いレベルにあるのに対して、「現実」は、専門的な知識や情報で読み解かなければならないほど複雑で分かりにくく、グローバルな視点も含めて、国民の幸福はどのようにすれば実現できるか、深い思索を要することが特徴である。我々は、国民的な合意を得るための公平・公正な手段としての民主制＝民主主義制度をもっているが、このようなテーマについても、それは十分機能するのであろうか、機能させるためにはどのようなことが必要になるのであろうか。

〈民主制の利点と課題〉

我々の社会は、民主主義の社会であるとされるが、この場合の「民主主義」とは、どのように定義されているのであろうか。「大辞林　第三版」の解説では、

「人民が権力を所有し行使するという政治原理。権力が社会全体の構成員に合法的に与えられている政治形態。ギリシャ都市国家に発し，近代市民革命により一般化した。現代では、人間の自由や平等を尊重する立場をも示す。」とある。また、「デジタル大辞泉」では、

「人民が権力を所有し行使する政治形態。古代ギリシャに始まり、十七、十八世紀の市民革命を経て成立した近代国家の主要な政治原理および政治形態となった。近代民主主義においては、国民主権・基本的人権・法の支配・権力の分立などが重要とされる。現代では政治形態だけでなく、広く一般に、人間の自由と平等を尊重する立場をいう。デモクラシー。」

と、ほぼ同様な解説がなされているが、いずれも、政治形態、制度としての民主主義と、理念としての民主主義が定義されている。後者の理念である、国民主権・基本的人権・法の支配・権力の分立は、日本国憲法にもそれが明記されている。ここからは、制度としての民主主義を議論する場合には、理念との混同を避けるために、「民主制」とよぶこととしたい。

いずれの民主主義の解説にも古代ギリシャが引用されているが、これは、今日の民主制とは、大きく異なったものであった。古代ギリシャでは、都市国家という比較的小さなコミュニティであったので、人々が直接的に政治の決定に参加する直接民主制をとっていた。また、参政権をもつ人々は市民権を有する貴族や平民などに限られており、自由・平等という近代民主主義の理念などは無かったからだ。この、直接民主制については、「世界大百科事典　第二版」の解説によれば、

「(民主制は、) 国民全体の主体的な政治参加を前提とする政治体制を意味するが、現実に全員の政治参加を得て、秩序を形成することは不可能である。したがって、民主制の理念はつねに象徴として機能する。歴史的には、古代ギリシアにおいて君主制、貴族制にならぶ政体の一つとされ、多数者による支配を意味したが、極端過激な民主制はかえって無秩序を招き人びとに軽蔑された（アリストテレス《政治学》)。その後、民主制は現実の政治形態としてはあまり注意されないままにきた。」

とされ、弊害をもたらす側面があったことを指摘している。

しかしながら、古代ギリシャと異なる近代社会が、民主主義の理念を尊重した上で、それを具体的な政治の制度、仕組みとして実現するのは、大きな困難を伴うものであると言わざるをえない。同じ、「世界大百科事典　第二版」では、

「民主主義という言葉は、現代では、あらゆる政治的行動や意図の正当化を訴える理念として、またそれらを評価する基準として、政治体制や信条の差異をこえてほとんど普遍的通用性を獲得している。しかし、その反面で、今日、民主主義の具体的内容として何が確実な合意であるかについては、必ずしも明らかではない。民主主義のこうした言葉としての普遍化と意味の多様化は、現代世界、とりわけ第一次大戦以後のことである。…」と、

言葉は普遍的なものとなったが、あるべき制度についての合意が無いとしている。それは、言い換えると、今のところ、完璧な民主主義制度は存在しないことを意味している。

我が国を含め、先進諸国の多くでは、国民が代表者を選挙で選任し、間接的にその意思を反映させる間接民主制（代表民主制、議会制民主主義とも言われる）を採用している。これらは、多数者の支持をうけた政党が単独または複数の政党と組んで政権を担当する政党政治として展開される。こうした民主制は、①個人であれ集団であれ、独裁的な体制の出現を防ぐこと、②個人の自由や人権が社会や国のために犠牲にならないこと、③公平・公正な合意形成を通じて、社会や国への帰属意識、アイデンティティーを高めることができることなど　多くの利点がある。一方、欠点や課題も少なくない。大きくは、二つの点があげられるが、第一は、国民がそろって間違った意志決定を行うリスクがある

ということで、それは、有権者が十分な情報を与えられないか、情報を得ようとする努力をせずに、観念、感情に偏った投票行動を行う場合に現れることがある。この問題にどう対処すべきかは、後に詳述する。

第二は、合意形成・意見集約のあり方が、あまねく、民意を反映できるものになっているかどうかである。これには、民主制の本質に関わり、また、問題解決が容易でない多くの課題が含まれる。代表的な例をあげると、政党が公約の中で政策の方向付けを行う場合に、影響力のある集団や団体（業界団体、労組、政治・宗教団体、職能団体など）の意見が重視されるのに対し、そのような組織をもたない子育て家庭や若者などの意見は後回しになりがちである。高齢者は、同じように組織を持たないが投票に行く有権者が多いため、政党は、その声を重視せざるをえない。組織をもたず、数的な影響力も小さい人々の民意は、そうでない人々に対して不利であることは否めない。

選挙制度の問題もある。小選挙区制は、票の総取り方式であり、比例区との併用でこれを緩和する措置が取られてはいるものの、死に票が多く出る。慶応大学教授の坂井豊貴は、その著書「多数決を疑う—社会的選択理論とは何か」（岩波新書　二〇一五）で、三人以上の候補者から選挙で一人を選ぶ場合に、投票者がすべての候補者の順位をつける方式（ボルダルールといわれる）を採用すれば、少数者の意見も反映されやすいことを、数学的な手法を用いて解説している。この方式では、多数決で一位をとった候補者よりも、二位または三位の候補者が当選する可能性がある。政治選挙でこのような方式を採用することは、事務手続き的には困難な面もあるが、現在の単純な多数決方式が、意見集約を行う上で課題があることも事実である。

また、現代の代議制による政党政治が、有権者の個別の政策テーマに対する意思を適切に反映できているかどうかという問題もある。有権者が支持する政党の公約のパッケージは、有権者の意思とは必ずしも一致しない。著者は同書の中で、かりに、代表制ではなく、政策テーマごとに直接制で政党を選挙した場合、代表制で負けた政党が全てのテーマで多数をとることがある例を示している。これは、代表制と直接制で正反対の結果がでることから、オストロゴルスキーのパラドックスとよばれる。

著者は、ルソーの社会契約論が説く民主制を次のように紹介している。「社会契約」とは、人間が奴隷にならない、自由にいられる社会を築くために、互いを対等の立場として認め合うことであり、契約行為とは、人々が結びつく一つの分割不能な共同体へ、すべての権利を渡して一つに束ねることである。契約する相手である共同体を人民と呼び、束ねた権利を「人民主権」という。この共同体は、人民の「一般意志」の指揮のもとに置かれる。「一般意志」とは、個々の人間が自らの特殊性をいったん離れて意志を一般化したものであり、意志を一般化するとは、「熟議的理性」の行使とよび、私から公の次元に思考を移すことで、自分を含む多様な人間がともに必要とするものは何かを探ろうとすることである。また、人民による「主権」とは、その「一般意志」に基づき、共同体内での取り決めを定めること、立法権を行使することであり、ある法案がその「一般意志」に適うか否かは構成員全員が参加する集会で投票して、多数決で判定されなければならない。つまり、ルソーの社会契約論における民主制とは、あくまでも直接民主制であった。しかし、現実には、すべての立法を全員参加で決定することは無理があり、多くの国々は、代議制を中心とした政治体制を採用している。著者は、こうした現実の比較的民主化された体制としてのポリアーキー（米国の政治学者ロバート・ダールが提唱）と、理念としてのあるべき民主主義には、かい離があり、その差を埋めていく努力が必要であると指摘する。それは、多数決や代議制がもつ矛盾だけではない。東京都小平市の都道三二八号線建設問題で実施された住民投票（二〇一三年五月）が、投票率五十％の成立要件という高いハードルを課せられたため、開票もされなかった事例をとり上げ、幅広い裁量権を持つ行政機関に対して、直接に関われるルートを、政治体制の補強パーツとして追加していくべきと主張している。住民投票では、市区町村という基礎自治体を単位とせざるを得ないので、地域住民の民意は、全体の中で薄められることになるため、このようなケースでは、投票率に関わらず、少なくとも投票結果を開示するなり、或いは、投票以外の方法で民意を把握し、その結果を行政に反映させていくような努力が必要であろう。

〈エネルギー問題に対する民主党政権の対応〉

民主主義の欠点、課題としてあげた第一の点、国民がそろって間違った意志決定を行うリスクに戻りたい。ルソーの「一般意志」は、個々の人間が私を離れ、共同体にとって必要なことは何かを見極めることであり、そのような客観的な判断を行おうとする人々が、多数決で決定した「一般意志」は正しくなるはずである。坂井豊貴は、先の著書で、「陪審定理」を引用して、多数決のもつ確率論的な正統性の説明を試みている。裁判において、例えば、一人の陪審員が正しい判断ができる確率が〇・六であれば、陪審員が三人の場合、多数決で正しい判決が下せる確率は〇・六四八、七人の場合は、〇・七を超える。陪審員の数を増やせばその確率は増加するので、多数決の判断が正しい確率は、限りなく一に近づくことになる。この理屈は、賢明な人民が多数決で決める「一般意志」は、共同体にとって正しい決定になるという民主制の正統性の根拠ともなりうる。しかし、「陪審定理」が成り立つのは、個人が正しく判断できる確率が〇・五を超える場合であって、民主主義制度において、全ての選択でこの条件が満たされるのは、現実的には難しい。政治家が、ポピュリズムやナショナリズムに訴えて支持を得ようとする場合は、特にそうである。

今日、日本の政治家は、自分たちへの支持を集めるために、ポピュリズムを味方につけようとするが、責任ある政治を行うに当たって、ポピュリズムが障害になることもある。先に、エネルギー政策で取り上げた原発の問題を振り返ってみよう。

二〇一五年九月、九州電力川内原発一号機が、二〇一一年の福島原発の事故以来四年振りに運転を再開した。政府は、安全性を確認した上で、引き続き、原発の再稼働を進めていく方針だが、世論調査によれば、現在でも、半数以上は、再稼働に反対している。福島原発の事故が衝撃的であったこと、事故が終息せずいつまでも続いていくことを考えると、それは、理解できないことではない。

二〇一一年三月の東日本大震災で、地震と福島の原発事故の両面での対応を余儀なくされたのは、菅直人首相であった。二〇〇九年九月に政権交代を果たした民主党の鳩山由紀夫内閣が、翌年六月に総辞職したため、その後を引き継いでいた。菅政権は、福島原発事故後ほぼ二か月が経過した五月六日、突然、中部電力に浜岡原発の運転停止を命じた。中部電力は、法的根拠のない行政指導ではあったものの、大地震に伴う事故を防ぐという大義名分があり、要請を受け入れざるを得なかった。その後、六月十八日には、海江田万里経産相が、浜岡以外の運転停止中の原発については「安全上、支障がない」との安全宣言を行い、六月二十九日には、九州電力の玄海原発の再稼働を佐賀県知事に対して要請する。しかし、七月六日の予算委員会以降、政府は、安全宣言を覆し、全ての原発は安全性を確認するためのストレステストを実施し、それに合格したもののだけを再稼働を認める方針に切り替える。海江田経産相は、七月七日に辞意を表明し、菅政権の突然の方針変更で混乱を招いたことに対して責任をとることを示唆した。（朝日新聞Digital　二〇一一年七月七日）

菅内閣のこのような原発への対応は、菅首相の政治信条と内閣の政権基盤の弱体化とも連動しているように見える。前者については、菅首相は七月十三日、記者会見で脱原発の宣言の趣旨の発言を行い、その後、ある国会議員からその真意や、党内の正式な手続きを踏まえたものかどうかの質問主意書が提出され、自身の考えを述べたものであるとの答弁を送付している。また、後者の内閣の政権基盤については、菅内閣発足後の二〇一〇年七月の参院選で与党が過半数割れとなり、翌年、震災後の四月の統一地方選でも敗退する。五月の浜岡原発の停止要請は、こうしたタイミングで発表される。その後、震災対応の不手際などの批判もあり、党の内外から退陣の声が強まり、六月二日には、野党から内閣不信任案が提出される。不信任案は否決されたが、その一ケ月後の七月はじめには、原発の再稼働はストレステスト合格を条件とすることを発表する。ストレステストとは、言葉通り、過度に悪い条件を付加したときのシステムの健全性を確認し、強化すべき部分があれば改善策を検討し、適用していこうということが主たる目的であり、欧米では、金融機関を対象として始まり、その後、原発にも適用されるようになった。テストの結果が出るまで、原発の稼働を認めないということはないし、改善策が必要となった場合でも、直ちに停止を求めることにはならない。玄海原発の安全宣言は、福島の事故の要因を踏まえてなされているので、技術的には再稼働を認めない根拠はなかった。しかし、原発安全の確認を徹底して行うことには、誰もが反論し難く、世論もこの決定を歓迎した。その結果、全国の原発が全て、四年以上にわたって停止することとなったが、当時、それを想像できた政治家や政府関係者は多くなかったはずだ。

この菅内閣は八月三十日に総辞職し、その後に発足した野田内閣は、エネルギー政策、原発政策という重荷も引き継ぐことになった。菅首相が個人的とはいえ宣言した脱原発をどのようにエネルギー政策として位置づけるかという宿題に答えを出すことである。翌年の二〇一二年六月末、国家戦略担当大臣をはじめ関係閣僚をメンバーとするエネルギー・環境会議は、「エネルギー・環境に関する選択肢」を発表した。これは、原発依存度を減らすという方向性は共有されつつあるが、どの程度の時間をかけてどこまで減らしていくべきなのか、どのエネルギーで補っていくべきなのかを巡っては大きく意見が分かれているため、原発比率を二〇三〇年までに、〇%程度、十五%程度、または二十～二十五%程度まで下げていくという三つのシナリオを示し、国民的議論に付そうとするものであった。どのシナリオが良いかを決めるためには、セキュリティ、温暖化対策、経済性、技術の開発の見通しなど、それぞれ、相反することもある要素を総合的に判断する必要性があり、そのための情報をできるだけ詳細に提示しようとしたものである。そして、その後、こうした議論を踏まえて、九月、「革新的エネルギー・環境戦略」を決定する。この中では、①原発の四十年運転制限制の厳格適用、②原子力規制委の安全確認を得たもののみ再稼働、③原発の新増設を行わない——という三原則を示し、「この三原則を適用するなかで、二〇三〇年代に原発稼働ゼロを可能とするよう、あらゆる政策資源を投入する」としている。この結果は、九月十九日に閣議決定されるが、「朝日新聞　朝刊　オピニオン一二〇一三年四月十一日」によれば、

「しかし、戦略全文の閣議決定は見送り、「戦略を踏まえて、関係自治体や国際社会などと責任ある議論を行い、国民の理解を得つつ、柔軟性を持って不断の検証と見直しを行いながら遂行する」という一文を閣議決定した。民主党は「原発ゼロ方針」を閣議決定したとの立場だが、経済界などの反発に配慮した決定と見なされ、あいまいな形に。」と解説される。

たしかに、経済界のみならず、原発や核燃料サイクル施設などの受け入れで長年にわたり協力してきた地方自治体の民意なども勘案すれば、野田内閣が、この時点で、軽々に「原発ゼロ」を打ち出すことはできなかっただろうし、もしそうするのであれば、民主主義の理念に基づき、選挙でそれを問い直すことが不可欠であったろう。そのような観点からすれば、閣議決定の文言には、理想は理想として、ポピュリズムに流されることなく、慎重に進めて行こうという意図が込められており、その精神は、現在の自民党政府のエネルギー政策にも引き継がれている。原発の三原則は、現在の民主党（現民進党）のエネルギー政策でもあるが、重要な点は、安全が確認された原発の再稼働を認めていることであろう。全ての原発を直ちに停止する場合には、社会的・経済的な影響が大きいし、将来、政策資源の投入によっても原発稼働ゼロが見通せなくなった場合に、その時点で、原発を立ち上げようとしても、人材や技術の面で、簡単には行かないことを認識しているからだ。その意味では、四十年規制や新増設の条件については、少なくとも、喫緊の問題ではなく、政策として発動する上で、時間的

な余裕がある。将来的な見直しも可能だ。（なお、現在の原子力規制委員会は、安全が確認された原発については、四十年以上の運転を認可することとしている。）民主党の中には、原発に対しても右から左まで様々な意見があり、これを政策としてまとめあげるために多くの努力を要したと思われるが、この問題は、税と社会保障の一体改革やＴＰＰなど同様に、民主党が政権運営の中で学んだ貴重な教訓の一つであったに違いない。

〈安全保障問題への公明党の対応〉

エネルギー政策において、政治が、ポピュリズムをマネージするために、どのような役割を果たしてきたかを見てきたが、安全保障政策では、どのようなことがいえるのであろうか。今回の「平和安全法制」は、自民党と公明党の連立政権の合意によって、発案され、議会の審議を経て可決した。公明党は、元々、平和主義を標榜し、憲法九条は変えるべきではないとの立場であり、安全保障や防衛問題に関しては自民党の考え方に近い保守系の議員を擁する民主党よりも、左側に位置する政党であるともいえる。このため、創価学会を中心に公明党支持者の中には、今回の法案に対して、憲法違反として反対する意見もあったようだ。公明党は、そうした支持者たちの理解を得るために、二〇一四年七月の閣議決定に先立ち、自民党との「与党協議会」を立ち上げ、今の憲法の枠内で日本が自衛の措置としてどこまでできるのかということを徹底的に協議する。協議の回数は、二か月間で十一回、その後も翌年にかけてて合計で二十五回に及ぶ。また、並行して公明党党内にも安保法制に関する検討委員会を設け、安全保障環境の変化の認識を共有することも含めて、三十五回の協議を積み重ねる。

その結果、存立危機事態という自衛の措置が許される条件を厳格に設定し、ほかの国を守るために自衛隊が武力の行使をすることは認めないという原則を反映させることができたとしている。（「THE PAGE〈安保法制〉公明党・遠山清彦議員に聞く　集団的自衛権の行使の条件とは？　二〇一五年五月」）

公明党は、このように、今回の法案成立のカギを握る存在であったが、そのホームページでは、平和安全法制の目的と自党の果たした役割について、次のように伝えている。

「…今回の法制は、わが国を取り巻く厳しい安全保障環境に適切に対応するため、日米同盟の信頼性を高め、その抑止力を高めることが目的です。同時に、国際社会の平和と安全にも一層貢献するため、自衛隊の海外派遣に関する法整備も行いました。平和安全法制には、他国防衛を目的とする集団的自衛権は認めない「自衛の措置の新三要件」など、公明党の主張が随所に盛り込まれています。」

平和安全法制は、公明党が、憲法九条の自衛の原則、理念を守るために、自民党に対して「縛り」をかけたことで成立させることができたとの自負が読み取れる。実際、公明党の決断があったからこそ、世論調査における有権者の反対も、一定のレベルで治まり、また、内閣支持率の低下は一時的なもので、後に回復した。自民党としては、本来、目指そうとするフルスペックの集団的自衛権の行使が限定されたものになったことは事実であるが、米国に対して約束を果たすことができたこと、また、欧州やアジアの諸国からも評価を得ることで、覇権主義的な中国に対する抑止力を高める効果があったことから、満足すべき結果だったといえよう。

原発問題とエネルギー、平和安全法制の問題は、イデオロギーを巡ってポピュリズムに火がつきやすい政策テーマであるが、政治が、これらに、どのように向き合ってきたかを見てきた。これらから言えることは、民主主義制度における代議制の意義や重要性が改めて見直されるべきであるということではないだろうか。

〈代議制民主主義を機能させるために〉

代議制とは、有権者が選んだ代議員によって運営される政治制度で、古代ギリシャのポリスで行われ、ルソーが社会契約論で理想としたような直接民主制との対比では、間接民主制に分類され、議会制民主主義とも呼ばれる。今日、先進国を中心に多くの国々が採用しており、日本のように議院内閣制の場合は、議会で多数を得た政党が単独、または複数で内閣を組織し行政を行う政党政治が行われている。直接民主制は、日本の場合は、憲法改正の場合の国民投票などの一部に限定されているため、その範囲を増やすべきとの議論がないわけではないが、全ての政治を直接民主制で行うことは困難だ。時間やコストの面で不合理だということもあるが、それ以上に大きな理由がある。

直接民主制で、かりに、IT化が進み、有権者の意志決定が手間をかけずにタイムリーに行えるようになったとしても、有権者が、行政組織という専門家集団＝官僚を、適切にコントロールすることができるだろうか。我々は行政組織が提供するサービスの恩恵を直接的、間接的に受けている。医療・介護・年金などの社会保険、子育て・障害者支援・生活保護などの福祉、といった社会保障のサービスは、現在では、国債の利払いを除けば、国家財政（一般財源）の半分近くを占めるほどにまでなっている。その他にも、個人の生活に直結する行政サービスとしては、教育・文化・スポーツ、戸籍、郵便、道路・港湾・河川・ダムなどの公共施設、公共交通、電気・ガス・水道、警察、消防、裁判など多岐にわたる。産業や科学の振興、外交、防衛などは、経済の安定と成長、グローバルな関係の維持・発展、安全保障の確保を通じて、我々の生活の安全、安定、豊かさを実現するための間接的なサービスと考えてよい。こうした行政サービスは、我々の税金や社会保険料などを財源として提供されるが、サービスの取捨選択、優先順位などの検討を通じて、どのサービスにどの程度の予算を割り振るのかも行政の大きな役割となる。このような行政を司る国家公務員の人数は、平成二十七年度で、約六十四万人で、地方公務員を合わせると、三百三十八万人にものぼる。この中で、直接に政策の企画立案にあたる人々は、官僚とよばれ、高度の専門的な知識をもつことで、テクノクラートとよばれることもある。この専門的知識には、政治・経済・科学などの知識や情報だけではなく、それぞれの組織に蓄積された行政サービスの経験やノウハウなども含まれる。

こうした情報の面で圧倒的な格差がある官僚組織を、直接民主制で国民が直接にコントロールすることは、やはり、難しいであろう。いつの間にか、主権者である国民と被使用者である行政機関が、主客転倒し、利権化や、極端な場合は、独裁者の登場を許すリスクもないとはいえない。それに比べて、現行の代表制は、有権者が代議員として選んだ政治家が、官僚を統制する仕組みであり、一人ひとりの政治家が、官僚との情報の格差を補うことのできる高い見識や教養をもち、国民のために奉ずる使命感を果たそうとする限りにおいては、よりましな制度といえるのではないか。

司馬遼太郎は、江戸時代の侍社会の、私より公に奉仕する精神である「役人道」というモラルが、明治において遺産として引き継がれたと語っているが、それは、現代の日本においても、伝統的な価値観として共有されているといってもよい。その意味では、代表制の課題があるとすれば、政治家が官僚のグリップに失敗するリスクよりも、政治家が官僚の提言を無視してポピュリズムに訴えて失敗するリスクを考えなければならない。民主党政権においては、原発問題を契機にエネルギー政策の見直しを迫られたが、最終的には、脱原発という一辺倒ではなく、「責任ある議論」、「国民の理解」、「柔軟性を持った不断の検証と見直し」をキーワードとする取り組みを行うことで決着した。この結論に至る過程で、民主党の議員は、原発問題に対して、改めて、政治家としての立場を明確にすることが求められることになった。政権交代が実現することになった総選挙では、原発問題はマニフェストになかったし、むしろ、原発は推進ということであったはずだからだ。党内には、国民や支持者たちの世論に答えて、即刻、原発ゼロとすべきと考える議員もおり、一方、エネルギー政策に求められる総合的な視点から、原発は安全と判断されたものから使っていくとする行政の側の提言に理解を示した議員もいた。しかし、上述のような閣議決着に落ち着いたのは、観念的、感情的な世論に従えば、国益を損ないかねないとの危機感を抱いた議員が少なからず存在したことを示している。今後、民主党は、脱原発を選挙のプロパガンダとして用いることはあっても、党として、現実的なエネルギー政策をとって行くであろうことは、これらの事実を見る限り、明らかなことだと思われる。代表制民主主義がある意味で鍛えられたといっても良いのではなかろうか。

一方、平和安全法制の問題で、公明党の議員たちがとった行動についても、同様な解釈が成り立つのではないか。公明党は、二〇一二年十二月の総選挙で、今回のような、野党からは憲法九条違反とされる法案に賛成するというような公約を謳っていたわけではなかったし、自民党との連立政権合意においても、「日米同盟の強化を図ること」以上の言及はなされていなかった。これまでの歴代政権の内閣法制局の「集団的自衛権は持ってはいるが、行使しない」とする解釈を変更してまでの法案に賛成するとすれば、支持者へは丁寧に説明責任を果たし、理解を得る必要がある。東アジアにおける安全保障環境のリスクや日米同盟が持続的に維持できないかもしれないリスクなどは、一般の国民にとっては、見えにくいものである。政治家は、外務省や防衛省などの官庁が、そうしたことについて、詳細な分析、評価結果を示した場合は、自らよく考えて、国民の安全を確保するために何をすべきかの立場を明確にしなければならない。そして、その判断が、多くの支持者たちの意識とギャップがあるのであれば、それを埋めるために、身を賭してでも、支持者を説得する義務がある。うまくいかなければ、次回の選挙で落選する覚悟も必要だ。こうした行動こそが、知識や情報の面でハンディキャップのある一般の有権者から選ばれた政治家に求められるものであって、代表制民主主義が成熟したものとして機能するかどうかは、有権者に徒に迎合するのではなく、働きかけるという双方向のコミュニケーションを作ることができるかどうかにかかっているといえよう。

民主制とマスメディア

民主制が過った意志決定をしてしまうリスクに対して、政治が果たすべき役割について考えてきた。それは、「ポピュリズム」をどのようにマネージすべきかという問題設定でもあった。この「ポピュリズム」という言葉は、二つの意味合いで用いられるようだ。まず、第一は、民主制社会では、人々が、理性ではなく、気分や空気で物事を判断しようとし、その結果、自らにとっても好ましくない結果を招きかねないことがありうる。代議員や首長を選ぶ時に、知名度だけで政策や人物などを考えようとしないことなどもそうだが、そのような大衆の無責任ともいえる性向を揶揄する場合に用いられることがある。第二は、そうした有権者の性向を、政治家や政治行動に携わる組織や団体が利用しようとする態度や手法のことを云い、「大衆迎合」、「大衆扇動」とも呼ばれるが、政治的な行動としては、人々の無知に乗ずることから、ネガティブなニュアンスとして用いられることが多い。そして、マスメディアは、どちらの意味においても、「ポピュリズム」と深い関わりがある。商業主義の観点から、無責任な大衆に迎合することを厭わないし、一方で、ジャーナリズムという観点で、自らの主義・主張のために大衆を啓蒙しようとするからだ。マスメディアは、そういう意味からも、民主制にとっては、大きな影響力をもつ存在である。

〈マスメディアの歴史から得られる教訓〉

日本のマスメディアが、過去に、どのような役割を果たしてきたかを振り返ってみたい。

幕末から明治への時代の変革は、書き物というメディアを、まさに媒介にして、日本の存立の危機を人々が共有することで成立した。その背景には、水戸学、国学のみならず蘭学などの思想や知識の普及とそれを可能とした高い識字率があった。明治の時代に入ってからは、一八七〇年代から八〇年代にかけて、朝日、毎日、読売などの前身となる新聞社が創刊され、それらは、日清戦争や日露戦争でのニュース報道を通じて、発行部数を大幅に伸ばすことになった。多くの新聞は、日露戦争の開戦を支持するとともに、戦後に締結されたポーツマス講和条約が不平等条約だとする国民の渦巻く不満を代弁して政府を非難する。その結果、政府に理解を示した「国民新聞社」を襲撃するなど死者十七名を出した日比谷焼討事件に発展する。新聞は、日露戦争が、実態は、敵失により勝ちを拾ったに過ぎないことを伝えて来なかったので、国民のそうした認識を煽る役割を果たしたといえるであろう。

その後、一九二〇～三〇年代にかけて、第一次大戦期とその後の産業発展の下で、都市住民・俸給生活者が増加したり、中高等教育の充実が図られたりしたことなどで、新聞の発行部数は急増する。この時期は、一九二五年に開始されたラジオ放送の普及も含めて、マスコミの本格的発展期でもあったが、特に新聞の影響力は大きく、その報道のあり方が民衆の認識を規定すると同時に、そうして方向付けられた民衆意識を前提にして読者が好む方向に報道の内容が傾斜していくという関係も進展していった。大正デモクラシー状況から軍国主義への転換点となった満州事変に対する新聞報道は、その典型的事例であった。（加瀬和俊編「戦間期日本の新聞産業　―経営事情と社論を中心に―」（東京

大学社会科学研究所　二〇一一年十一月）

満州事変を契機にして、新聞報道がどのように変化したかについては、NHKスペシャル取材班の「日本人はなぜ戦争へと向かったのか　メディアと民衆・指導者編」（新潮社　二〇一五年六月）に詳しい。新聞は、ロンドンの海軍軍縮会議で軍縮を推進する政府を支持し、反対する軍部を批判していたが、翌一九三一年の満州事変を契機に軍の立場を支持するようになる。この時点では、軍による特別な言論統制があったわけではなく、自発的なものであった。その背景には、関東軍が張作霖爆破事件を引き起こすことになった満州での治安悪化があり、日露戦争以来築いてきた満州の権益をどう維持するかが、国民にとっての大きな関心事になっていた。新聞が、国際的協調から国際的孤立化へ大きく転換していったのは、そうした国益の重視という観点が大きかったが、一方で、「マスメディア段階に入った新聞という〝商品〟が背負った一つの宿命」ということもあった。読者獲得レースは熾烈で、戦争のニュースを他紙よりも魅力的に報道し、より多くの読者にわかりやすく解説していこうとした結果、過熱した戦争報道が展開されることになった。もちろん、信濃毎日新聞の主筆桐生悠々の、木造家屋の集中する日本での防空演習の非科学性を論じた「関東防空大演習を嗤う」とする論説記事（一九三三年八月十一日）に対して、在郷軍人会が軍に代わって圧力をかけ、最後は、桐生が辞任するような事例がなかったわけではないものの、新聞は、満州国の建国、国際連盟脱退、日中戦争、三国同盟締結と太平洋戦争の開戦に向けて、狂気を煽る側の立場に立って報道を続けることになった。

ラジオが登場し、受信契約数が、満州事変の翌年に百万件を突破、日中戦争の年に三百万件に迫り、太平洋戦争開戦の年には五百万件を大きく超えたことも、新聞にとっては無視できない事実であった。

ラジオ放送を担った日本放送協会は、今日とは異なり政府の監督統制下にあり、近衛文麿首相は、日中戦争の始まった頃、国民の戦意高揚を狙った「政府主催国民精神総動員大演説会」の会場の日比谷公会堂に、日本放送協会のラジオ中継を入れた。「演説会場から拍手と歓声を電波に乗せ、聴き手に国家との一体感を感じさせよう」とするためであったが、それらは、ナチスの手法を研究した結果でもあった。ラジオは、戦争実況を中継することで、国民の熱狂を作り続ける、勝った、勝ったばかりで、負けたことや、不都合なことは伝えられない、日本軍は強いということを信じ切らせる。新聞は、こうした強力なライバルの出現に対して、号外を乱発することで対抗する。結局、日本は、メディアの作った世論に押されて、米国との戦争という引き返せない道に入り込む。新聞社の幹部には、さすがに、三国同盟を疑問視した人々もいたようだが、「メディアは自分たちが世論を作っていて、しかも自分たちの作った世論に自分たち自身も巻き込まれてしまった。そこで一種の雪だるま的な状況になっていって、自分たちではもう止められなくなったんです。…」と後に語っている。

このようにして、太平洋戦争に突入してからは、新聞やラジオの報道は政府の監督下におかれることになるが、政府発表の真偽を検証しようということもなく、むしろそれを誇張することが多かった。このようなマスメディアの報道姿勢を、当時の冷静な知識人は、どのように眺めていたのであろうか。その一人である、外交評論家の清沢洌（きよし）は、戦時中に書き記した「暗黒日記」（＊）の中で、自由主義者の視点から、当時の軍や官僚、言論界やマスメディアに対して厳しい批判を投げかけていた。因みに、清沢は、米国での十年余の滞在経験を通じてリベラルな思想を育み、満州事変勃発の折も、全ての新聞が軍を支持したのに対し、「満蒙の利益は実質的よりも想像的、経済的よりも地図的満足であり、日中の貿易を拡大することで経済発展をめざすべき」との持論を変えることはなかった。（北岡伸一著「清沢洌　―外交評論の運命―」増補版　中央公論新社　二〇〇四）後に石橋湛山や吉田茂などとも親交を結ぶが、一九四五年五月に肺炎のため五十五歳で急逝した。敗戦を見届けることは出来なかったが、将来、日本現代史を書くための備忘録として書き続けた「暗黒日記」で指摘した日本のあり方は、驚くほどに戦後の日本を的確に見通していた。（＊清沢洌著　山本義彦編「暗黒日記一九四二―一九四五」（岩波書店　一九九〇））

清沢が指摘したマスメディアの問題点について、いくつかをあげてみたい。

まず、第一は、新聞やラジオが威勢のよい論客とそれを持ち上げることだ。「極端なる議論の持主のみが中枢を占有し、一般識者に責任感を分担せしめ」なかったのは、マスメディアにも責任がある。次に、新聞は、アッツ島の山崎大佐のような玉砕を正当化し、軍の作戦の責任を問うことがない。「イグノランス（無知）の深淵は計りがたい」ものがある。一方で、「科学奨励」と「精神主義の高調」という矛盾に目をつぶる。また、日本の新聞は、同盟国であったイタリーなどが無条件降伏をすると、手のひらを返しての悪口雑言を浴びせ、「小学校生徒の常識と論理もない」ほど、幼い。次に、新聞は、軍部の「米英が鬼畜であるとの宣伝」（チャーチルとローズヴェルトが日本人皆殺しを決議した、日本人に子を生ませないように睾丸をとるなど）を、言論統制を受けているわけではないのに、垂れ流す。サイパン陥落の悲劇は、マスメディアにも責任がある。十万人に近い軍人と非戦闘員の死亡は、「アメリカ人は野獣だ。誰もかれも殺戮する。」ということを信じたためであるとすれば、それは、「封建的イデオロギーの犠牲」であり、「軍人指導者に必随する行為」である。また、今回の戦争で儲けた右翼と軍人の関係について、マスメディアは、何も言及しない。国民の意識に対する苦言は、軍やマスメディアに対する苦言でもある。敗戦を迎えることになった昭和二十年の元旦の日記では、次のように述べている。

「日本国民は、今、初めて「戦争」を経験している。戦争は文化の母だとか、「百年戦争」だとかいって戦争を讃美してきたのは長いことだった。…戦争はそんなに遊山に行くようなものなのか。それを今、彼らは味わっているのだ。だが、それでも彼らが、ほんとうに戦争に懲りるかどうかは疑問だ。結果はむしろ反対なのではないかと思う。彼らは第一、戦争は不可避なものだと考えている。第二に彼らは戦争の英雄的であることに酔う。第三に彼らに国際的知識がない。知識の欠乏は驚くべきものがある。」

精神力だけで、科学的な発想無しでは戦いには勝てない。「日本だけだ、抽象的精神力というものを重視するのは。物量や発明も精神力であることに気づかずに。蘇峰の如き議論がドン・キホーテの最たるもの。かれは全く科学的考え方はない。」ということを、マスメディアは国民に伝えるべきであった。

そして、清沢が急逝する前の同年四月十七日の日記では、

「沖縄の戦争は、ほとんど絶望であるのは何人にも明瞭だが、新聞は、まだ「神機」をいっている。無論、軍部の発表によるものだ。国民は愚かな田舎人でもこれを信じまい。誰も信じないことを書いているのが、ここ久しい間の日本の新聞だ。」と書く。

国民は、ようやく、マスメディアの報道がフィクションであったことを自覚し始めた。

このように見てくると、マスメディアは、満州事変を契機にして、大きく舵を切った。「満州権益」の確保が国益であり、これを報道の基本にしたとするのは、マスメディアの言い訳であったとしか言いようがない。国民の多くがそれを支持していたことは事実であったが、マスメディアは、そうした「ポピュリズム」に迎合するだけで、何が本当の国益であるかを追究しようとはしなかった。その後、日本は、米国との戦争の道をひたすら歩き続け、最後は、敗戦で、国益を大きく棄損する結果となった。マスメディアは、商業主義という宿命を負う中で、ジャーナリズムの使命を放棄したといえよう。戦後は、どうであろう。多様な価値観が認められ、ジャーナリズムは、それを主張し、また、代弁するということは自由に行えるようになった。しかし、「ポピュリズム」に迎合し、商業主義を最優先するという態度はなくなったといえるのであろうか。

清沢洌が指摘したように、マスメディアは、読者や視聴者に人気のある論者を多く登用する。それは、現代でも、とりわけ、テレビの番組などでは顕著である。言論が過激な論者や、知名度や好感度が高いという論者が頻繁に登場するが、その発言のベースになっている専門性や知識・情報は、ほとんどが詮索されることはない。国民は、親近感から論者の発言を信頼し、信用しがちである。視聴率アップのために、安易に「ポピュリズム」に頼るのではなく、論点が分かれるテーマや、スキャンダラスなテーマなどは、観念的ではなく理性的な思考を促す報道を心がけてほしいものだ。イグノランスを啓蒙し、物事を科学的に考えさせることは、ジャーナリズムの責務であり、それは、視聴率アップや購読者数増加という商業主義とも決して矛盾するものではない。そうした報道姿勢は、今後の国際関係の推移によっては、再び沸騰しかねないナショナリズムという世論の暴走を抑えるためにも必要なことだ。

また、清沢は、マスメディアが軍部や右翼の利権を追究しなかったことを批判したが、産官の癒着や利権、不正などを探し出し、国民に知らせることは、社会を健全に運営していくために不可欠なことだ。それは、マスメディアの使命の重要なものの一つである。マスメディアは、現在、公的な組織の情報を入手するために、国政の関連組織や地方自治体、業界団体などに記者クラブを設けている。これは、公的な組織が積極的な情報開示と説明責任を果たし、また、マスメディアが、それを正しく、タイムリーに国民に伝えるために必要なものとされているが、一方で、この記者クラブは、大手メディアに参加が限定されていることから、取材源との癒着や独自の取材活動の低下などの批判もある。二律背反的な側面があることは事実であるが、マスメディアには、巨悪を見逃さないことはもちろんのこと、週刊誌などが取り上げない中小の悪や不正を掬い上げることにも、努力を期待したい。

〈マスメディアと日本人〉

マスメディアは、今日、国家権力に代わる第二の権力や、立法・行政・司法の三権に次ぐ第四の権力ともよばれるが、それは、政治への影響力が決して小さくないことの表れである。実際、マスメディアによる世論調査は、政府にとっては、通信簿のようなもので、その結果次第では、政権運営に大きな軌道修正を迫られることにもなる。国政選挙は、数年に一度しかないが、マスメディアは、その間の民意を代弁する直接民主制の役割を果たしているともいえる。かつては、テレビの対談番組でコメンテーターが首相の言質をとり、後に、退陣を余儀なくされるようなこともあったが、時には、大きな風を演出し、それが、政治のダイナミクスの起爆剤になることもある。日本人にとって、マスメディアの存在は、どのようなものなのであろうか。欧米の場合と違いがあるのであろうか。

ここに、マスメディアの情報の信頼度についての興味深い調査データがある。作家本山勝寛の「先進国で最もマスコミを鵜呑みにする日本人」（アゴラ　二〇一四年九月一三日）によれば、「世界価値観調査（二〇一〇）によると、日本人の新聞に対する信頼度は「非常に信頼する」と「やや信頼する」を合わせると七十・六％にのぼる。この数値は世界トップレベルで、米国二十％台、英国十％台をはじめ先進国が十％から四十％台なのに対して圧倒的に高い。中国や韓国など他のアジア諸国でも六十％台で日本ほどではない。」とされる。同様な調査を、公益財団法人「新聞通信調査会」でも行っていて、「諸外国における対日メディア世論調査（二〇一六年実施）」によれば、新聞の情報信頼度は、日本が、六十九・四点に対して、西欧では、アメリカが五十五・七点で、フランスやイギリスがそれに続くという結果となっている。欧米の結果が両者で異なるのは、設問のニュアンスや対象者の違いによるものか不明であるが、いずれにしても、日本との差が大きいことには変わりない。

このような日本と欧米のメディア観の違いは、どこから来ているのだろうか。新聞産業の構造という視点に立つと、その違いが見えてくる。「日本の新聞業界にネットの嵐　—止まらぬ部数減」（「nippon.com」二〇一四年十一月）によれば、「日本の大手新聞の発行部数は世界的にみても圧倒的に多く、世界新聞・ニュース発行者協会（VAN-IFRA）が発表した「二〇一一年世界の新聞発行部数トップ十」では、トップの読売、二位の朝日を含め、日本勢が五社で半数を占めている。日本独特の〝宅配制度〟が支えている数字で、一般社団法人「日本ＡＢＣ協会」の最新データによると、二〇一四年九月の読売の販売部数は九百二十四万部で、二位の朝日が七百二十一万部、…」とされる。つまり、日本は全国紙が圧倒的なシェアを占めているのに対して、欧米では、英国の「ザ・サン」やドイツの「ビルト」のようなタブロイド紙（大衆紙）が、このトップ十の中に入っているものの、高々、二百～三百万部にしかすぎない。米国でも、「ウォール・ストリート・ジャーナル」（日刊の経済新聞）、「ＵＳＡトゥデイ」（全国紙）、「ニューヨーク・タイムズ」（高級日刊紙）などが、発行部数で上位を占めるが、購読者のニーズに応じて、新聞が多様化しているのは、欧米ともに共通している。

「新聞協会」は、日刊紙の発行部数、発行紙数、人口当たり部数が各国でどのようになっているのかを公表している。日本が、発行部数（二〇一四年）約四千五百万部、発行紙数（二〇一四年）百四紙、成人人口千人当たり部数（二〇一二～一四年）四百十部であるのに対して、アメリカは、約四千万部、千三百五十五紙、百五十七部であり、また、ドイツも、約千六百万部、三百四十九紙、二百三十二部となっている。つまり、日本は、欧米のこれらの国と比べて、二～三倍もの人々が新聞を読み、また、一紙当たりの発行部数も、平均すると十倍以上と多いことが分かる。

このように見てくると、欧米の新聞は、政治や経済専門の日刊紙はあるが、日本の全国紙のような総合的な新聞はなく、あっても、タブロイド紙のように、センセーショナルな事件報道やゴシップ記事を中心にした大衆紙である。日本でいえば、夕刊紙やスポーツ新聞の分類に近いかもしれないので、信頼度に差がでるのは、ある意味で当然なことといえよう。日本の場合、先の「新聞通信調査会」の調査では、他のマスメディアの信頼度についても調べられ、NHKテレビが七十・二点と最も高く、新聞が二位の六十九・四点、民放テレビは三位で六十一・〇点の順となっている。そして、各マスメディアの情報信頼度をつける際に最も影響の大きい要因としては、「情報源として欠かせない」、「情報が分かりやすい」、「社会的影響力がある」などと答える人が多い結果となっている。つまり、日本の読者や視聴者は、新聞やテレビが、必要な情報を手軽に、分かりやすく提供してくれており、それが、政治を含めて大きな社会的な影響力を持っていると判断しているということだ。

それでは、多くの日本人が、限られた新聞やその系列にあるテレビを購読、視聴し、その情報の信頼度に高い評価を与えているのは、何故なのだろうか。そこには、日本人の気質とサービス産業としてのマスメディアの関係を考えることが必要なのであろう。日本の新聞の発行部数は、一九九七年をピークにこの二十年近くで約二割減少しており、新聞情報の電子化などが進む中で、今後も、その傾向は続くものと予想されるが、それでも、日本人が、欧米に比べて、新聞が好きでよく読むという事実は変わらない。総合紙は、生真面目な政治・経済欄から、三面記事、スポーツ、芸能、文化、地方欄まで、全ての情報が網羅され、見出しを読めば、おおよその世の中の動きが分かるようになっている。また、分かりにくいことは、図表などを使って読者が理解しやすいような工夫もなされている。先の調査結果は、顧客満足度の高さを示したものともいえる。日本の新聞の宅配制度は、購読者数が多い理由の大きな要因であるが、それも、日本人の、情報を知りたい、知人など身の回りの人々とそれをできるだけ早く共有したいという意識を、マスメディアがニーズとして先取りしたからだと説明することも可能だ。つまり、テレビを含めたサービス産業としての日本のマスメディアは、顧客である読者、視聴者のニーズに応えることで、大規模に消費者を確保することに成功してきた。購読者数や視聴率の高さという規模の利点を、サービスの質の高さと満足感に結びつけるというビジネスモデルを成り立たせており、そこに、欧米との相違点を見出すことができる。

このように、日本が、海外と比較しても飛びぬけてマスメディアへの信頼度が高いということは、民主制にとってどのような意味をもつのであろうか。いくつかの論点があるが、第一は、本山勝寛も指摘している通り、人々がマスメディアの発信する情報を鵜呑みにしやすいということであり、誤った情報を正しいと信じてしまうリスクも高くなるということだ。例えば、安全保障やエネルギーの問題などの新聞報道を見比べると、明らかに、新聞社によって主義・主張が大きく異なっていることに気づく。複数の新聞を読み比べている人は少ないので、強い信念を持っている場合は別にして、いつも読んでいる新聞社の言うことだから、間違いはないだろうと考えるのは、普通なことだ。また、世論調査の結果の報道も、公正を装ってはいるものの、理性よりも感情的なレスポンスを誘導することで、意見対立のあるテーマの片方に肩入れしていると思わざるを得ないケースも散見される。マスメディアが、ジャーナリズムという社会的な使命を自覚することを怠ると、大衆への迎合と啓蒙（扇動）というサイクルを通じて、ポピュリズムを増幅させてしまうことには注意が必要だ。

第二の論点は、マスメディアの信頼が高いということは、マスメディアが国民の代弁者として認知されていることを意味する。マスメディアの声は、国民の声であり、政治は、民意を重視した政権運営を行わなければならない。マスメディアが、国民と政治を繋ぐ適切なパイプ役を果たすことにより、ある意味で、主権在民の実現をサポートしているといえなくはない。もちろん、それが、先に述べた通り、ポピュリズムによる衆愚政治に陥るリスクはあるが、マスメディアが、自らの主義・主張を表明する言論の自由が保証されることは、より重要なことである。そのことによって、人々は、様々な主義・主張の存在を知ることが可能となり、言論が一方向に偏ることを防いでくれる効果もある。

第三の論点は、国民とマスメディアの信頼関係が高く、一体化が進んでいる社会は、マスメディアを通じて、世の中の出来事や政治や科学・文化などのあり方に関心を持つ人が多い社会である。人々の道徳心や価値観がマスメディアにもフィードバックされる過程を通じて、規範意識がゆるやかに共有されている社会であるともいえる。人々は、マスメディアの誘導であれ、或いは個人の勉強不足であれ、間違った判断をするかもしれないが、そうした経験を通じて、民主制や民主主義の意味を学習し、また、主権者の自覚を呼び起こす機会とすることもできる。政治も、マスメディアに表れた民意を注意深く観察し、前広に適切な対策をとっていくことができれば、民主制をより成熟したものとすることも可能であろう。

イデオロギーとしての民主主義

一九九〇年代の冷戦終結以降は、政治体制に関するイデオロギーの論争や対立は、その結果が見えたことで、急速に衰えることになったが、それは、イデオロギーに関わる対立が無くなったことを意味しない。今日のイデオロギーの対立の代表的な事例として、安全保障問題、エネルギー問題について、その対立構造がどのようなものなのか、制度としての民主制は、その対立を適切に制御できるのか、マスメディアはそれにどのような関わりをもつのかについて、述べてきた。最後は、制度としての民主主義ではなく、理念としての民主主義、イデオロギーとしての民主主義が、日本に根付いたのかどうかについて、考えてみたい。

先に取り上げた丸山真男は、六十年安保以降は、「永久革命は、ただ民主主義のみについて語りうる。民主主義は制度としてではなく、プロセスとして永遠の運動としてのみ現実的なのである。」として、「民主主義＝デモクラシー」の価値を広めるため、全国に足を運び、講演などを通じて市民運動の支援などに携わった。立憲主義の理念としての「民主主義」を不断に追い求めることがなければ、理想とする社会は実現しない、形だけの民主主義の社会で終わるという危機感からであった。デモクラシーは、パートタイム政治参加であり、職業政治家のやる政治を監視することで初めて成り立つ。そして、一人一人が主権者として発言できるためには、相互に理解しあうことが必要で、そのためには、不利な人の立場もその身になってみるという「他者感覚」を持たなければならない、と訴えた。

一方、先の司馬遼太郎との対談相手にもなった鶴見俊輔も、六十年安保で岸政権に反対するとともに、アメリカのベトナム戦争に対しては、べ平連を結成して活動の推進役となったが、戦前のような集団的な狂気を再度繰り返さないためにも、一方向の常識に流されることなく、また、特定のイデオロギーに囚われることなく、自分の頭で考えて行動に移すことを重視した。多くの市井の人々が運動に参加したのは、強い個人、個のアイデンティティの確立を主張する鶴見俊輔への共感の表れであったとされる。（NHK「日本人は何をめざしてきたのか「知の巨人たち」第二回　ひとびとの哲学を見つめて～鶴見俊輔と「思想の科学」～」（二〇一四年七月再放送））両氏とも、民主主義を正しく機能させるためには、多くの人々が、自立して考え、発言し、少数意見にも耳を傾けることが重要と考えた。

司馬遼太郎は、鶴見俊輔とは、政治的な主義・主張は同じでないにしても、旧知の間柄で、その思想を理解し、また、共感することも多かった。また、丸山真男とは、直接、対談をしたことはなかったようだが、三人とも、あの太平洋戦争を同世代人として経験したことから、「民主主義＝デモクラシー」の価値の重要性については、肌身に沁みて、考えを共有していたものと思われる。

日本は、戦後、資本主義陣営の一員として生きていくことを選択したが、それは、米国との同盟以外の選択肢は、現実的には考えられなかったからだ。当時の知識人たちが唱えたイデオロギーを否定したわけではなく、しいていえば、吉本隆明が言ったように、国民の多くが、豊かさの希求という価値観を選び続けたに過ぎなかった。今日、国民の一人ひとりが、立派な主権者として胸を張れるほどに成長できたかどうかは別にして、丸山真男や鶴見俊輔たちが主張してきた、デモクラシーの価値、即ち、国民主権、基本的人権、法の支配、三権分立、平和主義という理念は、国民の中に定着してきたと言えるのではないだろうか。少なくとも、個人の国家への絶対的な服従を正当化する皇国主義的なイデオロギーは、過去のものになった。このことに、マスメディアが果たしてきた役割は小さくなかった。戦後は、資本主義と共産主義・社会主義というイデオロギーの対立があり、冷戦終結以降は、権力と反権力、保守とリベラルのような対立構造への変化があったが、多様な主義・主張や言論を、まさに媒介するマスメディアは、立場や意見の異なる少数者を、強者や多数者から守ることに貢献してきたといえる。かつて、ライシャワーがコンセンサス社会と呼んだ日本の意志決定のメカニズムは、「根回し」、「密室政治」などネガティブなとらえ方もされるが、多数決で少数者を排除するのではなく、少数者も仕方ないかと納得できるような合意を目指すものだとすると、それは、民主主義が目指すべき一つの方向といってもよいであろう。機動的な決断がし難いという弱点はあるにしても、「急がば回れ」によって、集団や社会の求心力を高めることができるからだ。

司馬遼太郎は、山本七平との対談（「日本人に聖人や天才はいらない」）で、山本が、六十年安保の新聞論調が、世の中がひっくり返りそうになったら急に引っこめてしまった例をあげて、日本人全体がイデオロギーを信用しない面があるのではと発言したことに対して、

「信用してないでしょうね。というより、われわれにはイデオロギーというものがわかりにくいんじゃないですか。正義というものが最初にあって、正義の気分があって、それを社会科学にしたのがイデオロギーだ。わたしは勝手にそう思っているんです。…ただ、数年前に道を歩きながら、ああそうか

と思ったことがあるんですね。日本で正義という言葉が定着するのは幕末で、非常に新しいことばなんです。（友情という言葉も同様で）伝統のうすい訳語として風土のなかで定着するには、今後ずいぶん時間がかかると思います。…そうしますと、正義を核としたイデオロギーは非常にハイカラで、ハイカラすぎて、どこか日本土着のリアリズムにあわない。そういう借りものではなくて、土着のリアリズムにあうイデオロギーが出来上がっていけば素晴らしいとは、思うんです。…しかし、（そのためには）われわれがいまさんざんしゃべりあってるリアリズムが確立されないとできないですからね。」（前掲「司馬遼太郎対話選集五　日本文明のかたち　—日本人とリアリズム—」）と語った。

この司馬のいうイデオロギーを、安全保障やエネルギーなどの個別のテーマとして捉えれば、正義にとらわれ、ハイカラさに目を奪われた議論が先行し、土着のリアリズムにあうイデオロギーとして定着するまでには、まだまだ、時間がかかるかもしれない。しかし、このイデオロギーを、かりに、民主主義＝デモクラシーだとすると、戦後七十年余、明治からは一世紀半をかけて、土着のリアリズムにあうイデオロギーが出来上がりつつあると見ても良いのではないか。言い換えると、イデオロギーを絶対視せず、相対化させるという日本人のリアリズムが、西欧流の、自己主張を闘わせ、多数決によって物事を決めていくという民主主義とは一線を画し、コンセンサスを重視する土着のモデルを提示しているのかも知れないのだ。

第3章　歴史認識問題と相互理解

司馬遼太郎は、「二十一世紀に生きる君たちへ」の中で、国家や世界という社会の中の自分を認識し、大きな道徳として、お互いに助け合っていってほしい、そのためには、「いたわり」や「他人の痛みを感じること」が必要であると訴えた。そこには、太平洋戦争が、軍部や我々の親や祖父たちが行ったこと、過去のことではなく、自分たちのこととして捉え、相手の痛み、相手の国の文化歴史をよく知って、自分がその国で生まれたように、自分の立場に置き換えて感じる神経をもたないと世界の中で生きて行けないとの思いが込められている。それは、日本が国際社会の一員として受け入れてもらうために、また、二度と過った道を歩まないためにも必要なことであった。

しかし、戦後七十年以上が経過した今日、中国や韓国との間において、未だに、双方の友好的な関係を阻害する「歴史認識問題」が存在し、それは、より深刻化しているとさえいえる。戦後からの時間の経過が、双方の和解を促すとの期待は、残念ながら叶えられていない。相手国に対するステレオタイプ的な理解が、問題を大きくしているとすれば、司馬遼太郎の指摘は当を得たものであったろう。日韓、日中の歴史認識問題について、その発生経緯、政府、メディア・言論界、世論、国際環境の変化などが果たした役割を検証する中で、我々が、この問題にどう対処していくべきかを考えてみたい。

日韓関係と歴史認識問題

司馬遼太郎は、戦前に大きな迷惑をかけたアジアの諸国のうちでも、とりわけ、隣国の韓国人、朝鮮人に対しては、古代は非常に友好的で、アジアでは身近な存在であるのに、日露戦争の後に、日本は、長い歴史と文化をもった独立国を平然と合併してしまった。それは、常に自分自身が引け目に感じていることだと述べていた。そして、彼は、戦後、在日朝鮮人の評論家の姜在彦らと交友を深める。司馬が、姜在彦に、日本と朝鮮で近代化の歩みが異なった歴史的背景について尋ね、朝鮮でも当時は進歩的な思想人が存在したが、朱子学の支配する李朝社会によってその芽が摘まれたことなどを知る。一方、姜在彦は、司馬の問いかけを契機に、朝鮮人自身が気づかなかった自国の歴史上の問題点についても、深く考えるようになったと述懐する。司馬の相手を思いやる気持ちが、お互いに啓発し、尊敬しあう関係を築きあげたといえる。また、司馬は、何度も韓国を訪れたが、済州島を訪問した時に、翰林公園の創業者の宋奉奎に出会う。彼は、李王朝時代の「ソンビ」と呼ばれる自ら労働することのない知識人とは異なり、自分で土を掘って、運んできて、混ぜて、種を植えて育てて、公園を完成させた。司馬は、宋奉奎ような「知的で無私で情熱的な持続力をもった面白がり」がたくさん出てきているとに、韓国の希望を見出したとされる。（前掲　NHK「日本人は何をめざしてきたのか　知の巨人　第四回　二十二歳の自分への手紙～司馬遼太郎～」）

作家の関川夏央著の前掲「司馬遼太郎の「かたち」――「この国のかたち」の十年」によれば、司馬遼太郎は、五度目の訪韓（一九八九年）で、当時の大統領盧泰愚と、姜在彦の通訳を介して、三時間を超えて対談した。盧泰愚は、かつて、ベトナム戦争に大隊長として従軍したが、その野戦テントで日本語の「竜馬がゆく」を寝不足になるまで読みふけった。司馬遼太郎の熱心な読者であった盧泰愚は、この対談で、韓国の歴史を自己分析して、長い中央集権体制が続き、その中で、反対論を無差別に排斥するという思想が何百年も支配した、それが、日本とは異なり、民主政治の妥協や調和が行われない原因になっている、そして、日帝時代の官僚主義が合わさって、政官を問わず、一種の権威主義が形成されてしまったと語った。朱子学のイデオロギーや官僚化した日本陸軍の視点は、司馬の歴史観そのものであった。著者は、また、同書で、朴正煕大統領（一九六三〜七九）が、明治維新の功績者としての大久保利通を高く評価し、改正憲法を「維新憲法」（一九七二）と名付けたこと、当時の韓国の知識人は、今とは違い、「知日」にして「反日」で、司馬遼太郎の「坂の上の雲」を読んで、小説に出てくる人間が、みな国のことを考えていることに驚き、また、感激したことが紹介されている。韓国人のナショナリズムは、国という公に対する愛ではなく、身内の延長としての愛国心であったからだ。国家という公よりも、家族や宗族を第一と考える儒教社会を象徴する事例である。

そうした、戦争時代を共に生きた日韓の人々の和解に向けた努力があり、また、かつては、「知日」の韓国の知識人は少なくはなかったが、彼らが期待した友好的な関係の構築は、未だに実現していないし、それは、両国の世論調査の結果にも表れている。内閣府の最新の世論調査（二〇一四年一〇月度）では、韓国に親しみを感じない人が六六・四％と前年よりも増加し、親しみを感じる人三一・五％を大きく上回った。韓国に親しみを感じない人が急激に増えたのは、二〇一二年八月に李明博大統領が、大統領として初めて竹島に上陸し、その後、講演で天皇陛下の謝罪を要求したことが伝わった後の世論調査（二〇一二年一〇月度）からで、それは、前年の三五・三％から五九・〇％まで急増し、一方で、親しみを感じる人は、六二・二％から三九・二％まで急減する。そして、二〇一三年二月に就任した朴大統領は、慰安婦問題を理由に安倍総理との首脳会談を拒否し続け、さらに、訪米や訪欧などでの外国の首脳との会談において、日本を慰安婦問題で批判するいわゆる「告げ口外交」を展開する、また、韓国の市民団体が、米国の地方自治体の議会に働きかけて慰安婦像の設置運動を続けていることもあり、日本人の韓国に対する印象は、この三、四年で大きく悪化した。

一方、特定非営利活動法人「言論ＮＰＯ」が韓国の東アジア研究院と、二〇一五年五月に共同で実施した世論調査によれば、日本人の韓国に対する印象は、「良くない」が五十二・四％、「良い」が二十三・八％であった。韓国人の日本に対する印象は、「良くない」が七十二・五％、「良い」が十五・七％で、韓国人の方が、日本に対してより厳しい印象を持つ結果となっている。こうした相手国にマイナスの印象を持つ理由は、日本人の場合、「歴史問題などで日本を批判し続けるから」が七十四・六％、「領土対立」が三十六・五％となっているが、韓国人の場合は、「韓国を侵略した歴史について正しく反省していないから」が七十四・〇％で、「領土対立」も六十九・三％と高い関心があることを示している。そして、両国民がそのように感じることの大きな要因となっている「相手国の現在の社会・政治体制をどう認識しているか」という問いに対する答えは、興味深いものである。日本人の場合、韓国を「民族主義」と考えるのは五十五・七％、「国家主義」と見る人が三十八・六％、「民主主義」が十四・〇％、これに対して、韓国の場合、日本を「軍国主義」と考えるのが五十六・九％、「資本主義」が三十八・九％、「覇権主義」が三十四・三％、「民主主義」が二十二・二％という結果になっている。なお、調査対象を有識者に限った場合では、日本の有識者は、韓国を「民族主義」と考えるのが、七十八・一％と八割に迫っている。また、韓国の有識者は、日本を「国家主義」と考えるのが、六十四・八％で、これに「民族主義」（四十六・八％）、「資本主義」（四十一・〇％）が続いており、さすがに「軍国主義」と考える人は少ない。

また、歴史認識問題で解決すべきものとしては、日本人で最も多いのは、「韓国の反日教育や教科書の内容」が五十二・五％で、これに「日本との歴史問題に対する韓国人の過剰な反日行動」が五十二・一％で並んでいる。これに対して、韓国人では、「日本の歴史教科書問題」が七十六・〇％で、これに「従軍慰安婦への補償」が六十九・八％、「侵略戦争に対する日本の認識」が六十・九％、「日本人の過去の歴史に対する反省や謝罪の不足」が五十九・六％で続いている。

内閣府の日本人の世論調査で韓国への印象が悪化したのはこの三、四年であったと述べたが、韓国の日本への印象はどう変化してきたのであろうか。読売新聞社は韓国日報社と共同で世論調査を実施してきており、最新の二〇一五年五月の調査でも、日韓両国とも、相手を良くないと感じる人は、九十％近くまで上昇する結果となったが、韓国人が、日本を良くないと感じる割合は、一九九五年以降、概ね、六十％から七十％と、日本人の三十から四十％とに比べて、長年、高い水準で推移してきている。

このような日韓の世論調査の結果を要約すると、韓国は、日本が歴史認識問題や領土問題で誠意ある対応をとっていないと過去から感じてきたが、ここ数年で、そうしたマイナスの印象が増加した。

日本は、韓国の民族主義的な反日行動を見ることで、韓国を良くないと考える人の割合が、かつてないほど増加していることが判る。こうした、まさに、ナショナリズムのぶつかり合いのような状況が何故続くのか、両国の国民の世代交代が進んだことは一方の要因としてあるが、両国の統治のシステムや時々の政権の対応、マスメディアや言論界のあり方も大きな影響を及ぼしてきたのではないか。歴史認識問題の象徴である慰安婦問題の歴史を振り返ることで、それらが、どのように関わってきたかを考えてみたい。

慰安婦問題について

〈歴史学者秦郁彦の見る慰安婦問題〉

歴史学者である秦郁彦は、その著書、「慰安婦と戦場の性」（新潮選書　一九九九）の中で、戦時中の関連資料も含めた膨大な資料の参照や国内外の関係者や現地取材を通じて、慰安婦問題が何故日韓の歴史認識問題に浮上し、国際的な人権問題にまで発展したのか、日本のマスメディアや支援団体の果たした役割、政府の対応はどうであったか、また、戦時下における慰安婦の募集や慰安所での待遇・処遇がどうであったかなどを明らかにした。

同書によれば、慰安婦問題は、宮沢首相の訪韓を直前にした一九九二年一月十一日の朝日新聞の奇襲記事で「爆発」した。このスクープ記事は、朝鮮人慰安婦への国の関与を示す資料が見つかったことを報ずるものであったが、それは、それまでの政府の主張を覆すものであり、朝鮮人慰安婦たちによる日本政府への賠償請求訴訟（一九九一年十二月）や日韓会談への対応において、政府が窮地に追い込まれたとする内容であった。敗戦から四十五年以上が経過し、官僚も、戦場を経験したことがない、知らない世代に代替わりすることで、慰安所や慰安婦に国が関与するのが常識であったことも、彼らには常識でなかった。慰安婦募集における強制性への国の関与が無かったことをもって、国が、慰安婦に対して関与して来なかったと答弁してきたのは軽率で、メディアによって虚をつかれたといえる。そして、著者は、朝日が資料の存在を以前から知っていたにも関わらず、十六日の宮沢訪韓の直前に記事にした巧妙な手法に感嘆する。その結果、ジャパン・タイムズ紙も渡辺美智雄外相の国の関与発言にかこつけて、何十万人の慰安婦に対する強制売春という悪質な解説を行うなど、各メディアが論調をエスカレートしていく。韓国では、挺身隊と慰安婦を取り違えて小学生まで慰安婦にされたとの報道がなされ、反日デモが激化する。そうした中で、宮沢首相は盧泰愚大統領と首脳会談を行うが、八回も謝罪と反省を繰返すことになる。会談後の記者会見場で、大統領補佐官が謝罪の回数まで披露したことについて、毎日新聞のソウル支局の下川特派員が、こんな国際的に非礼な記者発表は見たことがないとまでレポートする異常事態であった。

こうした慰安婦問題の「爆発」に至る前史として、一九七〇年代以降、ある日本の作家が、その著作において、慰安婦の「半強制・強制狩り出し」が横行したことを示唆し、また、吉田清治は数々の証言や著作で、自身が朝鮮人の慰安婦を強制的に連行したことを告白してきた。韓国で大学教授であった尹貞玉は、一九九〇年に、元慰安婦への取材結果を新聞に連載し、同年に韓国挺身隊問題対策協議会「挺対協」を設立したが、慰安婦に関する情報は、こうした日本からのものがほとんどで、慰安婦問題の運動に強い影響を与えることになる。吉田清治の証言や著作は、後に、著者が、強制連行が行われたとする済州島での現地の聞き取り調査等を行い、全くの作り話であったことを立証するが、この吉田清治の詐話は、それを事実として疑わない日本のメディアや支援団体によって、韓国の運動をさらに活発化させ、挙句の果てに、国連の人権委員会のクマラスワミ報告（一九九六）の論拠としても用いられることになる。

こうした日韓の従軍慰安婦運動の初期の政府の対処の問題は、先に記した通りであるが、著者は、宮沢内閣が総辞職する直前の一九九三年八月に発表された河野談話も禍根を残すものであったと指摘する。政府の懸命の調査によっても強制連行の証拠が出てこない中で、韓国政府から、日本の言論機関がこの問題を提起し、韓国の国民の反日感情を焚きつけ、憤激させたことの落とし前を強く求められていた日本政府は、宮沢内閣でこの問題を決着させたいとして、元慰安婦の聴き取り調査を行い、談話発表に漕ぎつける。元慰安婦へのヒヤリングにおいても、国の強制連行の事実は確認されなかったが、談話の内容は、「強圧による等、総じて本人たちの意思に反し、官憲等が直接これに加担」などの表現が盛り込まれ、強制性があったとも受け取られるものであった。これについて、当時の関係者の発言として、石原信夫副官房長官の「彼女たちの名誉の回復のために強制性を認めた、真実よりも外交的判断を優先した」、河野官房長官の「本人の意思に反して集められたことを強制性と定義すれば、強制性のケースが数多くあった」との言葉を紹介している。

秦郁彦は、この著作の最後の章で、慰安婦問題の七つ争点についてQ＆Aの形で整理している。韓国の「挺対協」は、二〇一一年に日本大使館前に慰安婦少女像を設置し、二〇一三年には、同様な像が米国カリフォルニア州グレンデール市でも、韓国系住民の団体によって設置されているが、その像や碑文では、「少女の慰安婦の存在」を連想させ、「軍による強制連行があった」、「性的奴隷を強いられた」、「二十万人の規模に及んだ」との断定を行っているので、これらの論点に絞って、著者の見解を紹介したい。まず、第一の、「少女の慰安婦の存在を連想させる、挺身隊と慰安婦の混同は何故起こったか」に対するものであるが、そうした固定概念が定着した契機は、宮沢訪韓時の東亜日報の「十二、三歳の幼い生徒は勤労挺身隊に、十五歳以上の未婚の少女は従軍慰安婦として連行され、…幼い少女たちの一部はその後従軍慰安婦として…」との記事であった。しかし、戦時中には、強制的ではない官の斡旋による女子の勤労挺身隊が内地に向かった例もあることから、流言が乱れ飛び、未婚の女性は、学校を中退したり、親が結婚させるようなこともあったらしいので、報道が容易に真実と受け止められる歴史的な背景があったとしている。

第二は、「強制連行があったかどうか」であるが、軍が強制的に女性を慰安婦として連行した証拠は発見されておらず、朝鮮以外での軍紀違反による一部の事例を除いて、強制連行はなかったとする。仮に、そんなことをすれば、植民地支配は崩壊しかねないからだ。また、業者などが、借金でしばったり、だましてつれていくのを、本人の意思に反してつれていくので強制的であるとするのは、トリック的な論理で一緒くたにすべきではないとしている。

第三の「慰安所での扱いは、性的奴隷であったのか」であるが、慰安所の規定では、収入は高水準で、各種の自由も制限つきながら認められていたので、奴隷の扱いではなかったとする。そんなことをすれば、益々、慰安婦を集めることができないからだ。悪質な業者が報酬を支払わなかったような例が一部にはあったかも知れないし、稼いだ軍票が敗戦によって紙屑になったことも事実であるが、それは、奴隷の扱いとは別のものである。最後の「慰安婦の人数」であるが、資料が残っていないので決め手はないが、兵隊の数との対比からは、著者は全体で二万人前後と推定している。また、その中で、朝鮮人の慰安婦は二割程度ではなかったかとしている。いずれにしても、二十万人でその大部分が朝鮮人という理解とは、大きくかけ離れていることに違いはない。

〈政治学者木村幹の見る慰安婦問題〉

政治学者で神戸大学教授の木村幹は、その著作「日韓歴史認識問題とは何か　―歴史教科書・「慰安婦」・ポピュリズム―」（ミネルヴァ書房　二〇一四）の意図を、日韓間の歴史認識問題をめぐる状況の悪化がなぜ続いてきたのか、韓国における反日教育や日本の右傾化は重要な要素とされるが、反日教育は今に始まったわけではないし、右傾化と見なされやすい中曾根政権よりもリベラルな宮沢政権や村山政権で従軍慰安婦問題が激化したのはなぜなのかという問いかけに対して、客観的な分析に基づいて答える必要があるからだとしている。この慰安婦問題については、韓国の政治システムやナショナリズムの関係を含めて冷静な分析結果が示されているが、ポイントとなる部分を紹介したい。著者は、日韓の歴史認識問題の歴史的変化に影響を与えている三要因として、①世代交代（総力戦期や植民地期を直接体験しなかった戦後世代が社会全般で存在感を増すようになったこと）、②国際関係の変化（一九八八年のソウル五輪の開催、民主化運動、韓国の国際化に伴う日韓関係の相対的な低下など）、③経済政策と冷戦の終焉（中国やロシアなど東側諸国への貿易の拡大）をあげる。そして、慰安婦問題の側面を、次の四つの視点で分析している。第一は、韓国の国内的文脈としての慰安婦問題である。一九九〇年代に慰安婦問題が急激に注目されることになったのは、日本の言論界の動きによるものであったが、同時に、韓国内でも、ソウル五輪をひかえ、「キーセン観光」（日本人を始めとする外国人による韓国人女性の売春観光）に着目した韓国の女性問題運動家の存在があり、慰安婦問題がそうした運動の新しい論理と勢力を与えられて活性化したという点である。第二は、慰安婦問題の重点の歴史的な変化である。女性問題運動として始まった慰安婦問題の運動は、当初は、労働者と同様に動員過程の強制性を焦点にして進められたが、その後は、日本国内での訴訟が敗訴に終わったこともあり、本来の「女性の人権状況」に重心を移しつつある。

第三は、従軍慰安婦問題が日韓の歴史認識問題の重要なイッシューとなったのは、日本政府の混乱した対応が大きな役割を果たしていたとするものである。例えば、宮沢政権では、①政府は関与を認めたが、関与が責任を意味しないことから、関与が無かったとして議論を進めることで、問題を複雑にしたこと、②防衛線を「責任」ではなく、「関与」に引いたため、訪韓直前の報道で闇雲に撤退を開始せざるをえなくなり、調査が不十分な状態で謝罪を先行させたため、韓国世論が激化したことをあげている。また、村山政権でも、連立の自民党閣僚の「妄言」、とりわけ、日韓併合が合法であったとの発言は、韓国の政府や世論にとって、韓国を名指しで挑発するものと受け止められた。それは、韓国の国家としての正統性に関わるものだったからである。国際条約上、合法であることは、日本政府の公式的立場ではあるが、韓国憲法においては、一八九七年に成立した「大韓帝国」から正統性を継承し、共和国としての「大韓民国」になったことが明記されており、両者の間に存在するはずの日本統治が無視されているのは、植民地支配が違法であり、法的に無効という理解があるからであり、韓国としては、到底認めるわけにはいかなかった。そして、村山総理自身も、参院で、同様の合法発言を行ったことで、金泳三大統領も態度を硬化させ、一時は歓迎された村山談話やその後のアジア女性基金構想も、韓国政府からの支持を失うことになったとしている。

第四は、日韓両国政府やそれを支える統治エリートが、社会や世論等のグリップを失っていたとするものである。一九八〇年代の歴史教科書問題は、一九八二年に日本政府が歴史教科書の記載内容を検定で「大陸への侵略から進出に」書き換えさせたとの日本メディアの誤報がきっかけとなったが、韓国の国民は、日本の教科書における歴史は、韓国のそれと大きく違うことに気づき、「日本においてナショナリズムが台頭している」と理解するようになる。その結果、韓国の国民の意識は、ジャパンアズナンバーワンの日本、中曾根総理の右傾化のイメージも重なって、日本への感情的な世論を形成することになる。（これは、先に述べた最新の日韓の世論調査における、韓国人の対日観の淵源となっているのであろう。）しかしながら、中曾根政権は、その後の「日本を守る国民会議」による教科書「新編日本史」に対して、いったん検定を終えたものに再度の修正を求めるという対応をとり、これは、韓国政府も好意的に受け止める。この時代は、冷戦下で、両国の「上からの統治システム」が機能していたが、冷戦が終焉した一九九〇年代の慰安婦問題では、両国の政府の協働関係はもはや存在しなくなる。

盧泰愚大統領は、宮沢との首脳会談の後に、請求権に関わる問題は、一九六五年の日韓基本条約で解決済みとの立場を一変させ、慰安婦問題に対する「適切な補償などの措置」を要求する。宮沢首相が謝罪を繰り返すのみで、具体的な追加協議に応じないのは、「日本の謝罪は見せかけだけであり誠意がない」という理解が、韓国内で定着したからであった。そして、日本政府は状況回復のために「何らかの措置」を行う必要があったが、相手側の韓国政府は、具体的にどう行うかについては、沈黙してしまう。「解決策の日本側への丸投げ」である。盧泰愚の次の金泳三大統領も、当初は、「物理的な補償」を要求することはしなかったが、先に述べた通り、日本側の「妄言」により、日本政府への積極的な協力を放棄してしまう。こうした慰安婦問題についての対処では、世論に対する考慮が必要となるが、任期を一期五年と定める韓国憲法では、任期の末期においては、レイムダック現象が顕著となる。日本政府やメディアは、こうした韓国憲法の制度的問題を十分認識できておらず、そのことが慰安婦問題の解決を難しくさせたとする。

以上が、著者の慰安婦問題の四つの視点であるが、著書の中には、多くの興味深い論点が披露されており、秦郁彦の分析と重ならないもので、印象的なもの二つあげてみたい。第一は、一九八〇代年の歴史教科書問題が、なぜ韓国の極端な対日世論の形成につながったのか、そのメカニズムに関する分析である。当時の人々は、韓国のメディアの報道及び韓国の識者の解説を通じて、「日本の歴史教科書の内容が中国や韓国のそれと異なっているのは、今現在、日本社会の右傾化が進行しつつあることの証左である」とのステレオタイプな理解を信じることになったが、現実には、日本の歴史教科書は、一九七〇年代の後半から一九八〇年代にかけて、朝鮮の植民地支配に関する記載を増やしていった事実があった。韓国の識者の議論は、家永裁判を起こし、支持したような日本国内の一部の人々の論理をそのまま受け入れたもので、「日本から直輸入された論理に支えられていた」とする。この構造は、残念ながら、慰安婦問題にも引き継がれることになった。

第二は、慰安婦問題に対して日本の野党、日本社会党がどのように関わったのかについての分析である。一九八〇年代の初頭においては、冷戦のさなかであったため、韓国内では、日本の右傾化に関する二種類の議論があった。その一つは、日本の国会議員の靖国参拝などを懸念するものであり、もう一つは、原発、自衛隊、靖国参拝などを支持、擁護する論調である。そして、後者は、北朝鮮を支持し、韓国を認めない社会党に対する批判でもあった。しかし、その社会党は、一九八〇年代の後半には、韓国の民主化運動の立役者の一人である金泳三との交流を増やし、一九八九年には、一九六五年の日韓基本条約の継続に合意し、韓国の正統性を事実上認める。一九九〇年の盧泰愚大統領と土井委員長の会談による歴史的和解の後には、社会党は、「保守的で歴史認識問題に非協力的」な自民党に対する「進歩的で歴史認識問題に協力的」な勢力の代表格として、韓国内で好意的に受けとめられていくことになったとする。ここで、慰安婦問題の運動は、日本のメディアや言論界だけではなく、日本の政党の後ろ盾を得ることになった。

〈慰安婦問題の日韓合意〉

二〇一五年八月の安倍総理の戦後七十年談話の後、十一月に三年半ぶりに開催された日中韓首脳会議を経て、年末の十二月二十八日に、岸田外相が訪韓し、尹外相と共同で、慰安婦問題で日韓が合意したことを発表する。共同声明の内容は、日本政府は、安倍総理のお詫びと反省の意を表明し、元慰安婦の支援のための基金へ十億円を拠出すること、今回の表明が、両国にとって最終的で不可逆的な解決であることを確認したということであった。なお、韓国外務省前の慰安婦像の撤去については、韓国政府が関係団体との協議等を通じて適切に解決するよう努力するとされた。二〇一二年八月の李明博大統領の竹島上陸、二〇一三年二月に就任して以降の朴大統領の反日姿勢、三年半に亘ってギクシャクしてきた日韓の関係が、一段落した瞬間であった。

この合意は、その後の両国の世論調査でも示されたように反対の意見が少なくない。日本では、これまでも、河野談話以来、女性の名誉と尊厳に関わる人権問題の観点から、歴代首相のお詫びの手紙とアジア女性基金を通じての償い金を手渡す努力行ってきており、それ以上のことをなぜ行わなければならないのか、合意により、日本軍による強制連行を日本が事実上、認めることになったのではないか、また、韓国政府が慰安婦像を撤去する保証がなく、最終的で不可逆的な解決の認識は政権が交代すれば反古にされる可能性があるなどである。また、韓国側においても、日本の謝罪が不十分であるとして、元慰安婦の一部に不満があり、また、世論もそうした元慰安婦たちに同情的である。そうした中で、日韓両政府が合意を急いだのはなぜだったのだろうか。朴槿恵大統領にとっては、翌四月の国会議員選挙を控えて問題解決が急がれたこと、軍事同盟の相手である米国からも懸念が示されていたこと、日韓の経済交流活性化も先送りが許されなかったことなどが考えられるが、日本にとっても、中国への接近を深める韓国を、日米韓による極東アジアの安全保障体制に引き戻すことで、最終的には、中国の軍事的な膨張に対する抑止力を高める必要があったからであろう。

木村幹は、慰安婦問題の分析の四つの視点の中で、第三として政治の混乱（特に日本の場合）、第四として両政府の社会や世論等のグリップの喪失（特に韓国の政権のレイムダック化）を指摘したが、今回の日韓の合意は、両政府が、こうした経験に学んだからではなかったか。推定ではあるが、こうした動きは、八月の安倍談話の頃からも水面下で進められており、既定のシナリオであった可能性が高い。合意内容が玉虫色であったことは、両国の世論のマネジメントに細心の注意を払った結果でもあろう。また、朴槿恵大統領は、就任当初から、慰安婦問題の解決を理由に日韓の首脳会談を拒否してきて、二年後に任期の終了するこの時期に、日本政府に歩み寄った。歴代の韓国大統領が、就任時には、日韓協調を訴えながらも、任期末期では、いわゆるレイムダック化により反日に一変することを繰返してきたのとは、逆のパターンとなったが、朴大統領の決断は、政治的なリーダーシップを確保する、つまり、レイムダック化を避けるために必要なものだったのであろう。（二〇一六年の年末に至って、朴大統領は別の問題で窮地に立たされることになったが、日韓の合意については、両国がそれを誠実に遵守することが求められている。）

なお、余談になるが、秦郁彦は、先の著書の中で、国連の人権委員会でのクマラスワミ報告に対する決議が、慰安婦問題について、玉虫色の内容になった経緯について、その舞台裏を次のように述べている。クマラスワミ報告は、家庭内暴力に対するもので、慰安婦問題は、その付属文書の一つに過ぎなかったが、日本政府は、人権委員会での採択の前に、この付属文書が事実であることの検証がないことなどを詳述した反論書を提出する。日本政府が国連機関に提出した文書としては、前例がないほど率直、強烈な批判であった。しかし、文書は、その直後に撤回されるが、その理由について、外務省の根回しにより、西側諸国の代表は、日本の主張を十分理解したが、慰安婦問題の関係国の韓国、北朝鮮、中国などの反発があり、日本は、クマラスワミ批判をやめる見返りに、欧米諸国にも「歓迎」の決議を控えてもらう取引きがあったのではとの日本人記者の推測を紹介する。慰安婦問題について、外務省の対応を批判する向きもあるが、戦争加害国としての外交交渉の困難さを象徴するエピソードといえるだろう。

朝日新聞は、二〇一四年八月に過去の慰安婦問題報道が誤りであったことを認めたが、日本のメディア、言論界、政党などの一部が、一人の詐話を信じ、また、利用することで、活動をエスカレートさせ、その火種を韓国に供給しつづけたことが、慰安婦問題の本質であるとすれば、これ以上、その問題で日韓の本来のあるべき外交関係が左右されてはならない。女性の人権問題を直視し、存命の慰安婦の方々を思いやることは必要なことであるが、今後は、作り上げられた慰安婦問題で、双方のナショナリズムを沸き立たせるようなことは、願い下げにしてもらいたいものだ。

日韓の相互理解に向けて

先に述べた通り、日韓両国の世論調査の結果は、慰安婦問題を中心に、相手国への印象が最悪な状態であることを示していたが、対象者を有識者に限った場合は、日本人では、「良い」と「良くない」がそれぞれ四十二・七％、四十三・二％で拮抗しており、韓国人でも、「良い」が五十五・二％と半数を超え、「良くない」の三十六・四％を大きく上回っている。また、日韓関係が「重要である」と考える日本人は六割を超え、韓国人では九割に迫っている。これは、双方の国民が一方的に相手国を毛嫌いしているわけではなく、国民の意識の中に、感情と理性という異なる波長が共存しており、それが分光、投影された結果と見るべきなのであろう。司馬遼太郎が言う通り、お互いの和解は、相手をよく知らなければ始まらない。逆に、知らないことが、様々な情報、真実でない情報によって、お互いの相互理解を阻んでしまう。日韓の歴史認識問題は、事実関係と相手のことを知らないことで、拡大し、また、持続してきたことに鑑みれば、我々は、まず、そうしたことに謙虚にならないといけないであろう。そして、より大事なことは、両国政府が、世論が感情的なナショナリズムに支配されないように、慎重に外交関係を進めることが不可欠である。日本政府の関係者は、官僚であれ政治家であれ、歴史認識に関わる発言や行動は、それが、日本人にとって当たり前のことであっても、相手の韓国がどのように受け止めるかを判断して行わなければならない。悪化した両国関係の修復には、高い代償を支払うことになりかねないからだ。我々は、個人の場合、隣家とどう付き合うかについて、社交上のマナーも考えるが、外交と個人の場合は別とはいえ、双方が感情的になるだけでは、ダメージも大きくなることは共通なのである。

そして、メディアの役割も大きいものがある。歴史認識問題のために、言論や報道を自粛することがあってはならないが、それが、相手国の一面的な理解から、自国民のナショナリズムを徒に刺激する恐れがある場合には、そうした言論や報道の背景や経緯についての説明や解釈を同時に示すべきであろう。先の日韓の世論調査では、自国メディアの日韓関係の報道に関して「客観的で公平な報道をしているか」との問いに対して、日本では、「どちらともいえない／わからない」が最も多く、「そう思わない」が二十八・二％であったのに対して、韓国人の半数以上が「そう思わない」と答えている。日韓の比較では、韓国のメディアの信用度が低い結果となっているが、両国とも、「客観的で公平な報道」と思う人の割合が低いことも事実である。日韓のメディア同志が、それぞれの歴史認識を尊重する前提で、報道のあり方を議論することがあってもよいのではないだろうか。

筆者は、これまで述べてきた通り、識者の文献を通じて、日韓の対立の歴史の中で、日本が果たした役割を学んできたが、同時に、韓国の統治システムと世論の関係についても教えられることが多かった。それは、メディアの断片的な情報により形成された日本人の韓国観とは異なるものであり、相手国のことも、先入観に囚われず、冷静に学ぶ必要性を痛感した。韓国の統治システムは、盧泰愚大統領の就任前年の一九八七年に制定された第六共和国憲法で規定され、大統領は直接選挙で選ばれ、任期が一期五年、国会は一院制であることが特徴だ。与野党合意で民主主義体制を規定した憲法で、その意義は大きいが、一方で、大統領の再選禁止や解散権の廃止条項は、独裁禁止の狙いはあるとしても、その結果、政権末期に大統領がレイムダック化したり、後に大統領自身が訴追対象になる事例も多く、政治の安定化の観点からの課題もある。また、日本との比較では、首脳が、直接選挙で選ばれることで、民意がより反映される一方、ポピュリズムに陥るリスクもある。一院制で解散の無い国会は、四年に一度の選挙で改選され、その間の安定が保証されるが、二院制で衆院の解散がある日本に比べると、民意反映の機会が少ない制度である。行政、立法、司法による三権分立の体制は、日本と同じであるが、司法に関しては、最近、首をかしげる訴訟や判決を見聞きする。李明博大統領が、大統領として初めて竹島に上陸し、その後、講演で天皇陛下の謝罪を要求するという政治行動をとったのは、その前に、憲法裁判所が、従軍慰安婦問題の未解決を、韓国政府の不作為の結果として、違憲判決を下したからであった。その判決では、事件の背景として、当時の大学教授や知識人たちによる日本の支援団体が問題提起した論拠や日本軍及び官憲の関与と強制性を認めた河野談話を引用し、また、吉田証言という虚偽の証言に基づく国連の人権員会のクマラスワミ報告を参照することなどして、慰安婦問題に関する日本政府の責任を認定した。そして、全ての個人の請求権問題は日韓基本条約において解決しているとの両国政府の認識にも関わらず、この慰安婦問題は、外交上の案件として、韓国政府が日本政府に交渉をしていないことで違憲と判断したとされる。

また、一般の訴訟の問題としては、二〇一二年の大法院（最高裁）での韓国人の元徴用工の個人請求権は消滅していないとの解釈表明、二〇一四年の産経新聞ソウル支局長の名誉棄損起訴による長期の出国禁止処分、「帝国の慰安婦」の著作者の朴裕河の名誉棄損の訴訟（二〇一六年一月に地裁は有罪判決）など、民主主義社会では信じがたい事例が報道されてきた。韓国の司法において、なぜ、このようなことが起きるのか、毎日新聞のソウル支局の澤田克己の「韓国「反日」の真相」（文藝春秋　二〇一五）で、その疑問は氷解する。著者によれば、韓国の司法判断が「世論におもねっている」と批判されるのは、司法が国民から信頼されていないからで、厳しい世論と対峙することをためらう傾向があり、その背景には、民主化以前の裁判所が権力の言いなりであったという暗い過去への反省があるとする。二〇一五年末に、産経新聞ソウル支局長の無罪判決が言い渡され、また、憲法裁判所で日韓の請求権協定が違憲であるとの訴えが却下されたことは、慰安婦問題の日韓合意に向けた朴政権の強い意図が働いていたとも言われているが、もしそうであれば、著者が指摘する韓国司法界の傾向と同時に、政権が司法に一定程度、関与できる余地があることを想像させる。

著者は、また、同書の中で、韓国人が「自覚なき反日」であるのは、「道徳的に正しいかどうか」を判断の基準においているので、時において、法よりも道徳が優先すると考えるからであり、そうした韓国社会の法に対する認識がどこからきたかについて、小此木政夫慶応大名誉教授の解説を紹介している。小此木教授は、次のように述べている。

「日本は約束や合意の内容より「守る」ことを重視する。言ってみれば、サムライの文化だ。それに対して、韓国では、「道徳的に正しいかどうか」という観点が重要で、正しくないなら、事後的にも正すべきということになる。…朝鮮は、中国文明の優等生であることをずっと目指してきた。その論理から言うと、儒教的な観点から見て何が正しいかが重要であって、正しくないものは正されないといけない。それが、日本という武家社会と朝鮮という文人社会の大きな違いだ。そこに、日韓両国とも気付いていない。」

確かに、韓国人が、日韓基本条約が不平等な条件下で締結されたので無効であり、個人の請求権は認められるべきと主張するのを見て、日本人は、それが、反日という対外的なナショナリズムによるものと考えがちであるが、韓国内においても、国の指導的立場にある人が不当に高い収入を得るのは、それが合法的であっても好ましくないと弾劾したりすることを合わせ見れば、韓国人のそうした判断基準、価値観は、理解ができないものではない。司馬遼太郎も、朝鮮人がそのような考え方をもつようになったのは、先にも述べた通り、李氏朝鮮の朱子学尊重で、物の認識がイデオロギッシュになり、現実に諸価値があるというよりも、むしろ観念や正義のほうが先行するようになったとする。あれだけ、文明や文化の進んだ国が不完全になったとの分析である。一方、日本人については、老荘的な気分というものがあり、確固とした思想を必要とせずに、政治も、秩序もできてきた。近代になって社会が複雑になると、法規、法律を定め、それを遵守することが、社会を混乱させないために重要であると考える。それは、儒教の韓国だけではなく、西欧の宗教や思想をもつ国々とも異なる「法家主義」の民族だと分析する。日本人の道徳観も、朱子学の影響を受けているが、恥を不名誉と感じたり、美意識を大事にしたりということで、儒教の道徳観そのものとは同じではない。日本社会では、「正しいこと」は、絶対的なものではなく、相対的なものであり、集団の中で、その対立があっても、少数意見の顔をたてながら、全員一致の合意をめざそうとする。それは、外部には、無原則、便宜主義、無節操と映るかもしれないが、正義のシロクロをつけない、個人よりも集団や社会の「和」を優先し、理念よりも現実を重視する合理主義＝リアリズムの価値観は、島国社会の長い歴史の中で育んできた知恵ということができるのであろう。

日韓双方の国民の意識を、このようなマクロなレベルで分析することは意味があることではあるが、韓国は、戦後、目覚ましい経済発展をとげ、アジア通貨危機以降は、先進技術の開発を通じてグローバルな経済活動を推進しているので、儒教が、現代において、そうした発展に影響を与えているということはありえないし、また、法治主義についても、韓国人の中にも、道徳や正義を優先しすぎると、社会の安定や発展のために弊害となると考える人もあると思われる。また、日本においても、安全保障やエネルギー・原発問題などでは、イデオロギッシュな議論が活発になるので、全ての日本人が、リアリズムでサムライ的であるわけではない。お互いの国民を、一様であると考えることも、また、正しくないのである。

「ステレオタイプ」とは紋切り型とも呼ばれ、知らない人の性質を表面的な特徴で決めつけてしまうことであり、心理学的には、その要因として、自分の属する集団から離れた性格や特性をもった人や人たちを異端化する「自我防衛のメカニズム」があるとする。そうしたステレオタイプで相手国を見る限りは、相互理解が進むはずがない。著者の澤田克己は、現在の韓国が抱える課題として、セオル号事故にみる運航会社と規制当局の官民癒着、その温床となる官僚の天下り、財閥中心の産業構造とそれに伴う競争社会、高い自殺率、「認めてもらえないことへの不安」を示す美容整形の隆盛、政治における激しい党派対立などをあげている。韓国は、ＧＤＰが世界で十三位（二〇一四）で、一人当たりのＧＤＰも日本の八割程度ある先進国であるが、日本の長い植民地支配とその後の冷戦の犠牲による分断国家として、北朝鮮の政治的な圧力を外政、内政の両面で受け続けている。また、政治体制も、民主化宣言から、漸く三十年が経とうとしているが、発展途上にあると考えるべきであろう。日本人は、そうした、朝鮮、韓国の運命に、歴史的に大きな関わりをもってきたことを忘れてはならない。我々自身がそれに直接に関わったわけではないとしても、相手国がなぜ我々と違うのか、その理由を文化、歴史、社会制度などから考えてみる努力を行い、それを次世代に伝えて行くということが必要なのではないだろうか。日韓の世論調査では、両国民ともに相手国への訪問経験は二割程度で、日本人の七割以上、韓国人の八割以上が相手国民に知り合いを持っていないとされる。官民ともに、そうした交流の機会を増やすことも有効な手立てになるのであろう。

日中関係と歴史認識問題

〈日中の歴史認識問題の歴史的経緯〉

国際政治学者の中央大学教授服部龍二の「外交ドキュメント歴史認識」（岩波書店　二〇一五）は、日中、日韓の歴史認識問題を、日本外交の視点から政策過程を分析することを目的とした著書であるが、ここでは、日中の問題を中心にポイントとなる部分を紹介したい。日中国交正常化は、一九七二年九月に田中角栄首相が訪中し、毛沢東、周恩来との会談による日中共同声明を発表することでスタートした。この声明の前文では、両国の事前の調整の結果、中国側の原案「日本軍国主義」という表現を用いず、「日本側は、過去において日本国が戦争を通じて中国国民に重大な損害を与えたことについての責任を痛感し、深く反省する」とされた。その後一九七八年に鄧小平副総理が来日した折に、天皇陛下との会見において、「一時不幸なできごとがあった」とのお言葉に、鄧は強い感銘を受け、福田首相との会談では、日本側の遺憾と反省に対して、「不幸な何十年かは、歴史の中の流れの中の不幸な挿話にすぎない」と応じたとされる。約四十年前の出来事であるが、中国首脳の対応は、現在の日中関係、とりわけ、歴史認識問題の対立からは、想像出来ないほどの宥和的なものであった。

歴史認識問題は、韓国のところでも述べた通り、一九八二年の歴史教科書から始まる。これは、鈴木善幸首相の訪中前の宮沢官房長官談話で、教科書検定における「近隣諸国条項」を織り込むことで決着する。そして、その後、一九八七年まで続く中曾根政権の時代においては、A級戦犯が合祀された靖国神社への公式参拝問題、「新編日本史」という第二の歴史教科書問題、藤尾文相発言などがあったが、中曾根・胡耀邦総書記の強い信頼関係とリーダーシップで乗り越えて行く。こうした戦後最高と呼ばれた日中関係も胡の失脚で、幕を閉じ、その後、国家主席に就任した江沢民は、愛国主義教育を進め、一九九八年に来日した折は、その共同宣言には、初めて「侵略」が明記されたものの、「お詫び」が盛り込まれなかったことから、署名を拒否する。そして、宮中晩餐会でも日本の軍国主義を批判するスピーチを行い、その場は潮が引くような雰囲気であったとされる。事前に、中国側から非難されるような日本側の問題がなかったことから、「江の側から論を立てた」異例なものであった。

二〇〇〇年代の小泉首相は、在任中に靖国参拝を続けたため、日中関係は冷え込み、日本の国連常任理事国入りの問題や東シナ海のガス田開発もあり、愛国無罪を叫ぶ反日デモが拡大した。その後、二〇〇六年に就任した安倍首相は、直ちに訪中し、胡錦濤主席、温家宝総理と会談、「戦略的互恵関係」に合意するが、その後、尖閣国有化を契機にして、再び関係は悪化する。習近平主席が就任して以降は、領土問題と歴史認識問題は不可分であるとのメッセージを発信し続け、二〇一二年に第二次の内閣を組閣した安倍首相との首脳会談は、二〇一五年までは開催されない状況が継続した。

以上が、著者服部龍二の見た日中の歴史認識問題の歴史的経緯のポイントであるが、全体を振り返ってみると、日中国交正常化から一九八〇年代までは、教科書問題や靖国参拝問題などナショナリズムを煽る火種はあったものの、両国政府がお互いに、それが拡大し日中関係に悪影響が及ばないように努力した時代であった。冷戦と中ソ対立という国際的な緊張関係の存在、互恵的な経済発展という目標の共有などが、その原動力となった。しかし、それは、胡耀邦の失脚から、それに反対し民主化運動を進めようとする若者たちによる天安門事件（一九八九年）の後に、江沢民が国家主席に就任してからは大きく変化する。共産党の統治体制に危機感を抱いた保守的な政治勢力とその代表格として指名された江沢民が、日中の歴史認識問題を、むしろ、共産党への求心力を呼び戻す一環として積極的に利用しようとしたのは、十分考えられることだ。冷戦の終焉もそれを後押ししたのであろう。その後は、胡錦濤の時代は、やや抑制的になるも、習近平に至っては、日中の歴史認識問題を、より積極的に取り上げるようになる。もっぱら外交のカード、プロパガンダとして利用しようとしているようにも見えるが、それは、共産党政治の求心力確保のニーズが変化したからに他ならない。江沢民の時代は、民主化勢力を抑えこむことが危機意識の根底にあったが、二十年後の中国は、二〇〇九年にGDPが日本を抜いて世界二位となり、二〇一五年には日本の三倍近くまで増加し、米国と並び立つほどの世界の大国になった。しかしながら、一方で、国内における格差（富裕層と貧困層や都市と農村など）への批判が高まり、経済成長にも陰りが見え始める。習近平は、二〇一二年に国家主席に就任した直後に、中華民族の偉大な復興の実現を目指す「中国の夢」という政治理念を発表するが、夢を共有することは、国内の矛盾の存在を無くすことはできないにしても、和らげる効果はある。中国の国民は、現に「中国の夢」を実現するための外交政策を多くが支持しているとされる。従って、習近平が歴史認識問題を外交の中で強調することは、中国国民にとっては、当然のこととして受け止められるであろうし、また、それによって、米国や日本、ASEAN諸国などが、中国の覇権主義に大きな懸念をもっている事実から目をそむけさせる役割を果たすことにもなる。

〈政治利用としての歴史認識問題〉

そうした歴史認識問題の一つとして南京大虐殺問題があるが、中国が、これをどのように取り扱っているのかを具体的に見て行きたい。

南京事件とは、一九三七年に日本軍が南京市を占領した際に、兵士や市民を多数殺害したというもので、慰安婦問題と異なり、日本政府も、被害者の具体的な人数の認定は困難なものの、非戦闘員の殺害や略奪行為等があったことは否定できないことを認めている。この事件の存在を、中国の国民が知るのは、日本の歴史教科書問題が報道された後の一九八二年八月に、人民日報が初めて「南京大虐殺」に関して詳細に解説してからであった。その後、一九八五年に南京大虐殺記念館が建設されて以降は、展示内容の是非についての日中のやりとりはあったものの、習近平政権までは、本格的な外交問題として取り上げられることはなかった。

然しながら、習主席は、二〇一四年一二月の南京事件の犠牲者の国家追悼式で、虐殺者数として、限りなく虚構に近い三〇万人を持ち出し、それは、第二次世界大戦の「三大事件」の一つで、おどろくべき反人類の犯罪行為だと演説した。その後、中国が国連機関に申請したこの南京事件に関する資料が、二〇一五年十月に、ユネスコの記憶遺産に正式に登録されたが、中国政府が、この問題を政治的に利用しようとする戦略的な意図を持っていることが明らかになった。

この南京事件で、死者の数がどの程度あって、虐殺と呼ばれるようなことがあったのかどうかについては、日中間は勿論のこと、日本の学者の間でも様々な意見がある。上海事変で多数の死傷者を出した日本軍は、南京に向かって逃げる中国軍を、大本営の制止を無視して追撃するが、補給の準備がないため、各地で、食糧などの略奪を行わざるを得なくなる。南京を占領しても、食糧が確保できず、やむなく捕虜の処刑を行ってしまう。これらは、日本の学者の間でも、ほぼ、似た認識のようだが、死者の数については、一万人以下から二十万人までと、その推定に大きな幅がある。また、戦闘による死者はあったが、それは虐殺ではないと考える人々も少なくない。確かに、日本も、大空襲や原爆で、多くの一般国民が犠牲になったが、米国は、それを、虐殺ではなく、戦争を早期に集結させるための作戦と主張するであろう。しかし、世界でも最も紀律が厳格な軍隊と呼ばれていた明治時代の日本軍に比較して、南京事件の当事者である軍隊は、中央と軍の間にも、また、軍の内部においても、組織的な混乱があった。そして、残念ながら、報復心も手伝った軍紀違反によって、道義にもとる行為が行われた。こうした事実を直視すべきと考える歴史家の一人である秦郁彦は、犠牲者の数については、陸軍の戦闘情報などの公式データなどから、四万人で、そのうち、捕虜が三万人と分析し、それは、当時の中国側のデータからも裏付けられるとしている（BSフジLIVEプライムニュース『「南京事件」とは何か　三論客の見方相互検証」二〇一五年十一月十二日）。中国が、政府として、犠牲者が三十万人というのであれば、客観的にそれを立証する義務がある。

また、第二次世界大戦の「三大事件」のその他の二つについては、具体的には言及していないものの、ドイツのアウシュビッツ、広島の原爆を想定しているようだ。太平洋戦争では、日本人が軍民を含め、三〇〇万人以上の方々が亡くなった。この中には、B二九による東京などの都市への空襲の犠牲者、数十万も含まれる。そして、日本を含めた、第二次世界大戦の全体では、五千万人以上の人々が死亡したとされる。ドイツのナチスによるホロコーストの犠牲者は、ユダヤ人以外も含めて一千万人に上るとされるので、大事件とすることに異論はないが、南京事件が、何故、それと並び立つのか？そして、虐殺というのであれば、ソ連のスターリンが一九三〇年代に行った大粛清や、最近では、カンボジアのポルポトによる大虐殺、そして、何よりも、自国のかつての指導者毛沢東が行った大躍進運動や文化大革命での犠牲者をどう考えるのか。その数は、実証は困難であるが、ホロコーストを上回るほどの膨大なものと言われている。そして、これは、中国政府にとって、国民に知られたくない歴史なのだ。

日韓における慰安婦問題が、市民運動や世論によって加速・激化する、いわゆる、ボトムアップ型の歴史認識問題であったとすれば、南京事件は、トップダウン型で、政治利用を意図したものと言わざるを得ない。二〇一五年九月の抗日戦争勝利七十年記念式典も、そのための格好の場として設定された。習主席は、軍事パレードの観閲のために招待したロシアや韓国などの各国首脳の前で、次のような演説を行う。

「われわれが中国人民の抗日戦争と世界の反ファシズム戦争の勝利七十年を記念するのは、歴史を深く心に刻み、革命に命をささげた烈士を追想し、平和を愛し、未来を切り開くためだ。」とし、「偏見や差別、憎しみや戦争はただ災難と苦痛を導く。相互尊重、平等な付き合い、平和発展、共同繁栄こそが、人間の正しい道だ。…中国は永遠に覇権を唱えない。永遠に領土を拡張しようとはしない。永遠に自らがかつて経験した悲惨な境遇を他の民族に押しつけたりはしない。」と語った。

自由主義経済の恩恵を受けて、急速に世界の経済大国に登りつめた中国にとって、この演説で謳われた理念は、まさに、自国の維持、発展のために不可欠なものである。然るに、中国が実際に行っているのは、軍事費を毎年十％以上で増加させ、この十年で四倍の規模にまで拡大していること、南シナ海は昔から中国の領土であるとして、フィリピンやベトナムなどの周辺諸国の強い抗議にも係らず、南沙諸島の岩礁の埋め立てを進めていること、新疆ウィグル自治区において漢民族を集中的に移住させ、イスラム教を信じるトルコ系住民「ウイグル族」の文化や宗教への抑圧を強めていることなど、真逆のことばかりである。式典の狙いは、軍事力の誇示という国内向けのメッセージとともに、アジアにおける日米同盟への牽制、日韓の離間、領土問題での主導権の確保などにあったのであろうが、日本を含めて、欧米諸国のリーダーが式典に参加しなかったのは、当然のことであった。

日中の相互理解に向けて

内閣府の世論調査（二〇一四年十月度）では、中国に対して親しみを感じない人が八十三・一％とこれまでの最高となった。この数値は、二〇一〇年の尖閣の中国漁船衝突事件以来増加しつづけているが、習近平政権の歴史認識問題の政治利用や覇権主義的な振舞いに、日本人の殆どが辟易としている証拠でもある。しかし、「歴史直視」を理由に、安倍首相との首脳会談を拒否してきた習近平政権も、二〇一五年には、歩み寄りを始める。四月のアジア・アフリカ会議（バンドン会議）六十周年記念首脳会議で安倍首相と首脳会談を行い、日中関係を改善することで一致した。そして、八月の安倍談話に対しても批判を行うこともなく、抗日戦争勝利七十年記念式典の演説においても、日本への直接的な言及は避けた。また、十一月には、安倍、李克強、朴による日中韓首脳会議が三年半ぶりにソウルで開催され、関係を強化する流れを加速した。こうした、中国の変化は、経済成長の減速が明らかになり、日本からの投資も減少する中、「一帯一路」構想で設備や労働力の過剰の解消をも意図していると言われるアジアインフラ投資銀行（ＡＩＩＢ）への日本の協力など、経済的な連携を強める必要性という、背に腹はかえられない事情があったものと推察される。

一方、二〇一四年以降、アベノミクスによる円安の効果もあり、外国からの来日訪問客が増加し、とりわけ、中国からの旅行客が急増した。彼らは、爆買いを目的とする人も多いが、日本人や日本文化に触れることで、リピータになる人々も少なくないとされる。そうした日本の情報は、ネットワークを通じて、友人、仲間、親戚などに伝えることができるので、これからも、中国からの訪日客は増加すると見られている。中国は、現在、反日教育、反日ドラマ、メディアの情報統制など、政府によるトップダウン型の世論操作が行われているが、このような訪日というボトムアップ型の相互交流を通じて、相互理解が徐々にではあるが、中国全体に浸透していくことも期待できるので、日本も、受け入れ態勢を充実するなどこれを積極的に活用すべきであろう。

中国政府が歴史認識問題を持ち出してくる背景について考えてきた。日本をスケープゴートにするのは、十四億の人民を一党独裁で統治する困難さの裏返しとも言える。自分の家の家族の結束を高めるために、隣の家の悪口を近所に言いふらすようなもので、隣家にとっては失礼極まりないことではあるが、そうした中国の対日批判は、自国民に向けたメッセージであるので、それに過剰な反応を示すのも得策ではない。日本政府や日本人は、感情的にならず、外交的に、誤りがあればそれを正し、また、海外の諸国とも連携して、冷静に対処していけばよいであろう。但し、中国政府が相互依存関係を重視する姿勢に変わったとしても、日本政府の言動などで、中国国民のナショナリズムが沸き立つような事態になれば、これを制御することは困難になるので、いわゆるボトムアップ型の歴史認識問題を誘起させないような配慮が重要である。

安倍総理の戦後七十年談話と我々世代の責任

日本においても、また、相手国においても、戦争を経験した世代はほとんどが没し、彼らから戦争の体験を直接に伝え聞いた世代も少なくなった。戦後間もない時期では、双方の国とも、戦争体験の爪痕を切実に感じていたことは言うまでもないが、同時に、そういう戦争に至った時代背景やそれぞれの社会が抱えてきた現実についても、多くの人々がそれを実感し、そうした諸々の感情・意識・理解が、彼らの歴史認識を構成していた。時が経ち、また世代交代が進むにつれ、そうした歴史認識が、双方の国において、観念の世界へと変化していくことは避けられない。実感と観念の乖離が、歴史認識問題を複雑にし、解決を難しくさせてきたことの一つの要因であったことは、ここまで見てきた通りである。こうした中で、安倍総理は、二〇一五年八月十四日、戦後七十年談話を発表する。その趣旨は、総理自身が記者会見で述べた通り、「先の大戦への道のり、戦後の歩み、二十世紀という時代を大きく振り返りながら、その教訓を胸に刻み、戦後八十年、九十年、百年に向けて、どのような日本を創り上げていくのか、それを世界に向けて発信」することであった。

この安倍談話が、結果として、米国を初めとして世界の各国から肯定的に受け止められ、中国、韓国からも、直接的な批判がなかったのは、二つの理由によるものと考えられる。第一は、過去の戦争に対する踏み込んだ歴史認識である。発表の前から、メディアでは、二十年前の村山総理の戦後五十年談話で語られた「植民地支配や侵略」という言葉は使われないのではとの懸念の声も聞かれたが、談話の内容は、そうした予想を裏切るものであった。欧米列強による植民地主義への危機感が、十九世紀の日本の近代化を推し進めたものの、二十世紀の世界恐慌以降の外交的、経済的な行き詰まりを武力の行使で解決しようとして、誤った戦争への道を進んだ。そうした新しい国際秩序への挑戦という国際協調を無視した動きに対して、国内の政治システムはその歯止めになり得なかったとまで言及した。「侵略」という言葉は、「事変、侵略、戦争は、二度と用いてはならないと」いう形で使われたが、安倍談話の基調をなす「二十一世紀構想有識者懇談会」の報告書では、植民地支配と侵略について、より具体的に述べており、村山談話が、「遠くない過去の一時期、国策を誤り、戦争への道を歩んだ」としか述べることが出来なかったのに比べると、歴史認識としては、大きく踏み込んだ内容であった。

第二は、謝罪や反省の気持ちを、通り一遍ではなく、実際に日本が行ってきた活動と関連付け、国際社会の寛容と支援に対する感謝にも言及したうえで、これからの世界の平和と繁栄に貢献していく日本の立ち位置を明確にしたことであった。謝罪の対象は、戦場となった中国、東南アジア、太平洋の島々などで戦いの犠牲になった若者だけではなく、現地の住民や女性にも及び、また、その反省の思いを実際の行動で示すため、インドネシア、フィリピンはじめ東南アジアの国々、台湾、韓国、中国など、隣人であるアジアの人々と具体的な国名をあげ、その平和と繁栄のために尽力してきたことが語られた。また、多数の引揚者や中国残留孤児の無事帰還、米国や英国、オランダ、豪州などの元捕虜の人々の寛容の心、米国、豪州、欧州諸国など多くの国々の善意と支援、などのおかげで国際社会に復帰できたことに感謝する内容であった。

このように、安倍談話が、歴史認識や謝罪・反省で一歩も二歩も踏み込んで、世界平和と繁栄への貢献のメッセージを発信できたのは、国内の様々な異論・反論を包摂できる安定した政権基盤があったこともあるが、何よりも、戦後七十年の時の流れを経て、歴史を正しく認識し、世界とともに生きる日本を認識することが、未来に向けて必要なことであると、幅広く受け止められやすい環境が整ったことに他ならない。

談話の中で、安倍首相は、「日本では、戦後生まれの世代が、今や、人口の八割を超えています。あの戦争には何ら関わりのない、私たちの子や孫、そしてその先の世代の子どもたちに、謝罪を続ける宿命を背負わせてはなりません。しかし、それでもなお、私たち日本人は、世代を超えて、過去の歴史に真正面から向き合わなければなりません。謙虚な気持ちで、過去を受け継ぎ、未来へと引き渡す責任があります。」と述べた。前段は、韓国や中国に対する牽制として、日本の国民の多くの気持ちを代弁するものではあるが、より重要なのは後段の部分で、そのために、我々世代が、どのように、過去を受け継ぎ、未来へ引き渡すのか、何をなすべきかということなのであろう。

「歴史認識問題」は容易に解決できるものではないが、双方の世論の対立が行き過ぎないように、十分低いレベルに管理していくことは可能である。そのために必要なことは、正しい歴史認識であり、相手国の正しい理解である。我々日本人は、近代において、日本がアジアにどう関わろうとし、その結果、相手国の社会にどのような変化をもたらし、また、被害を与えたのか、そうした過去の事実を直視しなければならない。また、戦後においても、相手国の社会制度がどのように変わり、また、どのような矛盾を抱えているのか、近代に至るまでの長い歴史の中で、文化や国民性がどう育まれてきたのかなどもよく知る必要がある。そうした理解の上で、相手国とつき合っていけば、いたずらに負い目を感じることもなくなっていくであろう。大人たちは、そうした謙虚な気持ちを、子や孫の世代に引き渡す責任がある。この談話で示された「歴史認識」や「今後のあり方」は、そのための一つの指標を示したといえる。「歴史認識」は、国民の中でも様々な考え方があるが、それは、多くの人々が認識を共有するための議論の出発点になりうるであろう。

このために国の果たすべき役割も大きい。談話に止まらず、中・高の学校教育において、子供たちが、近現代史をしっかり学べる環境を作ることも重要なことだ。学校教育や大学入試の必修化なども考えるべきだろう。戦後教育は、戦前の歴史を他人事のようにして、ないがしろにしてきた。日本が敗戦まで歩んできた八十年を正しく総括することは、相手国との相互理解だけではなく、日本が、今後も、世界の中の一員として、平和にまた豊かに生きていくためにも不可欠なことである。

【別添】遥かなるニューギニア

―伯父の闘った太平洋戦争―

〈序章〉

「ギリジュウイ」は、ニューギニアからの帰還兵であった伯父の現地でのパプア名であった。それは、戦争の終末期の一時期、小さな部落の人々と、二か月余り一緒に暮らした時に、彼らから親愛の気持ちで付けられた綽名であった。長い戦いで、出陣時には六百名もあった伯父の属する大隊も、十四、五名にまで細る中、ある部落で、度重なる行軍による衰弱とマラリアによる発熱で動けなくなった伯父は、部隊と離れて、一人養生することになる。本人も部隊の人々も、復帰の望みは限りなくゼロに近いと考えていた。ところが、現地人による手厚い介護のせいもあって、体力は奇跡的に回復し、原隊への復帰も果たせることができた。彼らがいなければ、その後の、日本への帰還もなかったわけで、伯父にとっては、まさに命の恩人であった。しかし、敗戦となり、オーストラリア軍の収容所に向かう前に、彼らと交わした再訪の約束は、残念ながら叶えることはできなかった。交通の便や治安の問題など、戦後のニューギニアを訪れるには様々な障害があったからだ。

伯父は、平成八年に八十歳で亡くなったが、その後、遺品を整理していた伯母は、夫が綴じたニューギニア戦に関するファイルを発見する。その中には、新聞の切り抜きや当時のことを思い出して記したメモと合わせて、原稿用紙で二十数枚ほどになる「ニューギニア戦体験記」と数枚の「戦歴表」が含まれていた。「体験記」は、「檳榔樹（びんろうじゅ）の墓標―ニューギニアの黒い断章」との副題が付けられているが、そこには、ニューギニア戦が兵士たちに如何なる過酷を強いたのか、自然条件の厳しさ、病気・飢餓、そして、そこから生じる様々な人間模様など、伯父が、強い印象をもって受け止めたことをリアルに描いている。しかし、そのような極限的な環境にも関わらず、多くの兵士たちは誇り高く闘って死んでいった。伯父は、そうしたかの地に眠る多くの霊を慰めるためにもこの手記を遺したと思われる。また、この「体験記」には、先に述べた通り、現地の人々との交流の記録についても、詳しく記されている。それは、伯父にとって、厳しい戦いの中で唯一人間らしい感情をもって語れる記録でもあった。

「戦歴表」には、召集から始まり、日本に帰還するまで、おおよその履歴が記載されている。二年半の間に、いくつかの戦いがあったが、ある場所に留まることは少なく、東西八百キロメートルの間を転戦し、行軍の累積距離は、千五百キロメートルにのぼった。伯父は、そのような部隊の移動の時期や通過地点、戦争の末期に持久戦のために転々と移動した部落名などを記したが、それらは、公開された地図があるわけではないので、全て伯父の記憶によるものであった。しかし、この「戦歴表」には、なぜ転進が必要になったのかなどが簡単に記されているものの、それだけでは、その作戦的な意味合いや戦いの詳細までは、当然のことながら、分からないし、また、伯父が、兵士として、その作戦にどのように関わったのかも知ることはできない。ニューギニア戦については、戦後、二、三十年経ってから、元兵士の人たちの体験記が多く出版され、また、軍事の専門家や評論家の人々によって、戦いを総括するような書籍が発行された。伯父が存命であれば、直接話を聞くことで明らかになることであっても、今となれば、そうした出版物から様々なことを推定していかなければならない。

伯父は、筆者の亡父の七歳上の兄で、大正五年に広島で生まれ、生後まもなく、家族とともに渡鮮する。朝鮮半島の南部の全羅南道の南西部に位置する木浦（もっぽ）で、幼少期、青年期を過ごす。

昭和八年に、朝鮮人との共学校である木浦公立商業高等学校を卒業してからは、朝鮮殖産銀行に入社するが、昭和十三年九月に、日中戦争（支那事変）に第一補充兵として召集を受ける。京城（現在のソウル市）竜山第二十師団野砲隊に入隊し、昭和十六年四月に除隊となるまで、二年半に亘って、兵役に服した。陸軍上等兵に任じられていた。翌年十月に、結婚式を挙げたが、その二月後の十二月末に、第二回目の召集を受ける。太平洋戦争（大東亜戦争）の開戦から一年が経ち、ミッドウェー海戦で初めて敗北を喫し、ガダルカナルでの戦いも敗色が濃厚になってきた時期であった。因みに、筆者の父は、木浦で生まれ、伯父と同じ木浦商業高校を昭和十六年に卒業したが、その後は、進学の準備のために、内地に戻っていた。昭和二十年に召集を受けたが、福知山の将校見習い生として終戦を迎えたので、実戦に参加することはなかった。

東部ニューギニア戦線要図

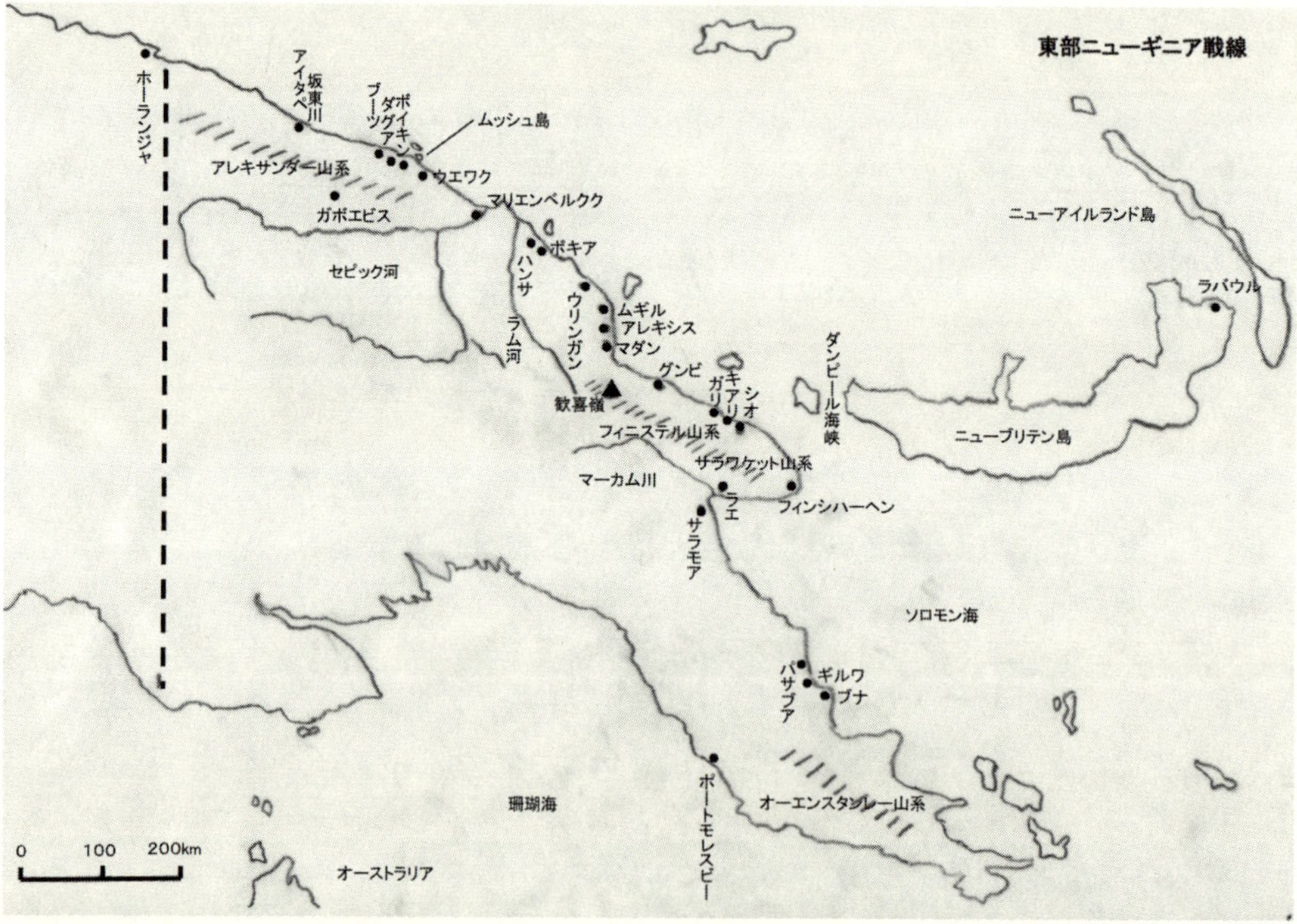

（出典）大畠正彦著「ニューギニア砲兵隊戦記」（光人社　二〇〇八）
尾川正二著「極限のなかの人間「死の島」ニューギニア」（光人社　一九九八）

〈二年間にわたる休みなき闘い〉

伯父は、第二十師団野砲第二十六連隊山砲隊（師団長は青木中将）に入隊し、翌月の昭和十八年一月の初め、竜山より出陣する。どこに派遣されるかは、本人にも知らされておらず、従って、家族たちも行く先を知ることはなかった。秘かに軍用列車にて釜山へ向かい、輸送船にて大分県の佐伯湾に一泊の後、南下する。一月二十日頃に、南洋諸島のパラオ島に上陸し、約半年間、熱地教育を受ける。連隊は、通称南海派遣猛朝二〇五九部隊と呼ばれ、それは、第十八軍（猛）に属する第二十師団（朝）の部隊を意味した。六月頃には、パラオから目的地ニューギニアに向かい、北側の太平洋に面するハンサへ上陸する。ニューギニア島は、日本の真南、オーストラリアの北側の熱帯に位置する日本の二倍の広さをもつ大きな島であり、現在は、東部がパプアニューギニア、西部がインドネシアと二か国によって領有されているが、太平洋戦争当時は、東部がオーストラリア、西部がオランダによって支配されていた。ハンサは、その東部ニューギニアのほぼ中央に位置する港であった。伯父たちの部隊は、その後、東部に向けて行軍するが、九月にオーストラリア軍がフィンシハーヘン北部のアント岬に上陸したため、十月には、それを迎え撃つための戦いが開始される。フィンシハーヘンとは、ハンサからは東に五百キロメートル離れた位置にあり、ダンピール海峡を挟んで、ニューブリテン島に相対している。伯父の「戦歴表」では、この間の行動は、次のように記されている。

「昭和十八年六月、ニューギニア中部ハンサ港上陸。ボキヤ、ウイリンゲン〈ウリンガン〉、マダン〈八月中旬〉、エリヤ〈エリマ〉、ミンデリー、シオ、キヤリ〈キアリ〉、シャルミ〈シアルム〉等通過前進。ダンピールの西岸アント岬付近に上陸せる豪軍を反撃のため展開。」（〈　〉内は、元兵士たちに

よる体験記などで記載されている名称）

ここにある地名は、ハンサから、アント岬まで、海岸沿いの行軍の通過地点をあげたもので、その名称や位置関係は驚くほど正確である（位置関係が逆なのはシオとキヤリのみ）。伯父は、この戦歴表を、戦後二十年経ってから書いたと思われるが、当時は、参照すべき地図もなく、また、その後多く出版されることになった元兵士の体験記なども出ていなかったので、全くの記憶に頼ったものと思われる。敗戦で降伏した後は、日記やメモは即座に廃棄することが命令されていたので、伯父は、日本に帰還後早い時期に、思い出し、記録していたのであろう。

伯父たちの所属する部隊は、アント岬に上陸したオーストラリア軍と初めて交戦することになったが、ニューギニアにおける戦いは、その一年以上前から始まっていた。珊瑚海海戦やミッドウェー海戦で空母機動部隊に大打撃を受けた日本軍は、島づたいに陸路を進軍する島嶼戦に切り替える。そのため、新設された第十七軍は、昭和十七年八月、南海支隊をニューギニアの最東端（パサブア、ブナ）に上陸させ、連合軍の基地が置かれていたポートモレスビー（ニューギニアの南側の珊瑚海に面する港町で、現在は、パプアニューギニアの首都）を攻略させようとする。しかし、二千メートルを超えるオーエンスタンレー山系の道なき道を行軍する作戦であったため、一月近い期間を要し、糧秣尽きたことで、目的地直前で撤退を余儀なくされる。（「ポートモレスビー作戦」）。一方、この間、オーストラリア軍や米軍は攻勢に出、制空権、制海権を確保することによって、日本軍の基地が置かれていたラバウルからダンピエール海峡を通る海上輸送路を遮断する。弾薬、食糧が枯渇し、敵軍の激しい侵攻に晒された日本軍は、日々減耗し、年末には、上陸地点を確保しようとしていた守備隊は、撤退することもできず、塹壕の中で壮絶な玉砕をとげる。

第十七軍に代わって、ニューギニアでの作戦を担当するために新設された第十八軍（第二十師団の他に、四十一師団、五十一師団などから編制され、司令官は安達二十三中将）は、連合軍のブナやパサブアからの北上を阻止し、ニューギニア東端での拠点を確保しようとしたものの、徐々に、後退せざるを得なくなる。最後は、十八年の九月初めに、オーストラリア軍の先回り上陸により、挟み撃ちをうけ（「ラエ・サラモアの戦い」）、やむなく、ソロモン海に面したラエから、山側に脱出する。行先の太平洋側のキアリまでは、百キロメートルそこそこの道のりではあったが、標高四千メートルのサラワケット山を越える難路で、一か月を要し、その間、寒さ、飢え、転落事故、自殺などで二千人以上の兵士が死亡する（「サラワケット越え」）。「ラエ・サラモアの戦い」と合わせて、第十八軍の死者は、一万名を数えた。

オーストラリア軍が、アント岬に上陸したのは、日本軍がラエからの脱出を開始して、ほぼ一週間の後であった。伯父の連隊を含む第二十師団は、十月に入ってアント岬の山側のサテルベルク高地に到着し、オーストラリア軍との本格的な戦いが始まる。武器、弾薬には圧倒的な格差があった。日本軍は、しかも、それを手で運んだ。大砲は分解したが、人間で運べるのは知れている。一方、敵は、輸送に制約はなく、また、もったいないという意識もないため、迫撃砲を雨あられのように速射し、日本軍を壕内に閉じ込め疲憊を待つ作戦を行う。人命尊重という哲学のせいだ。兵士の数も、日本軍が二千数百に対して、相手は一万人以上であった。それでも、日本軍は善戦したが、米軍の重機関砲を装備した魚雷艇集団が、夜間の沿岸航行で補給を行おうとする日本の小型舟艇を次々に沈め、制空権のみならず、制海権も封じられたため、弾薬、食糧も尽き、退却を決断する。ここまでの行動は、「戦歴表」では、次のように記されている。

「昭和十八年十二月頃、サテルベルグ〈サテルベルク〉、ワレオ、ノンガコ〈ノンガカコ〉等で豪軍に接触。サテルベルグ高地の激戦にて弾糧尽き、山砲を破壊して後退。これより、第八方面等の転身作戦に加わり、マダンへの撤退行動を開始。」

野砲兵連隊にとっては、山砲は大事な武器であるが、弾薬がなければ無用の長物で、廃棄せざるを得ない。ここでの第八方面等の転身作戦とは、第十八軍を統括するラバウルの第八方面軍（司令官は今村均中将）が、ニューギニアの東側に隣接するニューブリテン島（東部にはラバウルがある）への米軍侵攻を受けて、ダンピール海峡を挟んだニューギニア島との両岸の放棄を決定し、転身を命令したことを指す。

しかし、この撤退を開始してしばらくの後、昭和十九年一月早々に、米軍が、撤退の進路上にあるグンビ岬に上陸する。これは、蛙飛び作戦と呼ばれる戦法で、日本軍の行軍の方向に先回りして待ち受けることにより、日本軍を前方と後方で挟み撃ちにしようとするものだ。「ラエ・サラモアの戦い」の後に、「サラワケット越え」に追い込まれた戦法の第二段であった。このため、日本軍は、海岸沿いの行軍を避け、山側ジャングル内の険しい難路を進むしかなくなる。連合軍にとってみれば、武器による攻防のリスクを負わずに、日本軍の兵力を減耗させることのできる一石二鳥の作戦であった。「戦歴表」では、次のように記されている。

「昭和十九年一月、米軍のグンビ岬急襲上陸（キャリとマダンの中間）のためマダンへの退路を遮断されたのでフィニステール山系の稜線を縦走して言語に絶する強行脱出を計った。」

　こうして、第二十師団と先の「サラワケット越え」の第五十一師団を合わせた約一万三千人は、キアリを出発し、三千メートルを超えるフィニステル山系を移動することになる。山岳地という難路に加え、飢餓、発熱、豪雨で体力を消耗させて、衰弱死する死者が続出した。また、転落や落石による事故死や溺死も少なくなかった。発狂や自殺、あるいは、回りが見かねて銃で自殺を助けるケースもあった。この「ガリ転進」では、「サラワケット越え」以上に多くの兵が死亡し、その数は、四千人にも及んだ。

　このようにして、二か月を要して、米軍の上陸したグンビ岬の先の太平洋に面した地点に出た後、海岸沿いを行軍し、全体がマダンに到着したのは、十九年三月初めであった。行軍を始めた一万三千名の兵士たちは、マダンでは七千五百名になっていた。その後、マッカーサー率いる米軍の北上により、ラバウルが孤立し、第八方面軍からの指揮と補給が困難となったため、第十八軍は、第二方面軍（フィリピンとオーストラリア間の西部ニューギニアを含む地域を担当、司令官は阿南惟幾大将）の隷下になる。そして、その指示のもと、四月には、マダンよりも三百五十キロメートルも西にあるウエワクへの行軍を開始する。補給の確保と米軍の侵攻による最悪事態を回避することが目的であった。

ここからは、フィンシハーヘンの戦いに関わった部隊に、マダンを中心に展開していた部隊が加わる。彼らは、歓喜嶺（マダンから南へ約百キロメートルでフィニステル山系の西端にあたる）でオーストラリア軍を迎え撃ち、また、グンビ岬に上陸した米軍から「ガリ行進」を側面支援していた。それらの部隊を含めた第十八軍、総勢約三万人は、西に向かって大移動を始める。

しかし行く手には、ラム河とセピック河という合計すると百キロメートルに及ぶ大湿地帯が待ち受けていた。一部、河川を横断する場合は、工兵隊の準備した舟艇を利用したが、雨で増水した湿地帯では、休憩場所もなく、十数日をそうした状態で過ごすことになった。行軍は難航を極めたが、四月末には、ウエワクに到着する。山越えに比較して犠牲者の数は少なかった。しかし、その一週間ほど前に、マッカーサーの米軍が、ホーランジャ（ウエワクからは三百六十キロメートル西）、アイタペ（ウエワクからは百六十キロメートル西）に上陸したことを知らされる。ホーランジャに駐留していた日本軍（第二方面軍の下にあったが、第十八軍とは別の部隊）は、虚をつかれ、戦闘部隊もいなかったため、簡単に占領される。一万六千名はジャングル内に逃げたものの、飢餓や病気などにより、約半数が犠牲となった。

第十八軍は、ウエワクにて、米軍を待ち受けて戦う算段であったが、まさしく、三回目の蛙飛び作戦で、裏をかかれる結果となった。このため、一部の部隊をウエワクに残し、再び、アイタペに向けて行軍を始めることになる。その後、アイタペから進出してきた米軍をウラウで急襲して追い払い、アイタペの東に位置する坂東川を境にして、敵と対峙する。六月の初め頃であった。この時、第十八軍は「持久」を命ぜられるが、米軍は、ホーランジャよりも西にあるサルミやビアク島に上陸し、ビアク島では、一か月近い死闘が繰り広げられた。丁度そのころ、国防戦の大拠点のマリアナ群島のサイパンに米軍が上陸し、起死回生のマリアナ沖海戦も惨敗に終わっていた。そうした中、安達二十三中将第十八軍司令官は、「持久」の命を受け入れず、全軍に対して攻撃命令を下した。七月から始まった戦いは、兵力の圧倒的な格差にも関わらず、一時は、坂東川を渡河し、敵陣地まで迫ったが、二百数十門の砲の乱射や戦車による逆襲を受け、激闘の中、多くの兵士が倒れていった。最後は、坂東川上流からの攻撃を試みたが、敗退し、糧食も完全に尽いた八月初め、撤退命令が発せられる（「アイタペの戦い」）。安達司令官の攻撃の決断は、兵士の中においても、一部疑問の声が上がり、その後も、無謀ではなかったかとの議論を呼ぶことになったが、一万三千人の戦死者は、敵側の圧倒的な優勢から予想されたことではあった。山砲の数は、日本軍が二十に対して十倍以上、弾薬も数十倍と火力比はけた違いで、飛行機・ヘリコプターによる観測射撃などで、山砲は使用すらできなかった。ジャングル内では集音器がつけられ、近づけば直ちに居場所が見つけられ爆撃の対象となる。機関銃も機数と発射速度ともに大差があり、突撃隊が全滅させられた例も限りがなかった。これらを、「戦歴表」は、次のように述べている。

「昭和十九年四月、マダンに終結せるも、状況悪化のためセピック河の大水郷を突破しウエワクへ到着。この頃、第十八軍の西進を封殺するためアイタペ及びボーランジャ〈ホーランジャ〉に米軍上陸占領したので、マジップ〈マルジップ〉の敵を追いウラウに迫ったが、海、陸、空の絶対的優勢に圧倒され再び敗退。」

アイタペの戦いに敗れた第十八軍は、ウエワクに向かって撤退を開始する。持久の場所は、ウエワクを中心に、海岸地区から、徐々に、自活の道を求めて、アレキサンダー山系を含む、広範な地域に広がっていった。ニューギニアの戦いを制したマッカーサー米軍は、太平洋を北上し、その後十月にはフィリピンに上陸するが、ニューギニアに取り残された日本軍に対して、今度は、オーストラリア軍が、米国に代わって執拗な攻撃を仕掛けることになる。自分たちの統治する地域から、完全に日本軍を掃討するためである。第十八軍の残兵は、翌昭和二十年一月には、アイタペの戦いの前の五万五千人から、二万七千人までになっていた。死者二万八千人には、撤退機動中の死者など一万五千人が含まれる。

こうした、オーストラリア軍の攻撃は、昭和十九年の十二月から激化し、日本軍は、これに対して激しい反撃を行い、個別には、オーストラリア軍が甚大な被害を受けた戦いもあったが、徐々にその包囲網が狭められる。伯父たちの部隊は、その間、数々の部落を転々とするが、それらの部落の地名は、「戦歴表」では、次のように記されている。

「昭和二十年三月、アレキサンダー山脈へ後退し玉砕戦を布いたが、その間、記憶に残る部落名には、ナブリバ、シャルム、カノミ、ボイキン、リオ、ウループ、アリトア、ホス、アリス、エンボカンジャ、アルベイン、エボルム、バライタム、ボニップ、バラム、ユアカス、ミンホーム、イマニカム、ヤミール、ガボエビスなどがある。」

そして、伯父たちの所属する第二十師団を含む第十八軍の主力は、最後は、アレキサンダー山系の南に位置する山南地区の「複廓陣地」に閉じ込められるかたちとなり、七月には、玉砕戦の断行を決定する。その後も死闘が続いたが、次の「戦歴表」にある通り、八月十五日の前日、兵士たちは、オーストラリア軍の飛行機が撒いたビラによって、日本の降伏を知る。第二十師団の兵士たちの多くが駐留していた、ガボエビスという部落であった。

「昭和二十年八月、ガボエビスのジャングル内で玉砕寸前、敵機の「日本軍無条件降伏せり、戦斗行動を中止せられよ」のビラを入手した。これが、八月十四日、午后四時頃であった。」

このように兵士たちは敗戦の事実を間接的に知ったが、日本からの指令が軍に届き、それが、各部隊に伝えられるまでには、半月程度の時間を要したとされる。この時点で、第十八軍の山南地区の残兵は、四、五千人にまで擦り減ってしまっていた。彼らは、それぞれ、ジャングル内の駐留地から海岸のボイキンに向けて山を下りる。ほとんどが病兵で、食糧もあさらなければならないので、行軍は遅々として進まず、到着したのは、九月末頃であった。武装解除後、対岸にあるムシュ島へ送られ、帰還の日を待つが、しばらくして、病院船氷川丸で帰還の途につく。

「昭和二十年九月、豪軍の武装解除を受け、ムシュ島の収容所へ集結。療養生活に入る。陸軍伍長任官。」

「昭和二十年十二月、ニューギニア中部、ムシュ島を出港（病院船　氷川丸にて）。」

「昭和二十一年一月三十日、横須賀港入港。千葉の陸軍病院へ転送。」

病院船氷川丸は、ムシュ島からの第五次の帰還船で、正確には、一月十四日に入港し、二千五百六名（うち病人は千八百九十八人）を乗せて、二十四日に横須賀港（浦賀港）に帰港している。復員業務が完了したのが三十日であった。

「戦歴表」は、以降、岩国海軍病院を経て、九月に治癒退院したことを記して、終わる。

以上の通り、伯父は、玉砕寸前で終戦を迎え、東部ニューギニアで戦った第十八軍総数十六万人のうち帰還兵一万人の一人として、日本の地を踏むことができた。二年間の闘いで生き残れたのは、まさに、奇跡としか言いようがなかった。

〈伯父の属した野砲兵第二十六連隊〉

伯父は、野砲兵第二十六連隊に所属したが、師団における野砲兵連隊の役割はどのようなものであったのだろうか。第二十師団は、日露戦争後に朝鮮半島警備の為に増設された師団で、京城龍山に師団司令部がおかれていたが、その出陣時の編成は、司令部のもと、三つの歩兵連隊（第七十八、七十九、八十で、各兵員数は約六千名）、野砲兵第二十六連隊（約二千五百名）、道路建設や水上輸送などを担当する工兵隊、兵站を担当する輜重隊、衛生隊やその他の部隊からなり、その総人員は約二万三千名に上る。この中で、野砲兵連隊は、戦闘の前面で戦う歩兵部隊を掩護射撃する他、砲兵対砲兵で直接戦火を交え敵側に損害を与えるなどの役割を担う。このため、第二十六連隊は、三つの歩兵連隊に対応して、三つの大隊で構成され、また、大隊は、三つの中隊からなった。第一大隊の第三中隊長であった大畠正彦中尉は、その著書「ニューギニア砲兵隊戦記」（光人社　二〇〇八）において、連隊の配備について、次のように述べている。中国大陸での戦いから太平洋の島嶼での戦いに備えるため、射程の長い野砲から、射程距離は短いが、弾道が山型で山地戦に適する山砲の編制とし、また、山砲も四一式から小型で素早く分解できる九四式山砲に変更する。そして、山砲は、馬による荷物運搬をあきらめ、兵による臂力（ひりょく）搬送へ切り替えた。山砲は、中隊に三門が配備され、連隊全体での総数は、二十七門であった。中隊は、指揮小隊と二つの戦砲隊小隊の構成で、戦砲隊の下には三つの分隊がおかれた。実際の砲兵対砲兵の戦闘配置では、指揮小隊は、観測所の設置・測量・敵の監視・通信網の構成などを担当し、戦砲隊は、掩蓋構築・幕舎構築を行う。そして、後方では、段列が、弾薬運搬などを行う。観測所には、中隊長と指揮小隊長が陣取り、その指示の下、伝令、曹長、観測掛下士官、通信掛下士官、観測手、通信手などが任務につく。戦砲隊の各砲列では、小隊長、伝令、通信手、分隊長、砲手（六名）などが配置される。連隊には、その他に、衛生兵や書記業務を担当する兵もおり、大畠中隊の場合は、当初編成では、総数百八十三名であった。

この大畠中隊を含む第一大隊は、パラオでの熱地訓練の後にハンサから上陸したが、その後、マダンを中心に、オーストラリア軍や米軍を迎え撃つ任務を命ぜられる。とりわけ、大畠中隊は、歓喜嶺でオーストラリア軍と死闘を繰り広げ、第十八軍の行軍（「ガリ転進」）を掩護した。フィンシハーヘンでの戦いには加わっていないので、伯父は、この第一大隊には属していないことが分かる。一方、連隊の第二大隊の第四中隊長であった長友義久中尉の著書「死の間隙―東部ニューギニア戦　下級指揮官の手記」（一九七二）によれば、連隊の第三大隊と第二大隊のうち第四中隊のみが、釜山を出航後、連隊本部とともに、ニューギニアに直行し、昭和十八年一月末から二月にかけてウエワクに上陸する。当初、第二大隊の指揮班長であった長友中尉は、四月、第四中隊長転出の後任として、パラオからウエワクに上陸する。この部隊は、マダンに前進し、フィニステル山系からラエに向かう自動車道路の建設に従事するが、オーストラリア軍がアント岬に上陸したため、建設工事は中止となり、その後は、連隊と行動を共にする。この行動履歴から、伯父は、第三大隊と第二大隊第四中隊にも属していなかったことが分かる。消去法で考えると、伯父は、第二大隊の残りの部隊、すなわち第五中隊か第六中隊に所属していたと推定される。伯父の「体験記」には、次の記載があるので、いずれ、これを手掛かりにして、中隊名が特定できるかもしれない。

「とまれ、北九州の現役兵を主軸とする砲兵中隊二百二十名は、ハンサ上陸以来の長い険しい行程で僅か三名の生存者を数えるだけだった。」

一方、伯父がどのような任務についていたか、手がかりになるものはないが、第一回目の召集で、高射砲隊や照空隊に配属されていたので、観測などを担当していた可能性はある。経理が得意であったので、書記ということもあるかもしれない。

〈過酷な戦い〉

伯父が体験したニューギニアの過酷な戦いとはどのようなものであったのか。「体験記」では、まず飢餓と自然条件の厳しさをあげる。糧食が途絶え、多くが栄養失調に陥る。栄養失調には、水ぶくれ型と痩せ型と二通りがあり、やせ衰えて肋骨が洗濯板のようになる痩せ型に比べて、青ぶくれする水ぶくれ型は、早く死んでしまう。栄養失調に加え、疲労が重なり、高温多湿という最悪の環境下、熱帯性の感染症にかかる確率は、はるかに高くなる。マラリアやデング熱では、よく発狂があり、また、褐色の尿の出る黒水病の症状を呈する。アメーバ赤痢では、日に数十回の下痢が続き、熱帯性カイヨウでは全身が化膿するという始末の悪い病状をかかえることになった。病が重症化し、部隊と一緒に行軍できなくなれば、その場で留まり、死を待つしかない。蠅や蟻などを追い払うことがなくなると、生きている間にも彼らの執拗な攻撃を受ける。病から免れた兵士たちは、苦痛の感覚さえなくし自ら命を断つ力を失った患者の群れを見ても、なす術はなく、通り過ぎていかざるを得ない。伯父は、その時の思いを、次のように回顧している。

「僅かな芋にでもありついていた頃は、息を引きとった戦友のために、穴を掘って埋めてやることもできた。そのうち数人がかりでも、等身大の穴を掘ってやる労力に堪えられなくなった。最後に自分が残ったら、誰が穴を掘って埋めてくれるのだろうかと思うと、先に死んだ奴の方がしあわせに思えた。」

補給が乏しくなると、兵士たちは、自分の毎日の食を確保するために必死にならなければならない。しかし、将校などの当番兵を務める兵士は、上司の分まで面倒をみなければならない。伯父は、その当番兵が、上司の虎の子の米三合を盗まれ、酷い叱責を受けて自殺した場面に立ち会う。歩兵銃を口にくわえ、足で引き金をひいた当番兵は、あいにく急所を外して悶絶する、一番仲のよかった戦友が見かねて、拳銃で介錯する。伯父は、その事件を、見た憤りを次のように記した。

「檳榔樹の葉や木の枝を折って、遺骸を蔽ってやっている兵隊（当番兵の戦友）の手はかすかに震えていた。階級という絶対的権威を鉄の掟とする軍隊の非常さに、兵隊達の心は暗かった。」

また、ある場面では、当番兵と思われる老兵が、上司である将校を銃殺し、茫然自失状態にあるのを目撃する。先の事例とは、逆のケースである。戦況がそれほど厳しくなったことの証左であった。

「やがて将校も生きのびるためには、兵隊の負担を期待することなく、彼自身の体力で運命に挑まねばならなくなった。」

部隊の移動から落伍して倒れていると、残念なことではあるが、

「生きているうちに飯盒や水筒から着ているものまで、すっかり剥ぎとられ、再起の望みを抹殺されてしまうのだ。友軍の敵は豪州兵ばかりではない。」

という状況に立ち至る。恐らく、フィニステル山系を超える「ガリの転身」でのことであろうが、

ジャングルが途切れた崖の登り口で、異様な光景に出くわす。崖を登る体力がなく、休んでいるうちに動けなくなったのか、屍体で足の踏み場もないほどだった。既に白骨化したものもあり、また、生きているものいた。伯父は、通りがかりに、その中で、全裸にされたそのうちの一人が目をパッチリ開けているのに気がつく。その時の状況を次のように回顧する。

「…注意してみると、かすかに胸で息をしている。目ばたきもした。水をやろうかと、声をかけてみたが、何の表情もあらわさなかった。肉体の生命の外に、何かもう一つの生命力があるのだろうか。それとも目だけが生の最後の営みをしているのだろうか。その目は悲しみや憎しみを遥かに超えているようだった。どんなことにも関心を示さない、濁りのない澄んだ目をしていた。私はあんなきれいな目をみたことがない。遠い故国で彼の妻や子や親たちは、武運長久なれと蔭膳を供えて祈っていることだろう。…」

兵士達は生きるために食べれるものは全てを食べた。伯父が実際に食べたのは、蛋白源としては、トカゲ、蛙、蛇、海亀などであった。海亀は貴重であったが、その卵は実に美味だったようだ。また、蛇も滅多にお目にかかれなかったが、「うまいというより何か起死回生の高貴薬を授かったような気がした」というほど弱った身体を元気づけるものであった。ピンポン玉位の蛙はジャングルの湿地によくいて水煮きの材料に好適であったし、トカゲは、多くの兵隊達にとっての蛋白源の王者であり、「丸焼きにして口へほりこむのだが、十四、五匹も収穫のあった翌日は足が軽くなったような気がした」というほどであった。このトカゲを獲るために、兵士達は、黙々と目を光らせながら行進する。伯父は、その姿を、「武士は食わねど……というが、二年あまりもこんな戦場の明暮れには通用しない」と風刺する。

伯父が食べたことがなかったのは、ワニで、肉の味は鶏肉のようだが少し土くさいらしかった。また、駝鳥（モルク）の太ももの肉というものも食べたことはなかった。それを食べて、あんなうまい肉は他にはないと話す兵隊と出会い、その兵隊と野宿を共にしたことがあるが、それは、人肉であった可能性が高く、その夜は、大きな危険を感じたと回顧している。元兵士たちの体験記によれば、アイタペの戦いから山間部に撤退する中で、いくつかの事例があったとされるが、それは、噂話としても多くの兵士達に知れ渡っていたのであろう。

このように、過酷な戦いではあったが、多くの兵隊達は、敵に降伏する気にはなれなかった。伯父は、その時の気持ちを次のように表した。

「故国への不名誉にこだわるような戦局でもなかったし、軍法会議にかけられるのを恐れる気持も意識しなかった。しかし野倒れ死にしても投降しようとは、これまでは思ったことがなかった。」

しかし、オーストラリア軍が飛行機から撒く無数のビラは、日本の内地も今や大中都市は殆ど灰燼に帰していること、無謀な日本の軍国主義ではあるが、君達にその罪はなく、しかも充分国に忠義をつくしたこと、無益な抵抗をやめて出てくれば名誉の捕虜として優遇することなどを告げていて、これは必ずしも敵の謀略ばかりではないかも知れないという気がし出すようになる。スピーカーで、今晩の献立はすき焼きだとか、ビフテキだとか、喉のなるような放送をしてくるのも、餓死線上をさまよう兵隊達にはまことに酷であった。その結果、部隊からの離脱者が出てくるのは、やむをえなかった。

「文字通り精魂つき果て、生きのびるための苦痛に堪えられなくなった兵隊が何人かで協議して、彼ら自身の意志で友軍の隊列から離れていくのが目立ってきた。棒切れの先にボロ布をつけて豪州軍陣地への道を歩む者、群小土人部落へ夫々単身で潜入していく者。無敵皇軍のなれの果てである。いづれも、もし万一あるかも知れない故国へ帰還の可能性を自ら放棄していったのだ。」

このような状況は、時期としては、恐らく、終戦の昭和二十年八月十五日に向けて、幾ばくもない五月以降であったと思われる。現地人の介護を受けて歩けるようになった伯父が、原隊に復帰できたのもその頃だったのだろう。部隊を取り巻くオーストラリア軍の包囲網は着実に狭まり、身動きがとれなくなっていた。その時の心境は、意外にも冷静であった。覚悟を決めざるを得ない状況だったのだろう。

「玉砕命令がでるらしいと、伝えられた。いづれ迎えねばならない時機がきただけである。死に直面した静かな落着すら感じていた。霊魂となって故国の空へ戻ろう。私はそのときのために、腰から離さなかった二発の手榴弾がこのうえもなく貴重に思えた。一発は敵にぶち込み、他の一発で自決すべしという命令である。」

そして、遂に、最後の場面を迎える。

「…四周から間断ない砲撃と空からは低空の銃爆撃で息つくひまもない。むせかえるような硝烟と鼻を衝く屍臭が一面にたちこめていた。密林はちぎれとび、土砂は断末魔のしぶきをあげた。九死に一生というが今や生は絶対にない。生きているのはもう沢山だという気さえした。負傷兵は次々自決していった。かくて、アレキサンダー山麓に、遂に運命の末期が迫った。地獄絵図とはこのことか。…」

もう一日か二日、終戦の決定が遅れていたら、ほとんど全員が玉砕したであろうことは明らかであった。奇蹟の存在を信じなければならない。

敗戦になり、海岸に集結するという情報は現地人達によって、遠い部落までいきわたった。これを知ったかつての離隊兵八名が原隊をさがして、復帰してくる。再開を喜びあったが、しかし、翌日には逃亡の罪で簡単に銃殺されてしまう。これには、伯父も、怒りと同情を禁じえなかった。

「時既に終戦后一ケ月以上も経過している。もはや、軍律も階級も、勿論軍法会議も敗戦日本と共に亡び去っていた筈なのだ。少しも反抗の表情も示さず、当然受けるべき死の報酬として斃れていった。哀れの一語につきる。」

このような事例は、軍の正式な記録としては残されていないとしても、元兵士達の体験記によれば、数多くあったようだ。伯父は、後に、銃殺を命令した上司は、内地への帰還船の中で、数名の兵隊から無惨なリンチを受けたことを伝聞として知る。

一方、オーストラリア軍に投降した兵たちは、その後、ムシュ島の収容所に送られてくる。

「それから間もなく、丸々と肥えて色艶の良い連中がこの島へ送られてきた。真新しい服をきて、新品の靴まで履いているではないか。これがかって豪軍へ手をあげて投降していった兵隊達なのには驚いた。ボロボロにちぎれたシャツに素足で、痩せ細って黄色い顔をしている私達誇り高き兵隊とはえらい違いではないか。」

軍人の本分を全うしようとした兵士たちや、銃殺された戦友のことを思うと、不条理は極まれりということであった。

〈パプア族との交流〉

冒頭にも述べた通り、伯父は、現地人に助けられたことで、何とか日本に還ることができた。感謝の気持ちと、僅かな期間ではあったが心温まる交流の思い出は、時が過ぎても薄れることはなかった。伯父の「体験記」では、このことに多くの紙幅を割いている。まず、部落に面倒を見てもらうことになったきっかけは、次のように記されている。

「体の異常なだるさに気がついた時、脚は既にむくみ始めていた。四、五日すると両足は私の意志を離れて前へ進まなくなり、歩行の機能を失ってしまった。マラリアの恐らく四十度以上の発熱の中でも、夜通し豪雨に打たれながら行軍してきたではないか。しかし鎖に繋がれたようなこの足の重みには勝てなかった。この部落で養生して、歩けるようになったら部隊を追及してくるように、という隊長の言葉は、動けなくなったら自決するんだということを言外に含めていた。勿論、覚悟はしている、だが私はこれで生きることを断念しようとは思わなかった。そこは…アイグリムという民家八軒ほどのパプア族の小部落である。」

部落の人々は、親身になって伯父の世話をしてくれた。

「土人達は昼間は敵機の爆撃を恐れて、遠くの畑へ避難しているが、夕方になると皆食糧や水を汲んで山の上の部落へあがってきた。芋、バナナ、パパイヤ、トウモロコシ、新菊、法蓮草、トマト、ナタ豆などの食糧を持って、私の様子を見にきた。水も汲んでくれたし、火もおこしてくれた。特に年寄りはわが子の病気を看護するように、親身になって面倒を見てくれたものだ。」

その結果、徐々に、体力が戻り、熱帯性カイヨウにも苦しんだが、二ケ月後には歩けるようになる。

「おかげで体力は徐々に向上していった。ところが、こんどは体の下半身に無数にできだした熱帯性カイヨウに苦しまねばならなかった。化膿性の厄介なもので高熱をともなない、寝がえりをうつのさえ苦痛だった。毎日、土人の作ってくれた薬草の搾り汁をつけていたら、どうやら症状は峠を越したようだった。二ケ月余りもたったのだろうか。むくみは跡かたもなく、カイヨウは潮がひいたように消えた。私が歩けるようになった日は、椰子の水で作った里芋のスープを作って祝ってくれた。」

療養中は、部落の様々な人たちとの交流があった。

「土人は老幼をとわず歌うことが好きである。お祭りのことをシンシンというが、シンキングの訛りで歌うことを意味する。童謡から歌謡曲まで片言ではあるが、よく歌ったものだ。お婆さん連中は歌詞を覚えるのに時間がかかったが、歌声を耳にすると飛んできて皺だらけの顔をほころばせて唱和した。部落の長老は戦地に於ける日本軍の動静を地面に略図を書いて説明してくれた。豪軍に寝返りをうった部落があるので、この部落以外の土人には警戒せよと、私にも堅い木で作った槍を持たせてくれた。」

伯父が歩けるようになってから、原隊に復帰することができたのは、偶々、部隊が警備区域を移動するためにこの部落を通過することになったからだ。皆、伯父が生きていたこと、前にもまして元気になっていることに驚いたようであった。

終戦になってからしばらくして、伯父は、部落を再訪し、心からの歓迎を受ける。

「私は終戦が信じられるようになってから、一日がかりで単身アイグリムの部落を訪ねた。部落の台地にのぼると、当番をしていた老人のクマンビーが見つけて駆け寄ってきた。私であることを確かめると、急いでカラムツを打ち鳴らした。私の来訪を遠い野良仕事に出ている部落民に伝達するためである。カラムツというのは太い木の中をくりぬいて鈴状にしたもので、これを丸太棒の先で叩いて通信連絡に使うものである。一種のモールス信号である。カラムツの音は山々へよくこだました。半時間もせぬうちに、皆がわれ先にと山をかけ登ってきた。部落の酋長（キャプテン）のワギニーが獰猛な顔をよせてきて、あなたは死ぬ筈がないとおもっていたよ、と私の体を抱きかかえるようにした。日本軍は降伏したのだとは、言いにくいのを、土人は察して、日本とアメリカはシーカンカムアップ（仲直り）したのだな、とかえって慰められたものだ。ワイフ達も喜びの表情を満面に浮かべていた。子供達は私のパプア名（ギリジュウイ）を連呼しておどりし、私が教えた歌をまだ忘れていないと自慢して歌った。恥ずかしがりで娘ざかり（といっても九才か十才）だったエチコミンがはやりの病気で死んだことも知らされた。ワイバグルの子供はやっとヨチヨチ歩きができるぐらいだったのがしばらくの間にませた顔付きになっていた。帰りには土人達が豪州軍の使役へいってもらってきたという、大型の魚缶やコンビーフ缶、ジャム缶など惜気もなく、背負いきれないほどくれた。…」

そして、海岸集結のために出発する当日、今度は、部落の最も世話になった夫婦が、部隊の駐留地を訪ねてきた。

「海岸へ集結を命ぜられ出発する朝、その情報を知り、アイグリムの部落で一番私の面倒をよくみてくれたワイバグルと妻のリネーがお別れにやってきた。そして、一日の行程の処までタロ芋を担いで送ってきてくれた。妻のリネーは、これからは夫婦喧嘩をしても仲裁役がいなくなるので困ると冗談をいっていたが、目をふせてカライカライトマス（これ以上の悲しいことはない）と言っていた。夫のワイバグルは何もしゃべらず、私の手を痛くなるほど握って離さなかった。

私は土人達に約束した。平和になって自由に往来できるようになったら、大きな船でお前達の欲しがっている犬や猫や豚をもって、必ずお禮にくることを。

彼等はまだ生きているだろうか。パプア族は、四十才位までしか生きないという。」

伯父は、この「体験記」を、戦後二十年の歳月が経ってから執筆した。戦後、妻に対して、世話になったニューギニアの現地の人々に再会したいと、その思いを伝えていたが、それは叶えられなかった。約束を果たせなかった無念さが、最後の一行に込められている。

ニューギニアにおける日本兵と現地人の交流のエピソードは、元兵士達の体験記などでも報告がされていて、決して珍しくはない。パプア族は、オーストラリアやかつてはドイツの統治を受けていたが、同じ有色人種として、また、あからさまな差別を行わない日本人に、総じて親近感をもっていたようだ。しかし、伯父のように、短期間で、これまでの濃密な信頼関係を築けた例は、多くはなかったであろう。理由としては色々考えられるが、伯父が、ピジン語を使えたため、彼等とのコミュニケーションが上手くいったのもその一つであろう。ピジン語とは、狭義には、英語と中国語の混合言語で、言語を異にする者同士が通商をするときの便宜のために発生したもので、文法が簡略化され、語彙（ごい）も限られている。そのため、英語が理解できれば、それをマスターすることも難しくなかったのかも知れない。そして、最も重要な理由は、伯父のやさしい人柄であったように思う。我々甥や姪たちも、小さい頃、伯父にはよく可愛がってもらった。パプア族の子供たちやお婆さんたちと一緒に歌う伯父のほほ笑みが、まぶたに浮かぶようだ。

〈太平洋戦争におけるニューギニア戦の意味〉

太平洋戦争の開戦直後の、真珠湾攻撃や英国領マレー及びシンガポールへの侵攻作戦は、相手側の準備不足の隙を衝いたこともあり、幸いにも成功した。このため、強気になった日本は、オーストラリアへの進攻までを想定しだすようになる。太平洋における相手方の拠点となるグアム島やラバウルの占領は開戦前からの計画通りではあったが、奪った地点を守るためにと、さらにニューギニアのオーストラリア軍の航空基地のあるポートモレスビーの進攻を計画し、昭和十七年三月には、ラエ、サラモアに上陸、占領する。ラバウルを越えてニューギニアのオーストラリア基地を叩くということは、「攻勢終末点」の兵理を無視した連続攻勢主義で、どこまでいっても限りがない。

同じ時期、ラバウルからは、遥か南方のガダルカナル島で、海軍は、飛行場の建設工事を進めていた。これも、連続攻勢の考え方によるものであったが、米軍海兵隊は、八月、島に奇襲上陸し、逆に占領する。戸部良一ほか著「失敗の本質—日本軍の組織論的研究」（中央公論新社　一九九一）によれば、この米軍の作戦の意図を次のように解説する。米国は、太平洋戦争の終結を、日本本土直撃においていたため、中部太平洋諸島を制圧し、航空機の前進基地を確保することが不可欠であった。ミッドウェー海戦で日本の出鼻をくじいた米軍は、日本軍の進出に対する反攻の早期開始を考えていたが、その反攻の第一段を、ガダルカナル島に定めた。日本軍が占領していたラバウルを直接攻めるという案もあったが、当時の日米の陸海空の軍事力は拮抗していたので、リスクをとらず、ステップバイステップで進めることを決断する。この判断は、結果としては正しかった。その直後に始まった日本軍によるガダルカナル島の奪還作戦は、数次の攻撃にもかかわらず、二万名を超える戦死者、餓死者を出し、翌年二月に撤退することになったからだ。

同書では、日本軍の敗北の要因について、いくつかの分析を行っているが、日本軍の作戦の稚拙さがあったことは間違いがない。戦力の逐次投入は、米軍の兵力や士気を軽視した結果であり、実際に戦った現場指揮官の提言も聞き入れられず、次の作戦に反映されることもなかった。また、補給線が伸びきっていたにもかかわらず、作戦を継続しようとしたことも責められる点であった。ラバウルからガダルカナルまでは、距離的には八百キロメートルもあり、航行可能距離の観点から、日本軍の戦闘機による支援には限界があった。このため、連合艦隊の機動部隊が出動するが、米軍の機動部隊との戦いは双方痛み分けの結果となり、それ以降、日本海軍は、ガダルカナル島での戦闘支援や補給支援を断念する。この結果、米軍は、完全に制空権を奪い、日本軍のガダルカナルへの輸送は、昼間の輸送船による大規模輸送から、夜間の駆逐艦による逐次輸送に切り替えられる。しかし、兵士は何とか陸揚げできても、重火器や糧食は十分ではなく、白兵戦を続けることは困難であった。

米軍からみた勝因の一つは、相手の日本軍を冷静に見る謙虚さがあり、作戦は慎重であったことだ。当初から、一万三千人という海兵隊を上陸させ、防御に万全を期した。千人に満たない最初の日本軍（一木支隊）の攻撃は、戦車及び戦闘機・爆撃機を含む米軍の圧倒的な火力によって粉砕され、全員玉砕する。日本軍から蔑視されていた米国の地上軍は、この第一戦で大きな自信を持つことになった。

そして、勝因の最も重要な点は、水陸両用作戦と呼ばれる陸・海・空の統合的・組織的運営が実行されたことにある。日本軍への攻撃は、無線通信システムを活用して行われた。ジャングル内での日本軍の行動もセンサーで予め検知されていた。日本軍は、その後、数回の総攻撃をしかけるが、こうした米軍の優位性を最後まで崩すことはできなかった。

一方、東部ニューギニアで、九月に、ポートモレスビーに侵攻する作戦に失敗して以降、日本軍は、米豪軍の水陸両用作戦による進攻に対して死闘を繰り返すも、年末までには、上陸地点のパサブアやブナも相手軍によって占領される。新たに編成された第十八軍は、こうしたニューギニアの戦いの劣勢を挽回し、ガダルカナルの敗北からの捲土重来を期そうとしたが、十八年三月、司令官安達二十三中将を含む六千九百名を乗せたラバウルからラエに向かう輸送船団は、米豪軍の地上からの航空部隊によって撃沈され、三千名近い戦死者を出すことになった（「ダンピール海峡の悲劇」）。この作戦の失敗は、ラエとサラモアでの戦いを人員補充と糧食・武器弾薬の補給無しで行うことを意味し、ニューギニアでの攻勢作戦は出だしで躓くことになる。失敗の要因は、護衛の航空機数の劣勢に加え、海面反跳爆撃（スキップボミング）や爆撃機の参戦など新戦法を駆使されたからであったが、ガダルカナル戦と同じく、補給を遮断し、火力で相手を圧倒する水陸両用作戦という相手軍の優位性が、改めて実証されるかたちとなった。

日本軍の大本営には、ガダルカナルにしても、ニューギニアにしても、兵站を確保できず、軍事力に勝る相手国との戦いのスタート点にも並べないとして、早期に撤退を進言する参謀たちもいたが、それらの意見が取り入れられることはなかった。むしろ、現地に派遣されたある大本営陸軍参謀は、ポートモレスビー侵攻作戦にあたり、補給の困難さが自明であったので、まずは、調査をしたうえで判断するとしていた大本営の指示を勝手に覆して、部隊に決行を命令した。また、同じ参謀は、ガダルカナルの戦いにおいても、部隊を統率する支隊長の臨機応変の戦術変更の具申を取次がず、結果、惨敗を喫したとされる。この参謀は、大戦前のノモンハン事変の責任を問われて関東軍の作戦参謀を左遷させられた経緯がある。

また、ニューギニアは、太平洋戦争を始めるに当たって、戦闘地域としては全く想定していなかったので、現地の気象、地象の調査を行っていなかった。それは、兵站の作戦を考える上で致命的なことであった。山間地を縫って、マダンからラエに至る自動車道路を建設しようとしたものの、急峻な地形に加え、頻繁に豪雨・鉄砲水が襲い、工事のやり直しを繰り返す。結局、ラエの撤退が決まり、道路は未完成のままで中止される。四カ月間以上にわたり、無駄な労力を投入する結果となった。

元防衛大学教授の田中宏巳の著作になる「マッカーサーと戦った日本軍―ニューギニア戦の記録」（ゆまに書房　二〇〇九）は、ニューギニア戦における日米の戦略・戦術の格差について詳細な分析を行うとともに、その中で現地の日本軍がいかに果敢に戦ったのか、これまであまり取り上げてこられなかった太平洋戦争におけるニューギニア戦の意義を問いかけようとする長編の力作である。著者は、マッカーサーがニューギニア戦でとった戦法は、陸海空の戦力を集中する「三軍一体の立体戦」であり、不十分な兵力を補い、兵力の損失を防ぐために考案されたものであるとする。それは、ニューギニアという巨大な空間を有する島嶼戦において不可欠な戦法であった。とりわけ、航空機戦力は重要で、戦闘機よりも相手の施設を攻撃する爆撃機の役割が大きかった。日本軍は、陸軍の航空隊を大量にニューギニアに投入したが、米軍の大型爆撃機による攻撃で、一瞬にして二百機以上の航空機が駐機中に破壊されることも起こった。航空隊は、当初、安全な飛行場（ホーランジャ）への配備を提言したが、それが受け入れられなかったのは、陸軍参謀が航空戦をよく理解していなかったことに加え、相手軍の進攻が早いことへの焦りがあった。飛行場の早期建設により、敵軍への攻撃開始を急ぐ必要があったが、建設は人力のため、大いに手間取った。一方、相手軍は、ブルドーザー、パワーシャベル、トラック輸送など機械化を進め、日本軍が数か月をかけるものを一、二週間で完成させてしまう。飛行機を守るために掩体を持った飛行場を作ることも容易だった。

こうした、飛行場の問題だけではなく、日本の航空隊がその機能を発揮できなかった理由は他にもあった。ニューギニア戦の当初においては、航空機配備の絶対数では拮抗していたものの、出撃の規模には大差があった。機体の故障が多い、地上整備力・整備技能の不足、パイロットのローテーションなどもそうした稼働率の差の要因になっていたとされる。とりわけ、機体そのものやその整備力については、産業・工業の基盤に左右される。世界の技術の革新は、航空戦の様相にも大きな変化をもたらした。ゼロ戦のような戦闘機中心の戦いでは、敏捷性や操作技能が勝敗を決めたが、スピードとともに攻撃と防御にも優れた爆撃機の登場で、それは一変する。日本の連合艦隊が、昭和十八年以降、精彩を欠くことになったのも、その結果である。太平洋戦争での米国陸軍の爆撃機は、最終的には、戦闘機に匹敵する機数にまで増加した。日本の都市を空襲したB二九は、その大型爆撃機の中でも最たるものだ。

こうした大型爆撃機にはエンジンの大容量化、高性能化が不可欠であるが、モータリゼーションが進んでいた米国社会では、その産業基盤を活用することで、開発はスピーディーに進んだ。一方、日本では、工業力の基盤には大きな差がある中、陸海軍は、莫大な予算や人を要する開発を、別々に重複して行っていた。一体的な運用が行われなかったのは言うまでもない。また、航空戦は、航空機本体だけではなく、レーダーや無線通信を含めたシステムが万全であって、初めて機能するが、日本の場合は、無線通信が故障がちで、肝心な時に用をなさなかった例が多いとされる。現代社会では、民間が、内外の市場や技術動向を把握して開発を進めることで、産業の発展が進むが、当時の軍は、そうした視野の広さがなく、産業界自体を統制下においた。民間の活力を結集する発想がなければ、総力戦は戦えない。著者は、「産業革命を生みだした合理的精神が、国家にも国民にも育っていなかった」ことが、太平洋戦争、ニューギニア戦での日本の敗戦の遠因となったと断言する。

著者は、マッカーサーの戦法の特徴として、他にいくつかを上げているが、その一つは、オーストラリア軍との共闘であり、現地産業を活用した補給であった。米国本国も日本軍もそれは想定していなかったが、ニューギニアは、オーストラリアにとっては庭先であり、士気も高かった。米豪協働は、マッカーサーの望楼作戦（ニューブリテン、ニューギニアを北上攻撃占領する作戦）を成功に導いた要因の一つとなった。また、マッカーサーは、「飛び石作戦」など日本軍の行動を先取りして先手を打ったが、その成功も、「マッカーサーの耳」と呼ばれる情報の分析収集によるところが大きかった。

特に、ATIS（連合軍通訳班）による捕獲文書（司令部跡の焼却途中の文書、地中に埋めた文書、戦死者の懐や文書嚢からの文書など）や捕虜からの軍事情報（戦艦や航空機など）も、実戦で有効に活用された。

また、航空機だけではなく、米魚雷艇集団も日本軍には、大きな脅威となった。彼らは、夜間の沿岸航行で補給を行おうとする日本の小型舟艇を次々に沈め、完全に制海権を奪った。日本も、日清戦争では魚雷を搭載する小型艦艇の攻撃力が大型艦隊を上回り勝利に貢献したが、その教訓はその後の海軍に活かされることはなかった。反対に米国は、駆逐艦、潜水艦、魚雷艇など魚雷を発射できる装備に注力し、それは、島嶼戦で効果を発揮した。日本の海軍では、小型艦艇の乗組員を蔑視する風潮もあり、技術開発へのインセンティブは働かなかったともされる。

このような連合軍の圧倒的な優位性に対して、大本営や陸海軍の上層部は、それを直視することなく、また、戦訓の反映も十分ではなかった。そうした中で、現地を任された第十八軍は、必死にその任務を果たそうとした。著者は、ガダルカナル戦やブナ・ギルワの敗北からほぼ一年の時点で、米豪軍が、ダンピール海峡付近手前までしか進めなかったのは、各師団が、むやみな突撃戦術を控え、敵の侵攻を妨害し、限界になると後退する戦術「遅滞作戦」を採用したからであったと、軍の戦いを高く評価する。実際、ラエからサラワケット山系を越えての転進を決断するに当たっては、オリンピックの出場経験のある慶応大学出身の北本少尉らによる事前の踏破記録を参考にした。死者は少なくなかったが、マーカム河沿いの谷道を進んだ場合は、さらに多くの兵士が航空機の爆撃により犠牲になったとされる。また、マダンからウエワクへの移動に当たって、大湿地帯であるラム、セピックを渡河、踏破しなければならなかったが、犠牲者が最小限で済ませたのは、陸軍船舶工兵隊に所属する部隊が、事前調査とルート工作など、周到な準備を行ったからであった。最後は、アイタペの戦いで、刀折れ矢尽きて、山南地区での持久戦に至るが、第十八軍のこうした一糸乱れぬ健闘が、マッカーサー軍を二年近くもニューギニアに釘付けにすることにつながった。

先に、司令官安達二十三中将がアイタペの戦いの攻撃命令を出した時に、議論があったと述べたが、それは、当時、補給も困難を極める中で、「口減らし」のための作戦ではないかとの噂が立ったからだ。大本営の「持久」の方針が出ていたので、将校たちの一部には、反対する者もいたようだ。しかし、当時の第十八軍司令部は、進むも地獄、留まるも地獄という苦渋の決断を迫られていた。安達中将は、参謀達の意見も聞きながら、最終的にはアイタペ攻撃を決断する。それは、「ウエワクでの蟠踞(持久)は、我軍を超越機動し西方に跳躍する敵へなんらの影響を与えることができない、その結果、軍は単に孤島に徒食して遊兵化し、国軍の健闘にこたえることができない」と考えたからだ。参謀長吉原矩中将も、「軍の総兵力五万四千の食糧は二ヶ月にも満たず、農耕開始するにしてもジャングルの伐採、焼却が必要で少なくとも収穫には三カ月を要する。然し、アイタペ攻撃を敢行したとしても軍の運命を開拓することは至難で、敵を当面に抑留し、比島への進撃を遅緩せしむるが唯一無二の限度である。」と、後に、苦渋の決断であったと回想している。なお、大本営は、当初、アイタペでの戦いを回避して西部ニューギニアへの転進を指示したものの、それが、非現実的であること、また、ウエワクでの「持久」も困難であることを理解した後は、「「持久」の方策を考えつつ、作戦を遂行すべし」

とする指示に変更し、現場の判断に委ねることにした。第十八軍は、「軍はウエワク地区を確保しつつ軍戦力の主力を以て、アイタペ付近の敵を撃滅す」として、持久作戦も念頭におき、実際、山南地区の偵察により自活態勢の準備に着手していたので、大本営は、この作戦を追認するかたちになったといえよう。

一方、連合軍の日本本土上陸作戦をフィリピン経由とするか台湾経由とするか、マッカーサーとミニッツで意見が分かれていたが、マッカーサーの方針が採択された。マッカーサー軍は、アイタペ戦やその後の西部ニューギニアでの戦いの後、六十六万人の将兵が守るフィリピンを、三カ月半で制圧した。太平洋戦争の主戦場は、フィリピンではなく、ニューギニアであった。著者は同書の中で、第十八軍の健闘に対してより大きな国民的評価が与えられて然るべきとして、次のように述べている。

「マッカーサーの軍団がニューギニア戦で勝利を確定したのは十九年八月で、この時点でやっとフィリピンに向かう道が開かれた。マッカーサー軍をここまでニューギニアに縛りつけてきたのは、日本陸軍の第十八軍の敢闘である。安達二十三中将に率いられた第十八軍は、ニューギニア上陸時から補給不足に苦しみ、島嶼戦において不可欠な海軍艦艇の協力をほとんど受けられなかったにもかかわらず、マッカーサーの米豪軍と堂々と渡り合ってきた。またこれほど長い間、最前線を維持し続けた戦場もほかにない。負けたとはいえ、強大なアメリカを相手にして四年近い太平洋戦争を日本が戦ったことを、日本人の誇りとする人達もいるが、その多くを、ニューギニア戦における第十八軍の頑張りに負っていることに気付く日本人は極めて少ない。」

そして、その理由について、

「戦後日本の中で、ニューギニア戦や第十八軍に対する評価がほとんど聞かれない一因は、米海軍との戦いを中心軸にして太平洋戦争を見る傾向が強く、陸軍が単独で戦った戦場を異例と見るからであろう。日米双方ともに、太平洋の戦いが海軍の戦いであるという先入観が強く、陸軍を通して太平洋戦争を見る視点が欠落している。それ故、まずミッドウェー海戦後に米海兵隊がガダルカナル島で反攻を開始し、続いてニミッツの米海軍がギルバート諸島、マーシャル諸島の要地を奪取し、マリアナ海戦に勝利後、サイパン島やテニアン島を奪取し、次いでパラオのペリリュー・アンガウルに上陸し、レイテ戦・フィリピン戦ののち、硫黄島および沖縄戦に上陸し、日本の敗北が決定的になった云々の「太平洋戦史」が成立してきた。」とし、

そうした通説の問題点として、昭和十八年には、両海軍の大がかりな戦闘がなかったこと、フィリピンに進攻してきたのは、パラオからの米海軍ではなく、ニューギニアのマッカーサーの部隊であったことをあげる。つまり、その間の双方の陸軍部隊による壮絶な戦いが、太平洋戦争の大きな帰趨を決定し、ニューギニアは、その主戦場であった。

「ガダルカナル戦と三次にわたるソロモン海戦とその他の諸海戦が行われた十七年が終わると、日米海軍ともにその後遺症に悩む停滞期となり、両海軍が前面に立つ戦闘が影をひそめた。それならば休息のために戦闘停止になり、束の間の平和が訪れたかというと、海軍の停滞期に日本軍が恐れていた消耗戦が激化し、夥しい数の航空機が消耗していった。開戦前に予想だにしなかった島嶼戦の中で、脇役であったはずの日・米豪の陸軍部隊が前面に出て戦闘を交え、両陸軍機が乱舞する意外な展開になったのである。その主戦場がニューギニアであった。」

〈**誇り高き日本兵**〉

「マッカーサーと戦った日本軍　―ニューギニア戦の記録」の中で、著者は、凱旋将軍の栄誉を与えられたマッカーサーに対して、最後まで闘い抜いた第十八軍司令官安達二十三中将は、勝敗を抜きにして「よく戦った」ことを基準にするならば、最高の評価を受けるにふさわしいと述べた。その評価は、安達司令官の下、懸命に戦った第十八軍の兵士達全員にも与えられるべきものであろう。ニューギニアからの帰還兵の一人であった国文学者、尾川正二著作の「東部ニューギニア戦線―棄てられた部隊」（光人社　二〇〇二）によれば、著者は、ムシュ島の収容所から日本へ帰還する直前（昭和二十一年一月）に、安達の別れの言葉を聞く。下級兵士にとっては最初で最後の出会いであった。ひっそりと佇む七十九連隊六十余名に対して、いたわりと励ましのことばだけを伝えられた。その時は、安達の決意までは感じとることができなかったが、それを知るのは帰国してからのことであった。安達は、全ての将兵を見送った後に、ラバウルの戦犯収容所に向かい、翌年、昭和二十二年の二月から将官級の責任裁判が始まる。部下の監督不十分で戦争犯罪を引き起こしたという罪状で起訴されたが、自らの弁明を避け、日本軍の名誉と部下の救出に集中し、その結果、部下の数名は救出された。無期禁錮の判決を受けた安達は、かねてからの決意の通り、九月、自決する。遺書の一部には、次のような言葉が綴られている。

「(昭和十七年十一月に第十八軍司令官の重職を拝したものの、使命を果たせず、罪、万死も足らずとした上で）又、此作戦三歳の間、十万に及ぶ青春有為なる陛下の赤子を喪ひ、而してその大部は栄養失調に起因する戦病死なることに想到するとき、御　上に対し奉り、何と御詫びの言葉も無之候。小官は、皇国興廃の関頭に立ちて、皇国全般作戦寄与の為には、何物も犠牲として惜しまざるべきを常の道と信じ、打ち続く作戦に疲憊の極に達せる将兵に対し、更に人として堪へ得る限度を遥かに超越せる克難敢闘を要求致候。之に対し、黙々之を遂行し、力竭きて花吹雪の如く散り行く若き将兵を眺むるとき、君国の為とは申しながら、其断腸の思ひは、唯神のみぞ知ると存候。当時、小官の心中、堅く誓ひし処は、必ず之等若き将兵と運命を共にし、南海の土となるべく、縦令、凱陣の場合と雖も渝（かわ）らじとのことに有之候。」

そして、その言葉は、戦犯関係の将兵の先途を見届けることが大事として恥を忍んできたが、それも一段落したこの時機に、陣没、殉国した部下への信と愛に殉じたいと続いていく。

たとえ、負けるべくして負けた戦いであっても戦争が始まれば、軍隊は、大本営の命令によって、任務を遂行しなければならない。しかし、数万の軍隊が、夜は零下となる急峻なフィニステル山系を踏破し、胸まで浸かるセピック河の大湿地帯を闇夜の中に行軍する、しかも、十分な食糧はなく、飢餓や病に侵されながらだ、そんなことを長く続けるのは、いくら軍隊という命令組織だからといって、容易にできることではない。確かに、伯父の「体験記」にある通り、いよいよとなって、やむを得ず、軍紀に違反する行動を選択した将校や兵士も出なかったわけではないが、大多数が、思い留まり、その結果として、餓死したり、病死した者も少なくなかった。「生きて虜囚の辱めを受けず」という戦陣訓の教えはあったかもしれないが、それ以前に、故郷の家族や地域の代表として恥かしいことはしない、不名誉の汚名を着せられることはしないということが、多くの兵士たちの道徳心としてあったからだ。そして、そうした兵士たちをどのように統率するかは、軍隊という組織の各段階での管理者の力量にも関わっている。

軍隊という組織は、企業に例えれば、社長である司令官（中将）をトップに、師団長（中将）、連隊長（大佐、中佐）、大隊長（中佐、少佐）、中隊長（大尉、中尉）、小隊長（中尉、少尉）、分隊長（曹長、軍曹、伍長）という指揮命令系統があり、一般社員としての兵卒（兵長、上等兵、一等兵、二等兵）はその管理の下に置かれる。中隊長は部長、小隊長は課長、分隊長は係長に例えればよいかも知れない。そして、分隊長は、兵からの叩き上げとしての下士官と、経験は少ないが能力面で優れた士官候補生の中から任命された。先の野砲兵第二十六連隊の中隊長の大畠正彦中尉は、その手記において、技能や経験・年齢に拘ることなく、理解力や責任観念の旺盛さという点も考慮して、若手の士官候補生を分隊長として選任したこと、その結果、分隊の戦闘訓練で良い成績を収めることができ、検閲した大隊長からもお褒めの言葉をいただいたことを回想している。管理職に適材適所の配置を行い、統率力を発揮させ、また、部下の努力を上司に評価させるために適切なコミュニケーションを図ることなどは、社員の意識を鼓舞し、業績を向上させるという企業の組織マネジメントと全く変わりはない。差があるのは、戦場では、マネジメントの失敗は、戦いでの敗北や戦死に直結するということだ。

同じ連隊の中隊長の長友義久中尉の場合は、先の手記において、ニューギニアへの出陣前に、部下の下士官全員に、無記名で自分に対する感想を書かせたところ、大半が悪口と欠点の指摘であったが、後になって、その部下の一人から、下士官や兵の気持ちを知ることがなければ、部下の統率はできないことを実感したとの述懐の言葉を聞くことになる。長友中尉は、陸軍の士官学校卒ではなく、兵から幹部候補生を経て将校まで昇進した経歴をもつが、部下の感情や心理を推察すること無しに部隊の力を発揮させることはできないと考える将校たちの一人であった。

また、大畠正彦中尉は、防衛庁防衛研修所戦史室著「戦史叢書　南太平洋陸軍作戦〈5〉―アイタペ・プリアカ・ラバウル―」（朝雲新聞社　一九七五）によれば、出陣後二年が経過し、山南地区でオーストラリア軍による攻撃が迫ろうとした頃、部下に対して、我々の最期は目前であり、二つの道があると語りかけた。一つは、世界の平和を願って死んだ多数の人があるということで、我々の遺志を継いでくれる人の心に生きること、もう一つは、恥を忍んで降伏し祖国の復興に尽力することである。自分は、子どもの頃から教育された前者の教えに殉じたいが、賛同する者は手をあげてくれというと、しばらくして、ある隊員が、「隊長殿。もう二度とそんな悲しいことを言わないで下さい。私は最後まで隊長について行きます。」といって手をあげ、それを契機にして全員が手をあげたとされる。そこには、自分の心に向き合い、同時に、部下たちの心にも向き合おうとした将官の姿を見て取ることができる。そのような将官たちばかりではなかったにせよ、ニューギニアにおける第十八軍の敢闘には、そうした現場の管理者の努力があったことは間違いない。

このように見てくると、安達司令官が限度を超える克難敢闘と呼ぶニューギニアでの長い戦いを可能にしたのは、兵士自身の規範意識の高さに加え、総じて、現場指揮官が組織をよく統率したからではなかったか。そのような組織マネジメントの頂点に、安達司令官がいたといってよい。戦後、自らの命を絶つことで責任を取った軍の高官は少なかった。大本営でプロとはいえない作戦指揮を行ったのは、佐官クラスであったともされるが、いずれも、その責を逃れている。第十八軍の戦いは、そのような中央の失敗を、現場が必死に尻拭いし、帳尻を合わせたといえなくもない。

尾川正二は、先の著書の中で、作家野呂邦暢が、「安達の例は人間的悲惨事を極限まで強いられたこの暗黒の戦場に射した一条の光のごときものである」（「失われた兵士たち」）と述べたことを引用し、「声もなく死んでいった戦友たちもまた、人間としての「光」を未だに放ちつづけている。」と述べている。同氏は、別の著書「極限のなかの人間「死の島」ニューギニア」（光人社　一九九八）でも、戦争と人間の関係、兵士たちの死の意味を、次のように問いかけた。

「すべての条件の設定は、人間にとって苛酷すぎた。人間の耐えうる限界を、はるかに超えたものだった。堕ちるのが、自然であったかも知れぬ。…そんな条件を超えて、最期まで人間でありえた人々の前に、脱帽しなければならない。崇高なまでに、自分を守った人々、その人にとっては、どれほど長く生きたかは、問題ではなかった。その短い人生を、どのように生きたか、それがその人のすべてであり、人生の意味であったように思われる。それは、哀惜という日常の感情を超え、厳しく人間の本源を指し示しているのである。生命に一つの意味を与えたとき、死もまた意味をもつものであると。それらの人々は、いまなおわれわれのうちに、いきつづけている。敬虔な追憶の座標においては、生きているより、近くも、力強くもありうるのだ。…敗戦のなかからさぐりとったものは、そのような美しい生命の意味だった。…」

伯父は、「体験記」を、次のような戦友たちへの慰霊の言葉で締めくくっている。

「悪夢のようなニューギニア戦線を去って、二十年の歳月が流れた。しかし、未だに私の脳裡には、当時の記憶が生々しく蘇ってくる。三ケ師団を主力とする第十八軍の十五万の精鋭が終戦時には一万人たらずに細っていた。

望郷の念を燃やしながら苛烈な戦火のもとに骨を埋めた多くの戦友達。今は、わずかに珊瑚礁に打寄せる潮騒と椰子の梢を叩くスコールと土人の歌声が、その霊を慰めていることだろう。南溟の地に静かに眠る勇士達の霊よ、安らかなれ。」

東部ニューギニアでは、戦没者約十三万人のうち、未だに半数以上の遺骨が眠っているとされる。ご遺族にとっては、太平洋戦争はまだ終わっていないといえる。


戦後七十年余が経過し、我々は、戦前、戦中、戦後の間もない時期に比べれば、はるかに平和で豊かな生活を送るようになった。太平洋戦争で日本国家が崩壊の危機に瀕するほどの事態に至ったことを経験し、実感した世代は、数少なくなり、それらの世代を親に持つ人々も、高齢化を迎えている。多くの若者や子どもたちにとっては、太平洋戦争は過ぎ去った歴史の一コマに過ぎず、両親や祖父母を通じてそれを知る機会も少なくなった。戦争の体験や記憶の風化が、日々進んでいる。しかし、我々日本人は、極限の中で、尊厳をもって祖国に殉じた人々のお陰で今の我々があることを決して忘れてはならないし、彼らの遺志を受け止め、教訓を汲み取る努力を続けなければならない。その意味では、太平洋戦争は終わっていないし、また、終わらせてはならない。

《あとがき》

司馬遼太郎は、ある歴史学者を評する文章の中で、次のように述べた。
「歴史学は近似値としては科学であるが、しかし無数の断片としての研究を統合して歴史学を最終的に成立させるものは、もっとも高い意味での感情である。…このため、歴史を見る眼光は、つねに透徹した精神が要求される。醇化した精神には、ごく自然に微量ながら、酒精分がある。原田史学の場合、そのきわめて上質な酒精分は、いまことさらにありふれた言葉を藉りれば、侠気というべきものである。この史学において文学との接点をもとめるとすれば、そういう意味での豊潤さであるといっていい。」（「司馬遼太郎　歴史歓談」（二〇〇〇年十一月　中央公論新社刊））（前掲「司馬遼太郎対話選集一　この国のはじまりについて　―天下分け目の人間模様―」）

歴史家は、実際に観察することが出来ない過去の断片的な出来事を、史料、文献、伝聞などを丹念に精査し、それを繋ぎ合わせることで、歴史を構築する。それは、史実を積み上げ、検証するという意味では、科学的な試みではあるが、しかし、そこには、高い意味での感情、すなわち、価値観を含めたその人の主観が、媒介役として必要となる。そうした歴史は、個人の思いが込められた、ある意味では「仮説」と呼んでもいいかもしれないが、そうであるがゆえに、歴史に奥行が生まれ、人々を思索に誘う。史実のつながりの意味に踏み込まない歴史教科書の歴史とは、対照をなす。先の司馬の言葉は、自身の歴史観をそのまま表しているかのようであるが、司馬にとって、歴史を紡ぐ上での「高い意味での感情」は、もちろん、太平洋戦争の敗戦の衝撃に起因するものであった。

このような感情は、とりわけ、対談などで歴史を語る時には、よりリアルに映し出される。褒め、讃え、また、責め、糺す言葉は、時に躍動し、時に激することで、読者は、司馬の想いの深さを計り知ることが出来る。また、リアリズムとイデオロギー、明治と昭和、すがすがしい主人公と普通の人々など、極端な対比を通じて、歴史を語る手法も、そうした高い意味での感情の表れだともいえる。それは、我々が、日本人や日本社会を、プラモデルのようではなく、重層的に理解するための一助になるものである。しかし、それを踏まえた上で、日本人や日本社会の実像をどのように結ぶのかは、読者に任された仕事なのであろう。

作家関川夏央は、司馬遼太郎を、「誠実で巨大な作家で、同時に矛盾を内包し苦衷に満ちた作家」と評したが、それは、司馬が、歴史に厳しく向き合った結果でもある。高い意味での感情の基底をなすものは、それとは対照的に、冷静で客観的な視点であった。「昭和」という時代は、「明治」と比較して、政治の主役が「武士（末裔）」から「官僚」に替わり、体制も「政治主導」から「軍主導」に変わる。それは、国民の意識が「危機感」から「慢心」に移るのと同期していた。教育の重心が「リアリズムとモラル」から「イデオロギー」に変化したこともそれに拍車をかけた。そして、このような日本社会の構造的な変化が、国際社会の変化への適応を誤らせ、太平洋戦争という悲劇を招くことになった。司馬の悩みも、諦観と叱咤の想いが交錯するところにあったのであろう。日露戦争勝利で先進国の仲間入りしたつもりが、欧米列強では、第二の産業革命が進んでいた。日本は、目や耳を世界に向けてそのことに気づき、第二の維新でそれに備えるべきであった。ものをモノとして見るリアリズムをもつこと、科学的に考えること、内向きで観念的な思考に囚われないこと、それこそが、「昭和」の歴史から汲み取るべき教訓であった。

筆者は、太平洋戦争の敗戦後、ようやく、焼け跡からの復興がその歩みを増し始めた昭和二十三年に生まれた。戦後のベビーブームの時代に出生した、いわゆる、団塊の世代の一人である。両親やその親、兄弟は、戦争を実際に経験しているが、当然のことながら、自分たちは、戦後の日本社会のことしか知らない。死の恐怖に直面する毎日ではなかったが、しかし、当時は、多くの日本人は、全体として貧しく、徐々にテレビなども普及していくものの、海外からウサギ小屋と蔑視されるような狭い住宅に住み、風呂も多くの世帯は銭湯を利用した。日本人が、世界に自慢出来るような、現代でいえば、自動車産業のような工業力も無かったし、それが、将来実現出来るということは想像すらしなかった。そうした小学生からみた日本社会のイメージは少しずつ、変わっていく。池田隼人首相が所得倍増計画を宣言し、経済の成長を人々が実感し始めるのは、中学校に入る頃になってからだった。その後、高校生の頃には、新幹線が開通し、東京オリンピックが開催された。戦後の復興を世界に示す象徴的なイベントであった。そして、大学生の頃には、日本の国民総生産は、米国に次ぐ世界第二位に上りつめる。確かに、戦後二十数年で、日本は、経済的には、目覚ましい復興を遂げた。しかし、日本人の精神は、経済と同じように、焼け跡から復興できたのか。

丁度その頃、司馬遼太郎は、小説「坂の上の雲」を書きあげる。作家関川夏央は、その作品が、日本人に与えたインパクトを、次のように表現した。

「明治は独立自尊の強い意志に導かれた一時代であった。その国民的意志は、欧米列強の貪欲さが膨張する情勢下における、いわば緊急避難の衝動と防衛的民族主義の発露に帰着したから、無理ないこととはいえ、時代の精神は拙速と果断を旨とした。そのため白日の栄光と深い暗部が同居する時代相を呈したのだが、そのうちの明の部分に注目して文化の連続について語ろうと試みた司馬遼太郎の仕事は、戦前はすべて語るに足りないとする戦後の「断絶史観」に疲れた日本人の虚をあざやかに衝いたのである。」（前掲「司馬遼太郎の「かたち」―「この国のかたち」の十年」）

確かに、敗戦から必死にはい上がってきた日本人にとって、それは、自分たちの社会やその価値観について顧みる契機となった。しかし、司馬にとって、戦後の日本人に向けた目は、戦前と同様に手厳しいものだった。司馬は、筆者の父と同じ、大正生まれである。戦前を経験したからこそ、戦後の日本人のアラも見える。イデオロギーが影響力をもった戦前の残滓が、戦後にも色濃く残っていた。戦争を経験していない息子世代の我々にとっても、同じ時代を生きたものとして、それは共有できた。当時の日本は、今と比べると、一言でいえば、活力はあったが、粗野な時代であった。二〇二〇年のオリンピックの東京招致で宣伝した「クールジャパン」とはほど遠い社会で、民主主義や人権の意識が定着し、男尊女卑の考えが改まり、コンプライアンスが重視され、また、交通事故死の数や犯罪率が低くなるには、今暫らくの時間を要した。

因みに、筆者が、大学に在学中に、医学部の研修医の待遇改善をめぐって起こった紛争が全学に広がり、ほぼ半年後の学内への機動隊の導入による占拠解除まで、大学は休止状態となった。そして、その年の春の入試は、中止となった。筆者もノンポリ学生の一人として運動を支持していたが、それは、特段、自分たちにとっての切実な問題があったわけではないので、全体の尻馬に乗っていたと言うのが正確であろう。紛争が長引いたのは、大学当局の対応の不手際もあったが、そこには、第二次世界大戦を経験した両親から生まれた世界のベビーブーマーたちを揺り動かしたスチューデントパワーに共通する熱気があったことも事実だ。二〇一四年一月のNHKのクローズアップ現代で、当時の総長以下大学当局の議論の記録が取り上げられ、ある教授は、大学は、学生たちの「何故大学があるのか、どうあるべきか」の問いに答えるべきと主張したとされる。しかし、今になって思えば、高度経済成長の真っただ中、なりふり構わぬ復興という使命を与えられた大人たちが、そのような学生の質問に答えるべき言葉を見出せなかったとしても、それを責めることは難しかったのかもしれない。

確かに、経済復興は速やかではあったが、戦前の反動としての精神の荒廃・空白からの再起は容易ではなく、司馬にとって、日本人は、戦後四十年以上経っても、自国中心主義は変わらないと映った。しかし、司馬没後の日本は、少なくとも、政治や経済においては、世界で積極的な役割を果たそうと努めてきた。それは、日本社会にとって必要なことだったからだが、一方で、司馬が論じた日本人の良き伝統がようやく体現されつつある過程と見ることも出来る。日本が、今後も平和で豊かな社会を持続させるためには、世界の組合員として適切に役割を果たして行くことが不可欠であり、日本人全体が、それを自覚し、国を後押しすることも必要だ。そして、混迷を深めようとする現在の国際社会を見る時、我々は、支え合いの精神で世界へ貢献すべきとの司馬遼太郎の声を今こそ、強く受け止めなければならないのであろう。

二十一世紀の日本人が聞き届けなければならない司馬の声は、他にもある。リアリズムとイデオロギーの相克の問題は、時と場所を変えて生き続けている。民主制が正しく機能するためには、人々の規範意識、とりわけ、行政など指導的な立場にある人々のリーダーシップと、マスメディアの節度が肝要だ。また、戦後七十年余、歴史認識の問題は、未だに尾を引き、収束よりも拡大していると言えなくもない。彼我の歴史を正しく理解し、相手国の立場に立って考えることが何よりも大事であり、そのためには、一人ひとりの訓練が欠かせない。政治やジャーナリズムの責任も小さくない。

今日、世界を見渡すと、アジアやアフリカ、南米などの多くの国々は、経済力の大小に係わらず、民主主義の定着や社会の安定化という問題に苦心を重ねている。それらは、歴史と伝統という遺産を享受出来ていないからだとも言える。歴史とは、勿論、長さではなく、その内実である。また、先進国の中にも、民主主義の混乱が見られる。それが、一時的なものなのか、普遍的なものかは分からないが、乗り越えなければならない挑戦には違いない。我々は、長い日本の歴史と伝統を引き継いで、今の時代に立っている。そのことに自覚的でなければ、他国の混乱は、対岸の火事ではなくなる。司馬は、日本だけではなく、世界を見透していたと言えるだろう。

司馬遼太郎を研究し、現代を考えるという課題に取り組み始め、一年半が過ぎた。何度も、行きつ戻りつしたが、漸く、自分なりのゴールに辿りついた。振り返れば、司馬は、歴史やものごとの本質を見抜く鋭い目を持ち、それ故、強い感情の持ち主であったが、様々なジャンルの専門家、知識人、例えば、それが、彼自身の信条と異なる人々とも対談し、相手の意見も理解しようとし、また敬意も表した。そうした姿勢は、筆者が執筆するに当たり、自己中心的な思考に陥らないための、強い戒めとなった。大作家の司馬遼太郎の思想の理解に行き着けたのかどうか、今日の日本人を論評する視線をどこまで共有できたのか、もちろん、及ばぬことは自明だが、本書が、そのメッセージを多くの日本人に届けることの一助になるとすれば、筆者にとって、望外の喜びである。

なお、出版に当たり、先輩、同輩の方々から多くのアドバイスをいただいた。この場を借りて、感謝の意を表したい。

二〇一六年十二月

宇内　日呂志

参考文献

「司馬遼太郎対話選集一　この国のはじまりについて」（文藝春秋　二〇〇六年）
「歴史の夜咄」林屋辰三郎（小学館　一九八一年）
「鎌倉武士と一所懸命」永井路子（「文藝春秋」一九七九年一月）
「日本人物史談話」Ｅ・Ｏ・ライシャワー（「週刊朝日」一九八〇年七〜八月）
「多様な中世像・日本像」網野善彦（中央公論　一九八八年四月）
「天下分け目の人間模様」原田伴彦（「司馬遼太郎　歴史歓談」二〇〇〇年十一月　中央公論新社刊）
「司馬遼太郎対話選集三　歴史を動かす力」（文藝春秋　二〇〇六年）
「日本歴史を点検する」海音寺潮五郎（講談社　一九七〇年）
「近世人にとっての「奉公」」朝尾直弘（「司馬遼太郎　歴史歓談」二〇〇〇年十一月　中央公論新社）
「織田信長、勝海舟、田中角栄」江藤淳（「現代」一九七二年十二月）
「坂本龍馬の魅力」芳賀　徹（「司馬遼太郎　歴史歓談」二〇〇〇年十一月　中央公論新社）
「司馬遼太郎対話選集四　近代化の相剋」（文藝春秋　二〇〇六年）
「日本人よ〝侍〟に還れ」萩原延壽（「歴史を考える　司馬遼太郎対談集」一九七三年十月　文藝春秋）
「近代化の推進者　明治天皇」山崎正和（「対談　天皇日本史」一九七四年十一月　文藝春秋）
「明治国家と平成の日本」樋口陽一（「月刊Asahi」一九九〇年三月）

「司馬遼太郎対話選集五　日本文明のかたち」（文藝春秋　二〇〇六年）
「日本人と日本文化」ドナルド・キーン（中央公論社　一九七二年）
「世界のなかの日本　十六世紀まで遡って見る」ドナルド・キーン（一九九二年四月　中央公論社）
「日本人とリアリズム」山本七平（一九七六年「文藝春秋」九月）
「司馬遼太郎対話選集六　戦争と国土」（文藝春秋　二〇〇六年）
「ノモンハン、天皇、そして日本人」アルビン・D・クックス（「週刊朝日」一九九〇年一月）
「日本人と軍隊と天皇」大岡昇平（「潮」一九七二年四月）
「敗戦体験から遺すべきもの」鶴見俊輔（「諸君」一九七九年七月）
「日本人の狂と死」鶴見俊輔（「朝日ジャーナル」一九七一年一月）
堀田善衛、司馬遼太郎、宮崎駿「時代の風音　―日本人のありよう―」（朝日新聞出版　一九九七年）
司馬遼太郎著「この国のかたち　一」（文藝春秋　一九九〇年）
司馬遼太郎著「この国のかたち　二」（文藝春秋　一九九〇年）
司馬遼太郎著「この国のかたち　三」（文藝春秋　一九九二年）
司馬遼太郎著「この国のかたち　四」（文藝春秋　一九九四年）
司馬遼太郎著「この国のかたち　五」（文藝春秋　一九九六年）
司馬遼太郎著「この国のかたち　六」（文藝春秋　一九九六年）
司馬遼太郎著「歴史の中の日本」（中央公論社　一九七四年）
「武市半平太（映画「人斬り」で思うこと）（一九六九年八月　サンケイ新聞）」

「吉田松陰（日本人のこころ、その代表的人物）（一九六八年八月　毎日新聞）」
「大久保利通（日本人のこころ、その代表的人物）（一九六八年十一月　毎日新聞）」
「競争の原理の作動（一九七一年十月「太陽」）」
「大阪バカ（一九六〇年一月　サンケイ新聞）」
「歴史を動かすもの（一九七〇年一月　毎日新聞）
司馬遼太郎著「「明治」という国家」（日本放送出版協会　一九八九年）
司馬遼太郎著「二十一世紀に生きる君たちへ」（世界文化社　二〇〇一年）
ＮＨＫ「日本人は何をめざしてきたのか「知の巨人たち」第四回　二十二歳の自分への手紙
～司馬遼太郎～」（二〇一四年七月再放送）
関川夏央著「司馬遼太郎の「かたち」―「この国のかたち」の十年」（文藝春秋　二〇〇〇年）
岡崎久彦著「陸奥宗光とその時代」（ＰＨＰ研究所　一九九九年）
前坂俊之著「明治三十七年のインテリジェンス外交　―戦争をいかに終わらせるか―」
（祥伝社　二〇一〇年）
富永健一著「近代化の理論―近代化における西洋と東洋」（講談社　一九九六年）
岡崎久彦著「小村寿太郎とその時代」（ＰＨＰ研究所　一九九八年）
塩崎智著「日露戦争　もう一つの戦い　―アメリカ世論を動かした五人の英語名人」
（祥伝社　二〇〇六年）
朝河貫一／由良君美著「日本の禍機」（講談社　一九八七年）

山内晴子「朝河貫一からのメッセージ〈上〉日本の精神的危機とアジア太平洋戦争」
独立メディア塾　二〇一五年四月　http://mediajuku.com/?p=2686)
坂本多加雄、半藤一利、秦郁彦、保阪正康著「昭和史の論点」(文藝春秋　二〇〇〇年)
半藤一利、中西輝政、福田和也、保阪正康、戸高一成、加藤陽子著
「あの戦争になぜ負けたのか」(文藝春秋　二〇〇六年)
鳥居民著「昭和二十年第一部＝四鈴木内閣の成立」(草思社　一九九〇年)
鳥居民著「昭和二十年第一部＝六首都防空戦と新兵器の開発」(草思社　一九九六年)
田中宏巳著「マッカーサーと戦った日本軍―ニューギニア戦の記録」(ゆまに書房　二〇〇九年)
坂野潤治著「日本近代史」(筑摩書房　二〇一二年)
吉田満著「鎮魂戦艦大和」(講談社　一九七四年)
会田雄次著「日本人の意識構造」(講談社　一九七二年)
E・O・ライシャワー著「ザ・ジャパニーズ―日本人」(文芸春秋　一九七九年)
田中優子「江戸時代の官と民」(東京財団週末学校での講演　二〇〇九年五月二十二日)
松元崇「奉行所の役人はわずか166名　超先進的だった江戸の自治事情(上)」
(「歴史に学ぶ「日本リバイバル」」(ダイアモンド・オンライン)第九回)
経産省「二〇一五年版ものづくり白書」
「平成二十七年版外交青書」
「日本の好感度調査」(米調査機関ピュー・リサーチ・センター平成二十七年九月二日)

「平成二十五年度防衛白書」
「危機からの逃亡　第二次大戦以降の難民の歴史」
（THE WALL STREET JOURNAL.　二〇一五年九月二十八日）
「平成二十七年度防衛白書」
「我が国の経済連携協定（ＥＰＡ）の取組」（外務省　二〇一五年五月）
「二十一世紀構想有識者懇談会　報告書」（平成二十七年八月六日）
「ＮＨＫスペシャル　戦後７０年　ニッポンの肖像　―政治の模索―
「第1回」保守・二大潮流の系譜（二〇一五年七月）」
江川紹子「事件ウオッチ」第三十三回（二〇一五年七月）
ＮＨＫ「日本人は何をめざしてきたのか「知の巨人たち」　第三回　民主主義を求めて
～政治学者　丸山眞男～」（二〇一四年七月再放送）
「エネルギー基本計画」（平成二十六年四月）
経済産業省「長期エネルギー需給見通し」（平成二十七年七月）
坂井豊貴著「多数決を疑う―社会的選択理論とは何か」（岩波書店　二〇一五年）
エネルギー・環境会議「エネルギー・環境に関する選択肢」（二〇一二年六月末）
「THE PAGE〈安保法制〉公明党・遠山清彦議員に聞く　集団的自衛権の行使の条件とは？
二〇一五年五月」
加瀬和俊編「戦間期日本の新聞産業　―経営事情と社論を中心に―」

（東京大学社会科学研究所　二〇一一年十一月）
NHKスペシャル取材班「日本人はなぜ戦争へと向かったのか　メディアと民衆・指導者編」（新潮社　二〇一五年六月）
清沢洌著　山本義彦編「暗黒日記　一九四二―一九四五」（岩波書店　一九九〇年）
北岡伸一著「清沢洌―外交評論の運命―」増補版（中央公論新社　二〇〇四）
本山勝寛「先進国で最もマスコミを鵜呑みにする日本人」（アゴラ　二〇一四年九月一三日）
新聞通信調査会「諸外国における対日メディア世論調査」（二〇一六年実施）
「日本の新聞業界にネットの嵐―止まらぬ部数減」（「nippon.com」二〇一四年十一月）
NHK「日本人は何をめざしてきたのか　「知の巨人たち」　第二回　ひとびとの哲学を見つめて～鶴見俊輔と「思想の科学」～」（二〇一四年七月再放送）
内閣府「世論調査」（～二〇一四年一〇月度）
言論NPO「日韓共同世論調査」（二〇一五年五月）
読売新聞社「日韓共同世論調査」（～二〇一五年五月）
秦郁彦著「慰安婦と戦場の性」（新潮選書　一九九九年）
木村幹著「日韓歴史認識問題とは何か　―歴史教科書・「慰安婦」・ポピュリズム―」（ミネルヴァ書房　二〇一四）
澤田克己著「韓国「反日」の真相」（文藝春秋　二〇一五）
服部龍二著「外交ドキュメント歴史認識」（岩波書店　二〇一五）

ＢＳフジＬＩＶＥプライムニュース「『南京事件』とは何か　三論客の見方相互検証」（二〇一五年十一月十二日）
「安倍総理　戦後七〇年談話」（二〇一五年八月十四日）
防衛庁防衛研修所戦史室著「戦史叢書　南太平洋陸軍作戦〈5〉―アイタペ・プリアカ・ラバウル」（朝雲新聞社　一九七五）
大畠正彦著「ニューギニア砲兵隊戦記」（光人社　二〇〇八）
長友義久著「死の間隙―東部ニューギニア戦　下級指揮官の手記」（一九七二）
戸部良一ほか著「失敗の本質―日本軍の組織論的研究」（中央公論新社　一九九一）
尾川正二著「東部ニューギニア戦線―棄てられた部隊」（光人社　二〇〇二）
尾川正二著「極限のなかの人間「死の島」ニューギニア」（光人社　一九九八）

司馬遼太郎の「日本人論」と現代の日本
二十一世紀の日本人にその声は届いているか

二〇一七年三月十九日　初版第一刷発行

著　者　宇内 日呂志

発行所　ブイツーソリューション
〒四六六・〇八四八
名古屋市昭和区長戸町四・四〇
電　話　〇五二・七九九・七三九一
ＦＡＸ　〇五二・七九九・七九八四

発売元　星雲社
〒一一二・〇〇〇五
東京都文京区水道一・三・三〇
電　話　〇三・三八六八・三二七五
ＦＡＸ　〇三・三八六八・六五八八

発行所　藤原印刷

ISBN 978-4-434-23095-0